U0697133

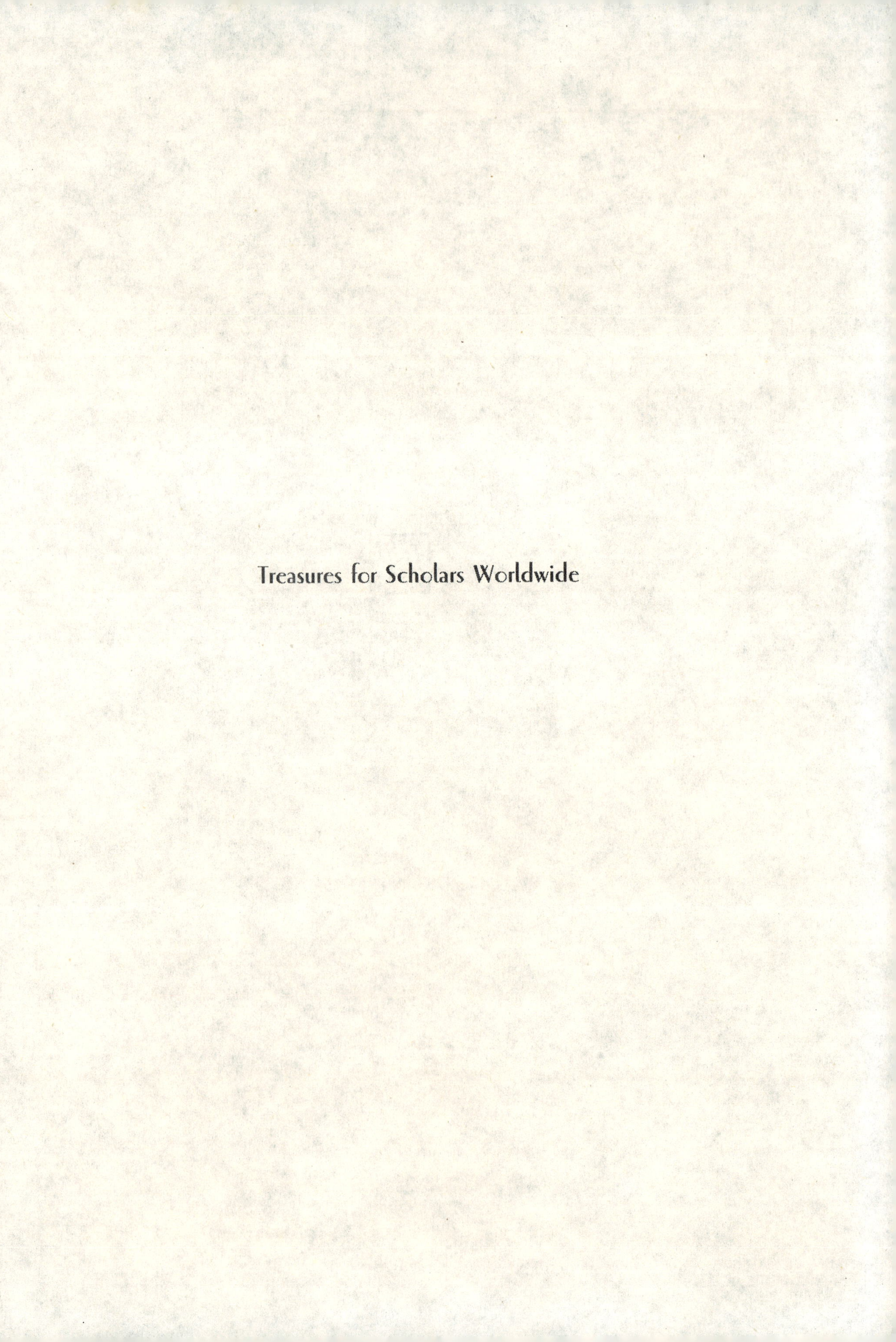

Treasures for Scholars Worldwide

韋豐華集

①

桂學文庫・廣西歷代文獻集成

潘琦　主編

广西师范大学出版社
GUANGXI NORMAL UNIVERSITY PRESS

・桂林・

圖書在版編目（CIP）數據

韋豐華集 /（清）韋豐華撰．—桂林：廣西師範大學出版社，2012.12
（桂學文庫．廣西歷代文獻集成 / 潘琦主編）
ISBN 978-7-5495-2737-3

Ⅰ．韋…　Ⅱ．韋…　Ⅲ．①古典詩歌－詩集－中國－清代②詩話－中國－清代③韋豐華（1821～1905）－年譜④韋豐華（1821～1905）－家族－史料
Ⅳ．①I222.749②K825.6③K820.9

中國版本圖書館 CIP 數據核字（2012）第 242696 號

廣西師範大學出版社出版發行
（廣西桂林市中華路 22 號　郵政編碼：541001
網址：http://www.bbtpress.com）
出版人：何林夏
全國新華書店經銷
廣西民族印刷包裝集團有限公司印刷
(廣西南寧市高新區高新三路 1 號　郵政編碼：530007)
開本：787 mm ×1 092 mm　1/16
印張：72.5　　字數：1160 千字
2012 年 12 月第 1 版　　2012 年 12 月第 1 次印刷
定價：1200.00 元（全 2 册）

《桂學文庫・廣西歷代文獻集成》編輯委員會

育。

三、開發性價值。古籍作為歷經千年的文化積累，有著豐富、深厚的文化内涵，蘊含著先人的智慧，同時保持著原創性、傳承性、地域性、多樣性的特點。通過對古籍所記載歷史文化等内容的研究，今人可以擷取其精華，作為現代文化藝術創作的藝術源泉與靈感來源、拓展文藝創作題材、開發文化資源、創新文化産業，使先民的文化生命通過古籍的傳遞，重新生發出新的藝術活力與價值。

當然，任何事物都因産生於具體的歷史空間而不可避免地被自身的歷史性所局限，産生於歷史中並留存至今的古籍也是如此。面對種類繁多的古舊典籍，需要我們用批判、借鑒的眼光去加以審視，要本著去粗取精、去僞存真、古為今用的原則，充分發掘其所具有的優秀文化價值。今天，我們重要的任務之一，即是從精神上、思想上接應優良傳統，並通過繼承優良傳統而獲取更多的精神與思想資源。歷史不能複製，它只屬於它具體存在的那個空間和那段時間，但歷史又永遠不會消失，只要人在出版形式上，本書採用整理一種、出版一種的方式，以及時向學者提供各类文獻，並希望憑借這種方式聚沙成塔、集腋成裘，最終將關涉廣西的文獻遺存全部展現於桂學研究者面前。

為保持相關文獻的真實性，避免因整理不當而對原文獻造成的誤讀與誤解，本套叢書對納入整理範圍的文獻，採用全文影印的方式出版，旨在為學者的研究提供最本真、最可信的資料形態。

與影印存真相應，我們也組織相關領域的專家學者，為所整理的著作，按照統一的格式撰寫了解題，冠於各書首册。解題的主旨：一則簡述著者生平等信息，使用者可據此對撰著者有一直觀的瞭解；二則簡介歷代目録著録情況並著作的主要内容，以明文獻傳承源流與撰著主要價值所在。

我們希望本套叢書的出版，能為桂學研究的發展繁榮提供充足的文獻支持，為桂學研究向深廣推進貢獻一份心力。桂學研究，首先是對廣西傳統文化與歷史的繼承與吸收，其更重要的意義，則在於在繼承基礎上的開拓創新，推進今天廣西文化的繼續發展，如果本叢書的整理出版能够起到其應有的作用，我們將深感與有榮焉。

解題

《韋豐華集》收韋豐華著作四種：《今是山房吟草》七卷，《今是山房吟餘瑣記》初編三卷、後編五卷存四卷，《大鳴山散人年譜》一卷，《詒穀堂族譜》一卷，今合編為二册。

韋豐華（1821—1904），原名地靈，字光斗，號劍城（一作劍成），一號拙甫，别號大鳴山散人（一作大明山散人），壯族，清廣西武緣縣（今廣西武鳴）人，歷道光、咸豐、同治、光緒四朝。韋豐華出身於書香門第。祖父韋有綱（1761—1834），字南泉，清嘉慶十三年（1808）舉人，吏部揀選知縣，嘉慶二十二年（1817）署理廣西永寧州（今永福縣）學正，特授興安縣教諭兼理全州學正。父親韋天寶（1787—1821），字介圭，號絅齋，嘉慶二十五年（1820）進士，以知縣分發四川，道光元年（1821）四月未履任即卒于成都，七月十四日其遺腹子韋豐華出生。韋天寶一生潛心理學，有《存悔堂遺集》殘本存世，人稱

『西粵奇才』。

韋豐華二十二歲肄業於桂林秀峰書院，一生苦苦追求科名，前後十餘次參加鄉試不第，而僅以拔貢終老。前後數十年執教家鄉多地村館及琴泉義學，歷任府屬嶺山、西邕、陽明等書院山長，培養人才無數。從道光末年起直到光緒末年間，以相當一部分精力辦團練，對抗太平軍、天地會等農民起義武裝。也曾積極參與修文廟、建書院、興蠶桑、辦工廠，為廢除苛捐雜稅奔走，協助地方官員排難解紛，等等。因功被賞給六品頂戴，保舉以知縣優先選用，是武鳴一帶很有名望的鄉紳。

《今是山房吟草》七卷，朱絲欄抄本，半葉十行，無版心。抄本有字體三種：一部分為作者手稿，行草兼具，並有大量簡筆字形；一部分為謄清稿，行楷錯雜，有繁有簡；另有一部分為他人代抄，楷書抄就，較工整但稍顯稚拙，並雜有簡筆字形。封面題書名及卷數，卷首冠民國十五年(1926)武鳴知縣陳翰文《敘》，次門人陶天德《跋》，次门人黃子紹《序》，次民國十五年猶子韋紹曾《識》，次光緒元年覽》和《三字經》，都是以訛傳訛，據洪邁《容齋隨筆》的考證，梁顥中進士實僅二十三歲。）

直到光緒十一年（1885），他寫了長篇七古《六十五初度自嘲》：『誰是懷才並抱德？際會風雲獨遺棄。縱或時運偶不齊，大器晚成終一試。怪我殖學亦有年，壯歲曾推文壇帥（指道考冠軍）。鄉闈力戰十三場，棄甲曳兵屢顛躓。乃祖乃父捷高科，及我區區止拔萃……指計來日尚舒長，梁顥大魁八十二。』他出生在書香門第，理應繼承先輩傳統，光耀門庭，但功名就此中斷，實乃奇恥大辱，這是他的一個心結，始終無法解開。所以儘管有十三次的失敗紀録，還是心存幻想，並再次引『高齡高中』的梁顥為榜樣。據韋豐華自撰年譜，這年七月他本來是要同二子紹宗等一道赴鄉試的，只是因為『臂病』而作罷。此後再不見其提及赴舉之事，不過就在他七十三歲時，給他帶來那麼多痛苦的鄉試，依然讓他魂牽夢繞，他在《中秋夜即事》中寫道：『怪我名場心未洽，夢魂猶在棘圍中。』中毒之深，可見一斑！

自己中毒不算，還把自己唯一存活的次子韋紹宗也推向科考深淵，使之變成又一犧牲品。他曾對兒子寄予厚望：『指計月宮裏，丹桂丹複丹。一枝攀摘歸，俾我掀鬚看。』（《今是山房吟草》卷六，辛卯草，《宗兒將赴科舉吟以遺之》）紹宗也確實秉承父訓，刻苦攻讀，怎奈先天不足，體弱多病，雖參加了多次鄉試，終不得一舉，帶著深深的遺憾過早離開了人世，年僅四十二歲。

不無諷刺意味的是，韋豐華於光緒三十年（1904）走完了他八十四歲漫漫的人生道路，就在他去世後的第二年朝廷下詔：從丙午年（光緒三十二年，1906）起，正式停止會試、鄉試，以及生童歲科考試。延續一千多年的科舉制度終於壽終正寢，歷史跟他開了一個大玩笑！

《今是山房吟餘瑣記》八卷存七卷：初编三卷，后编五卷存四卷，佚後編第三卷。朱絲欄抄本，大部為作者稿本，少部分為後人重抄本。卷首冠光緒六年武鳴縣令兼好友梁鐘谿（伯琴）長篇五古《吟餘瑣記題詞》。正文首卷卷端題『今是山房吟餘瑣記初編一』，署『大鳴山散人著』。

《今是山房吟餘瑣記》是詩人仿袁枚《隨園詩話》所作的文學雜記。共兩百餘則，長則兩三千字，短則兩三百字。如此數萬言的長篇詩話，在廣西文學史上實不多見，極為寶貴，可惜因《瑣記》屬於孤本，久藏篋笥，故知之者蓋寡，研究更談不上，十分可惜！

一、《瑣記》保存了數十位詩人的幾百首詩作，具有一定的美學價值和文獻價值。所記既有廣西詩人，也有外地作者；既有同時代人，也有先賢。總之，所涉及作者和作品都具有一定代表性，可補現存方志、典籍之缺。如明代進士李壁，曾任劍州知州，歷來為邑人所推崇，原有詩集，早佚。《瑣記》録存詩作七首，其中有二首為《嶠西詩鈔》和《三管英靈集》所無。又如乾隆十三年(1748)進士劉定逌，曾被陳宏謀目為『吾粵西第一流人物』，先後任秀峰、潯州、陽明等書院山長數十年，是清代廣西最有影響的教育家之一，亦能詩，著有《劉靈溪詩稿》一卷。據方志介紹，《劉靈溪詩稿》收詩八十餘首，然而已失傳，人們多方搜求不可得，《三管英靈集》僅録存其詩六首，韋豐華又覓得《即事吟》一絕、《繫後詩》二絶。凡此種種，堪稱吉光片羽。《瑣記》所涉及的本土詩人大多名不見經傳，正因如此，益顯珍貴，這為進一步研究清代廣西文學特別是桂南文學，提供了豐富的資料。如舉人覃永貞（墨波）有詩才，韋豐華甚至說『吾同邑之能詩者，以覃墨波為最』，可惜天不假年，未到知命之年便已棄世，詩稿散佚，多賴《瑣記》保存了三四十首。餘如其祖有綱（南泉），長子紹祖，堂兄韋輔臣，友人楊廷璠（硯坡）、覃鴻翥（小海）、謝季連（子惠）、黄廷坊（石溪）、蘇學翰（靈泉）、陶成瑞（雲岩）、陸可興（葩人），門人黄子紹（少蘭）、陶天德（文山），女詩人張苗泉，等等，《瑣記》為他們保存了或多或少的作品。

二、《瑣記》較詳細地記載了廣西主要是桂南一帶的文學活動和文人往來，以及公私學校教育的發展狀況，為研究近代廣西文學史和教育史，提供了重要的參考資料或綫索。

以楊孔菁（字寶庵）為領袖的六楊吟社，是思恩府一帶重要的文學團體，它為提高當地詩歌創作水準起了很大作用。據《瑣記》介紹，楊孔菁是韋豐華族祖的高足，未成年即得府試冠軍，成廪生。此開院之日，文士輻輳，題聯吟詩，極一時之盛。這些都是研究廣西教育史、書院史不可多得的資料。

《瑣記》還談到一些少數民族地區教育考試制度改革的問題，这也是比較重要的史料。如《後編》卷五就有這樣一則記載：思恩府所屬土司地區文武童生應試，按慣例通常都由土官申送，府考所需費用甚重，『貧士不能得其愛者，多為所阻格』。甚至像那馬這樣的地區已經實行了改土歸流，童生由通判申送，但『仍循土例，應試者亦依然苦之』。後來巡撫馬丕瑶瞭解到這一情況，認為很不合理，於是上奏朝廷，請求革除，朝廷批准執行。這樣一來，效果立顯：這些荒僻地區以前應考童生不過四五十人，後來竟達到兩三百人。

三、《瑣記》所表達的詩歌主張和審美觀。《瑣記》既然是詩話體，它也像歷代詩話一樣，主要是列舉當代或前代佳詩，加以點評，或長或短地闡發自己的理論主張。理論性最强、文字也較長者，要數初編卷一『詩之為道，情景而已』一段，這可看作他的詩歌理論總綱。他說：『詩之為道，情景而已。

觸景生情，寓情於景。然描景易，寫情難。景，人所同；情，己所獨……古（往）今來，所推為佳構者，竟如人面然，百無一同。其或有彷佛近似，亦必其人之際遇同，所見同，所感同，其心同，其性情同，其學問才思同，而究無幾也。可見作詩者，撫景沉吟，必有一段真情融結其間，乃得超超特出。然則雖描摹填砌，工整嚴密，神趣終是枯竭，是猶土木偶人，塑得端重莊嚴，令人觸目起敬，究不若一花一鳥之飛揚活動，妙有天趣。足使人目遇之而神不覺為之往也。故余嘗熟復「文生於情有春氣，興之所到無古人」二語。竊謂凡學吟詠者，欲得好詩，必有春氣而無古人乃可。』

韋豐華所特別標舉的『春氣』這一美學概念，當然不是他的首創，在他之前就有人集王羲之《蘭亭序》字為楹聯時已提出；至於『寓情於景』之論更不新鮮，詩論家們至少强調了一千年。韋豐華的貢獻蓋在於，他把『春氣』作為檢驗詩歌是否有真情、是否有自家面目的重要標準。他同時又提出了『天趣』、『神趣』、『生趣』這樣的美學概念，應該説含意相似，『春氣』並不是什麼神秘的東西。韋豐華如此反復强調，就是反對規模古人。在『同光體』統治詩壇的晚清，韋豐華的理論自然有其積極意義。

除了上述總綱，韋豐華還有一些與其説是理論，不如説是創作經驗之談的論述，比如關於祝壽詩，他認為，『世俗祝壽詩多無佳構，何也？以其人行誼，了無可稱，其後人且不在出色行中，故雖名家鉅手，亦不能不用祝嘏浮詞，以詩一醉。可見恙無故實亦作詩，一難也。』再如關於詠古詩，他認為『必有博古之才，尤必有論古之識』，方能寫好。他坦率承認自己『最拙於此』，而推崇好友楊廷璠（硯坡）、謝季連（子惠）的詠古詩。又如關於詠物詩，他説這類詩『不刻畫不能確切，太刻畫又易涉於纖巧。其法不外於渲染、烘托二訣，總以不粘不脱為妙』。

《大鳴山散人年譜》一卷，韋豐華撰，民國十年（1921）重抄本，朱絲欄，半葉十行。卷端題『大鳴山散人年譜』，卷末附光緒元年大鳴山散人《敘》一篇、光緒四年大明山散人《跋》一篇。從字體看，蓋為韋豐華侄孫復鑫重抄。

《年譜》起道光元年(1821)即韋豐華出生之年,迄光緒三十年(1904)即卒年。其中道光元年至光緒二十九年事為韋豐華撰,卒年光緒三十年為其親侄韋紹曾補記,敘韋豐華病故及安葬經過。譜末所附韋豐華光緒元年(1875)《敘》及光緒四年(1878)《跋》,回顧了自己大半生經歷,語多自責,於功名責之猶深。

《年譜》涉及的內容十分廣泛,既有自己的生平家事,也包括地方科舉、書院學館、政治軍事,等等,脈絡清晰,可為閱讀詩稿和《瑣記》之一助。但也不是事事具體,詩人似乎有著自覺或不自覺的詳略分工。如十多次參加鄉試,《年譜》往往以『薦卷不售』、『報罷歸』之類文字一筆帶過,通常不予展開;而詩稿卻不厭其詳地抒寫科考經過和心路歷程,所給予讀者的資訊往往更多。再如《年譜》記自己名字的由來,事情雖小,可牽涉的人物並不一般。譜主原名地靈(一名人傑),道光二十二年在桂林秀峰書院求學時,巡撫周之琦(稚圭)特為之更名『豐華』,賜號『劍城』;同治七年赴京參加會試,周之琦曾給予支助。一個普通生員，竟得到巡撫如此關照，其中必有原因。他們究竟是怎樣的一種特殊關係，年譜並未明説，而在《瑣記》中卻交代得很清楚：原來其父韋天寶在京會考時，周之琦曾是房師。又如《年譜》記自己的教學生涯和書院興衰，堪稱詳明，但交代陽明等書院的形制規模，卻遠不如《瑣記》那樣詳盡。

這裏特別要提到的是《年譜》對農民起義武裝與鄉村團練反復較量的記述，它真可稱得上是一部簡明編年史，人們如果要瞭解或研究桂南的農民鬥爭，特别是團練的活動，《年譜》實在是不可多得的參考書。《年譜》從道光三十年（1850）三十歲被縣令『委以團務』，對抗韋添芬、陶八、丁四等農民起義武裝開始，一直記述到光緒二十七年八十一歲再次董理新成立的團練分局、光緒二十九年（1903）清軍鎮壓『林墟匪夥』，韋記團練『協助攻剿，大克之』，因而『叨蒙賞給六品頂戴』。《年譜》有幾方面的史實很值得注意：一、思恩府與太平軍的關係。太平天国起義時，主力軍並未經過思恩府，而是直接北上、東下。後太平天国内訌，翼王石達開帶兵出走，于咸豐後期，輾轉回到廣西。咸豐十年(1860)，石達開從思恩府賓州進入武緣。韋豐華《徐清甫郡伯督團堵勦髮逆翼王于大樑村吟紀其事》詩寫道：『浩浩洪流浪拍天，傷心烽火竟週年。』自注：『正月髮逆自賓陽入境破郡城。四月至七月又由土司回武(緣)破縣城。今翼王再由賓來據馮村梁村，自十月至十二月相持未去。』再聯繫《年譜》所記，史實就更加清楚了：咸豐十年正月，石達開先遣部屬石鄭吉率軍由賓入武，數月後石達開與在桂南活動多年的黄鼎鳳部會合亦至，佔據思恩府城。稍後，石達開部屬賴裕新『又由賓州入七塘馮村』，其勢鋭不可擋。二、武緣縣天地會首領陸九成所率領的一支農民起義隊伍，曾多次打敗有韋豐華等人參加的團練。三、以韋純秀、韋純新等為首的韋朗村農民武裝，廣泛聯合南寧府等地的義軍，横掃桂南，人數一度達到三至四萬之衆，曾使府、州、縣官和團練防不勝防。以今天的眼光來看，鎮壓農民起義當然不是什麼光彩的事業，但它從客觀上告訴人們，桂南地區從道光末到光緒晚期的五十多年時間裏，以天地會為代表的農民起義軍曾經走過一條怎樣艱難曲折的道路，對清王朝的基層政權給予了何種打擊，《年譜》的價值正在於此。

《年譜》對思恩府知府、縣令的更迭以及他們的所作所為，都有或詳或略的評介，這些人物大都不見於史志，這也是年譜的一大貢獻。

《詒穀堂族譜》，民國十年（1921）韋復鑫重抄本。卷首有韋豐華同治十年（1871）《敘》，次録道光八年褒獎韋有綱夫婦敕命。

清光緒五年（1879），韋豐華撰成《詒穀堂族譜》，尊明永樂九年（1411）辛卯科舉人韋聰（原注：一名韋嵩）為太祖，以韋聰後人韋宴闕、韋宴頂立祖，即為韋氏《詒穀堂族譜》之一世祖。據自敘記載，韋聰之後，子孫分為四支，其中一支衍至韋宴闕、韋宴頂，其間具體世系不詳。

韋豐華撰《詒穀堂族譜》著録韋宴闕、韋宴頂以下十世子孫世系，民國建立之後，韋豐華的後人在其族譜的基礎上續修十世之後世系，本書僅收韋豐華所撰族譜，十世之後續修之譜不録。《詒穀堂族譜》對一世至十世之間世系紀敘較詳，並對韋豐華直系親屬的生卒年、傳記、墓地等作了較為詳細的介紹，其餘各支則較略。

如韋豐華在《敘》中所言，韋氏族譜或毁於戰火，或因時代變遷而有缺失，韋豐華遂在前代修譜的基礎之上，據寺廟碑文、墓誌銘、錢糧登記册等的記載，參以故老口耳相傳故事，輯録成《詒穀堂族譜》。六世以前，以韋宴關——韋春補——韋呈滚——韋登美——韋文猷一支紀敘為詳，每人名下皆有簡要介紹；其餘各支紀敘較略，僅録姓名，名下無傳。七世之後，每人名下均有小傳，敘其生平、子女婚配等情況。其中八世天定之後缺兩葉，其内容為七世韋有烈長子、次子名氏及傳記。韋豐華於傳記中，對傳主生平事蹟作簡要敘述，並對一些人和事作評價，以『光緒五年冬初豐華特筆』的形式，表示其對後人的諄諄告誡。

《詒穀堂族譜》的編纂及韋豐華於族譜中姓名之下所作傳記，是韋豐華對家族歷史的記載，反映了其構建家族歷史的過程。

韋豐華的四種著作特別是前三種既有聯繫又有區別，既各自獨立又互為補充，有著較高的文學價值、文獻價值和史料價值，是一筆值得重視的文化遺產。本次影印所用《今是山房吟草》、《今是山房吟餘瑣記》、《大鳴山散人年譜》，原為黃華表先生藏書，二十世紀八十年代由黃華表先生親屬捐贈給廣西桂林圖書館。

黃華表（1897—1977），字二明，一字仲光，廣西藤縣人。早年曾入北洋大學預科，後至上海復旦大學商科，後留學美國，畢業於華盛頓大學教育系、加利福尼亞大學及斯坦福大學研究院，回國後任廣西省政府主席黃紹竑的秘書，後任廣西省政府教育廳廳長、南寧師範學院院長等職，解放前夕定居香港，1977年病逝。臨終前囑託家人，將其藏書九十一種三百九十餘冊捐獻給廣西壯族自治區桂林圖書館收藏，韋豐華著作即在其中。

最後我要特別説明一下，廣西民族出版社曾於二〇〇九年六月出版過點校本《韋豐華集》，屬於《壯學叢書》資料之一種，給讀者提供了不少方便；但由於二十多年前圖書館提供的複印件有缺漏，整理者誤以為是足本，故難免留下一些遺憾。具體説來，點校本《今是山房吟草》漏二頁，《大明山散人年譜》漏一頁，《今是山房吟餘瑣記》除漏《後編》第五卷外，卷四也漏二頁，除此之外，本次影印過程中，對原書作了核查，發現底本以下幾處葉碼抄寫時有闕，提醒各位讀者注意：

《今是山房吟草》卷一《郡學博蘇蓮峰先生重至藏雲洞侍坐有作》（本書第一册頁七三）後、《奉酬蓮峰師見懷之作》（本書第一册頁七四）前有缺葉。

《今是山房吟草》卷七疑有缺葉三處，分别為：本書第一册頁四二二後、頁四二三前；本書第一册頁四二四後、頁四二五前；本書第一册頁四二八後、頁四二九前。

此四處缺漏，當係抄寫時之誤。

此次廣西師範大學出版社影印出版，編輯們十分用心，親赴圖書館逐一核對，終於補足了點校本之所缺。更值得稱道的是，編輯還意外發現了藏於民間的《詒穀堂族譜》，堪稱一喜，今一併輯入。先賢有言：『前修未密，後出轉精。』其斯之謂歟？當然，所輯四種並非没有缺陷，但這是原抄本留下的；特别是後人重抄本，既有不少筆誤，也有數處脱文或衍文，還有一些避諱字，因係影印，重在保持原貌，故無法逐一糾正，惟請讀者閱讀時多加留意。我們衹在《解題》中引用原文時作適當處理：如原抄本有誤字，今以『（）』標示，在其後書正確用字，並以『〔〕』標示；原抄本有漏字，今據文意補入文字，以『〔〕』標示。

顧紹柏

目録

今是山房吟草

今是山房吟草 卷一

叙

今是山房吟草武鳴韋劍城先生之所手著也 先生以山邑名儒為鄉賢令子生雖遺腹尚能讀乃父之書學可傳心洵獨得宋儒之秘以故發為經濟則一平會匪再除游匪皆能衛桑梓而力靖萑苻語厥性情則千磨不磷萬折必東尤足樹儀型而亟懲委靡雖曰數奇不偶僅以拔萃終其身然跡其生平洵能立人懦而起文衰余素聞其風而心折之也久矣民國丙寅之歲余適奉 令來宰是邦因養練辦團之故得與 先生之門下高足者游藉悉 先生之志事近復因 先生之姪魯卿以 先生所著之今是山房吟草七卷送閱謀將付諸手民而乞序一言以弁諸卷端余竊維 先生之學本諸庭訓而志在聖

賢文乃其次焉者詩又其緒餘焉者也以翰文之不學而又值戎馬倉皇之際何暇日手一冊而適讀先生之詩顧偶因公餘而一誦懷慚故業徒鑽紙健羨豪才覩請纓之句想見先生之為人從不屑以詩文自命矣然即以先生之詩論則所謂島瘦郊寒應借鑒班香宋艷要兼資銘心誓與仙為伍吐氣焉能俗不醫者又可見先生之不苟於為詩一如先生之不苟於為人矣夫為人而出於不苟則其人必可法而可傳為詩而出於不苟則其詩必可歌而可泣為人而可法可傳則其人固可以不朽為詩而可歌可泣則詩亦可以不朽矣奚必登李杜之堂步蘇黃之軌而後謂之詩也哉是為序

民國十五年七月　茘浦後學陳翰文序於武鳴縣署之東齋

人必有真性情而後有真學問有真學問而後有真文章故勞人思婦之詞皆可以與清廟明堂之作同列諸三百篇惟其真也其次則少陵去國無非憫亂之辭務觀憂時盡是傷心之語皆足以上追風雅而樹幟騷壇亦惟其真也又其次則蘇東坡之嬉笑怒罵皆成文章白太傅之飲食起居悉登篇什何莫非取其真也哉然則有真人而後有真詩誦其詩而即可想見其人之性情並可想見其人之學問者吾蓋於吾師劍城先生所著之今是山房吟草中得之　先生值紅羊擾攘之秋始則因亂而辨團繼因辨團中止而避亂後復因亂極思治而聯團其一腔熱血遍洒於東區十三團之地

以成一舉國之團體至今猶陰受其福焉時或感發而為詩則其剛毅不屈之性情與其肆應不窮之學問無一不流露於字裏行間雖吟興一時而真氣彌滿言言皆沁入心脾貪者讀之而可以廉懦者讀之而可以立志亦何莫非先生之真性情真學問足以感發之也哉用跋數語以告後之讀 先生之詩者

民國丙寅門下生陶天德敬跋

詩本於性情感於事物發於聲音而叶成句韻者也作之者或因題寓意或即事抒懷因題寓意者試帖咏物之詩也即事抒懷者敘述紀事之詩也吾師韋劍城先生一世性情活潑蕭洒學有淵源素饒風騷之興卓爲儒雅之宗雖命舛數奇而神凝志定凡倫常行習身世酬酢隨時感觸即景生情運心得句脱口成詩因漸次手録裒然成集名之曰今是山房吟草學博梁伯琴見之嘆賞不釋引爲同調唱酬互答訂莫逆交謂其有李杜光芒焉今國家功令雖暫停試帖而風雅宜人猶世所尚誦 先生是集皆紀事實録之詩可以示今而傳後非徒長於試帖工於咏物已也 先生更倣隨園詩話著有吟餘瑣記

上下二篇共八卷其試帖亦有成集今半遺失並有耐園文稿應酬雜錄數冊顧先生之性情心術品行學問事業猷為觀於是集亦可得其梗概矣。近日諸同志議以付梓他日倘能傳於世為知音所共賞而 先生之流風遺韻不亦常在人間乎

紹不揣荒陋妄贅鄙語以述其畧云

同里門下生黃子紹敬序

民國十五年歲次丙寅回憶先家伯棄養幾於卅載矣其生平吟咏早彙成書惜振舍姪復淼復磊復卉困於貧窶無力梓行殊深内疚及客歲冬又叨縣長重援邑篆第當謁見之時寓愛憐之意遂諭各區立局養練清鄉竊與先伯在世三十年前請於府憲設分局以防匪會者心心相印令其門弟後學韋彩雲張祖淇韋增廣暨諸駐局同人等咸謂曾曰君令伯詩稿亦我東區學校精華也請以付梓心思獨力難支衆擎易舉而欣然授出以公諸同好云猶子紹曾謹識於詒穀堂之東軒

今是山房吟草自敘

余性迂拙學且空疏本非能詩者也惟生而嚴父見背與寡母相依為命未成童伯兄且短折舞象之日大父大母復相繼棄養零丁孤苦疊覯閔凶積愁於中往往托長言以宣其鬱業師黄鳳泉先生見而許以可學焉然局在窮鄉聞見淺陋既冠補博士弟子員道光壬寅奉慈命學於桂林歷遊父執黄春庭太史陸龍川徵君之門且得受知師文宗殷松泉殿撰不時訓示退而與朵雲吟社諸友灌陽之鄧袖南文東里靈川之徐瀛臺歸順之陳梅坡淩雲之王耿川諸詩人朝夕切劘始稍知吟詠途徑顧其時徵逐名場日以揣摩八股為業雖

性有所好亦未克專習也迨丙午歷三科報罷落魄歸家貧親老營營為衣食計尋以世變為團衆所推圖保衛梓里背與羣醜相角而邑城失守邑主無權所事不克濟因奉母避難於上林之邊鄙境逾逆而命愈舛服賈致養窮愁抑塞復不時拈韻以自寫其憂比亂稍定旋故里楊寶菴先生招入六楊吟社謬叨獎許又不久而丁内艱甚而喪子喪孫晚景倍增蕭索豈遑計登李杜之壇而並爭千古哉同治丁卯雖以拔萃再游孫師竹宗師之門得詩人宗旨而年力就衰已無能為役矣計自甲寅以前之稿皆化於劫火惟自甲寅之稿以迄於今存焉然皆隨時感觸率意成吟以自達其牢騷之衷律以司空表聖廿四之品

其有合者殊鮮本亦欲舉而火之顧自念生平所遭際所閱歷所志焉而不克為為焉而不克遂者約略具於此課徒有暇故自删其不能割愛者存之詩凡四百有餘首都為一集以俟後更有作即以續之俾兒姪輩知余之苦狀有如此懷抱有如此而並知余之迂拙而空疏有如此焉自來顯達名流幽潛雅士多有小影以傳於後念交遊中無善寫生者即以是編為余小影焉不亦可哉旹光緒初元冬杪大鳴山散人自敍於今是山房之鑄人軒

今是山房吟草卷一

大鳴山散人著

甲寅草

春日登邑城即目感吟五首

明山靈水舊鑾區士讀農耕雅化濡只謂承平安草莽誰知
浩劫起萑苻逃生老稚瓶城聚（四鄉良善皆避兹入城幾無地可容）舍置田園閭境蕪
濟變何因憐束手痌瘝徒爾戚當途（彭厚初邑侯有志撥亂而無餉無共事多棘手）
救時良策倚團營烏合安能共死生漫詡健兒堪破敵誰為
紳董實知兵憂深局外懷難寫跡涵庸中憤欲鳴無余
人心拗不轉如狂如醉競橫行

牙旗擸擸賊風雄，牛馬相爭局未終（土匪自號以馬，而目良民為牛）。內患潛生誰弭變（邑中兵壯陰有異謀，余苦為當局言之而不見信），外援有情總說空（自去夏張道憲田柳後屢議請兵皆不見應）。雙江滾滾奔流急，四野萋萋入望同。開泰漫云春氣轉，孰能安堵課農功（良民廢業於今三年）。

究徒分隊掛招來（匪欲戕每赤身以下衣倒纏於腰名曰掛招），砲火聲喧耳貫雷。婦孺無言同淚落，官紳相對並心灰。守陴祇仗編氓力，制敵難資武弁才。徒倚漫籌磐石固，斧柯無假亦徘徊。

蔓草橫滋沒奈何，招安一策誤人多。剿憐保障難安枕，烏得遐荒即止戈。浪湧琴泉淹下里，塵封笠嶺失崇阿。無家我亦流離子，愁對旄邱漫作歌。

避寇徙居贑陵五首

遠患須高蹈羅降北復東（羅降古隘名）地雖荒服陋風尚古初同戰
伐辭戎馬劬勞戰澤鴻故鄉輕合去誰與話深衷
貫得郎當屋蕭條亦是家一身餘磈磥四壁抱烟霞母子愁相
向妻兒氣不華客囊無長物漫笑對燈花
僂身纏八口生計費營謀既失英雄路徒添逆旅愁風塵雙
足健烟雨一肩秋碌碌闚山道偏為龍斷求
平地風波險年來閱歷多人情誰若古天意竟如何世事縈懷
抱鄉愁付嘯歌不堪思故土日甚擾干戈
萬古千秋感難為獨夜情壯心長劍在離緒短檠縈休戚闘

同道提攜仗友生（余挈眷至鎮得邵春卿執友重叠乃有定所）思豐懸密夢耿耿自分明

黄鳳泉先生偕避鎮陵感呈二首

師弟相依切追隨到異鄉散材淪草莽傲骨挫冰霜甲馬曾同庠辛酸早備嘗（先生集圍劉賊余與共事有日）斯文皆掃地回首倍神傷

（黄龍文師叔及楊研坡輩小海諸文皆以圍破流離失所）

萬古儒生業誰知一旦休簡編銷賊燄（先生及余兩家藏書皆被賊火焚盡）笳鼓積鄉愁道阻蠻山谿霜凝客舍秋紛爲餬口計投筆共營謀

郡學署偕陳成厥世丈夜話

無端遍地起妖氛滿目囂塵接漢雲巧宦自來多誤國（謂當途主招撫之策）

者碩夫不信轉銘勳謂首匪以投試而入官者秋高絕徼烽烟擾夜靜嚴城鼓角殷我輩有才何所用漫從窗下話行軍

回鄉借宿葉山寨上題石二首

避地據崔嵬巔居絕俗埃朋儕羅木石雞犬共樓臺人向壺中隱寨主張行一隸嗜酒杯常在手窗從畫裏開因山增壁壘高蹈亦徵才

憔悴南飛鵲回翔借一枝余回故土只有岜馬及此山可以托足奔衝憐水去山前東江奔流南下峭立愛山奇説劍心相印問樽話不疲隱憂無處寫掃石且題詩

乙卯草

寄題龍母李氏饒泉洞四首

右寶山腰敞危欄倚碧空烟圍城堞綠花擁啜臺紅李氏整飭此洞以為避茲之地野色含春雨江聲送晚風憑臨雲樹表望遠思何窮

平地風波起塵寰憂患多皈依宜石窟得止占雲阿問世誰同醒抒懷自放歌亂離日甚日人亦奈天何

世間如世外箇裏絕紅塵小洞留高躅名山屬達人猿啼酣酒夜鳥哢放花晨逸趣誰偕領無多古隱淪

不禁逃人客追尋入亂雲苔痕粘屐濕花氣襲衣芬覽勝逢奇石哦詩對夕曛可悲歸去後依舊溷塵氛

為客述往事四首

奉檄勦羣醜追維往事清經權歸掌運義利撫心明貞白名

萍踪小泊錦江涯占得幽區便作家羨殺獞猺知客意讓來一
壑老烟霞
柴作門兮竹作牆數椽茅屋搆郎當妻兒父子團圞樂只恨慈
烏獨故鄉 研坡尊慈未來客所
閉門鎮日傍花開一徑通幽護綠苔隨遇能安皆我所仙居
原不定樓臺
謝絶囂塵此定居也應吾亦愛吾廬扶疏有樹陰團屋采罷陔
蘭好讀書
活人活已妙回春良相良醫衹此身經奏藥爐安置處會看杏
橘蔚成林 研坡傳父業早精醫理

別緒縈縈萬縷牽，一番回首一凄然。家鄉欲問真消息，招得來人仗酒帘。（研坡乃人造酒供親革以出沽）

賣藥歸來興又高，父吟子和每拈毫。計澆磈磊頻謀婦，小甕藏春有濁醪。

楊寶菴先生客中多愁吟以解之五首

如醉如狂競揭竿，滔天舉目盡洪瀾。先生莫漫愁雙鬢，似此塵寰却厭看。（先生年來有目疾，幾於失明）

莫把奇窮苦籲天，此生流落亦前緣。豪華到底皆塵土，亂世能貧乃是賢。

理數陰陽體認真，不惟醫術妙通神。捫來錦舌存三寸，那有

皇天餓得人（先生今之國手更精於陰陽術數）一輪皓月照花欄遣悶時將古調彈流水高山傳逸響更休愁索解人難（先生生平亦愛絃唱）

抛來宅里並田疇却向林泉占一邱有子力能娛暮景會應消得望鄉愁（研坡善於承顏順志故云）

除夕偶吟

冰霜久歷悵勞身過眼韶光忽又春（時已及新春）用世無因空老我謀生總覺不如人頻年苦客淹三畔（顛陵俗名三畔）明日慈親屆七旬且約妻兒同守歲免教鄉夢惹愁新

元旦試筆

爆竹喧傳向曉聲華燈彩燭照人明乾坤不老春先到日月
相催歲又更韻事添來詩有客覃小海相依度歲愁城攻破酒為兵古
稀喜祝萱堂壽致養彌殷服賈情

開張日偶吟

甘心市隱四經年隨例開張復懋遷要遂鳥私仍服賈新書
駿發自栽箋雄心不死猶居劍生意無多且愛錢子母兼權
三倍利但能餬口便叨天

覃小海聆賀開張依韻奉答

窮途遁跡到偏陬逐末烏能更道謀蚊血有靈循幻法蠅頭無
幾抱貧憂居奇漫說家會裕億中終慚學不優祿祿年來無善

狀敢誇貨殖對朋儔

人日書感

幾經血戰賸殘身苟且延年溷俗塵只道此生終作馬洪匪自號馬子首匪黄三擾及上林鎮人納款余幾於蓄髮不圖今日尚逢人冰霜漫咎天行劫雨露還看物共春剪綵滿頭容換舊却憐客感轉添新

書懷示友人四首

何由插翅出囂塵夢裏浮生醉裏身頑果僅存憐我輩飄萍相聚想前因滄桑忽變民誰主髮匪擾亂出示改易正朔野草無知物自春瞻顧四方真靡騁不堪蒿目亂離人

頻年保聚向山中誰意山中白變紅鎮人本白家今亦漸變爲紅家有幾貞松能傲

萬無多勁草不隨風（鎮陽雄部春卿一人操守不易）人心似水流難返世變如棋局
未終地棘天荊籌托足高飛徒爾羨冥鴻
不為名爭為利爭牽車僕僕苟全生浮沉與共悲流俗患難相
親重弟兄（文甫五弟聞鎮亂特來省余客況）咬得菜根輕世味談來花事負春晴難
禁通日襟懷惡故土幺麽尚構兵
事齊事楚計誰諳（黃三去後蒙李相爭彼鎮人擇從紛無定見）是長鯨此亦蠶延頸庶
民空向北傷心小醜竟圖南（黃三偽檄有本爵圖南有志爾民向北遥瞻之語）流離有興詩
空賦困頓無聊酒不酣世事如今皆棘手儒生經濟漫矜談

為客述近況七首

三十年來又八春昂藏漫詡後彫身琴書有味會成癖泉石多

路山閩有夢通飄泊散雲分海岳蕭疏今雨撲簾櫳生離
死別般般恨都集青燈兀坐中

經商雜咏七首

據案匀英粉辛勤學餅師香甜須可口紅白總因時脫手乾
坤轉成模日月規人來憑飽喫莫漫畫充飢打餅

儀狄留成法無須但哺糟汲泉詳水味熱火念薪勞造濁
名應擅沽春興孰豪愁多緣獨醒端合日持螯熬酒

火候調寒煖油筒灌注深真朱加正色潔白把初心蠟結脂
凝玉花添粟綴金卻憐親熱惱流泪也難禁繳燭

敝予須改造手尺重低徊藍縷塵攤垢蒙茸剪就裁翻新

從損益習尚貴詳猜補衮君山甫嗟吾浪用才整 故衣

醫國難為役徒存賣藥身利須權子母方自定君臣宇宙

春常任詹庚病轉深默叅良相術漫擬濟斯民 賣藥

組織誇工緻分行市日中人皆珍白縹錢任選青銅即此絲麻

貴固知杼柚空號寒嗟有眾誰為達宸聰 市布

生怕人長夜為信繼晷膏添杓爭點滴對稱傲低高價長

固逢阻光分到市曹更深門尚叩誰是雪螢勞 賣油

鎮陵徙居入洞題石二首

落拓山岩裡非家亦是家圖書分枕簟雞犬共烟霞伴我雲

常駐依人鳥不譁憑闌增感慨世界竟如麻

蒼蒼苦妬不羣才無限冰霜迭次來用世壯懷存佩劍憤
時新感入銜杯烏私欲遂情難恝蝶夢頻醒首重回越鳥南
飛為計熟天荆地棘幾徘徊

望雲遥想倚閭門一段歸情再四論萍跡久憐三載泛草
心常繫兩親存言尋熟路神先往指計高堂淚幾吞不日
家庭欣聚順團圞笑語勝常温

相依古洞恰週年底誼還兼友誼聯形迹兩忘捐禮數窮愁
交慰有詩編夠遊共適逃人趣膠膝深投夙世緣我要留君
君要去別期頻夜卜燈前

烟霞泉石與風塵一樣艱虞閱歷身當世才名真禍本此生

憂患亦前因。人如淡菊何須豔，天向寒梅別有春。為語鄉閭諸舊好，莫將閑散怨沉淪。

友人歸程有阻吟以解其愁

行行且止暗傷神，君劇含酸我亦辛。泉石烟霞偏戀客，風霜雨雪豈難人。紛爭忽梗重關路，有用應珍碩果身。但得冥鴻無入網，他鄉亦可慰雙親。

友人得歸臨別再贈二首

雨止雲收轉霽暉，臨歧攜手雨依依。名山斷壁留題去，古驛寒花引興飛。歲晚凝霜侵葛屨，堂高計日戲萊衣。牽牛致養君輸我，我却輸君此一歸（友人留別有我却輸君無別事流離猶得侍慈幃之句）

愛日欣將杖刻鳩綽有樓臺容宴樂翩然旗幟集交遊土匪未靖賀客多備武以來亂離尚克邀天眷稱兕應太白浮

寄懷同難友人四首

相賞風流韻事新脩然曾共出囂塵吟篇徧拾窮鄉景酒席平分古洞春石上披苔留勝蹟門前勁竹想丰神雖然轉盼成陳迹已結今生未了因

家山漫說似三神友人未歸嘗有家山難即似三神之句終得還歸樂事新堂上椿萱舒愛日園中桃李醉芳春幽情定愜張燈火宿恨從消兩鬢塵地角天涯徧惱我却疑相見已無因

今年春異昔年春，索處離羣感觸新。話雨有緣頻入夢，吟風無伴劇傷神。瑶函疊遞重來信，草榻虔攤久積塵。空谷足音真到否，鶯花切待證前因。

困守愁城春又春，蠻鄉禍變日翻新。空岩久煮充飢石，僻壤難超涸俗塵。自悼況㝠儕肯客，幸叨呵護有山神。幽懷萬縷誰堪訴，知已無多感舊因。

陸匪既伏㝠誅，張晚接統其黨，涂邑侯督團團剿受降，吟紀其事，仍用軍中即事原韻二首

再振軍威懾健刁，共攄公憤有同袍。剪教小醜鶩加矢，竟使遺黎得賣刀。湯網好仁惟一面，舜干敷德及三苗。當機

剿撫兼權當載道循聲屆遠姚

狂瀾力挽百川東我壘排成賊壘空（侯督團按戶出丁築壘圍賊巢賊困乃降）馬足拒來八待罪狼居封羆士書功龍潭虎嶺塵初靖棘地荆天路復通（賊巢阻絕赴郡大路將週八稔及今乃得通行）善後尚需經濟在願培元氣振皇風

張晚既納款旋復蠢動涂邑侯再集團圍剿又吟以紀之仍用軍中即事原韻二首

畢竟刁頑總情刁終勞戰血濺征袍重驅虎旅趨戎幕誓得狐羣夥佩刀去害殊難留蔓草鋤非乃獲護良苗克威克愛還相濟更有仁聲播遠姚

八載萑苻擾邑東招安有計總談空祇應戮力抒忠憤敢

詡攻心舍戰功賊巢算來山易撼團營圍處水難通觀兵
指日攙槍掃凱奏聲傳解愠風

○送春

九十春光倏變遷飛花啼鳥共淒然東君問爾歸何
處我亦無家已六年

聞故鄉人有以傘解圍舊事譜入花歌者賦此志感音
熱血當年湧滿腔匆匆戎馬苦辛嘗不圖往事成陳
迹都有謳歌溢故鄉
請纓請劍獨輕生功罪分明記得清豈是廟廊無史筆翻
須士女定公評

背門東上石梯懸仰首高攀得路先覽勝初游圖畫裏

出塵心事已翛然 樓門牓曰翛然出塵

地堪容膝構樓東斷壁題詩爪印鴻愛日門開斜對面又

名讀畫小房櫳 樓東室係家慈寢所名曰愛日山房與讀畫山房作對

別成小室構樓西睡有工夫火照藜箇裏自開詩世界臥雲

深處郎公題 樓曰宿雲其極西小室為臥雲深處郎春卿臥所

宿雲樓耳架西東趁出城頭眼界空各抱石闌堪徙倚左名

弄月右吟風

擁書自擬小諸侯且勸兒曹敏厥修文富樓高梯更上兩軒

山色任分收 臥雪小室上一層為文富樓

文富樓顛境更佳看山樓小貼懸崖開窗遠納東峯秀馬嶺

羊岡對戶排

更有看山最上樓環城西上最高頭萍踪曾寄、香癡子掃石

題詩紀勝遊

相隨眷屬亦欣然卧室三間列兩偏樓上絃歌樓下織平分

清味夜燈前

鎮陵有地把身安世内幾同世外看占得蠻山權作主笑儂雖

大亦雲端

引來猿鶴證前緣當日相羊不願仙自笑散才無地用主持樹

石兩過年

回頭更為説緣因趙李同心亦費神匪特春鄉兩叔姪烟霞樂與結幽隣

還鄉猶是履冰霜魂夢依然戀感皇況復梅花曾手種來春定早孕寒香

楊墟旅次飲遇李雅亭世丈旋别感呈二首

斗山在望久情鍾嶺隔飛鴣悵疊重不道亂離無定所飄鸞泊鳳轉相逢

歲寒松柏翠森森坊表巍然樹士林肝膽照人交誼重最難忘是舊知心公詢吾邑諸前輩甚悉

曾推大雅善扶輪桃李花開著手春用世有心無奈老愛才

還訪後來人談次詢邑中後起誰為有志不勝款款

夢裏花從筆頼生吟壇詩將篤馳名才華不似江郎盡語到風騷倍有情

襟期霽月且光風有道當前愜素衷竊愧此心茅塞久一無奇字問揚雄

飛蓬無定劇堪憐萍水爭留一面緣却恨天公偏我妬不容長奉地行仙

奉答稚亭世丈別後見懷之作四首

旅苦零丁衍慶餘久困流落曠居諸生涯不啻車中斛詩思徒存灞上驢草草至今仍復爾花花從此又何如莫由

纘緒留遺恨空費生平讀父書

鹽車端合困駑駘伏櫪長鳴本散材滌器相如甘落泊登樓王粲飽悲哀雀符極目騰烽火桑梓回頭悵劫灰小隱栖居無用地漫勞相賞在塵埃

老成倫指幾人存父執惟公古誼敦勁節不因飄泊貶高名還藉亂離尊憂時慨慨心難寫話舊殷殷淚共吞恨我皈依緣太淺斗山空繫夢中魂

地角天涯阻甲兵斯文骨月兩関情吟篇惠我鴻初到别緒纏人兒正明邂逅適逢談片刻因緣相與訂三生知音宛在雲山遠苦抱牙琴漫一鳴

聞家輔哥奉檄扎率團剿平四塘賊窟首惡就擒寄呈

在事諸公四首

火烈崑岡玉石焚，窮鄉一日遍知聞。潛兵久秘平淮策，拔幟終成破趙勳。績紀百蠻伸正氣，村平五鳳靖妖氛。健兒熱血中宵噴，劍影刀光晃斷雲。

城池自恃翠金甌，四載稱雄一旦休（陸匪竊據五鳳村築城從地，與我團為敵，迄今週四寒暑）。天網本難饒首惡，賊鋒終不敵同仇。雕梁畫棟焦秦土，幼子嬌妻繫楚囚。借問遺兇逃命者，可曾清夜試回頭。

糾合團營令尹賢，運籌帷幄幾經年。匹夫匹婦讐真復，同澤同袍恨少捐。甲士征衣攤戰血，戍樓更鼓臥炊烟。酸心都是登高望，卅

明山澄水拓雄圖自命塵中一丈夫熱血豈真盛不住再驅貔虎
戰平蕪
光騰佩劍斗牛沖遠遠聯交近忌攻山人遍與粵中諸髮匪聯結希近與郡蒙兩家角勝數載未作事
變非常甘禍首不知何日告成功
居然鼎足日紛爭雄據東闔擁重兵汗馬多年親血戰焦勞
果否為蒼生山人嘗有斯人一出為蒼生之句
無能為役本庸夫貴爾相思憫客孤知否浮生真若夢種依不
覺老今吾

初歸家書感

里落依然竹樹菁蕭條非復舊柴荆灰餘壁立莓苔厚草裏

階空瓦礫平戚屬問存同引淚兒童恭謁不知名回頭却悔當年事俠氣雄心累此生

歸家應酬書感七首

生成傲骨與時違不死他鄉也得歸宵小相逢還走避笑儂猶有懾人威

疾惡如讐與禍鄰嚴詞何敢復侵人羣狐却恐儂修怨夾路相迯語倍親

未克揚名許世知芒鞋蓆帽野裝宜少年同學俱如我肥馬輕裘是健兒

多才誰得奈天何亂世磨人是甲戈只道流亡儂易老還看儕

輩也皤皤

荒園小徑破苔青好我紛來笑滿庭怪底兒曹皆壯長周咨故老半凋零

漫言世味飽辛酸冰凍霜寒淚猶殫不道鄉人偏泣述家居甚比客居難

楪期不改鬢毛新濶別親知計七春多感杯盤邀過往聲聲相慶再為人

夜坐

孤燈獨夜清落木繁秋聲寒士愁根在西風吹又生

甘梧大攻破藏雲洞楊壽泉偕叔聖輝並幼子三人同遇害

聞而哭之六首

遁入空山計六秋，懷清履潔轉招讐。貞操不為羣兇貶，斷得頭來硬到頭。

禍淫福善理昭然，底事顛顛倒倒顛。似此兇頑行討伐，豈真蒼昊竟無權。

兔窟俄然化刦灰，漫將奇禍問由來。一朝三代人同盡，莫是前生早結胎。

夢夢難問恨難平，翹首雲山淚一傾。人善人欺真若此，良民信是可憐生。

虎口逃生賸藐孤，伍員乞食已奔吳。戴天不共讐須復，可有陰靈

默相無
適逢髮匪正披猖守土無兵沒主張悼我又遺千古恨不平漫欲咎
蒼蒼

徐清甫郡伯督團堵剿髮逆翼王於大梁村吟紀其事四首

浩浩洪流浪拍天傷心烽火竟週年（正月髮逆自賓陽入境破郡城四月至七月又由土司回武壘破縣城今翼王再由賓來據馬村梁村自十月至十二月相持未去）偏隅所恃能無恐只是丁男殺手便

長官累月鎮中軍杖節持籌日策勳嚇得翼王驚破膽堂
堂正正五旗分（郡伯將六十四團練壯分作五旗擇能以將之）

令箭宣傳曉合圍同仇修戟著戎衣曈曨旭日昇東嶺喊下
梁村怒馬飛

牙旗前指大江東撲面塵沙起朔風畫角烏烏鼙鼓競此聲吹老幾英雄

辛酉草

夏日雜感四首

炎帝偶休暇封姨竊肆惡頑雲蔽乾坤驟雨亦助虐日月潛精光陰霾黯林薄風力所到處萬緑併摧落挺挺松柏貞出頭受擊搏芝蘭幽谷英亦難免剝掠勁竹復披靡幾同士落魄何況蒲柳姿能勿悲姌搦世宙本繁華倏忽俱蕭索時危胡乃爾問天苦漠漠念震為長男羣生命咸托豈無濟變才失權用不著不知萬竅號紀極究何若嗟余懷杞憂蒿目

況復句留添好雨肯教孤負發新醅（是午適有留客雨先生遂為卜夜之飲）當前樂事情交暢此外榮名念早灰卜夜綺筵依月霽驚人斑管燦花開六楊有主騷壇拓永夕何辭北海杯

補屋漫吟三首

十年瑣尾賸殘生故土能歸亂欲平所止破廬須補葺也同華屋費經營清風不礙穨垣入皓月常臨短榻明底事芸窓尤著意要聽兒姪讀書聲

縛就柴荊倚斷霞女墻環抱樹杈枒蕪荒未拓三叉草富貴重開四壁花回首世途悲險巇托身人境喜幽遐憑他冷眼從旁笑門巷蕭條是我家

滄海桑田世界新，寒門依舊獨清貧。先除寢室安慈母，還掃吟壇待故人。戚屬問存頻見訪，園林著手再成春。自欣灰劫餘殘屋，尚得寬容八口身。

五月社課會即席口占

樽傾蒲酒醉同人，笑語讙然滿座春。暢敍幽情添勝友，是日更有故人來入社互呈佳作證前因。流連水石清閒趣，嘯傲乾坤放浪身。壯志銷磨豪興在，一時心跡並超塵。

登壇拜將社課

高牙大纛插雲空，百萬貔貅拜下風。任以揚鷹隆主眷，襄茲逐鹿逞英雄。攢心未釋亡韓恨，得志須成翊漢功。國士無雙叨

品藻紀恩應首報滕公

壬戌草

落葉四首

無端霜信徧人寰青女宣威百卉間要使菁葱標古格却憐憔悴失韶顔平分冷豔添苔徑難再濃陰護竹闥豈果時危身必退蕭蕭相約下秋山

窓前曾賴障斜陽繞屋扶疏擁草堂詎意怒號風萬竅頓教秋老樹千章吟蛩唧唧哀誰告哀草離離意並涼嗟彼無情猶爾爾勞人安得久康强

富貴榮華轉眼空不平誰為訴蒼穹迎秋頓減遥山碧傍曉徒

增夕照紅未必涵濡希玉露難禁搖落乍金風拼將飄墮無窮恨併入騷人感喟衷

凭欄指點物華新滿目蕭條劇愴神墮落恨添連夜雨飄零悲集老年人相尋卸瓣隨流水差幸盤根未作薪莫怪園丁期望遠數榮還有再來春

諫議大夫祠二首社課

高風永共柳江清唐室逋臣擅直聲俗士問誰顏不厚宦官從古禍非輕賢良莫遂生前志諫議徒加死後名正論每遭當國忌忠貞千古淚同傾

儒生報國首文章時弊條陳墨幾行款款孤忠偏下第睘睘

今是山房吟草卷二

天鳴山散人著

癸亥草今體七十七首古體一首

元旦試筆四首

爆竹喧傳破曉聲欣言小息亂初平堂燒荻燭年光際〻贴新符曙色明内外拜神歡式禮親隣賀歲喜相迎勞人往事休回首莫話滄桑膽復驚

林泉匿跡付沈冥陋室能安德自馨説覺昨非今即是人妨人醉我常醒家風似舊仍蓬〻春日曬輝滿草庭笑引妻兒同獻壽靈萱堂北慶長春

飲得居蘇又一年再吹春景小堂前林塘有我重生色翰墨須誰共狩肩徑草烟状朝月賤園梅柳迎曉風宣〻门庭擾〻添佳趣幼稚兒童教彩錢

敬遠餞神守素操，半生碌碌嘆徒勞。不知此後昇平世，可勝從前困頓遭。雪鬢漸儲

窮措大，風懷未減太牢騷。今朝叙樂還多感，膝下兒曹笋樣高。

索居有懷吟社師友廿二首

對酒長歌復短謳，室菴的是醉鄉侯。沉酣不必風醒面，慷慨都緣雪滿頭。星斗羅胸

稱不愧（龍山罔郡伯曾以胸羅星斗四字題扁贈之），冰霜鍊骨行無儔。龍門許我頻攀陟，濶別兼旬輙惹愁。（室菴先生楊姓名孔菁）

年來咄咄每書空，獨有龍文可固窮。傲骨老梅憑壓雪，出頭孤竹苦當風（龍文前曾為土豪所執不為屈，去歲又為縣小所欺侮）。

慙澆綠酒時謀醉，味領青灯夜課童。遥企芳踪憐別久，歲寒心事話誰同。（龍文仰叔姓黄名鼎鐘）

見說梧莊是雅人，高踪詎肯染紅塵。梅無媚骨何妨淡，竹有虛心信可親。蘐岸勞予丹溯

水，芸窓自爾席藏珍（梅莊有作每不輕以示人）。秀峰一塔嵯峨起（梧莊村南有塔名日秀峰），仰首思攀費遠神。（梧莊姻丈蔣姓

名龍川

榕峰獨頌舊牙籤，腹笥便便本不廉。壯志老仍占大壯，謙懷幼早筮趨謙。敦詩苦把紅腔問，顧影私憐白髮嫌（榕峰晚方学吟，每得句必向予請政，常以為恨甫志倍專）。前輩轉甘居後背（榕峰於予本五年以上），笑儂妄術錦花添。

榕峰執友謝 姓名元德

誰似蘭齋好學深，六經理奧若搜尋。前程特有青燈在，老景渾忘白髮侵。日課不違忙教事，風光相適寫詩心（蘭齋即景得句多遣）。時常遜我還規我，莫謂沈淪棄寸陰（蘭齋執友黃姓名錦，余負母避難遠徙，為應震子婿，有信相易）。

全溪廿廿桂林遊，今月同歸老一邱。結契綴添新韻客，聯歡終愛舊吟儔。情濃細柳多青眼，品淡寒花保白頭。若谷虛懷無比偶，詞華還要讓蘇州（全溪搁文章 姓名文英）。

老沉窮途覺倍狂，仙舟獨擅好文章。駝吟幾禿吟風管，諦醉偏貪醉月觴（仙舟嗜酒每醉輒作架）。上英華歸獨理（仙舟嗜学好博涉），杯中形迹笑俱忘。孤芳自賞須同賞，伏我芝蘭早藝香（仙舟執友黃姓名得津）。

吟朋相与漆投膠，誰似眠岡總角交（眠岡未冠在芗疇圃郎門下，余早与定契）。促膝不辭杯數酌，攢眉猶記字同敲。

依人此日甘餐菊，似我多年恨繫匏。浪跡塵寰中儔久別，又看春色上花梢菊麓（眠岡謝其名）。

白夫當齋雨之年五鳳村中老謫仙，友誼重時存舊譜，文章客歲讀新篇（雨之年來小丈匯浙平舍理故業，上年以新詩相示）。

風情雅嗜金樽外（雨之不好酒故云），烟景常收玉印前（玉印山在雨之村南里許）。開府參軍皆品藻，杜陵最愛思飄然（雨之執友李白夫公溪齋名瀾，近以詩草就質）。

綠水青山窟底生，印泉懷抱獨澄清（印泉工丹青）。畫非無本詩為譜，詩不能傳畫補成。墨蹟並驚多肆筆，形行偏要擅謙名（印泉有謙癖）。風流要詠腰頻折，春日垂楊最有情（印泉小表楊姓，名天鶴）。

神仙豈定寄烟霞，竹鳩依然不出家。荷笠任賠禪祖笑（竹鳩從戒堂題佛像，友人尝戲指原上圓光以為荷笠），談經終許秀才誇。問身手隱壺中酒（竹鳩嗜酒，年來每醉鄉），韻事常添硯上花。只是年來詩有債，吾曹倫惱著袈裟。竹鳩及门倲姓名故知

逞耕一硯傳心終及待三隅桃紅李碧環相待漫道風春化雨俱

頻年飄泊故山歸坐守書城掩破扉佩犢環看鷲月甚注出自覺每時違登門不少

攜修脯問業誰堪付缽衣莫怪愁根瞞滋長彈琴多半對牛揮

吟賀李源泉舊同事續娶四首

再渡藍橋鳳（亦）同洞房彷彿積年塵枯楊覩穉垂萌（芽）莫對新人憶舊人

潘岳愁絲久滿顱春心猶似少年鬚風流笑剎劉家女擂朝分明認老奴

今日溫柔復有鄉文君心醉鳳求凰花園老樹垂飛絮好趁春風上下狂

結得新歡換舊悲畫眉再上曉妝樓佳人莫惱詩人老子野當年更白頭

陸邦彥舊同事見訪有作二首

汗馬奔波久相離白髮新分明堂上客彷彿夢中人荊棘成斯世冰霜鍊此身多能終

是累為子嘆風塵

別恨憑相訴稍撤契潤心熟籌新事業再揭舊胸襟用此君懷壯逃入我孫詭初憐

情話深明日又商參

初講書示諸及門

執經甫々侍童蒙久籍紛々披待拆衷入室他年觀諧極峰濶今日樂開功相期共

從來鵠天偶學應須絕鵠鴻誰克起手誰助我兩端試與叩悟々

聞小臥龍山人物故吟以悼之二首

黃巾偶擊荷衣崇修念旋生好勝衷（山人鴻練破賊上林清色今與許過甚傾修然矣）苦口攢余君比匪（山人本武手張浩川之言）

（東廈相規皆不入耳）兵書誤爾竟興戎（山人素讀武侯兵書急于一試）干戈自靡紛爭纂竹歸誰銘保障功天上一民

曾得合九原應悔作英雄

周蒙震懾奪先声戎馬勞勞竟畢生祗革幾年勤爾事蓋棺今日得何名陣排諸

葛雄圍在山人保衛其鄉偏立戰壘聯絡不絕緣効曹瞞遠慮精山人設作疑塚十餘處周蒙求之皆不可得却有今人深惜處埤衛

雖得罵名皇清山人已蓄髮為報辰故云

暮春有懷鄉春卿執友三首

一百三十里睽違輕五十年參商今別恨枰向昔因緣撫景懷元度潛踪想仲連去

秋歸雁過為說棄烟岩

豺狼三時擾今月尚雁荐多難家為累耽愁客又孤塵容梅骨相鏡影雪頭顱飄泊

清風在懸知似故吾

知心勞屈指海內幾人存屋月留顏色開山引夢魂徑頻開老圃書又去孤村句也

逢何日論文共一樽

謝子惠館墟里與姻友為詩寄示

蹤跡比日泊囂塵非復逍遙物外身同俗世誰先聖介忘才天要我遣貧酒魔未伏慈如故烟鬼相纏病更新筆硯生涯能得幾思君一度一含顰

廖江竹枝詞十七首

春風裊娜雨相過麦滿平疇綠滿坡試向黃林林外望三三佳日好花多

胼須真武喜予將食罷麦精糯米來忽漫歌聲風外起家家兒女靚新妝

桑葉斜眼竹籃携簇之下田細草畦入耳花歌行要答鶯喉試轉笑聲低

相牽相挽笑眉開小步尋芳往復回特地勾留叉路側待看如玉少年來

叢中分隊路橫縱襯貼春光是治容穠李夭桃相傍處向誰經過不停蹤

無因傾吐愛花情挽頸聯肩巧比聲唱到風流歡喜處曲嬌娃春意一齊生

人逢故識往事々聯不覺流連下渡頭倚語飛來心更碎情迤邐々短長詞
鍾情人之少年中眉語斜傳一笑通待覌衣客邀眷盼娉婷半遜老娘叢
士也耽兮女也耽行歌互答當心談歡場易散愁同結惱殺西山落日腳
平林忽暮噪歸鴉蜂々雨迷來蝶蜜花離曲唱來心緒亂行々遠止聚三叉
濃來懷引得芳魂愛我哥々送到村去慶來閑重訂約播音遙遞話莫啼
拂袂花間簇錦園一年一度賞芳菲相須領略遠々數曲累得娘行也暮歸
回首農夫盡在田徑跡也共々愛花鮮嬉戲人老去心在故引兒童話少年
兒童本未解風流此月去情也並優遊班與々閑清唱起草坡圍坐習歌謠
傳言揆戲兆年皇台共登春不約同行樂及時須盡興遇茲十日又回功
灰翅村鄉不盡凋遠將故事節蕭條匝々絃出昇平象中澤哀鴻恨亦消

任紛紛平看一任人江干分外有鷗盟蘭卿太守曾多事謫禁歌枉費神

書館感吟

坐破青氊白髮侵童蒙漫自共居今時敎末鐸徒循例日渡金針誰會心教受半年思塞責慙仇成菜不感滋深去風豈斬頻施惠桃李所因蔚作林

責代華六弟及紹祖兒二首

遺經萬卷是家風啟後承先在爾躬歲序不留人易老門閭雖大我猶窮荒疏所恃勤能補進取誰言戲有功西浪東流成底事昏昏何日破愚蒙

悼我窮途計療貧培荊栽桂幾經春詞章漫擬終難集負荷難堪枉折薪祖父有遺慈大澤兒孫偏作不才人志天生爾充何用盡顧魁梧七尺身

覃小海就館洲複村有懷即寄

攤箋爭迎不盡歡江村見說拓文壇風流雅有芝蘭室月照知非苜蓿盤馬帳誇人

經笥當鱣堂勝我坐氈寒芳徽百里勞翹首企北樹東雲悵倚闌

祝陽堂菴先生七旬加二榮壽二首

六陽春不老壽福果叨天余去年晉祝有但得年三九此日斯文壽福便叨天之句北海手裁卓北山壽骨堅籌欣添九

八歲更擬三千莫怪濃唇頻吟壇未了緣

矍鑠先生健詞林得典型情仍聯舊雨照鏡朗文星韻事推毫管交場醉綠醽吾

曹須盡興遺老半彫零

春日經坡斑讀黃鳳泉先生贈二首

酒淚對坡斑伊人漂渺間夢中函丈在望裏典型刪墓木青猶許碑苔碧欲環靈寰

誰共笑懸崖起春山先生春山詩有頂貫每斗時明洞雨欲來間須面笑展靈寰之句

青燈猶有味黄土竟埋人此恨成千古傷心又一春鳳來遠教澤鳳來泉名凿塔想手神凿塔山名蔭幽徘徊處声々杜宇新

積雨

滾々夜復晝淅瀝不停声水漲魚争躍巢寒鳥散驚環山濃翠重疊浴濁波平愛雨愁遠集花枝倚曲檻

雨夜作晴

風伯知人意驅雲廓太清寒光懸兔魄喜意動蛙声宿潤留長簟殘潮偏短檠村童魚夢醒應早計深耕

喜晴

詞損連旬雨晴光喜忽逢風輕平水勢日麗豁山容遠韻歡聽鳥狂情訪勝蜂春衣留

經世亭午快支筇

〃雨後望大鳴山

久經春雨濯秀色接岩扉宿翠濃於染殘雲捲自岫凌空看岳峙鬼練怒泉飛仰止

情逾結徘徊對夕暉

雀兒吟爲漢捐文作

宇宙迥寥廓微禽任棲息胡爲避鸇雀却若無處匿引雌乃雛所至皆憂惑時命

豈不齊世途真否塞憶昔托長林寄身在薪棘飲啄恒自如迴翔殊自得無世本無爭更

誰意傲弋誣忌羽毛墜變忽生不測鸇也肆其毒鳩兮亦侵逼倏爾覆其巢突然折其翼

舉族咸驚飛或南或東北回首思故林可即相引有鴻鵠恨無高舉力靡止向蒼〻〻若

織莽〻瞻坤維何地爲樂國嗟吁弱者肉豈真强者食

秋夜即事二首

獨夜迴秋情詞愁觸緒生署隨荷雨去涼入菊衣輕斷雁淒風緊清砧促月明安
窮搖落感墜葉撲簾旌

警折連村響驚人飯寐難悲風增殺氣奇禍起狂瀾（林文瀾逞志并吞南圍多事）霧斂烽烟簇霜明劍
梨寒登樓南望遠戍鼓振江干

甲子草今體廿首古體二首

0660 鮑宗師擬就縣城行道考部委卿擊究捉便道見訪留寓候試有作即呈五首

光溢蓬門有遠賓笑言喧熟動諸鄰逢迎不改丰裁就昭對猶驚面目新秋杜惠然
歌羽我蒹葭勞爾溯幽人聯歡促膝分明是非復閱山夢裡久身

著番作令本蒼之題我多年引領望風訂鷗盟曾道契倘來騷雅更形忘（上林李承伯相隨下訪）

書声為破幽居寂，情話還增古意長。古上精魂真爾在，不隨人變盡滄桑。

青灯永夕話平生，往事回頭記得清。折桂廿年同幻夢（適光甲辰春卿將遊桂林，迄今已經廿寒暑），飄萍六載又離情（乙未余去鎮陽，今又六年矣）。宿雲樓閣牽愁遠，流水光陰轉盼更。幾歷冰霜貧健在，談心無再議前程。

飄蕭鬢髮笑華顛，環顧追隨盡少年。早卜孫莘余滿袖，還期破浪水連天。貽謀羨爾薪能折，致語慚余鉢未傳。無老共商堂構事，寒儒衹恃有殘篇。

學使星軺故後來，翻（七叔）累月久遲迴。山溪縱覽芳蹤遍，故舊頻招綠席開（硯波（坡）、海龍、文皆招君卿小飲）。數遊過崇敦古誼（先慈下世有日，君卿備禮追奠於云），論文深荷削凡村（余近作還于沈腦，君卿切為指正）。聯袂卻怨於分袂，笑我吟腸月九迴。

郁春卿既歸感別追呈

昔之日一別五六秋，今月之日累月相旋周。共道今月勝昔日，樂共晨夕消離憂。論文說詩應復夜，一點青燈照清幽。詎意天不順人願，要使離事同浮漚。君歸大鳴山北隅，我有大鳴山南瞰南北相去廿有卅里雲烟遠靄横雙眸君心自戀琴筑泉我心長繫宿雲樓地棘天荊室行路後会茫々難預籌敵交庭指塵海内或登廊廟或林邱甚因珠玉埋重泉否亦萍梗飄中流窮通榮落不一態備歷滄桑各沉浮星散遂天不復聚雲夢徒切交綢繆惟君於我不遐棄忽然面目垂相謀上下千古在懷抱有疑慮許頻咨諏胡為促膝落未已催歸有鳥鳴枝頭枝頭鳥鳴歸計定送君不忍留無由留君不得轉居憶此未使我增離愁天涯比鄰古人句讀之別思彌悠々山房返坐對孤影𩍲縛思君私悵惆悵此念把我縛解脫要計還自謳謳罷山房倍岑寂月華如水松風遒

赴竹吟并序

我園陸軒壚之北有塘之北旁竹十有餘叢々各廿餘竿或卅餘竿脩修美主人累世培植不忍傷焉今春二月中狂風號空而至意欲其折節而屈

於南也蘇怒積加一叢遂爲所仆頗拔根卧地而枝葉依然菁菁不改節爲
主人珍護之而苦綿力無由扶植經廿有餘月卧者忽復起立參天如故時適
市集觀者如堵咸詫之有請誌其異者爰吟以記之
挺生叢塵裡修篁凌蒼穹鬱青復攢翠間氣胄鸞鍾有斐乃君子品格班柏松方行
列羅漢交蔭春波潑秀美震流俗料料刺人瞳飛廉苦相括統率偏師攻一叢遂仆地讓
彼擁毫雄扶植苦無力凄絶主人翁謂是經摧敗其以淪落終疑將偕偃草遷就爲
卒從詎意勁節在不敢爲闒茸無時再振拔指視讙兒童衆目快先睹昭蘇如舊容
念古遺疑謗家相須居東禾偃大木拔變生雷霆風厲後拔者起命築勞二公乃今
回生竹却不煩人工事出意計外此理誰貽融意是猗猗綠精誠早天道維皇默去
頓特地施神功篤因栽者培植眼還菁蔥嗟嗟亂世人視竹多有同斯文皆掃地莫不

悲吒窮餓白渝素守吾道終尊榮崇有月坤正氣乃故超凡庸寄言同志者遇变

毋熱中威武不能屈前哲遺芳踪星醜毒彌烈大造恩彌隆請靜觀此竹天心豈夢〻

當家雜詠七首

幾度傾家力不支助予剝布費籌思生才不俾當窗織謀食常勞數米炊病久竟將柴作

骨憂多曾損柳如眉相憐相惜頻相慰只道書田有熟時

癡兒何事苦求學不顧錢囊洗已空索餌日仍偕稚子授衣時更責衰翁青苗早貸要

耕初課白布須量織未終堪笑完家成底事詩書難濟此生窮

閉門謝客入山深不速依然月我尋追話浪田頻促膝坐談風月每開襟供蔬自有園丁力

謀酒終勞內子心畢竟繁難猶古鎮救貧佳想不成全（余在鎮陽多客門聯曾有古鎮繁難一家之句）傳人為我服先疇

倩人為我服先疇衣食終須貴主謀襤褸久穿愁赤腳青銅小欠惱蒼頭相酬價值隨年

長难把工程虎日來不信使令前已足纏身奴婢牽情憂

半生風味飽儒酸徑寸愁心攪百端散盡冠裳难赴宴借來錢米急輸圍荒田糞少常收

歉破屋灰餘整愈残窮鬼送他々不去有家真覺畫貧难借用若雲謂句

隨遇苦饑莫療貧閒居仍是一勞人零丁孫苦承詒穀有子驕成餒負身萬卷叢殘魚目

飽百般磨折護難狎年來又學袁安臥誰謂鄰家熱可因

老忨而今不復狂愁成坐困鬢添霜怕寒預慮秋風早忍餓尤知夏日長耐得銷磨撐

傲骨苦消纏繞縛吞腸漫言高臥身無事家計翻教夢亦忙

謝子惠見懷依韻賦答

悴志依然折不回塵緣爭奈撥难開愁增老態霜前柳淡抱素心雪裏梅自笑昂藏仍傀

儡偏勞契闊費詳猜欲知空谷奔忙事明月清風数往来

黄蘭商黄兜仙舟楊振甫覃小海楊硯坡偕家輔哥同赴秋闈別後有懷

追贈二首

月桂年年飄任仰攀蟾宮在望笑開顏欣看並馬人同去縛悍相羊我獨閒余以守制未克同往足迹曾
經千萬路夢魂遥逐萬重山龍潭虎嶺需生色所願爭先奪錦還

獨喜吾兒客不孤聯鑣雲路有鴻儒登龍隐卜衣皆紫附驥應忘髮半烏報國文章端
賴此承家科目想先吾姓名指日連曜六宿纍纍朗貫珠

秋月病中口占

百事不如意秋來感復深孤謀窮入骨多患病生心困倦倚孤枕寒來怯破襟浮塵封
硯匣虛度幾光陰

四十四初度志感二首

不墜封侯志年年劍獨磨李標歸果得衣錦樂如何喜溢鄉内外光兮故舊多苦心天
不負人共羡登科
清歌还擊舞喜意藹盈揚不朽名能立為歡樂未央東南資盡義賢聖臣同年、八世將
軍烈盛推積厚光
筆墨輕拋卸雕翅翔壯遊名欣標虎榜爵豈送羊頭麟閣應安左龍船待晨獻頭
揚從此抬進取莫高犄
對鏡私心盛深斷席草帽身不求儂棄物有志爾成人得路鵬高舉沈淵護未伸龍
门閒兩扇何日步芳塵

題黃文苑畫扇二首

莊莫錦華帳轉聯千紅萬紫君憇之相期為把丹青筆挽駐春光上扇頭

指計素華圖注念殷吟魂春愁是芳芬祿歷妙筆王維畫慰我鄉情切待君

如岡邵伯遙祝乃太封翁八旬雙慶母宴志喜四首

介眉特為徵華筵慶祝深情寄遠天惹得萬民同作舞祇頭遙拜地行仙

妙年初田笆在素克家肖子作能臣高堂遐齡應含笑太守循聲載道新

望雲遙指老人星慨想孩蘭擬膝蔡故國回瞻猶積烟金戈鐵馬響神傳

同事致祝究何端共祝春萱耐歲寒五老峰頭瞻粵嶠黃堂有子做賢官

步韻奉和如岡邵伯宿壇禱雨並聞邊警自責之作四首

豈果熱荒任不勝敢將久旱傲康能愁看化宇全焦灼頓使神君倍戰兢剪髮為民

虔禱雨捧心觀我省懷冰思陽厄運伊胡底蒿目時艱謝禍仍

孰意恆暘竟作災桑麻被野舉殘摧山頭滌々幾無草雲背施々漫有雷露稻霜

秔隨處槁鳩形鵠面逼人來多生底事產天怒赫赫炎炎施不回

佛力無能抑亢陽洵洵人若覯穹蒼迎來翔吹飄何急計對西成願孰償況復兵

丁馳驚振要須帶甲救瘡傷行粮又恵追胥逼愁殺遺黎倍怨惶

政平偏不遇時知枉為三農狀作訛扁牵仁風期慰彼禱飛列月轉由他畢與魯國嗟

懸磬詩探豳氏羨何禾安得天憐余佛子早將霖雨洗干戈

道不令辭館感吟用呈知將六首

斯世論交古道稀承穆生去楚早知幾而今吾亦從吾好引領北山賦曰歸

苦念寒酸甚自慚輕裝惆悵撿文籃於人恨乏圓通術又益旁觀一笑談

漫說遭逢命運乖不能偕俗也非才收將化雨还山去忍負名花笑樹開

散人蹤迹本萍浮進止真成不自由多悔当時輕就聘又添一段別離愁

介性生成石不移，深心難使盡人知。旁觀漫作挽留計，此去儂經匝月遲。

賓主原知少宿緣，師生徒爾費纏綿。肉身自笑投塵網，謗議多招豈為錢。

辭館將歸月下澆花漫吟二首

已分風波不定身，流連花裏漫怡神。多情只有書窗月，依舊團圞朗照人。

誰擬來朝賦我東，莫由長伴淺深紅。明知勺水無多惠，那端栽培未了衷。

若二文耀更作館東苦留終歲有作三首

已賦東歸志浩然，無端垂楊故意絆征鞭。人生信是情難割，又為知心駐半年。

世事如棋局又新，不如小住苦吟身。青灯此夕光重照，喜是高齋易主人。

書林杖履再優游，舊事端宜一筆勾。只是小闌清償處，有花含笑有花羞。

中秋暫辭館示諸及門六首

青雲牽遠思一編黄卷踐浮名興言華國心雖壯却恐虛邀處士声

貴陽寓齋感興四首

一入名場裏前程究若何文章售世易財帛困人多病久神猶健愁深鬢欲皤塵勞憐草草却悔出岩阿

累月羈棲苦荒城托此身印泥遺跡幻話雨舊情真有涇楚難辭無花歲月去日來忙應接有幾故交人

偶譜高山曲焦桐獲賞音竊欣叨寵異翻怕受恩深此日花流錦何時石化金攢眉談笑外對影每沉吟

轉眼春將盡頻頻客緒牽干戈猶我待日月有誰延世事縈宵夢詩心律俗緣負他韶景將鶯語老朝烟

〃賓陽卯月書感

萬目甚如織鮮民不忍看啼饑悲哉道濟变思無端此輩誰爲命伊誰正在官偏隅兵燹後何計救彫殘

〃賓陽雜感四首

儒流雅抱濟時情未免爲霖愧此生最是酸心难自遣啼饑不絶款门声

連旬粥厰四厢開鵠面鳩形逐隊来当道争誇恩下逮依然饑莩半蒿萊

昇平氣運轉洪鈞臨浦波光亦作春不道東皇恩澤渥滿城荊棘尚爭新

名成利就樂何如得意春風有客多知否呼庚人載道宵深高閣尚笙歌

賓試歸途中口占

賓陽兩月溷囂塵馳逐浮名了一春歸去應招猿鶴笑又將簪紱縛吟身

辦團被譏爲黄菊山邑侯所謔感成二首

主持東局計多端，除暴安良力已殫。苦竭精誠維下里，誰知戇直忤賢官。彼丹不信抱冤易，保赤遥兼獲上難。自數孤高攖物忌，苦衷誰與諒酸寒。

遂許馳驅不惜身，青衫多事涉紅塵。冰壺獨抱誰知己，瓦缶爭鳴竟任人。避俗未追陶靖節，被譏宜似屈靈均。何因短劍能拋却，重向空山作逸民。

丁卯草今體三十六首

哭長男紹祖四首

戶貼桃符正趁春，命乖轉失過庭人。忽看長子先埋玉，誰爲衰翁力負薪。送葬雖孫纔五歲，持喪冢婦未三旬。酸凄永訣情難盡，可有來生再見因。

少年人未遂生平，拚與高堂淚並傾。萬軸牙籤剛買就，半園樹石未裝成。相期紹述

真〻虛想自悼思勤浪有情百緒千頭長別話老懷凄楚記尤清
殉塋詩篇要小倉陰間豈亦有吟場嘔心卅載生無〻濟抱卷重〻泉死亦忙魂返諸天
從此別篇成冥府問誰商克家我蓄無窮恨環顧孩提倍慘傷
妙年隨我賦流離窮鳥纔欣返故枝只〻道小康終〻保聚誰言大恨促英〻青囂壓脫迹
兒真〻樂諫諍無聞我益悲苦殺爾妻虔侍養可能如爾在生時

奉贈熊如岡郡伯得代歸僅八首

卅〻隸仁併慶小安幾經康濟撓凋殘熙〻民愛情方洽舉顧神君久在官
憶自窮荒靖寇氛輝揚福耀嶺卿雲何暮款道循聲裡忽唱驪歌滿聽聞
再造思田展治才歡羅漢〻土卅〻登臺明山邕水春光到文運遙從奮武開
績治陽明裕化神兼權剿撫見經綸行看驥〻是馳皇路多事催歸鳥喚人

五老峰頭靄望雲壽星高朗祝家君朝衫竟卸尋萊綵豈為賢勞禱念殷

甘棠陰裡整還轅舊政由他掃穤論兩袖清風歸故國思恩黎庶倍思思

五馬驕嘶出瘴烟柳條無力絆征鞭收將化雨還山去桃李含恩更黯然郡伯方收某入门下

竟辭榮祿遂初衣指點親闈客思飛只恐作霜終有用不容高卧老岩扉

如岡郡伯以和黃笏山明府贈別之作見惠步韻再呈六首

孤城無没記庚申恢復經年杖東叙主書生欣藉手勤民太守肯勞身官箴豈切遵

三字庭詰森嚴懷二人開國承家泰一理由來孝子即忠臣

邊民有堵舉能安奠定嗷鴻得好官蕩掃欃槍施法峻圖全草莽用恩寬冰壺

在抱懷清白玉燭調元竭寸丹每為鞠謀思鞠育故園回首路漫漫

白雲飛處念椿萱紫誥叨榮叠受恩誓效精忠酬主眷頻呼勁旅乞軍門鋤非直

用威為柄戢乱專圖禍去源九土編氓嗟後我更勞五馬駕征鞭
蠢蠢泯泯悍顢蒙要使同歸化宇中虎節甫能威小醜牛刀旋即奏膚功遐荒保又
謀長治反側歸誠恐鮮終苦為思田與學校規模蜀郡仿文翁
不太剛柔不競絿神君惠澤雨溪流才猷既為窮荒展渠趣迈從故里來遠計家園
三年好歡將宦海一帆收達情宣應人歸去吁顯何由近帝庭
抽來離緒墨重研愁和驪歌杏花天(雨送別良民奔五夢安還善政紀三年親闈
遠企烏私切鄉思頻催馬足前健羨榮歸今視昔堂開畫錦緬高賢

為會考赴省候試別家人二首

重把浮名繫此身明天攘臂走風塵半肩行李貧猶昔一枕黃粱夢又新有願龍鍾
憐老我謬思鹿逐得先人前程顯有青雲路想是寒窗吐氣辰

話別難消內顧憂零丁孤寡縈心頭離家或免當家累作客行添獨客愁不憚驊騮馳遠道漫言鵬鶚薦高秋寒儒奮跡談非易敢指搏風翊壯遊

由遷江平陽過栗河入沂城界口占二首

回首家園遠馭驅入異鄉巒山橫望眼馬道繞愁腸草樹侵途長村墟逐霧荒對茲零落景客思倍茫茫

鎮日盤山去行蹤繞薜蘿殘花香欲淡幽鳥韻偏多笑峰相接褰裳水數過匆匆時駐足雪際有樵歌

孫師竹宗師命入翹秀園偕諸同門錬課感賦呈政二首

翹秀名園廣育英作人攸為賦莪菁亭臺似舊規模古樹石增新意趣情化雨醲涵懷往事道光癸卯得受知於鈕松泉宗師試業曾屢到此園春風噓拂感今情重遊此地稀同輩短髮飄

蕭領後生

桃紅李碧萃公門樗櫟庸材也被恩搦管不知英氣減登科自笑壯心存珠還水底

同歸綱洒酌花間數倒樽（每謀宗師必賜宴花間）華國文章千古事一堂師友荷詳論

如岡郡伯歸舟未便由官邸移寓豫章会館禪房追陪有作呈政

四首

進隨杖屨泊萍蹤福地寬閒並見容客夢卧清精舍磬塵心敲醒佛樓鐘煩

消溽暑風前爽香領奇花雨後濃僻境本無城市擾空門況寂稱疏慵

紅樓隨意倚闌干雲靄渚天眼界寬牧唱漁歌清並絕山光水色畫皆難蕭閒寄

迹忘為客塵擾回頭悵在官到此儼登蓬島上仙鄉仙境任盤桓

且把歸舟繫柳絲三旬再許話心期（某聃有住公館中曾經兩月有餘）榮辭軒冕欣依佛妙悟烟雲籍

說詩塵外共綏清淨福客中偷得空閒時光陰似箭休虛度轉眼浮蹤又別離

化雨仙風雨恨心儒居偶得古禪林談經窈喜僧寮靜話舊頻忘侍夜深道範未違先

恨別情緣難斷是知音私衷欲把來因訂晤對何妨即事吟

崑崙關懷古四首

巖嶺重關控古邕羣山合沓簇芙蓉雄圖特古炎荒險聲徑猶遺戰蹤元老狀猶

人憶狄偏隅竊據賊稱儂登樓縱目思前烈天半寒濤捲碧松

故壘依稀寒夕陽飛岩絕壁劃邊疆千盤鳥道通臨浦百里鹽棧啟戰場月下將

曾奪險燈前賓從尚稱觴平蠻自古成功易鬥力誰如鬥智長

當年杖節快稱戈夫輔孫徐力亦多妖霧一時收駱越狂瀾千古定祥何知人不負

龐丞相紀績無慚馬伏波爾日楊家饒將略邊功相較果如何

年来战伐擾遐陬，思古傷今悵倚樓。儒將風流悲逝往，梟雄日肆孰同仇。松杉禾黍前賢澤，荆棘偏增過客愁。安得九原人復起，再携銅面定邕州。

冬仲北上公車別家人四首

千里歸来席未安，遽從京國逐求官。風塵走慣登程易，泉石情深作別難。敢比澄清雄攬轡，漫思利達快彈冠。名儒事業名臣績，自笑區區抱寸丹。

又作邯鄲夢裡人，且辭猿鶴捨菰蒓。暴腮甫怯龍门浪，攘臂旋驅馬足塵。自悼担簦仍故我，敢輕題柱比先民。前程遠大須錢丈，瑞顧行囊卻是貧。

席帽纏身感不安，支壯懷非復少年時。宵霜肅氣侵芒履，曉月寒光上鬢絲。青眼親知勞遠送，白頭況友重生離。孤孫不識斯行久，步步相追問返朞。

先人積厚久流芳，先六十年来捷自昌（大父南泉公以戊辰登科，来年又是戊辰）。自信承家先德符，豈真報國只

文章花封百里才獻展竹帛千秋姓字香（今夏五月保舉以知縣用故云）今日自期還自恃伏雌饕罷意旁皇

戊辰草今體七十首古體六首

桂林旅寓元旦感吟三首

柏酒椒盤列几筵居然逆旅亦新年聲聲爆竹動孤枕却怪還家夢不圓

故舊相依萍水浪有情（同邑友在省肄業振留度歲）榕垣暫且駐行星旋歡談偶及家鄉事又覺離愁觸緒生

去去來來又是春屠蘇痛飲漫怡神遥知稚子迎年罷定對雛孫話遠人

旅寓新春感吟四首

無情歲月訴驪駒客裏近春漫展眉桂嶺重來人已老何堪追話少年時（余少曾肄業秀峰在省過年凡）

四次去今幾卅年矣

壯往悵追祖逖鞭，公車遠企思飄然（太平諸同年已先行）。前行敢謂揚廷易，逐鹿頻輸捷足人（余秋試曾經六科不第）。

風雪頻塵悴此身，鏡中霜鬢逐年新。杯盤狥逐徒相（交）慶，誰恤滄桑閱歷人。

京華指計路迢迢，塵海茫茫客思遥。此日故山春色好，盡還佳景付漁樵。

朝考报罷感吟二首

誤入名場數十年，平生潦倒縛塵緣。青衫一領慚依舊，白髮千莖笑插先（諸同年中惟余最長）。雪案苦磨濡谷墨，雲程終讓早生鞭。才華學問歸何用，悵對寒燈思惘然。

身貧儒窮計洗寒酸，競說謀生要作官。孰意功名能拾芥，敢期知遇更彈冠（諸友有就老職之約）。阮囊羞澀歸情急，荊璞先沉壯志闌。准擬大鳴高卧好，鄉關萬里望漫漫。

奉酬謝紀常同年見和朝考報罷之作（二首）

雪子自覺雖忍飢其學曳裾子又未工課詞不善援時好伊戚良自貽有錢輒揮霍至今悔難追季子兼全盡客悲當告誰明山計萬里路遙尚無期對影自相弔愀然人靜時窓紙細振響颯々秋風悲愴悄遭時悲援筆書詩纓桑梓紀勞績百戰成虛名慶幸我皇聖世運垂昇平拋劍埋故業挾策來帝京誰識樗櫟材終殊中阿青莫酹知己恩笠仕空有遠情黃菊當秋寒梅帯冬菜豈果違物意天器須晚成緬若古梁顏八旬方發声眷懷青雲路壯心猶怦々撫躬計來日獨對灯花生薄寒侵單衣疏雨飄簾旌

即事書感

八股文章八韻詩磨人直到白頭時京華馬足車塵裏有幾英才不皺眉

中秋對月趙紀常有詩索和勉步元韻三首

流光過眼悵匆匆，京國清秋忽届中。寒氣晚餘桐葉落雨（是日有小雨），異香晴動桂花風。瓊樓觴詠杯傳碧，玉宇笙歌燭剪紅。笑我牢騷對圓月，苦吟今夕却難工（芙初約作賞月詩，夜深尚未成詠）。

洞開硯匣拂塵蒙，領趣還欣我友同。盡有文光凌北斗，自饒佳興對西風。三更勝賞輪飛兔，一曲高歌氣吐虹。底事客愁排不去，月中猶憶小山叢（原作有桂花應放小山叢之句，故云）。

秋情感觸寂寥中，徙倚闌干眺遠空。凝盼濕雲收杳靄，當頭明（涼）月照玲瓏。軟江共悼羈遊子，大白無因醉寓公（半夜擁衾清寂寥，待見行沾雷澤甚隨）。良夜幸開詩境界，偶乎和汝叶商宮。

定計南歸偕紀常話別感吟二首

天南回首計南歸，話別匆匆携始願違（原擬偕紀常由西道西旋，以車資不足轉由海道）。久聚唱酬吻款款，將離情思倍依依。一般別恨增驪唱，萬里鄉心逐雁飛。屈指平生投分少，風流雲散重歔欷。

今月無多歲月流，京華忽又過中秋。苔岑契結情方洽，萍水為歡跡本浮。西道凌摘催怒馬，南

其宦於東者亡借棹見辱

相逢落落誰肝膽，只許惺惺共笑啼。余得鄧石卿無盼奈其宦況甚苦。粤海歸來猶是客，家山尚在

嶺雲西

歸次邑南即事吟二首

忽聽鄉音喜不支，欣逢親友笑開眉。多情慰藉班荊處，苦況追談泛梗時。舊國具稱烽火

息，明山入望暮雲垂。歸來此日真非夢，好把平安報故知。

過海誰言即是仙，笑儂疏拙尚依然。寒門僻在南溟外，遂道歸從北斗邊。客恨除消尋熟

路，鄉情欲話悵經年。緇塵滿袖衣無錦，博得人憐也自憐。

歸抵里門口號二首

萬里歸來過歲除，梅花香裏認吾廬。家人不意征人返，幼子童孫尚讀書。

費盡黃金護未伸，髩邊贏得帝京塵。山妻乍見返成笑，席帽年年不去身。

今是山房吟草

卷三

今是山房吟草卷三

大鳴山散人著

己巳年草今體十六首

安陽書齋莫春獨夜書感五首

剛從京國倦遊歸又逐飄蓬異地飛旅恨仍因孤館集遐心悵與故山違韶華轉盼紅稘度節序闌懷綠又肥無累漫言爲客好目來鄉思苦依依

年年作客耐奔波攬鏡星星髮欲皤千古文章空抱負半生事業總蹉跎登樓更集旅人感拔劍徒爲斫地歌獨處怪來心緒亂道康無力伏愁魔

老來未了事雕蟲七尺昂藏負此躬壯志莫酬星拱北韶光都付水流東敲窗瞑集三更雨攪樹寒留一枕風自笑散材無用處青燈依舊伴蒙童

舜里難尋避債臺途窮遁入萬山來逢人竊愧青衫老愛我偏須降帳開拔萃恩徒銘雨露
沉淪夢不到雲雷私心却怪天多事顛倒英雄有目才

宵鐘點點促長更抱影灯前寐未成夜靜小窗曹宋冥春深佳節過清明松楸恨别經
三載萍梗飄零記半生渺渺有懷誰与[illegible]語沉吟孤枕又雞声

八、秋旱即目書感四首

四望無青草秋來轉旱乾嘉禾枯殆盡甘雨得何難暑退天如故霜飛夕夕不寒乖龍頻割
耳闻説亦悽酸

昊天真不惠赫赫五旬晴枉作桑林禱誰憐草野生睨山枯失色秋澗涸无声眉宇紛豈禁何當
慰上清

飽水田無幾秋成望已孫雨師權頗失旱魃虐覃敷沃野拼收棄油雲漫合霄連朝徒報喜

兀坐盡更漏明月入我窗歷歷見星宿準此推天心不信有私覆焚香擬蜀誠綠章通明奏

立秋夕感吟

陡覺涼風至梧桐又報秋年華還有幾歲序果如流兔魄長空皎蟲聲四壁稠感時人不寐搔首雪盈頭

壬申草今體三首

得覃小海道考一等第二名之信吟寄

小試文章筆本遒千人競讓爾前矛才名綴遜無雙品物望終推第一流遠到鳳凰期成

大業佳音忽得破悶愁書癡半世怯開卷（小海嘗自號書癡子）今日纔欣小出頭

得代華八弟採芹之信志喜

芹藻馨流泮沼邊粗材也許廁英賢非因蛾術曾穿硯不信鵬程亦著鞭翰墨人推能

繼志箕裘我幸有分肩寒門美濟書香靄後起之深叨世澤錦

同劉賡雅西席吟金魚用明瞿祐韻

產本杭州美孰如精金鍊就小形軀揚鬐肴自爾丰神俊在藻依然意態舒三品標名經賞

識一缺聚族近階除誰知等是池中物鱗紫胸中獨有珠

癸酉草今體八首

偕友人遊琴筑泉題石六首

結伴探奇石徑深扳蘿拔葛共幽尋到來水洞清虛處坐對寒潭醒俗心

併消暑氣入清流石室深藏太古秋空洞谽谺吞返照波光金碧界塵眸

擲石波心便有聲居然水調韻丁泠漫言當世知音少太守曾來此竊聽

洪流浩浩勢滔天蜀浪奔衝赴百川誰道炎荒邊徼外澄澈尚有在山泉

管領幽區討半生，一波一石動閒情。自從湖海遊歸後，倍覺林泉逸趣清。

愛涼分石坐苔磯，端合今宵待月歸。乘興將同揮短管，夕陽手徑有餘暉。

琴泉書齋夜坐偶成

館課初閒夜向中，青灯獨坐草堂空。半攝螃蟀騰殘月，四壁蟲声咽曉風。暑氣帶來無熱容，吟情觸撥有兒童。衣單早著秋寒意，况復蕭蕭葉墮紅。

秋夜枕上口占

絃歌兩歷寂無声，孤館蕭然一枕横。蛩語吟喧堂四壁，灯光寒照夜三更。窓延皓月秋光浸，榻對黃花短夢清。忽爾聞雞心悄悄，生徒星散動閒情。

甲戌草今體五首

閩邑久爲派捐兵米，累劉撫軍巡閱次南郡，衆推出首赴轅懇免，候批經旬

有作

君门萬里叩無由
保人端須賴上游
巡閣官欣來接部
叫屈寃人競赴邑州
懲貪訴是閣心切
去害仍防出首謀
我為鄉閭殷待澤
何辭鬱鬱此句留

縣主更有幾差科派查探之擾赴省請華途中書感二首

書生康濟苦無端
切把民難愬上官
衆事出頭增一累
長途舉足有三難（無力步行難無財藉行難無伴獨行難）
不辭下士泥塗辱
只計偏隅社廟安
見說大僚能率屬
願因弊吏救罷殘

竊權舞弊利脅横
時事談來憤不平
奉飭惟憐紳士賤（年来科派之举縣主一免役紳士不無浪差）
臨民漫說宰官清（縣主自負清廉偏於衙役作弊之不省）
饒經雨降恩同被
可奈風聞禍迭里生（年来縣主聽蠹役加人詐害有風聞之票受害者不一）
惹得林泉卧不穩
年來桑梓動關情

又寓省垣候批臘月春日書感二首

重修嶺山書院落成即事有作六首

重修講院費綢繆，經始春三忽又秋。自古歡顏須廣廈，於今集腋果成裘。禪增丹䕶規仍舊，地遠紅塵境獨幽（院在城北隅甚僻靜）。既葺黌宮趁餘力，藏修精舍早兼籌。

嶺山泰運轉洪鈞，儒教修明待費神。垂象欃槍欣息燄，盈門桃李各爭春。會應武邑風遙古，竊幸文翁澤未淪（院創自道光初元張邑頭侯頭相主其事今所存皆其遺澤）。況復牛刀新奏績，主持更有愛才人（此次舉廢皆豫蓉舫邑侯之力）。

危樓矗立挿蒼冥，虎嶺龍津地效靈。秋水半潭侵座碧，遠山成隊列窗青。平添樂趣三更月，朗照偏隅六府星（樓上奉文昌神）。課罷閑余何所事，書聲隨意倚闌聽。

天井如屏石級分，層層有路上青雲。登梯莫不思揚滯，橫筆相期克掃軍。夏屋有容堪績學，宵燈同對且論文。傳心孰笑多奢想，秋解春元指望殷。

用世無因守破氈，謬居講席已三年。懷才自笑青衫老，設教聊將絳帳懸。振靡扶衰殷有願，薰香摘豔喜多賢。文章華國儒生事，要渡針金敢御肩。

鵞湖虎洞耳聞中，漫道今吾與古同。芊火先分堂左右，英材美聚邑南東（院中肄業多東南兩路人）。鼓鐘振響追周鎬，芹藻流馨企魯宮。啟宇育才儲國器，栽培行觀告成功。

梁伯琴學博見訪有作即呈二首

翠疊明山地炳靈，泮林芹藻遠揚馨。人師共仰端模範，士習咸奮誇得典型。化雨頻施殷課月，文風擬振更觀星（伯琴謂学宮無貴人峯，宜於心星之度高搆層樓以補之）。綃帷豈是閑無事，折節論文到泮庭。

文星朗照及幽沈，陡覺禪增翰墨林。耳熟科名驚貫耳，心傾矩畫剖核訣心（伯琴訪頒示諸生作文課程，皆便循習）。京華雪印還追昔，儒雅風流獨步今。何幸宮庭閑泮水，許親光霽洒濃深。

伯琴學博覆韋過獎疊前韻奉答二首

步和伯琴學博修學署置書樹落成之作

學署書樹两井然工竣即刻有詩傳官墻美富追昔日典籍精華萃有年問業儘教遂請益仰高誰敢復鑽堅邑城多盗元作有门墻前改慶高堅之句故云誒経臺得猗齋靜風月猶欣不用錢

伯琴學博以憶蒙泉山莊之作見示依韵奉酬四首

話到山莊笑散人襟懷宛已滌紅塵翹瞻錦里寬閒地情往岩阿太古春擾攘兵戈都絶迹紛羅嵐翠足怡神名流寄託皆名勝想是烟霞有夙因

名區好是不通舩元作謂莊多山少水避俗憑他絶俗緣獨占峯巒恢第宅相遺肴属弄神仙恠来宦海当官日長憶家山養晦年元作有桃源特憶廿餘春之句故云況復椿庭多手澤蒙泉花木倍芳鮮

兒童父老共知恩保聚空山笑語喧元作有兒童笑指秦時月又老聞謀慶歷年之句故云梓里患平功勒
鼎伯琴尊甫辦囯八年兼理總局被患不一杏林春滿福生根伯琴曾倩仲弟祝並設藥室以活人潔羞盡有菘堪摘元作
有曉菘早韭信芳餅之句靜对何妨石不言犀首幞巾多勝覽犀首幞巾乃並前设山名渡叉泉我定讓名園
秋香遠傍月輪圭蕊榜山人亦有名伯琴自甲寅山居至壬戌始登賢書故云此是大才需大用不
容高隱寄高情君緣樹石思綿邈我為林泉待玉成果爾風騷肯枉駕倍增光耀
滿紫荊伯琴早有遊雙泉之約故云

解館將歸吟別伯琴學博用其留別親友之韻四首

春回泰谷上梅天荏苒流光又暮年見世本非鸞與鳳潛踪應視鮪還鱣明知蔗
境多無味漫結芸壇不了緣自笑公然專講席第將八股作心傳
平生習氣等酸梨難怪凡材早見遺莫逐登科先業絕聊憑拔萃小名馳昊椿頭

露空留蔭余未生而先子早下世文梓迎風早折枝余長子又青年早折況是蘭摧荊且悴癸酉冬抓孫殤比去夏内子又先逝命乖如此欲何為

壯志雖云未肯閑生涯無奈破氈寒飄零自悼經千刼樸拙何能辦一官伯琴曾以千將不終埋沒相許自顧憮然介性不移雖入俗愁心交感恨多端吾邑文風未振臣氣未伸撫事傷時竊深抱恨焉嗟貧

嘆老聊揮管敢謂曾登李杜壇伯琴俯與唱酬謬以能詩相許故云

課餘無事愛摛華大敵相逢是作家笑我多方磚引玉輸君好句筆生花將離敢

惜披肝胆有味何嫌冷齒牙結個詩緣歸里去又拋芹藻問桑麻

解館將歸時事交感夜坐示諸及門十四首

高館希為伴挑燈夜倍清冰凝寒有骨雨細凍無聲教事隨年盡歸情逐夢生擁

衾勞輾特疏柝忽三更

進士官司責肩偏要我分及门爭立雪得路幾登雲集憲飛鶚切鳴期翽鳳殿多
年成底事拚席但論文
廢墜須修舉訣經更督工首謀嗟任重襄事幸心同藻絵揮黌序芹香靄泮宮主
持資長吏疏拙敢言功
環顧儲材地鳩工再奉官抽捐童輩易借助老生难舊院翻新樣高樓得壯观敢
辭勞且庠相待有振寒
偶憶琴泉事回頭倍黯然資难籌白鏹禍竟起青錢皂隸權能攬紳衿累又牽不
畜逢盛世銅臭也薰天
冬頭相對戚亦覺可憐生應比官刑重催科里役横績期中考奏賦急下忙清恐
汝褕將輩希闻笑語聲

一紙公门遞須錢百十千脩規今倍昔訟費後增前託有包苴入愁方荷校捐財
神如不力莫漫喊青天
胥役經行處無風水自波思憑邀蔓草法不恕菁莪雨雪文光晦冰霜正氣磨誰
問起世網林下有樵歌
道路喧傳說村々堵未安偏偶招賦易濁世做人難炙手三班熱迎眸四野寒款
言還結舌誰敢試危冠
半子陽曾復零丁恨未休檢身思對影涉世憶從頭壯往羝羸角榮華蜃幻樓昂
藏聊爾々忽又一年周
困頓平生事都攢獨夜心壯懷餘短劍初志鬱焦琴望斷榛苓遠愁增薈蔚深隱
憂何處寫端合返山林

請業人無幾吾今亦可歸餘情縈院落暮景戀林扉久識冰霜苦還防雨雪霏遲
迴緣底事病體怯風威

永夜沈吟意文壇未了緣詩情感觸悵別緒苦纏綿邑里雖同地師徒又各天未
手擬重聚逆計指琴泉

分手自茲去家山已款春菊松還待澤蘭桂早成隣避世獨清事歸真不辱身主
未功過在毀譽一由人

伯琴學博過院送別并贈詩用前留別韵奉答四首

翹首林泉世外天早懸風月待餘年長空飛倦真如鳥故土潛多幸有鱣鳴鹿漫
言革可食求魚久嘆木徒緣還歸問我忙何事一綫書香尚未傳

明知百果皆宗梨斯世皆非我棄遺近日肆業生徒多有留教未手之議道路尚須勞引導驊騮無

師資無好無惡遵道遵路鄉多善人曰惟公故不朽者三擬議追談芳型高矩表
樹武南肅瞻道貌抗懷則效誰克肖之儒林增耀淑世淑身我思古人遐企光霽
寔勞遠神

戊寅草

琴泉院啟館吟示諸及門二首

救敝扶衰力已殫林園歸卧席應安嶺山主講留陳迹琴水尋春愜靜觀相與名
流成契濶未除習氣守寒酸栽桃植李存餘澤且向堂前灌桂蘭
童蒙求我執經來漫展寒氈館又開貧士生涯原爾々窮吾樂趣亦恢々論文所
貴能知道答問逐思更達材今歲應無塵俗擾前在嶺山常有地方項事相須措置故云風花雪月任
敲推

寄懷伯琴學博六首

明山靈水判天涯知己無多悵別離秘枕珍存題贈句一番雒誦一神馳

見懷客臘荷傳箋愁被風淒雨晦天却恨雙魚沉雪海霞函遞不到君前去歲霞書曾爲郵人所誤

三陽送暖到芹宮虎嶺龍津淑氣通高詠料應忘暑冷滿门桃李笑春風

課罷鱣堂逸興悠趁晴閒作鳳凰遊文章烟景春光好李賀奚囊想併收

結箇詩緣我便歸閒身自笑錮岩扉高情深感今如昨有人自嶺山来言伯琴頻到書院探余入城之信光霽遠瞻別思飛

寸悃聊憑尺素舒更煩青鳥一傳書重論樽酒知何日好把吟篇遠惠予

寄和伯琴學博偕區仁甫司訓胡秋巖遊戎春日遊越鳳山之作依元作[illegible]

蕭咸齋明府題名舊韵（二首）

佳興興同々遂勝奇峯在望擁花香尋芳相趣有閒意造物許探無盡藏地到夏黄夏黄村名開異境人披緑水入仙鄉名區拓得名流至邑右名山峙鳳凰

儒將儒宗共一舟渡江登眺小句留瑑山樹暖初開霽繞檻潭清宛值秋遊覽經盤青靄脚詠歌人踞碧峯頭經文緯武官多暇韵事傳聞到隱流

寄和仁甫司訓偕同寅遊起鳳山之作步元韵二首

拔地山名峙武陽飛鴻爪留雪泥香而今步趣增遊豫在昔逃榮憶舍藏謂黄晋江遺事垂釣臺振尋水國賡歌韵遠叶雲鄉班聯人上隻峯頂喜見高岡翽鳳凰

東江清浅任方舟江畔青山勝蹟留司訓官閒恣一覽題詩妙句擅千秋幽探古意坐巖腹醉賸春香泛甕頭元作有千里有缘未把盞之句故云笑我客冬虛有約無因蠟屐趁名流

步和伯琴學博得内戚暨舊徒採芹食餼佳報之作

笑引芳卿誦報章採芹食餼姓名香才堪用長（世）齊展道有傳人瀕畢償慶祝更添如意事報到日適值伯琴乃内子設帨之辰淡逕遠憶讀書堂内兄岳叔同翹舉内戚多多集吉祥乃内兄補廩乃岳叔更捷武庠

伯琴仁甫兩廣文赴賓湯送考吟贈其行

八百孤寒振羽翰緇帷人亦駕征鞍趁風共趂春光暖冒雨應忘客路难起程日大雨為注快覩藻芹生泮沼憑收桃李滿騷坛誰言豆腐官常冷此去齊更苜蓿盤

琴泉義學八景漫題八首

破曉天開霽明山宿翠多佛頭青君此僧眼碧如何幸嶺嵐拖黛黑摩峯石點碌東軒愜幽賞紅日跨嵯峨明山曉翠

姊妹花開處平疇春色明節欣逢上巳歌競譜由庚開聚兒童樂讙騰士女声憑闌喜傾聽世宙轉昇平　廖浦春声

推窓時北望暖日恰西斜旭照留紅嶺餘輝映赤霞寒青松有色暮紫草增華一曲山歌起樵夫各返家　紅嶺夕陽

欝々松交翠南窓對茂林風疏寒有韵月朗夜初深靜坐惬清聽寥空傳好音蕭然群動息藉此引酣吟　黄林曉籟

清輝生石壁皓月浸琴泉洞腹桐徽寂波心桂魄圓連潭初過雨好夜不沉灼却訝天顛倒銀蟾傳在淵　琴泉浸月

大明分别派笠嶺獨稱尊披絮雲常覆為霖澤自屯氤氲推少祖翁欝属諸孫出岫非無意蒼生早待恩　笠嶺栖雲

向曉神鐘叩龍山古寺聲夢俱回蝶栩音乍發鯨鏗草榻塵緣息金繩覺路明枕邊傾耳者可自計生平　古寺疏鐘

共有驚寒意村々急暮砧衣單霜後慮杵亂月中音幾處腸敲斷相聞夜向深興言冰雪吾獨碎倚闌心　連村砧杵

家居春日書懷二首

運舛時乖計有年々來潦倒盡由天耽憂未釋鰥居恨主饋聊資家婦賢漫言家資須日積待償客債尚星懸北上公車所借貸尚未清償　庭前蘭桂花猶嬋愁緒何因釋纏

青山不覺老儒林抱卷依然惜寸陰半世迂疏求富計十分學望課兒心沿堦日覩生機暢閉戶時防俗事侵利鎖名韁全脫卻種園偏值雨霪霖自上年十月迄今三月恆雨為災尚未開晴

闻歲考之報門下無一採芹食餼者悵然有作二首

特達胡為只異三门下惟曾與三考一等第一名又係寔廩榮邀廩祿竟空淶曳兵戰士爭趋北援幟奇才舉讓南此榜得食廩者皆邑南人瑩嶺峯巒虛毓秀琴泉花木亦增愁佳音傾耳佳無幾累得山人酒不酣

更將横掃問諸童披靡依然競望風桃李滿門徒侈詡珊瑚入網亦誒空春深棲臨浦芹滋緣節過清明杏冒紅科考有期重整旅可能鑄敗各成功

晹甫宗弟自土司遄歸應試中途病故聞訃悼之

桃李盈春林期許符我心晹甫獨殂謝凄然傳訃音念我昔稚齒穎異曾遊爾雲路爭祖鞭爾偏莫比我壯哉窮益堅磨礪三十年苦心天不負五旬終騰騫晚成知大器指日擢高第翹翹杞梓材胡然道路棄背我為嶧英嶧英名孟賢晹甫族弟殁已八年有才不壽

老淚曾一傾鎔鑄幾費力嶧英從余遊多年不克觀厥成吾宗祚不薄得爾再振作客歲讀鴻文登科深有約易名曰慕賢起後期光前有才却無壽夢々难问天滄甃齋崛然起淚齋名龍昌辛卯孝廉賜甫族叔無子文名貫人耳族子衍其傳柰何復如此

陸峙東世好歲試拾霞不售賷志而歿聞訃悼之

孰意翹々士名難與命爭豪才空在抱小試漫蜚聲失路歸三島回頭擁百城令人淚往事使我淚縱橫況復傳詩禮徒多萃弟兄梓桐悲短折摶櫟慨滋榮陸錫夢先生有七子長者多能而早世惟峙東力繼述其餘皆無足比數種桂還虛願移花浪有情峙東中年未有嗣擬以女抱贅承祧故云承家勞獨任保世究何成大限嚴如此長眠恨不平峙東吾悼爾終老一童生

家居雜感三十絕

檢點家藏屢撲塵珍存遺籍待來人環看後起偏愚魯何日通經早發身

轉敗為功豈易言名場多惹淚添痕劉又幸早鰲頭占舊及門劉生文綺以李至府案元得幸入泮

徒為鳳羽騫舊及門李生國楨文不甚佳亦幸入泮迍邅前程斯發軔汪洋學海孰探源得之有命

看如此文字高低不要論

升沈榮落本由天抱璞何須泣涕漣事業要須爭結局功名祇合聽因緣興言慇々

榜神為往只怨芸窗志不堅未必青衿無我分儲才好待再來年

自述示紹宗兒

茫々怪此老乾坤多事將我生儒門薄田可耕弱無力抱卷不得荒晨昏承先擔頭未放下啟後一肩又難卸滿屋書有偏苦貧詩文課罷還課稼憶昔同治丁卯年長男先我歸黃泉茹荼飲蘗卒蔱水我婦背人長涕漣不圖孤孫目茁長性生聰穎目神朗十有一歲又夭殤使我不堪回首想依々膝下惟晚兒抱病累年須

多年餬口走風塵，滿腹文章莫濟貧。自幼相隨情切切，將離豈惜語諄諄。嗟余未遂登梯願，悼爾仍為抱璞身。競爽聯輝深有待，更休捨己儘芸人。

琴泉講院栽種漫題

自昔樹人若樹木，我今樹花猶樹人。樹人要作百年計，樹花要作一堂春。問我樹花經幾歲，花品伊誰占高第。我謂秋風飄異香，首推蟾窟兩丹桂。與桂為伍非檀欒，問他聳翠其木蘭。良材見說可舟楫，敢此凡卉等閒看。笑向東風是桃李，裝點春光藝林裏。愛重非但取其花，深心所期在舉于。非桃非李有丹葩，俗稱紅梅殊覺差。古有迎春意其是，若彼繁盛俱堪誇。藻夏憑仗大榴吐，白榴卻怕紅裱妬。不趨時世偏淡妝，羅綺叢中獨守素。淡素其誰與並稱，没理為名殊不經。播馥揚芬到几案，吾尝呼之小素馨。欲藉忘憂植萱草，滿抱清香等芹藻。稚徤還推九畹根

寒嫠生孫苦不早挽駐東皇不使歸韶顏賴有醉楊妃姊妹聯翩是月季狎恩侍愛

爭容輝嬝娜妖嬈故態作大喬小喬皆絕代誰識有色却無香虞姬早屏門墻外時

文宏贍斯為工花亦富麗方迎暉畢竟葳蕤過靡曼翹舉終輸荊樹紅田氏遺根培

一本連枝理生真莫遠賦質原非唐棣同誰指其華嘆偏及裁冰剪玉山梔蕺單瓣

隻辨其潔同柳絮初飛杏雨霽枝々競秀披香風殷紅淡白五彪柄木槿亦綴芸窻

景俗喜富貴呼牡丹不讀花譜誰察省歎觀晚節須及秋陶潛千古矜風流不遇山

濤挹明鑑含香甘老東籬幽橘柚後園栽數幹自生畨桃得佳伴家丞雖與庶子殊

若輩都算門中漢南越果品誰標音枇杷并植尊荔支破丹擘緣園有日苗條茁長

終遲々多種芭蕉愛其寔綠天更喜無災日修竹且與交鋪陰不遣紅塵到吾室小

棗一株傍木𠂢蟠根所到都抽芽細蕾微香却多子孰嫌倔強枝杈杅蔓衍葡萄冒

桐木醍醐美味吾其足季倫獨抱一緑珠允堪持此傲金谷要之骨格宜堅貞浮藻雖美徒浮名吾門誰具後彫質當推檜柏為奇英小榕簇翠自葱鬱所在多有非凡物延攬或亦登諸盆瑣々端難首屈指如掌大葉披粗枝夜合夜開嘗辨之用情我悪知美一長足録非阿私滿天星雲玉為朶雖云薄植取亦可盤屈約條求古奇著意栽成日勞我托生儒門要見才群芳鬥豔誰為魁彼蒼育物有時雨鋤月我其栽寒梅十年灌漑費心力要為琴泉增景色及今鐵柱已開花未解慶喜從誰得嗟々樹人有術須育材樹花得弗勞滋培根深蔕固葉自茂草堂豈終岑寂哉

落花吟為道考招覆被棄諸童作

無端蕭索到芳菲遍地斕斑訝墮紅粉蝶夢醒三径悄黄鸝聲老一林空方將國色邀欣賞詎獨時妝粉未工忽漫吟開復吹落世间多事是東風

感吟示諸兒姪

家傳累業靄芸香萬軸牙籤扺萬箱活計自存經笥在生涯最怕硯田荒窮愁五鬼牢纏擾富貴三神等渺茫見説故人都有後析薪心事倍匆忙故交覃墨波周香溪梁醞灵蘇子卷覃龍潭蘇盈齋諸君之子皆已成名

覃小海過敘有作

邂我人來水一方論文重與頻咸儐清談為破草堂寂厚貺遠分芹泮香小海自賓湯送考歸以筆墨相贈偶得銀鱸春共酌適諸及門網得鱸一尾便為開尊欣揮玉麈畫初長芸壇培靄同心臭檻外幽蘭恰吐芳余養蘭九盆是日適初放花

故內子大祥日感吟

自從宮柳一埋香宮柳地名內子葬所忽々流光又大祥不復返魂重伉儷誰憐落魄老詞章

回頭往事增酸楚，屈指他生總渺茫。子未成名孫未抱，夢中徒與話愁腸。

步和賡雅西席與六弟遠歸晤叙之作元作用卦名琢句效其體

支離偃蹇士流身，晉進屯邅絕舌辛。漫借養蒙為活計，幾經開泰詠陽春。六弟舌耕於土司今計四載賡雅爲吾訓蒙亦歷多年

豐財至竟都由命，履道祗應共耐貧。大有惺惺相惜意，窮困懷亦箇中人。

端午六弟遠歸吟示

粉團角黍慶端陽，遠客歸來慰遠望。座有蒲觴增喜意，樓輝花萼駐春芳。休將餬口飄零感，却損承顏舞綵狂。此日寒門樂何事，齊飛鴻雁又成行。

新進諸弟子來謁有作即示二首

巍然高座漫稱尊，環列衣冠笑語喧。澤被菁莪讙梓里，香芬采藻到蓬門。還將品學

珠光（伯琴到任再舉一男）翹企宮墻富吟情我為狂

撫序吟懷暢芹宮物候新三秋金菊晚四季石榴春孟敏饒高致平陽有推人（謂仁甫司訓）

西齋清興發果否是東濤

奎壁聯輝地思興首重回遠音從北下寒色又西來覽勝危闌撫抒懷畫閣開嶺山

陳迹在勞爾獨低徊（伯琴屢到書院吟眺探余入城之信）

浚泉時往復故土戀琴泉怪我耽幽隱吟朋忍棄捐重論難卜日澗別歡週年靈水明

山阻東西悵各天

富貴知無分浮生自有涯為濤風共月娛老樹遶花雲案堆黃卷林扉鎖翠霞却煩

秋雨夜遠夢到山家

漫作儲材想栽成幾桂蘭遺經延世業結社拓文壇（諸以進近又就余結文社）楨棟資培養珊瑚

敢並觀如何苓齒頰偏不笑寒酸

屋早題今是深々竟入林誰為同調客與同永宵吟歛鍔甘藏劍知音獨有琴仝逢

青鳥便更話此生心

恭賀蕭子斌邑侯新任三首

怪底明山宿瘴開福星移自斗邊來侯奉天進士多時望歲需霖雨何暮歌聲震草萊文

選南朝徵鳳藴器隆東海重長才孫湯去後愁腸結孫蓉舫邑侯去後手篆少有惠政今為惡君緩

九迴

寶鴨香焚月夜深嶺山風遠渡鳴琴行看社鼠消遺患儘有林鵶待好音錯節盤根

推赤緊虛臺懸鏡朗丹心英雄入彀抒懷抱靈水波澄自今

浩劫回頭夢尚驚邊隅民甫慶承平不圖野鳥知山樂却有村尨吠月明牧馬早知

能去害嗷鴻應可息哀鳴幽人怍舞緣何事見說言游宰武城

伯琴學博以乃翁可廬先生家園牡丹盛開之作見示依韵奉和即寄

花如名士衍心傳培植勤殷歷有年領袖羣芳真富貴園林誰主小神仙春風暖釀非凡艷湛露濃涵極品鮮桂馥蘭芬餘慶遠早呈佳兆畫堂前

因便入城訪伯琴學博

閒雲偶爾出林巒仰首重登李杜壇小草不羞叅茆藻清香仍許襲芝蘭還從舊契傾心話喜有新詩合掌看潤別經時愁緒結離腸一解酒懷寬

過仁甫司訓署小叙

東齋談罷又西齋促膝情皆舊好諧友誼君真涂習套官場我亦忘形嚴宮墻美富勞持護俎豆馨香系雅懷仁甫以余督修孔庙尚有祭器未備切々相商話愜不圖花蔭轉坐前冉々夕陽佳

奉和伯琴學博九日偕同寅遊孔山之作二首

古徑繞喬松圓陰布小榕登樓凌碧嶂覓醉挈黃封鹿醬馨雙席（来示云是日鍾子鴻少尉胡秋岩游戎同作主備酌為樂）鸞驂駐一峯同寅經緯暇選勝喜澆胸

即目俱成趣晴光遍宇寰金穠徵歲熟木葉作秋乾寄興羃歷表行歌夕照閒詩成留片石借此重名山

寄和伯琴再遊灵水之作同用鄭明府舊韻

樂水樂灵水自古皆有作石上紛留題都莫鄭侯若鄭詩長城堅無敢輕擊搏調古和人難黃安曾驚愕（耿明府昭需黃安人曾有鄭公遺吟在調和古人难之句）憶我屢盤游幾費枯腸索少小迄於今提筆猶未落不圖君此來滌暑茗再瀹臨淵拔清興灝氣獨磅礴水氣鬱漳烟眼界迥開拓樹石青迴環波瀾碧聯絡秋光泛澄潭浪影蕩禪閣會心處不遠吟神

今是山房吟草

卷四

今是山房吟草卷四

大鳴山散人著

己卯草

元旦試筆三首

暖氣充庭瑞氣浮，桃符煥彩徧山陬。餘生喜再逢昌運，茂宰欣看展壯猷（謂蕭子斌邑侯）。樂事當春寅又建，驚心問歲甲將週（今歲行年五十有九）。痴兒壽我真堪笑，柏酒依然向我謀。

天倫叙樂一堂春，相對龍鍾老態新（輔臣哥行年六十有一，文甫吾弟亦登五十）。漫詡青燈仍有我，無如白髮不饒人。商量燕翼傳先業，指計鵬程步後塵。笑引兒曹陪小座，偷閒趣此履端辰。

小堂新放水仙花早得陽春到我家不覺開懷迎首祚行看極目滿韶華百年有役肩難卸千古爭光頹却睬今日且籌今歲業会仍耕讀作生涯

次韻奉答伯琴學博新正十日登文江塔見懷之作

歡迎首祚恰經旬大塊文章正假人登覽甫增遊豫樂垂情偏及懶殘身重叨有約來新句敢謂無因步後塵孤塔崚嶒烟景繞端應蠟屐共尋春來詩有再遊之約

大纜對闌以酒債未償詩債積之句付評并倩擬作偶拈柳綿漸脱春光暖七字以應因綴成律用博一哂

蕭齋獨擄水雲偎傲寄琴泉老散材酒債未償詩債積愁魔剛伏睡魔來此句取以冠軍柳綿漸脱春光暖芸卷含香道味該底事鄙懷吟興發賞心無限筆開花

讀蕭子斌邑侯飭綱整紀告示恭紀德政并攄鄙私寄呈十首

武陽四境溢絃歌試用牛刀奏效多澤裕甘霖頻作雨心澄止水不生波無穤患
去窮簷樂有腳陽春化宇和漏網吞舟潛伏在偏隅正待起沈痾（兵燹之餘未經請辦善後遂匪滋為民患者尚多）
日暖琴堂布令新風行絕徼奉揚仁除苛早定三章約（去冬編查保甲曾有禁約今復剴切申諭敷教）
遂期百姓親靈水波瀾平怒浪明山樹石轉熙春虎威可假狐猶肆諒識吞声大有人（孫蓉舫別去蠹役餘風未殄每奉票下鄉尚多借端生事）
遺黎忭野被恩寬撫字多端碩畫殫集澤哀鴻歸化易伏戎梟獍革心難苦華向
恐詩人諷蔓草根防僻地蟠（侯見紳士必詢訪偏境積患奉之以去盜為急務）閑說焚香趙清獻一侯勞都未救彫殘
保甲年來積弊深都緣宵小抱狼心編查務以威為德互結難將古例今茂宰自

題吹觱却敵圖

聲音之道微矣哉感人切々淒以哀十萬羌兵紛來集偏懾胡觱吹一回羌戎自古為邉患秦州要地蒙氛埃快馬健兒力不濟牧民刺史悲復悲運籌幃幄計安出幸有朝雲常追陪朝雲工為隴上曲足使入耳都淚垂粤稽北史載巾幗登陣拒戰多有才任城太妃排大難平原劉女能救危要之却敵必兵力朝雲制勝尤出奇朝雲不待折一矢一觱可縛羌戎來西賊聞之心膽寒豈畫角烏々吹怪是秦民喜相語老嫗休名傳草萊

為伯琴學博題和鳴麋爵圖

蒼昊有孚福申錫惟吉人堂皇有高位靈左惟純臣從古明良交都以言揚始有言本有德簡在信難已我讀中孚卦二德裕乃躬在陰鶴自鳴声々孚宸衷況五

本靈懷聞言翕以受有孚攣如心直同予於母問二胡能爾曰惟天爵修天爵五
所貴得勿般旁求細繹卦爻詞歷覽好修士得君券在德有為皆若是所以名師
教雖則論詞章傳心究何屬指歸堪默詳濟濟英妙才幸際風雲会豈曰德未孚
而可博冠帶何意流俗靡此理少人知攘臂爭富貴樹德多莫滋我數舊交遊最
爱伯琴子心治紹乃翁不恃鑽故紙乃翁老明經名姓揚王廷殖學修天爵卓為
儒者型伯琴遵所指鳳毛早濟美名成宦海遊不作鄙夫鄙人自奔如水已獨靜
如山人自競徵逐已獨耽清閒瑣瑣趨炎徒交譽或交笑謂欲求高官不知媚權
要詎識伯琴子乃心不謂然人生窮與達位置由皇天抗志追仲舒正誼不謀利
養賢鼎早烹洊若不留意寄言奉教者應共知此心含德以干祿甚是羞儒林並
仕本有方其義載易象德積言乃揚鶴鳴理不爽遭時欲遇主經訓聆楷模倘謂

易義輿請同觀此圖

題畫扇二首

古木寒山暮景清歸鴻雲表遞秋声斜陽一棹空江裏浪靜風平自在行

翠靄霏微澹畫楼歸人门户枕寒流何時名利全拋却獨向林间占一邱

重修琴筑泉上南曹廟落成志喜二首

黙宰名區仗福神千年遺廟又重新波清石瘦低依檻竹碧松青近作鄰俎豆薦馨羅族姓神姓韋名闡唐澄州牧以制服生蠻功封侯庙食今庙丁多半係韋姓溪山会景駐餘春時值初夏故云生蠻制服恩前烈共懾明威大有人

丹青剎落歷多年舊事追談足悯然古庙於道光间曽修整尋以洪匪之变彫落者又歷廿餘年絶徼彫殘餘福地流亡還定尚荒天林泉待我重生色題咏知誰妙到巔且拓蘚苔遲翦客会

心應與結詩緣

視紹宗兒病感吟

不圖貧病日相尋竟把呻吟易咏吟悼我一生兼父母恩勤費盡畢生心

六弟遠歸即事書感

忽然恭謁藥爐邊拭目相看各泫然苦惱不堪詢近日酸寒覺更甚今年為人孰信無佳境覆我幾疑有別天自怪因貧鄙念多歸裝最急問囊錢

赴秋闈途次遷江搭紅水船下暮東

深心期破浪一葉試乘風絕險重灘歷前程捷徑通沿江山接紫擊揖水翻紅西嶺斜湯未飛帆已暮東

秋試歸行入郡境

燕山松青菁葱栽培自蒼昊滋長含仁風直幹挺百尺留資攻木攻雖則堅多節偶未逢良工但彼搜岩採本為蓬萊宮輪囷或偃蹇比意非天心吁嗟支離叟命世曾稱雄大材終大用豈眞遺蠹虫有日任梁棟直教杞梓楩枏難與同

恭紀王友韓邑侯新政六首

英雄入彀展長材萬户齊歌叔度來北直福星移照到（侯以直隸名進士即用）南荒宿瘴藉披開安良澤溥施霖雨去害威名奮震雷忭野歡騰緣底事熙熙擬共上春臺

蕭侯舊政未全行（蕭子斌邑侯以興文去盜為務乃未成績而丁艱以去）留待神君集厥成迎覩芹香增馥郁肯令蔓草再萌生廉能自濟當官樂事易先傳載道声大難初夷資善後遺黎指日慶安平

年來衙蠹日滋多儒服儒冠耐折磨禍被中傷傾措大權能上竊庇么麽（大亂既平多以）

遺匪充衙役正士被傷而小醜特得所庇嚴城儼作逋逃藪土匪不能容扵鄉里者多走入城充當兵差委巷徒興懊惱歌

強直朱暉今再世定芟桀莠植嘉禾

俗儆風頹匪自今扶衰吾費半生心余奉委充團長廿有餘年究去補扵時偏多吠犬驚村夜不少

翩鴞集泮林西下靈犀銀浪湧東封鳳起絮雲深会逢令仙飛舄至指計新猷喜

孰禁

藥爐相伴幾經旬想為痌瘝累此身侯初南來水土不服染病三帀月臥治情殷愁臥病邊防令

肅定邊民侯近日會武弁巡查扞匪甚嚴千年松蓋遥分蔭一縣桃花又作春莫向嶺南嗟短取

侯千年松唫有工師不重用之句故云巖疆原要用能臣

取士當年早拔尤大川利涉用為舟無心化洽回昌運有脚春來展壯猷循吏古

堪追召杜名臣今豈遜徐周餘生我幸依仁宇待澤應教頼畢酬

邊幅而與朋儕遊讌終端重不失繩尺云紀其事親曰先生事大父母能承顏順
志奉父母避亂居深山尤能曲盡孝思最究心地理皆卜吉壤以安其先云紀其
裕後曰先生不惜傾囊購書延師課子弟尤不靳修脯云紀其居鄉曰先生素仗
義急公發資修建素封者無出其右天行瘟疫施葯傳方活人無算云紀其辦團
曰先生練壯拒賊守令皆仗以集事融之南海斗泰七團嘗分二局先生力為一
之
終自泯其任事之迹云紀其範俗曰地方歷劫婚嫁之家
總期先生商定禮費酌損浮奢鄉里稱便又每寇退團眾多借抄掠先生集議嚴
禁刁風以靖且有脫虜經過人多指為奸細而戕之先生力持不可多所全活云
紀其好生曰先生嘗論實廷五臣食報謂皋陶義盡不如禹稷仁至每論殺怙賊
從不忍目擊云紀其興利曰邑有公入眾嘗瓜分花散先生力主存留置田收租

以資賓興士林被澤云紀其防患曰邑有岡名牛角地出礦謀利者議開採邑令已可其請先生力請禁止田墳得庇甚多云紀其廉潔曰柳城侯姓逼於賊率多户以厚貲請歸融圍先生志以辦公半分不入私囊其他有所屬託者皆類是云紀其著述曰先生手輯修忠勇節烈錄及節孝貞烈錄皆無稍徇隱生平究心史鑑凡有關大政者皆撮錄成帙與淡泉吟草地學求真二集并藏名山云紀其傳授曰先生教人常不恤口講手畫論學一以居敬主靜為宗云紀其壯年曰先生自幼善屬文試輒冠軍詩賦亦常考列優等其操履則清勤端重非公不入城市云紀其晚景曰先生嗜書至老彌篤耐坐健步起居服御純任自然云紀其厚福先生四子皆有學行伯琴孝廉其尤著孫男今得七皆有祖風云伯琴同鐸吾邑某以迂拙謬荷下交有年矣斯文骨月互相切劘藉聞先生緒論且叨卸亦牡丹

詩今更得梯雲是篇而讀焉益不勝欽而慕仰而企窃謂儒者不先生不屈不伸
不常不變有品有學有守有為其殆南陽臥龍之流亜耶遥挹清芬因不禁拙奉
流吟綴成七律十二章用達馳系之私并以為就正之具云詩列於左
文星朗耀照清流名士手裁邃侶儔矩步規翔宗渙雅風吟月弄獨夷猶縱標鶴
瘦身多病誰比較騰學早優具慶下兼重慶下更悅菽水見誇修
罔極劬勞念不忘循陔無倦采蘭香欣然竭力勤生事最是關心謹壽藏豹隱深
倫自叙牛眠吉壤卜終藏况能課子都成立式穀於前倍有光
用世長才迥絕倫誰知草莽有能臣頻煩仗義歸流輩匪特傳方甦病人當道薦
邊資借箸偏陬固國籍投綸斗高兩局聯為一保障南陲偉績新
濟變權宜費酌斟猷為從古出儒林常因團事忘家事悉使人心信我心柔兼卷讀

曾開眼界一塵汙不到胸襟能於義盡求仁至豈必當官始作霖

且為澆風計改更狂瀾力挽快輿情黜奢崇儉培元氣禁暴安良惠眾生虎口脫

歸沾澤溥猿心捺定抱冰心還持史筆傳千古節烈忠貞看品評

公項花消夙悼歎當因大比恤孤寒賓興本要貲財裕主計深勞畫不殫歲取十

千供鶚薦程開九萬翼鵬摶於斯義舉為謀遠造士宏功定不刊

崇隆牛角峙高岡地寶原知土內藏當世盡言開採利何人計及鑿鋤傷自非達

士深憂慮祇任貪官作主張墳塚纍纍因每每豈能一概謂無妨

守先待後重夔肩遯世終难舊業捐提要鉤元伸史論熏香摘艷看詩篇功成奮

武韜長劍學裕明經老破氈居敢為宗遠主靜儒修深賴衍心傳

清才清福兩相宜名水評山樂不疲地學獨精窺奧窔天心隱揭示愚痴深明術

士皆儒士早以經師作舞師見説果然今再無豈徒文藻盛當時

秋闈七試不登科一領青衫耐折磨抱璞終身塵念息捐金舉義慶餘多兒孫竹立斑衣舞富貴花開彩筆歌泮水重逢今有日康強逢吉樂如何

忘年結契玉交攻哲嗣襟期我幸同共證因緣形迹外叨聞緒論晤談中星禪處士殷懃企道阻伊人屢夢通健羨趣園春不老淡泊晴靄桂蘭叢

了無功業在人寰似我昂藏是等閒自愧操行多戾俗偏勞折節爲孩頑論文淡淡真如水仰止高高更有山却怪梯雲編事略莫詳全豹僅窺斑

庚辰草今體四十一首詩餘六首

元旦感吟示宗兒及諸弟姪十首

過隙駒光速吾生甲忽週丹忱徒北拱素願付東流未奮泥塗迹偏添海屋籌冰

霜曾倘歷往事重回頭。

不能為肖子同歲怵庚辰及第談前烈登科窘後塵有為勞破卷無力負傳薪學

竟書徒讀難稱善繼人

鄉杖吾髦矣春虧為稱觥詎識青衫老深愁白髮生芸編難卒業蕊榜未登名自

怪心猶壯寒窗戀短檠

栢酒難成醉驚心去月多愁懷增蘊結壯歲悔蹉跎臘過留貧在春來奈老何精

神能有幾八股尚銷磨

窮通與榮落位置一由天無補三千界虛生六十年韶華歸幻泡詰計守寒氈指

計龍頭在怦然亦惘然

此生難再少倍覺愛春華蔓長汚滋草蘭春喜灌花餘年悲見去故業待傳家不

信林泉老偏教所願賒

背人時對鏡每自惜星々白壁捺如昨紅塵夢欲醒及今謀燕翼漫說祝龜齡可否年能假維皇試乞靈

不才叨歿死更願卜康強力自風塵憶心猶雪案忙遺經綿世澤繼序靄書香未遂生平志將何荅上蒼

兒童紛賀歲博我笑顏開喜氣盈庭集春入光座來履端逢令節益壽到凡材是值桑榆暮悠々日月催

怕老偏逢老难將昔視今功名幾定局宇宙孰知音欲寫衷殘恨聊為慷慨吟痴兒歡進酒可識此時心

伯琴學博以到任逾限被史議停調得代將歸有詩告別步元韻以贈其行

四首

會逢識曲正調絃驪唱何來訝哭然吏議莫能寬秉鐸鄉闈翻得整歸鞭方用槐
市收英俊忽把芹宮讓後賢今日將離商再会却愁水角與山巔
氣味深投一丘豪多情叨惠樱和糕去秋赴秋試伯琴以糕樱餞行作高中之兆有負所望儒林久許同沾
澤自伯琴下交所得規正之益不少宦海偏驚怒湧濤失足轉堪披畫錦麗眉相待酌春醪莫須
我頑难為别來信有見难别更难之語故云歸覲椿庭壽正高
國事終須大力擎豈惟庠序仗經營伯琴早以部縣任選還應振拔為商揖莫要流連戀孔
楹學舍三间經整飭伯琴方修學舍畢工情田萬井待同耕輕舟好載清聲去宦績年來有
定評
好學原非祿是干儒官況復是微官棄捐冷看情仍戀歸去高堂夢特安好鍊丹

心希甲榜伯琴尚有春闈之志欣依綠鬢薦莘盤遠將忠孝為君許別意追馳客路漫

伯琴奉文以從八外用回前韵見寄步和遠荅四首

聖恩如海水漫々未許輕拋苜蓿盤吏部業经三考定儒林仍有一枝安再從冷署重言祿雖屬微員亦是官敢謂左遷無好處送君將淚洒江干

榮枯默自定其詩祿養祗求足代耕待價今遠珍再席肯堂舊擬彩為楹伯琴早計廣故居今歸得職所志量能就職須從好從八官皆有些應承事兩美缺而伯琴不願辭富居貧別有營伯琴甘就訓導以為便於課兒想為儒風頹敝久須將隻手把天擎

文星拱極九天高報禮情濃勝溷磨縱是先鞭輸祖逖來詩有輸他去路着鞭之句還應賞鑑遇山涛移官尚未達槐市值社欣容食來糕伯琴去臘夲應去任代者未來遲延至今工值春社佳什再傳青鳥使吟坛餘興詩猶豪

散人深錮翠微顛振拔惟期我友賢匹馬遄歸看衣錦公車再上待揚鞭行藏有
道求其是顯晦隨時聽自然臨別贈言情不盡陽關聊複請離絃
客冬上王邑侯詩侯嫌嚴城句誒及時事太刻托伯琴示意作此還答四青
桑梓關情甚年來感不支賢明逢令尹激切揭衷私却為言無忌翻教罪有詞回
頭憐往事每悔豈能追
幸也能聞過針砭豈厭多長官施教澤寒士破吟魔寄語勞魚鴈揚仁到澗阿從
今登覺路敢更問風波
疎狂成結習合笑太牢騷善政方徐步（布）憂心枉自勞既稱官似水豈患盜如毛辛
許同仁壽長歌再吮毫
憤世衷如許能邀見諒無言真貽藥石頂喜灌醍醐畢竟愁侵骨終須利及膚邊

歸來賀者不一但願絆身希累贅何須泥首祝延厘家婦擬為余六十有一開壽筵林泉寄傲安無恙便是天休亟日滋

指日春光滿草堂水仙先發一盆香色含淡白多園李萼破鮮紅又海棠笠嶺憑人誇毓秀琴泉為我亦流芳巍然身作溪山主無限鶯花任弛張

暖及寒門旭日殷太和翔恰滿柴關三春香色堪娛老萬事灰心只爱閒後起有人遊泮水退藏容我卧鳴山不須追憶年來事免使前襟淚點斑

既為孤子又鰥夫為問同儕孰似吾攸死終难免墮落平生窮自怪迂愚求名破產儂真慣余入泮時曾典田為用今為宗兒又復爾習吾居貧困未蘇囊裡無錢偏要用財東輪不到寒儒

長貧豈為視財輕只是蠅營計不精裕後已难籯亦滿當家只仗筆能耕三條素燭文頻戰一枕黃粱夢未成今日老夫真髦矣更將何作了餘生

題白小香故人詩冊後四首

芝標一別廿餘春，偶誦吟篇感舊因。鯉信忽通情似昔，鴻裁相對面如親。桑滄閱歷消豪氣，梓里歸來重老身。小香為亂故漂泊他鄉近十年，來方旋里。把筆適時抒鬱結，故人原本是詩人。

誰知碩果竟虛懸，投筆空勞屢著鞭。小香張月卿中丞之幕友，參贊戎機多年。鷹準出塵曾健舉，驊騮開道漫騰騫。蒼茫感喟非無故，慷慨悲歌豈偶然。小香尊人嘗以忠而被謗，幾罹不測。如此才華如此命，為君偎却感皇天。

年來林下得優游，富貴功名幻蜃樓。處士有星仍北拱，韶華如水奈東流。吟成妙句傳佳子，坐擁奇書拜小侯。小香年來謝絶世事，惟以課子校書為業。隨遇可安之便好，平生甘苦漫回頭。

小香詩多憶舊之作

窮愁不得損詩才，五色花仍筆底開。臨浦烟雲歸管領，邑江樹石與徘徊。君將歲月

銷磨去我亦冰霜歷練來窃幸同心無異趣何時話舊共銜杯

李新畬執友主講嶺山得與晤叙既歸有懷寄送四首

有緣幸得合萍蹤久别重逢意倍濃流俗自增新感喟故交不改舊心胸扶衰此日還需子任怨多年却笑儂桑梓閑情勞計議生成缺陷待彌縫新畬久客歸來見本鄉俗敝風頹雅有整頓之意

嶺山一席軽經師鄉國兼須力護持猶夏端难忘遠慮近日有洋人將入境傳教之信登春共幸戀清時近日十七里又老皆有防禦洋人之議文論馬帳非徒爾治贊牛刀更待誰單父鳴琴殷友事懸知決不負彼期彭次雲邑侯以庶吉士改官新任每事必向新畬詢訪而後行

既趣浩劫幾星霜往事回頭待紀詳修志我曾留一役前幾年余曾擬增修縣志以衆心未協未及行著書君合展三長窮閭幸尚存黎獻令尹遠欣得庚常機會可無堪藉手寄聲當局莫

傍徨

文江應為障之東行將化雨寓霖雨好挽今風還古風誰謂窮居權不屬言坊行表

莫非功（原稿本不全）

題賓陽張龍文先生詩卷後

花生彩筆自成春大雅堂中老斲輪濟世孰探良相術遇時珍重在吟身宗傳安陸

尋源遠（唐詩人陸子野著有安陸集）曲和香山琢氣新（卷中多和白小香之作）臨浦江流日趨下迴瀾應仗曲

型人

送春

萬紫千紅併作春韶光無一不怡神誰知富貴纔成局又逭繁華紋化塵特眼頓殊

行樂事傷心徧屬過年人東皇問爾歸何處如此園林不駐身

次韵寄和白小香追憶舊事有感之作四首

桑田滄海話當年，往事回頭寔愴然。賸水殘山勞保護，枕戈眠甲孰矜憐。（小香尊甫朗笙先生既避冦桂林，聞賓城有急，遄歸集練保守，役以力竭城陷，待有棋羸萁短者，幾致不測。）棲身無白尋三島，洗恨真难挽百川。我誦莅華增感喟，私心曾欲更刪篇。

仙尊德望重吾鄉，偏有憸壬道短長。獨抱苦衷希共諒，從來讒口最难防。多才自古恆招妬，作善如今轉降殃。豈可夢夢無主宰，不平端合訴穹蒼。

誓將佛（棉）力報天家，（朗笙先生以前辦團，曾叨奏賞，故不忍自外。）知否當時起見差。憂患在人偏與共，勛名於我究何加。甘同犬馬磨筋骨，險使豺狼囓齒牙。歷盡風波應有悔，不堪勾漏覓丹砂。

思悠悠也恨悠悠，萬事都宜付水流。毀譽由人風過耳，乾坤惠我月頭當。重恢世業

詒孫子小香哲嗣有功今已學成食廩安在英雄笑冠豐所謀害小香父子者今皆殄滅無遺热血滿腔盛得住何須
感憤春斐韛

白小香郵寄詩稿就正賦此遥答二首

底事全傾長吉囊殷殷將道問於盲縱知切琢勤無匹不棄芻蕘不與商詎識騷壇
容易窃擣由來偽幟本虚張點金甚恐翻成鐵敢謂曾登李杜堂
未知何以副盈衷愁對書燈一粒紅羨子高懷殊落落愧余浅見本夢夢詩無定
律圓斯妙道有真傳悟可通多感應求情繾綣漫攄詩悃覆郵筒

步韵寄和梁子庐先生重游泮水之作十首

仰止曾呈十二詩謂讀先生事略之作為書扁字記當時伯琴錦旋曾屬書重游泮水四字果然千里飛鴻至
報道金花壓鬢絲

濟濟諸生擁後塵，菁莪藝裡柏松身。柳州八屬傳佳話，冠冕群英喜有人。（秦文忠贈以冠冕群英四字扁）

泮池如故靄芹香，醉蝶狂蜂採擷忙。前度人來相識否，青衫一領古衣裳。

再向圜橋問故津，秀才舊事忽翻新。豈真未醒黃梁夢，又為恩榮涉軟塵。

由來品學擅當行，領袖芹宮日月長。獨抱春心由少小，老娘還作女兒妝。

鄉闈指日行壬午，書庫曾窺橘丙丁。戀榜豈重開五老，紫袍待換舊衫青。

文星光併壽星光，即此堪徵福慶長。宦海波澄須放棹，會偕肖子樹帆檣。（去歲先生以教職注選）

真嫌愛日已西斜，壽字娛遊夙願賒。好領群英雲路去，滿頭還插御園花。

翹企靈岩計有年，牡丹詩和小神仙。（余和先生牡丹詩曾有小神仙之句）如今却怪吟懷減，孤負郵筒妙句傳。（先生尚有紀恩四律今未及和）

趣園晚景有餘春綵舞知添喜氣新謂琴伯崑仲恨我雲山偏間隔無因同作捧花人

六十一初度諸及門擬躋堂為壽吟此却之廿五首

生成骨相不封侯虛渡光陰六十秋怪是多情須寿我頻教百感上心頭

無端忽得杖鄉名自問年華早與驚今日老來难再少那堪為樂把壺傾

無限新愁接舊愁都緣花甲更添愁寿皇天慣禍人难老於我偏教雪滿頭

百憂吾記我生初曾以饑寒累讀書困頓及今猶似昔一謀孤寡一愁余

靈椿正茂折春風荊樹還摧曉月紅不信我生偏薄命閔凶叠覯屢書空

幾經晝荻且和丸添字孤燈淚獨彈今我岸然稱壽考劬勞猶憶北堂寒

兼卷残書讀父遺当年也自負英奇去為適際滄桑变擬寿吾民力不支

此身閱歷久烽烟賸得残生亦偶然幾許風霜幾冰雪嗷鴻無恙亦叨天

離散歸來後作家灌園無力獲萱花相尋梓折萠遠悴促得寒梅也不華

冰霜歷盡轉春陽故業重尋漫着忙斑管一枝图寿世誰祁白首老科場

席帽年年故里回亡妻幾度笑奇才而今敢尚矜豪氣日月駒馳暮景來

頻向榕城謝壯遊京華且醉薊门秋老來自问成何事一領青衫守一邱

算來客債尚星懸不死祇仍種硯田祝我漫争談富貴大魁梁顥本華顛

驕兒倖得擬芹香夙願憑他一少償漫道夕陽無限好幾時報到鳳鳴岡

叠賦桃夭幾費心桐期蕢寔滿春林諸生識破予衷否盼望瓜綿歲又深

無告窮民萃一堂焚香恰又薦亡魂未能免俗須稱覺可把香醪洗淚痕

同儕屈指且無多对镜今吾髮亦皤人世寿筵非好会况真淪落老巖阿

果然食蔗有餘甘我亦何妨老景貪無奈九泉霜下傑不如文店闹春三

指計來秋大比期雲龍風虎又逢時掭脈頻覺錚差力介我眉能不感眉

久向琴泉錮此身只期吾道有傳人盈门桃李如齊放借映寒松自待春

漫期蒼蒼假我年同聲擬誦九如篇身非郭相希長壽豈有雲錚澤自天

回憶燕都落第時同年壽我各敲詩何須執此為成例又累吟壇撚斷髭

三千世盼尚無名想我依然死未成知否杖朝叨憲乞彼時方好壽先生

靈官校籍報來朝功過分明列有條畢竟散人無处用長生何取似松喬

傳心如待把文論碩果端應慶僅存只是怕人呼老朽一杯壽酒却難吞

為友人題幽蘭圖

造物生百草貴重都以人愷澤涵雨露及時爭先春自非田中莠於世皆見珍秘中論特出惟蘭為超倫蘭質淡且素高潔離垢塵逸品秘幽谷綺石成德潾蒖英傍丹

墀屆軼依紫宸有額具堯遂抱志豈弗伸緣何王者香翛然儕隱淪含章待真賞遭逢杳無辰滿腹蝠蘊芬馥畫手徒傳神只許騷雅士卧遊常相親我今撫此圖返顧悲勞身日與流俗伍半生累儒巾采葑且采菲誰歟披荒榛擬古從幽蘭孤標雲水濱

壬午草今體十四首古體一首

寄祝梁可廬先生七七榮壽十首

波澄津水快重遊紀歲遐添海屋籌信是興朝人物瑞咸推宿學世無儔地行似侶齡齊鶴天假餘年杖曳鳩南極一星高耀彩請將德福話從頭

宏開壽宇駐人師學信回頭憶少時早向雞窗傳絕業遥追鹿洞守成規曾參履薄勤三省楊震懷清懍四知天為儒林留碩果由來名教仗維持

緯史經々夙有聲論才端的讓者兵爭誇心醉探丁庫更訝胸藏富甲兵〔先生辦團剿賊〕

多有勝算典籍偏摩儲國計團營樹績奠民生誰云獨善非兼善爾室徒然擁百城

備歷冰霜暫避人蒙泉別有太平春〔蒙泉山莊先生避亂隱居處〕棲遲得此掭行潔眷顧由天錫

嘏純晚菊特標孤傲品寒松同仰後彫身歆知名寿從何得記取當年奉兩親

欣占逢吉耳康強笑覩孫曾拜舞忙繞膝原知心爱日搔頭豈計鬢添霜延年恰復

當年世晉爵端應入醉鄉想是雲耕曾被寵巍然再見郭汾陽

佳兒恰值左遷歸暫脫朝衫着彩衣不管驚波翻宦海欣將樂事叙庭闈黄眉洗

髓今猶是白首窮經古更稀自寿詩成傳衆口吟聲艷說溢林肩

弟後兄先奉甘寢門鼎立綖育男歡承子舍書偕讀力戰文場興弁酣瀨固齊名

堪接踵邳庠競奕好追談趣園晚景多佳趣會覩皇恩更遠覃

叨把詩箋付便鴻散人藉慰藿葵衷無因列座賓筵末偏得登名壽字中伯琴來信謂前所贈十二詩并祁重遊泮水之作并裝裱懸諸堂上孝養遲欣將綵戲狂吟自笑亦紗籠頻教連夜頻通夢勝會追陪文 公

自信堪輿業可居刪存舊稿劫灰餘先生著有地學求真七卷傳世安親不倦營宅穸錫類兼能及閭里先生推卜地安親之心為親友造福不一而足悟得真詮從博識 來妙理異迂疏先生參透前哲地理書四十餘部乃著有成書七編地學宗阿洛此是先生壽世書

立德功名總壽徵祝厘豈漫擬岡陵青燈黃卷雄心在綠鬢朱顏老態增不愧典型經月旦秦文宗贈有老成典型四字扁懸知佑啓及雲初怪來七七賓筵肆春酒香浮光競稱

彭次雲廣常來視邑篆議修邑城并委增修邑志恭紀二首

籲俊掄才早拔尤盤根錯節付名流披丹志篤孤懷近保赤恩深衆願酬恰際休

明詔玉燭還勞率作犖金甌武城見説栖鸞鳳來暮同聲赴野謳幸依仁宇共登春單父鳴琴入聽新好惡與同叨契合官紳相得亦緣因沈淪不許終遺世著作偏分屬散人今我又招猿鶴笑再將公事絆吟身

苦雨即事感吟

民天其惟食民命懸倉箱所急需玉粒莫不祈金穰田功甫舉趾□憂占恆暘每值稼將納還怕風雨傷回憶今夏五彌月悲亢暘秧長不得插高田多拋荒迨兹秋恰半低田禾就黄風狂扑秔秫四日雨沱滂農夫終歲苦口口道天降康胡然旱且澇往復增災殃蒿目問所由都咎明山王謂王管苗稼俎豆我一方風伯及雨師皆歸所主張我民情道士每歲焚心香道法偶弗靈神怒斯難當五風與十雨倏忽反故常相沿者成□舊事堪追詳吁嗟禍與福主宰惟蒼蒼念神有職司今皆違維皇烏敢

逞私怒肆虐如豺狼況此道士罪何與吾善良上帝本好生愛民心豈忘忽作風雨悪厥故當思量想是我民行不克順爺娘或者兄及弟爭競鬩于墻或則夫與婦燕褻無紀綱或言行交際舉動循典章或嗜利背義胥虐而胥戕不親且不遜乖謬遑披狂因此干天譴神威為一揚小灾聊示儆对茲當悚惶計惟內自訟庶克迓休祥胡乃呵風雨徒謂神德涼曷觀隆盛世景運徵明昌風調雨胥順萬寳從登場含哺且鼓腹熙皞追黃唐何修得此樂斯道原貽彰吾民敦本業奮勵雖难償果能各天和豈愁無稻粱

冬月解館示諸及门二首

白駒過隙太匆匆教學相資局又終助我固多如鳳穎鑄人尤未告成功將離底事情難割望遠都緣志本同可否來年能再聚依依話別夜燈紅

氷水青藍屬望深引繩終歲竭微忱先生既老猶稽古後起相期獨步今砌繞芝蘭

徐橘馥门栽桃李漸成林諸生此去縈懷否指日春華引醉吟

癸未草今體十三首

黄小甫重登门肄業有呈依韵遝示四首

多年杖履謹追隨月夕風晨總不離講習爾能占習坎談經儼儼號經師秀才兩字

須無忝大業千秋本夙期一領青衫非易着芸窗再掃好修為

窮措生涯萬卷書々生結習本难除英雄古競爭秦鹿志士今惟办魯魚自爾教行

超俗迴由他擇術誚儒書蹤從未教學資相長請業端應更起予

慎莫區々守一經衷懷為爾試重傾無窮事業先倫紀絕妙文章舉性情須識青燈

真有味莫教白首嘆無成问他競好為師者誰赴飛鵬萬里程

琴泉花木劇幽情笑我徒煩議遠行鳳山宗司馬致書招余入幕為貧故亦欲應之終以及门挽留不果行且把金針重

壓線仍將木鐸復傳声徵書忍負渠遺鯉求友欣聞百囀鶯知否株守何樂趣依然

桃李一门盈

漫吟

書名美每署散人銜敢謂吾才本不凡有恨精神臨白首無窮事業了青衫孤撑瘦

骨貧仍傲酷嗜吟編老倍饞自笑此身成棄物儒酸結習未能○

散步偶成

年來名利兩忘情准向琴泉了此生永夜蕭閒何所事花陰逐往聽書声

病起偶成三绝

忽然顛倒在匡牀頡家僮亦着忙却笑寒酸無藥物一鍾笋水即良方

暑氣填膺進食难為儂兒婦劇愁酸豈知醉飽都無用疏水何妨力一餐

枕邊百感信交侵怪我猶懷怕死心畢竟生存何所事沉淪今已老儒林

熊如岡郡伯奉使再至郡二首

除暴安良迹已陳循聲載道聽猶新使星此日臨邊郡時雨當年慰难民父老回頭

談善政兒童稽首拜清塵前歌以舞今如昔依舊頌來有脚春

千里迢迢恨各天不圖得證舊因緣官紳師弟情重叙契濶睽違恨獨蠲解倒本難

忘没齒趨迎誰是訝摩肩無如會短終須别頼使遺黎盡黯然

為宗兒娶妾

亘古流傳種子方多男恆 自偏房興言在户三星朗家喜詹期十月良受贄欣

看將來實循陔待佐采蘭手笑儂似續存脊願綿葛綿瓜接蔓長

冬月再病枕上口占

不任風寒病體孱腰枝無力步趨艱適當菊蕋留幽徑又報梅花透脫山振負韶光

支獨枕頹唐暮景掩重關年來世事多羈絆却為沈疴得少閒

甲申草今體廿一首古體二首

元旦即事

統領兒童往藝花紅燈一簇發春光親隣與共迎新歲骨月分離話異鄉諸昆季兒姪皆往寓

陽應道考

見說添肓聲津沿矜言桃李滿門墻私心竊望泥金報明日文宗試士場

得道考喜報五首

門楣今日果增鮮奮跡名場豈偶然屈指栽成多少力追隨杖履十餘年黃子申女婿

寶樹森然植謝家文章有價盡堪誇十年前早深相許老眼看人果不差謝樹寶舊徒

登门奉教甫週年得路騰驤便直前犬浣猶須重（大謝生料試得售）豈真遇合盡由天

謝維熊及门

有志由來事竟成貧兒吾學亦知名深山窮谷開文運誰謂才須擇地生（潘占鰲舊徒）

慶餘湖乃大封翁歷盡迍邅運亦通邦彥克家今有子任他忌妒任他攻（隆乃文舊徒以新籍出考在縣試忌者交攻不休得蕭邑侯庇之）

為被棄諸及门作

窮通大半不由天莫抱遺珠泣涕漣考試自來多倖得名場原各有因緣　今雖福命居人後未必文章盡我先萬里前程需驥足何妨磨練又三年

聞黃丹崖先達致仕歸里吟以執之　四首

滇池久說靖干戈底事遠歸忽有歌介節晨禽真不易宦情閑含想無多國恩深

重臣心赤王事賢勞客鬢皤化日舒光偏勇退時艱畢竟又如何

迢迢萬里賦歸田博得鄉閭羡錦旌六洛徧留遊宦跡兩江重整生漁船錘裝珍重

奇書載故里蕭閒客恨稍從此家山高卧好而猶眷念在官年

維桑與梓久彫零士習談來不欵聽雅俗早殷須坐鎮暮陵端合力調停吳溪〔岸〕水遊

奔流急風起山高壁立青南望不禁虔仰止欣看汝進得儀刑

守株待兎老鳴山理亂年來不復聞自笑孤寒多戾俗翻因澹泊得偷閒揉持晚節

談非易特立中流事本艱會有箴言箴舊好為君今日一開顏

哭邵春卿同年四首

四十年餘道誼親。斯文骨肉本前因。心心互印藏修業。步步相追閱歷深〔身〕。亂去冰霜

同慣受。離居泉石亦比濤。只言弃事栽蘭桂。娛老園林亦有志。

無故喬林忽隕霜。千霄松柏失青蒼。誰期久別成長別。頓使迴腸更斷腸。入梦
依然情款款。招魂何處恨落落。興言此後惺惺惜。翹首難重望鎮揚。
水遠山長宿恨多。陰陽分界更誰何。酸心感誦惕（楊）風句。到耳淒傳薤露歌。結契三
生留片石。交歡半世委流波。泿（悼）懷也逼桑榆暮。飽歷悲憂兩鬢皤。
掄指知心有幾存。多情樽酒向誰論。傳來訃信魂逞斷。製就哀聯淚數吞。長逝水
難回澗壑。少微星自照乾坤。一明還爾成千古。落日蒼茫黯九泉（原）。

附存
哀聯

省会同學拔萃同科中流特立且同心。一離不復再班荆。（追）舊誼以難忘悼我
竟遺千古恨。

幼子孰瞻。童孫孰訓。所屋孤莞其孰告。三畊更須誰領。晉結子情而莫解。斷君
恋作九京人。

隆邦彥過訪

蕭齋寂寞寄閒身。意外欣來不速賓。晤對相驚皆白首。浮生所歷盡紅塵。安貧浪迹耽幽境。垂老談心愛故人。世事糾纏成濶別。重偕笑語亦前因。

中元書齋獨夜

中元屆佳節。及門俱言旋。謂值送衣日。追孝須祀先。留余守振館。相伴惟簡編。永夜肆流覽。有觸心娟娟。念及人子事。返己增歉然。我生又見背。寡母深愛憐。少壯事遊學。中歲歷播遷。亂後筹洗腆。慈壽不我延。烏私弗及逮。此恨真終天。巧月十四五。歲歲設几筵。隨俗薦時食。冥鏹焚百千。事死竭微志。耑補事生愆。念我亦人子。庸德獨不全。單生缺本務。没世何稱焉。顯揚志莫遠。淪棄茲林泉。自責嗟何及。耿耿難成眠。涼月庭除皎。秋風窗紙穿。愁來苦無緒。吟蛩淒耳邊。

六十四歲初度

碌々儒身生。忽々暮年至。韶華猶在目。倏已六十四。回首憶平生。本欲承先志。世業遺書田。努力耕心地。壯歲涉名場。八股練文字。謂可致顯揚。不辭心力瘁。雖中值桑滄。不忍故業棄。亂定復騰驤。遠赴明廷試。飲墨情歸來。鵰鶚猶奮翅。以道窮必通。晚成推大器。誰意璞屢獻。刖足終含冤。花樣今不同。盡全頗英遂。遙企古梁灝。及第八十二。皇天可假年。當不終顛躓。無如衰且孱。顧影私增悸。空懷千里心。愧中伏老驥。來年更逢場。而能再作劉。少壯已無聞。此後安能冀。人生稱不朽。豈在權寵利。遂願檢遺經。猶作兒時事。任人誚老拙。應不須介意。林泉化日長。華顛且覓醉。

得及門黄金鎔百色道考喜報

貧來吾要振家聲角逐名場果得名三月埒溫勤蛾術一枝秀拔冠黌城 生久廢學 今二月來

學五月即往應試高捷亲元原知氣質本華囂異窃謝材經樸斷成講藝悔余忘指授翻教射策議群英生録科以对策達式屈列三等

夜坐漫成

平生有願諒難償株守端宜水石鄉貧慣早教謀利渡淡老來翻為著書忙塵清丱獨饒真樂露重花林蔓古香館課少閒耽夜永蛩聲如雨繞匡牀

重元有感

又值重感陽歲華頹唐老景日增加驚心滿徑飛桐葉肆目疏籬放菊花薄具萸觴聊酩酊追維桑里動恪隱平生祇已無多在韵事誰偕續孟嘉

題宋鄧達夫成仁處碑陰二首有序

嘗讀名臣言行録得鄧達夫畢命詞云宋實忠臣鄧氏孝子不忍偷生寧毋溺死彭

咸故　貴吾潭府屈公子平是吾伴侶優哉游哉爰得我所又讀省志名宦傳云遭夫提點刑獄兼經略使因與馬墍議事不合出守蒼梧聞宋室覆於崖山遂投南流江而死今黄丹崖先生得乾隆御批通鑑攄其小注謂南流江即今武緣之南流江特於文江塔下伐石立達夫成仁碑惟南流江固屬武緣而有宋武緣非隷蒼梧且當日蒼梧郡所繞轄有南流縣縣亦有南流江即在今之鬱林州地似達夫之成仁碑處在鬱不在武恨家無全史無以考据弔古成吟因并識所見於碑　以俟博古之士云

從容就義　成仁不忍偷生忍捨身盻斷崖山沈幼主遥歸潭府殉邉臣立名不朽傳荒徼遺跡堪尋問水濱弔古千年還考古九京難起汗青人

忠臣孝子久流芳節烈長爭日月光信史留遺經睿斷通儒尚論載稱揚心懸宋室

無成敗品興文山亙顗頏而占南流清淨所青燐兮照水茫茫

岺是山房吟草 卷五

今是山房吟草卷五

大鳴山散人著

乙酉至己丑年草

乙酉元旦發筆

老來有志尚無成，飲罷屠蘇百感生。去日苦多添宿恨，新年交賀指前程。桂蘭繞砌咸滋長，桃李盈門競向榮。掛數已周叨益算，更將何事答昇平。

啟館日示諸及門

寒士恃舌耕，孰不競趨利。笑我却不然，株守絕希覬。賓陽來聘書，謂是好館地。顧戀琴泉花，多金偏舍置。豈不畏困窮，而甘處之匱。惟念滿庭芳，一一難遺棄。雙桂早含丹，叢蘭且滋翠。桃李梅橘橙，結實俱取次。吾身苟遠出灌溉任誰寄閒正春氣到人各有所事擇日又啟館還把吾徒翠往者勿可追來者胥受贄抗顏儼為師責半父兄備種植有餘閒端應日講肄樹木計滋培樹人談道誼德行其本根梢末乃文字吾儒有用身隱居即求志所願二三子功毋虧一簣騰實斯蜚聲為我慰勞賴自顧閒散人清貧本無忌館穀豐不豐豈或縈夢寐花裏聽書聲欣然情自遂閉門可獨醒為用隨人醉

抱孫感成（四首）

零丁誰似我舊事怕重論所念急承老如今方抱孫餅湯籌壽啟會弧矢快懸門寡媳悲無子從茲拭淚痕

回憶英明嗣相追促此生只能留晚子並以繼難兄幸叶徵蘭夢叨錫式

設情登門來賀客誰解試啼聲
聽此呱呱泣欣然寢以床充閭肎為卜製褓婦爭忙全鄗籯中滿珠生掌上
光公公將我喚應可解愁腸
傳家詩禮澤貽厥早為謀福命真堪信才華定獨優有孫將祖繼積
厚想先流只惜吾衰甚猶能及見不

六十五初度自嘲

每逢月七日十四為我祝壽酒肴備天今與年將古稀要我康強作何事自
自昔聖賢學為己當其隱居則求志幸值右文稽古朝便皆達道急行義
誰是懷才並抱德際會風雲獨遺棄縱或時運偶不齊大器晚成終一試怪
我殖學亦有年壯歲曾推文壇帥鄉闈力戰十三場棄甲曳兵屢顛躓

乃祖乃父捷高科及我區區止拔萃矜言繼述究何成自問撫躬能無愧年來設帳授生徒日日時逢談利器祗謂伏櫪志猶壯適值大比偏病臂有兄矍鑠奮前程有子追隨尾附驥我乃委頹難為役夙昔所期竟舍置桂花香桂林秋晚景宜人堪整巒青雲路繞秀峯巔舉頭能勿遥翹企自古奇福推汾陽富貴壽考同拜賜指計來日尚舒長渠顯大魁八十二胡乃偃仰鳴山隅日抱雛孫琴泉戲弟姪為頌如崗陵手援兕觥結一醉

從衆申鄉約

得地奠永業聚族龍山邊同井相友助古處孰有年士農或工賈本業各勉旃未聞有頑梗怙惡其弗悛詎意世叔季習俗日流遷賭盜乃竊發醜類幾蔓延漸染恐滋甚長老增憂煎挽回用何術治法嗟無權西漢有循吏龔

黃徒名傳無由起古人教化行蒲鞭德行可型方王烈曾稱賢愧我讀書子且
難與比肩爰是謹杜門棼泯由蒼天乃僉曰不可胥溺在目前理諭既不濟世禁或
當然小懲或大誡爲福亦有緣吾曹倘坐視故縱能無愆鳴鼓聲其罪寓藏
宜究研用威以克愛薄罰勿疑焉念舊有鄉約此意常貽宣官長給門牌
保甲且新編法令炳日星一罪九家連自作不可逭衆怒豈有偏以我與此世
從衆敢自專爲語被責者故習當力湔名教有樂地行險終蹎顛父兄戒
子弟覆車其鑑前致富有大道游手胥歸田庶幾吾里中村犬得安眠

家輔哥挈宗兒鄉試旋里

繫念行人兩月心踈來此夕慰懷深論文竊喜窺真諦報捷端應待好音晚
發荆花有勝昔（輔哥年來倍健壯）高標梓樹想從今私心孰怪多奢願保世肩担恃

共任

聞陸漢臣同年仕途淹滯感成擬寄（二首）

激昂慷慨並雲雷甘以儒躬涸俗埃共信濟時非乏具豈非作吏要生財符分北闕科名遂蹟滯南邦否運來十有八年成底事令人話及亦心灰

相惜惺々悵別離津門回首憶臨岐交情倍篤同年誼贈語難忘永好詞抱負宏舒曷深我望書音斷絕重余悲寒酸結習消除未久困終亨待幾時

輔哥及宗兒報罷感成（二首）

難拋席帽此生身困頓鄉闈抱苦辛詎意有兒仍似我且看吾子不如人聯科祖父留前軌步（學）兒孫困後塵貽穀夙推餘慶遠（曽大父有懷德叩受貽穀延禧扁額）寒儒底事未逢辰

今科一躋又三年榜姓無章更憮然派衍扶陽誰正脉宗承光祿有真傳摛詞久握文通筆壯往偏輸士雅鞭嘗謂且夫非鮮濟算來遇合總由天

秋穫值雨（二首）

田家孰樂樂秋深秋稼如雲遍地簇圃恰當霜既降收丹偏苦雨成淫雖云得所無貪鼠却怕綏豐或饗禽自我趣耕還趣斂處貧安得不經心

雲興東嶺愁偕集水泛西疇感倍生占驗惱聞鳩婦逐拾遺偏利鴨羣行（鄉之養秋鴨者喜曰田有遺谷且土軟易行）時當可穫終須穫日本宜晴未果晴豈是蒼々嫌穀賤故將恆雨減收成

弄孫即事口占

裰內嬰兒掌上珍笑啼並作一堂春啞々索抱情親我尚未能言已可人

從今吾室有君王喜弄銀鈴啻弄璋調笑樂晴還取樂幾忘溲溺汚衣裳

解館小宴示諸及門（四首）

彈指韶華逝談經歲又週聯交膠入漆談別酒盈甌久坐青氈破高懸絳帳收笑懷生計拙祇恃硯田秋

不欲安無用文章利見資操觚精造詣奪錦屬英奇待遂男兒願應工幼婦詞重論情未已無奈又將離

吾道分明在伊誰得最多詩書敦夙好歲月共銷磨有約來忘訂為歡此夕過海棠花欲放孰與伴吟哦

謝絶紅塵擾琴泉地自偏竹松寒有韻蘭桂馥無邊翰墨儒生事師徒夙世緣良宵難數得珍重此離筵

改葬亡兒（二首）

再為亡兒骨樓山卜壽藏祖孫環四代邱壟占三崗先慈厝墰元嶺先兄厝陸車嶺距樓山各里許後死
肩難卸吾生事獨忙重泉須顧復撫念倍倉皇

主祀將誰屬呱呱甫抱孫幸能寬寡媳想亦慰亡魂次兒舉子即以為兒嗣窀穸營千
古松楸護九原寸心聊自盡福地敢矜論

自書館回家過年

子弟各歸去吾今亦返家離孫啼戀祖病子苦呼爺次男久抱恙卒歲籌須裕居
貧願每賒怪來吟興減兀坐對燈花等是家常用新年費十千漫云豐館
穀猶恨澀囊錢有命求難強生財聽自然貧寒知數定何敢咎皇天

丙戌元旦手燈開門撞破璃罩口占

元旦提燈啟戶行破開璃蔽放光明年來家室嫌岑寂特假琉璃響一聲

丙戌元旦逢春試筆（二首）

紀歲欣逢上日春祥迎首祚倍增新杯浮柏酒香無範戶貼桃符彩有隣雪裏紅梅紅又綻風前弱柳碧初匀興言淑氣洪鈞轉擬借陽和煖病人（次兒抱恙未瘳）

今年事業又何為守舊循常免費思命運拘人雖有定春光假我總無私雛孫在抱羣相慶夙願難償早自知笑我不才心計拙生平豐約只隨時

爆竹聲喧泰始開清晨循例爇香回兄弟團聚圍爐話兒姪歡羅奉几陪節候恰當初換歲履端更喜共登臺延年想有人相賀餚備杯盤待客來

次韻奉酬梁可盧先生寄賀抱孫之作（四首）

科甲先人夙有名及身難再振家聲抱孫此日叨天幸漫詡階庭玉樹生

回頭好事每遲遲，歷計吾生數總奇。二十年來餘宿泊，及今纔得展愁眉。丁卯長兒

去世，癸酉孤孫夭折，距今二十年。

雲孫珍重盥薇開，喜得耆英賀縞來。環顧山花初破蕋，可同貴客喜重臺。

致祝曾賡十有歌，壬午余曾寄詩祝先生壽。誰云耄老莫如何。康強定獲期頤壽，有日

雛孫就撫摩。來詩有生憎老耄難移步，親向麟兒頂上摩之句。

次韻奉酹梁伯琴博士自義甯學署寄賀抱孫之作（五首）

門左懸弧本慶餘，漫云晚福更誰如。茆芹幸獲庚長采，是歲次男入泮。蘭芷遲看乙

酉舒。久指蚌胎勞注盼，頻叨魚腹遠傳書。伯琴別後屢有訊音。添丁但得延宗緒，英物相

期豈不虛。

橋子聯陰匝義城，伯琴方迎養乃翁在署。回頭念舊尚求聲。寒氈久坐官雖冷，綵服閑披趣

自清賀我得孫君興發因君侍父我愁生嵗人早抱終天恨致養興懷漫有情

相思離緒牽千里再結因緣又數篇春樹暮雲懷李意落花依草續邱編叢

宮靜肅塵埃掃子舍承歡客恨捐健羨吟神如舊暢琢成佳句遂鴻傳

入夢熊羆聿集祥郵緘甫得撚鬚忙偏憐月課無閒筆又繫風情及弄璋叨

爾桂林蓮贈句笑儂砌蘭更浮香堂名貽穀經推許果有先人積善慶

膝前嫠婦憂堪解堂上哀翁喜亦增久結胸懷欣展拓初生頭角頗峻嶒七兒

得子靈應慰作祖須孫武是繩為報詒謀今責我遺書搜檢及尚曾

寄賀梁可廬先生八秩晉二榮壽（二首）

翹瞻南極壽星高渭水波澄駐夕陽文梓交柯環寢戶靈椿移蔭滿宮牆

林首冠宗風在壁沼重遊愛日長九九數週還益算參天貢樹鬱青蒼

就養西齋齒德尊傳心還復藉兒門官勤月課須督嚴客集風騷待細論苜蓿有香供肖子芝蘭生長侍文孫儒林景駐桑榆暮又向芹宮拓趣園

難老依然錫自天扶鳩看子作師賢官常併入家常樂朝服榮添戲服鮮智慧華嚴（並義甯山名）資嘯咏青衿紫綬迭周旋康強信有仙行地恨我偏慳面祝緣

啟館日有作（二首）

未了傳經事春回館又開舊徒仍萃集新友亦隨來樹再培桃李階還拓蘚苔散人長有役可是只求財

漫作趨時局詞章且細論薰香沿積習削墨掃陳言有代金針渡何嫌木鐸喧相期成絶業誰克溯真源

攬鏡漫成（二首）

生成孤峭見精神偶把菱花認此身自信惆忱丹似舊何期髩髮已增新愁眉

特為雛孫展瘦骨誰將老子嗔半世寒酸真相在昂藏也覺不猶人

清明時節雨滂沱要煖偏寒可奈何候值扶黎難任使聲喧布穀漫增多建村曉

望烟圍屋曠野遥臨水滿坡顧後瞻前滋遠慮亢陽還恐在鋤禾

輔哥抱孫志喜（四首）

美蔭垂樛木居然葛藟蕃晚年方得子今日亦生孫繼序瓜綿瓞貽謀桂有根呱呱

欣在抱豈特定驚魂産婦危苦數日

星家譚命理時上透偏財豈把桑弧射真堪拱璧推增多備樂恃有亢宗才湯餅

筵須啟無錢亦辦來

吾孫方學步有第亦謹騰競與來年事聯翩此日徵門閭憑豁達頭角擬崚嶒餘

慶知多少由他賀客稱久習堪輿學深知禍福關舊墳推响水新塚卜倉山裕後言如驗光前賴省班會應奢願遂擬議共開顏

偶有行

閉戶多年甘守株無端又出人間途當空旱日惹熱惱入望囂塵增嗟吁遺世莫能有役在同羣堪輿無猜俱芒鞋草帽隨意往撫躬幸未從大夫

自邑歸村遇雨

衆衆自邑返林陬漸遠囂塵境漸幽日氣隨雲流曠野雷聲趁雨入平疇連村暝合前渡暮薄袖涼添獨客秋到處良苗生意足勃興在目喜油油

秋日喜雨

七月逢壬子恆言每旱乾滂沱偏應候澎湃忽翻瀾仁惠天心見蕃昌物意歡有
秋從可卜狂喜到寒酸

六十六初度漫成

歲華不我與馬齒日加長問年六十六將不惟杖鄉予姪為一喜泥首祝陵岡豈果獲所願逢吉身康強回憶我生後閱應皆冰霜傲骨耐磨折辛苦真備嘗及今幸無恙繼序慚其皇素業抱黃卷白頭依青箱行覩老且朽敢云壽臧而大鳴崎嶽嶽江兩流洋々磅礴久鬱積鍾毓非尋常白夫盛勳業叙臣富文章溪山藉生色品學皆當行以我弄翰墨偏獨淪林塘往復經浩刼牙遺存靈光里黨推耆宿藝苑徒翺翔不死究何用苟全堪自傷寒歲留松柏暮景駐榆桑指顧桂蘭馥庶鮮百結腸佳節偶閒暇雛孫戲座旁誰躍足娛目此樂其未央豈必大富貴拜賜同汾陽有客亦來賀坦率布冠裳烹鴨競称、

兒脂熱盈草堂兒婦斗酒何防多一觴

為龔表弟被婦毒殞代詣縣呈報

不容寂寞卧書林負日難撕暑氣侵共患何辭徒步苦求援還復故交尋倫常大變言堪駭親串相須意實深久擬避人猶未避無端塵事又關心

秋獲值旱

高田初熟稻酉天轉旱秋深晚稻花枯落寒泉水斷流低頫垂雨脚濕不上雲頭指計倉箱事還思云歲收

冬館夜課

叩隨大小發鐘聲立雪股然衆後生指日試期言漸迫窮年館政待觀成文章有樣光花麗遇合無私藻鑑清由我嫁衣須製就難辭辛苦對寒檠

倚檻口占（二首）

會合貞元歲自寒番風早報到林巒先春想有花齊放逐樹隨枝仔細看

殷然抱甕潤枯根謂有春心隱隱存開泰非知遲又久行看紅紫滿山門

丁亥元旦試筆

守歲歲終去流光挽不回忽又六十七筋力增頹自念被雨露徒然談雲雷壯既不遇矣老復何為哉無因建勳業祇事育英才寒氊久坐破嫁衣時剪裁復值選士會佇待佳音來吾徒願克遂為師懷亦開況幸子有子環身孩又孩貽謀曰有穀世業須宏恢切思流澤遠應把福根培晚蓋責備在夕陽好景繞維皇許益壽兒婦欣循陔桃符換蓬華柏酒盈樽罍履端逢迎首祚偕物登春臺未死尚有役對鏡嗟髮鬓

乃及門楊誅喬嘗試春帖（二首）

書屋不次根株承兄讀垂楊得氣先豈是江寒春未有庭花秋有一枝妍

三載經遊學未充小園文運轉先通幸生種桂無他念想是天心眷乃窮

吾門陳陸亦英才也有能文作主圓草榜目望榮落莫此中生生寧有誰知

新春試筆

履端共慶寒消後十有二日春始開鄉稱小有郊迎禮造物無私

春回來經到桃花綠以柳眼桑潛催雷雪皮滿門富貴及新時候

我文章雖甚甚有昨日況值科試場文光煥發滿眼光轉啟功

原幸當拔幟習頭應賤償似謫能言默況可癡怯笑我

鄰々翁比屋頗延譽任從攢謂是辛花定如此誰華發
連滿園曲拯景興懷雜句華撰老只待蕭桂馥吾事
信覺閣子心危々窮年指不律館政觀集在明日逢之畢
頻為吾增光指計及門又兒姪

詠兒姪科試又報罷感作

窮通得喪本由天詰到名場亦悵然漫道文章
原不值誰知近遇轉無緣諸華蜀道掽然抱
世業相傳重仔肩繞砌是萱勞摧沈劫慚吾已
及衰季

評閱社課有感并示諸友二十絕

自笑孤高不入時
抗顏謾尔爲人師
聖賢心傳誰堪授
只好論文且談詩

儒家事業究如何
豈是能文遂足多
無奈投時須八股
差同嘗語要研摩

國朝三十有名家
健筆爭開夢裡花
畢竟正宗何所尚
尔須沈實尔高華

千古文章本六經
韓潮蘇海足儀型
油腔滑調非名貴
人醉何妨我獨醒

繡出鴛鴦且渡針
擷衣由我酌宜今
引繩削墨談非易
也費沈吟月夜心

農圃密點漫評論生怕方家笑柄存濫竽豈應隨

故尚今將經史灌靈根

活先生真雅玉式先民比知己相逢自有因緣遂繫雷轉先達去

要須滌筆不沾塵

八韻從來錄一團要揀鳥度與鄉寒端莊流麗者行

色不如聲亦古調彈

選聲配色費經營前古源今信撰集詩留才無待學

此云誤於義美哉

詩之詩家立詩之義都從仙心運彩毫家忌野境來作字

也思抗手論風騷

翰景生性逸思拙书題行事要心留平居執把唐詩
讀會做由來亦會偷
經殘選辨古今風調家紀徒試帖工搜景莫須窮放
遥矣他去寫与秋也
三唐上下看名篇高擧矩留遺自古賢得手應心推妙
技半由人事半由天
文園詩材豈分要歸艷滴文香筆不難摩揣敲推
苦自尔遥收翰墨勤
吾昔滯途在遐荒孤陋絡識引根長況復老來週
游來大川彭濟孰津果

以余爲聖學游踪久卧林泉悵晚暉漫擬傳經開講
席誰知劉向風箋
切欲將花錦上添豈嫌持論太苛嚴詩文本旨先
程式宋學原旗理法兼
知期隱念究何種孔孟程朱有統宗自昔義文稱末事
儒修第一道中庸
雲梯在目疊層層脚步雖無捨級登遠到接掛持須
有異端旗須擬在古燈
重朝雅化久涵濡尉起人文遍海隅笑我老夫知識偏
未知何日慰區區

新秋書感

忽忽又秋來悠悠歲已推飄蕭蒼髮亂懷抱素心灰世變堪殊甚熱懷鬱不開維桑安有地伏莽禍猶胎歎歲艱民食蠻鄉悵盜魁憂時生結習鎮日悄悵風村搖序鷲過隙浣駒待畢杯憑恣攘胸縱目黃葉滿林隈

小兒掃墓子旋殤（二首）

萬壘縈標木居然夢與蒙由他餘蔓衍俾我宿愁刊不識曇花放旋嗟麋子殘加首來反以弔能毋一洸深

小屋旣成之生意日就長極澤經垂裕家門定幾思

知兒多福澤恨我已頹唐幸有童孫健扶收淚兩行

秋獲有感

滿目如雲穉誰言不有秋誰言三壤利都道四方收未

償從儲貴岂生合抱愁肯逢盤有日而否切先憂

況復雲爲降偏多雨又陰課時都失策趨斂剝勞心

馬頸盈眸滿（田禾到處有句馬頸之稱）窮簷積熏深勤農雖自飽治怨

更誰禁

伏莽深而熾鋒盡尚未平饑寒知漸至盜賊起公

名行陣爲嚴塵擾（近有古雲土匪之變邑主正急用兵）村厖吠不明救時權不虧

桑子漫闋帖

聞熊如岡郡伯哀訃（四首）

遠訃遥傳自柳州（郡伯終於柳州任）大鳴山色亦諳愁芸生久

扛里何意（邑人比郡伯於何武建有去思堂）節屢方為借箸謀（邑匪未靖士民臣顿陈请郡伯復任）雲捲

福星光作歛澤涵時雨惠就留（咸同間土匪搆禍十有餘年郡伯蒞任旅克平定）長生

共祝生雲領一瓣心香爇未休

兩食由來鄙吝多筹邊拮急挽頹波（郡伯甫下车以弥梁枋首逆）来蘇若

記當年事謹翎愁唇忠曰歌（邑人於郡伯有謹共翎之之頌）慰我哀私調玉

燭當官有濟世金戈田田再造功生後（郡伯慕頌仁政者有再造田田之匾）

遙匯状煩劍耳磨（郡伯身善後除以遙匯未治為憲）

千秋長别竟從今，欲寄懷思漫苦吟（郡伯前三年奉差至郡某曾有紀懷之作尚未寄發）。紀績久增名宦傳（彭次雲明府修邑志曾列郡伯於名宦志），銜恩長結庶民心。甘棠蔽芾仁風在，庾柳遥歸畏日沉（郡伯治郡大率以威爲愛）。召杜名留人思往，南康爲首暮雲深。

宦律頗重文師徒（郡伯昔收某爲弟子），恨我難同旅櫬扶。設位有人皆痛哭（聞訃後已設位於去思堂同人一祭），招魂何處漫皋呼。追經著類挽惆悵，無集新愁劉鬱紆。培植厚恩圖所報，告意何以慰遠孤。

五日感吟

冬至陽生又轉春，無怙老景又催人。駒馳歲已失難挽屈指惺惺漫頻伸，寒々向身依木石，勞々回首嘆風塵。
殘生健在終何用，撫序凝思悵席珍。

堂前梅花初放（二首）

冬至陽初復，疏梅早著花。涵寒經歷練，生意滿枝椏。
本色誰嬌淡，清香早覺加。孚堂冬寒地，幾早占春華。
冷艷偏宜雪，翹然獨步今。超塵撑瘦骨，應候吐
芳心。笑許巡檐索，詩逸傍檻吟。相須娛晚景，樂趣足
儒林。
從來名貴品，多得在寒酸。自我崇貞白，由人愛牡丹。癯仙
成伴侶，静境任盤桓。第一番風訊，伊誰並倚欄。

聞孫師竹先生凶耗（三首）

昔聞衣錦已還鄉，忽又遙傳大雅亡。勇退急流來令譽，留遺嘉績勒邊疆。箕星遽隕人垂涕，北雨遐催我斷腸。撫西指說殷翁紙，滎陽何處弔蒼茫。

宗師咸奉作人師，猶記樓垣誦業時（先生昔學吾省台命某入廟考國肄業）。亟文心傳先之品，周行指示謹修辭（先生於附文力崇雅正深思熙臺）。提攜北上恩施厚（某選拔北上先生命附官舟以往），報罷銜匍歸恨彌滋。誰道久離籌再合，轉將梁壞重予悲。

來爾傳聞語是真，能無哀感集愁新。親承面命勞回首，為報心喪瞻恰神。不朽勳名堪壽世，斯文統緒孰傳

人劇惜一劍坐千古豈有三生未了冤

恭紀張甸村邑侯德政二十九絕

周官計吏重賢能朱李甸陽亘古稱强直風流今再振文

江行覩洵波澄

盤根錯節待良材井度人咸悟暮來鐵案平反全善類

士民俱有笑顏開（記雙橋憤叙事）

深防蔓草後圖難鑄倚權收猛濟寬訟棍勿容

逃法網（記楊李二人事）城狐社鼠膽應寒

舉頭加役酌時宜梟劉治標倣太醫共羨牧

民如牧馬完心去害以恩施

雪後須來有獄垂未流汙俗穿經新抽筋割耳
期文警（邑侯多用此三刑以制宵小）大誡由來福小人
古雲地勢亂風向寨賊遺墟眾梗頑旗變將謀多
勝算依然三箭定天山（蘆匪滋事有年邑侯用兵三日而破其巢）
明檄飛傳各土司土酋負弩許馳驅（古雲之役各土司用命爭先）差池哉
信行荒徼那潯狼兵勁冠我師
萑苻構禍未全平擄盜窩藏訪潯洪滌一山村縣
一炬堂哉都是為編詆（邑南伊嶺團事）
清風嚶拂遍窮陬酌水無煩進饍羞（邑侯查團所至皆免供應禁需索）安
潯三班知悉隨行伕餉不誅求

居官清白本家风，况说苞苴路不通（邑侯端勤不收通山礼）
遥忆西桥慈大令，循声载道继先同
郎四壶堂一镜悬，去年移试小烹鲜
出之如人意原难事（邑侯用法尚严，人亦有嗟其苛者）祗将焚香可告天
手磨百折续残生，故业难抛恋矩荣
幸隶仁怜遊寿宇，花村高枕夜无惊（邑侯严於盗治，近来山居始得安枕）
不鄙孤寒接揖殷，许从茇舍挹芝芳
关心民隐周咨切，剪烛深谈夜向分（某初谒见於郎署，行馔四就，清谈凡三易烛始退）
兴利详稽水利谋，田畴所恃在陂塘
我生辅相真经济，因地因时赞酌商（谒见时邑侯究问水利甚长）

話列

儒風太息頹，修文知為有經綸，化民成俗須由學，匪特安民志必伸。

撥資團長助推行，肩色紳衿藻鑑評，是真儒諸儒士一經慧眼識分明。

公私義利辨須嚴，責備儒流董勸兼罰一深心圖警，一百鄭僑火烈亦何嫌。記劉蘇許圍總事

圍上行私本屬階，誰為衛靈日是書差，鄭公宗

信心如水任使，終防挖利恢

實心實政布優優，溫心春和肅作秋，直任先

勞絕有竹，不須幕客佐徽猷

本是詩書飫習深，十年燈火鍊丹心。從來

儒術非迂濶，風必揚仁雨作霖。

一行作吏並雲雷，卓異勳猷垂上臺。邑侯宗西擢薦，爲憲所倚重。

百里專城堪藉手，經天公莫謂不愧才。邑侯前應去閩，曾有王公未必能惜才之句。

浩劫曾經說少年，生平舊目坦直茂先。邑侯自言學究周總

集律克復本州城凡數次在家在國心無二，小事誰將謹識議幹員。

武堪今又有絃歌，共信牛刀奏效多。讀書古載稽循

吏傳，襲黃台杜又如。

苟圖富貴惟庸官，塵海茫茫助倒瀾。誰似

名儒抱負，親民不作等閒看。

政策期召澤遐覃第一宜民是不貪麥穗桑枝
彰瑞應令人千古憶張堪
紅怪吞心瘟歷黎神只感頑久邑西偏愁課讀書中
巷驚鳳終能棲棘樓
微我文章復煥然大鳴山色倍嬋妍何因得來書
光好都道吾民父母賢
慨吾孤介不投時屈指平生幾遇知詎意陳蕃工
相士偏於徐庶特青垂
遥從塵外企鳴琴喜託輿歌寫頌忱紀實還
豈鄉出論方家呈臣笑巴吟

劉賡雅兄訪有作次呈（二首）

備歷氷霜老尚存追尋有客到山村經年闊
別憐君苦半世貧交氣誼新剪燭渾忘今雨
練圍爐暫还傍古風温談來時事增惆悵歸合
藏珍緊閉门

箕思佑啟期無缺捴有雛孫繼徠趨學海神
遊騖浩瀚心田力種戒荒蕪相須畏友交雨錯
莫管庸流笑守株儒術傳家遺矩在肙
容肯務小糊塗

戊子元旦試筆（二首）

見説春從家獵康回今朝淑氣倍潛催風和煖拂桃符綠雪霽寒消
柏酒杯色燦灯花睛向晚聲喧爆竹泰祠開向年我又籌添一首家迄趂
賀春来

天倫叙樂一堂歡况復年光又轉新柳綠桃紅門外物蘭榮桂馥宅中人
椒盤可獻酌隨俗菽水還供豈厭貧却笑兒曹懷遠志折香偏要拜錢神
自惜殘景久頹唐尚得延年賴彼蒼喜貼春聯循故例歡迎首祚煥文章
含飴戲取雛孫樂酌斗欣聞冢婦藏杖國有兄康勝我寒門也算集休祥

問正劉賡雅再見訪有作又呈（二首）
家獵若叨遠不遺連宵風雪話心期當時晤叙言難罄此日重来意可知閲歷
又驚增歲〻生涯仍並仗詩書寒〻後破享兒孫福自顧遲勞問稀垂

賀年賀壽賀喜來回患將依々然不遠來一歲沽间惟是月半生偃蹇豈他寸悍々
悍互悟貧如病冉々相催老可哀差幸龍鍾無恙在尚堪携手共々望甚
文章假我滿泉林遺興遥欣有賞音知命藉談前定數逢時相信後彫心藝缔
插架重育確柏酌酒盈樽且酌斟但得年年為世會守身何害付浮沈

遣宗兒赴秀峯書院肄業

儒生患孤陋廣益須遠遊不不戀妻子安於守園邱桂林秀峯院屋萃皆英流
奇於便賞拆芳宗伍應求遺事念我父壯往迴不侔甸嶺得節去叠綠為
句留洵我继先志尔嘗出谷幽求友榜垣程羈縶五春秋我父志向上後不
為貧憂雲路不翔去聲名震皇畿我身濟外運努力排諸愁雖則终偃
蹇尔會或承蓋今為我兒最樂序是早谋年華值宦盛進取無虞猶雖日

家累重我尚能兩頭硯田以療薄亦有下農收今歲逢大比舉業誰弗修他山資錯石登科原有由性含者會地人情多雲浮得朋談匪易擇交須賢傳結契仗忠教言行相旋周自重責人薄方克寡悔尤命爾出門去約略爲廷籌廣行誘独學修類何以酬慎哉作遊子未雨應綢繆遇蹶副余望後勁追前矛謝李攜同志夙稱情分投有義偕待價紀猶賈不售指計慈榜揭榮登孝康舟遠擬京國往萬載遊瀛洲

得梁伯琴自義甯學來信覆之（四首）

雁杳魚沉已二年遠音忽有仗鴻傳詩賡契闊來追試文列雅志本夙緣未學燒丹本能縮地何由鍊石補離天重遊萍水懸雲願風恨條條那得摺

羨兒孫養遂烏私，八品頭銜不厭卑。肯嘗未苦甘旨足，靈椿蔭永夕陽遲。清流旋返家相慶（清流鄉名），冷著承歡樂可支（伯琴已送乃翁自義回里）。大可後生需陪侶，允應壽考祝維祺。

天將全遂老益康強，掌上雙珠燦可光（伯琴二子已並產出）。兩頭兩承宏業，技謀見謀士。冷官怡若宮叙績多餘，叢棣萼聯輝頒集祥。況復庭階森立竹（伯琴家年來兒抱孫可璧），趣園晚趣飛添吉。

切天懷爾抱雛孫，宦以寬門企德門。晚子但能延世業，子丁猶未斬葵根。（去秋又舉一孫仍不育）

趨勝富貴名花放（伯琴家牡丹二株自放花後家中皆吉祥如意），漫詡昂藏碩果存。如此年華如此況，敢將清福向人論。

積雨不戢

積雨連旬不放晴雲勞布穀日催耕十寒頓使秧纖瘦幾畝然看淺綠生

蕎麥初收經雹損盡（去秋初冰雹之害）芦芽子並吃雷驚郊原陸業難培植没芙蓉

苗大如生

由來恒雨必恒暘占驗還將去歲詳野老預憂膏澤竭儒流亦恐硯田荒涼

時節後寒猶酒畝生涯頗亂儂我亦奚奴勞苦詠多去日又今秋

拜掃先祖墓

兄弟故知倚硯歸想不孤（先季父曆於左眉）子心安是向地理說作誣舊恨難拋去私愁

又鬱紆芽牙深深青塚隱手墓葬（經四年未立碑用石）擇地頻還從原兆乃已爲拮鳩營兆

漫誇碟又古穿（初曆拮鳩再曆吝蝶皆非吉壤）吉卜逢三尺深藏更九泉（形家皆謂此地宜大故深葬）安親多佚罷

長發桂星天

拜掃先慈墓（二首）

孫寡相依切當年劬可哀回以已往事滴淚向故塋日暮獻卮酒風輕颺紙灰亡靈有識否兒挈幼孫來

子孫塋不遠地亦寬自團圓殤孫附厝故於先兄及亡兒故皆於其旁許展祭當三月卅年共一筵李先聊復爾哉舊恨淒然僮僕催旋返松林起暮烟

喜晴

忽然天宇豁陰霾放出晴光景信佳風捲滌雲歸絕壑日留斜照熾幽齋去霄路可愁但掃浪託吟哦閒自排想是東皇春我意偏來喜色許開懷

新晴復雨戲吟

正喜天開霽驚聞雨又來殘花寄卸瓣棄子復生荄舊恨消還長新詩叢

更催緣何恒若應撫景費長精

疊假山口占

聚石裝成亦岀然花中位置借借交鮮日來博得兒童笑此老癡情勝米顛

匪是平岡匪是陵参天瘦骨自崚嶒孤擎想亦堪千古莫詬雲興力不能

張南村邑侯再舉哲嗣吟賀

花開滿縣正嫣妍門左懸弧衆口傳壽母康強重有喜太封就養在署循良善慶本

無邊侯家世名宦相繼今已十有三代祥麟再賜增

今是山房吟草
卷六

今是山房吟草卷六

大鳴山散人著

庚寅年草

元旦即事吟十首

後先冒雨謁村神木屐釘鞋響四隣占驗喜聽人語好餘生得從太平民故老占年嘗有元旦得雨今歲必豐之語

泰啓三陽淑氣暄大寒時節有奇温元旦尚未交春分柑博得兒童喜笑樂諠譁滿華門今年園柑大熟普給村兒因以取樂

上日家家慶履端笑儂空乏也爲歡往来施報尋常事從俗從宜具粉團

早饔脩金數十千阮囊羞澀甚今年生油畫燭昂時價負債仍須

借用錢

安排栢酒逆年光左抱雛孫右舉觴事變忽生情理外日來徧為解紛忙近日及門陸乃文被蔣姓沮葬排解未清

八韻詩章八股文銷磨壯志倦于勤承先啟後肩難卸不意桑榆近夕曛

琴泉廿載育門材李白桃紅取次開又值文宗校試會提音行覲迓春來今正十五日立春是日當得賓棚歲考之信

桃符煥彩耀林扉閒歲今真屆古稀寄語親朋將壽我會需吾子奪標歸

禮云七十老而傳今我將何啟後賢五世留餘先澤在一百城坐

擁有殘編

把卷渾忘老態增，難拋書味對青燈。高堂共占兄還弟，三壽居然自作朋。輔弟今年七十有二，文甫五弟亦六十有一，故云。

元旦試筆寄賀謝遂生邑侯新禧六首

太和保合治平天，百里宣猷再一年。日值履端絲雨霽，訟庭草色入簾鮮。

後樂先憂所願奢，才華鬱勃作勳華。陽春有脚來何處，指日桃開滿縣花。

滿腔慈惠釀恩波，甲令今還布始和。信是官清民不擾，四鄉行処有笙歌。

詩思恒因涖事生，風流誰似謝宣城。聯班禮蘭朝正後，料是書雲句載賡。

頌獻椒花倒栢尊，桃符煥彩燦公門。歡騰富貴榮華地，到底官場勝野村。

一行作吏視同仁，惠澤醲涵本似春。今日琴堂迎首祚，定分餘樂及編民。

得賓陽道考喜報二首

名場知遇本前因，有價文章賞識真。薄采芹香開兩榜，堪誇藻思止三人（及門止有三人入泮）。

春風得意前程遠，化雨涵濡教澤匀。却怪通才難傲命，遺珠不少淚沾巾（及門招覆見棄者亦不一人）。

還計青燈聚一堂十年辛苦共親嘗潛修孰敢圖僥倖大造由來
默主張果爾顯名能不失如予奮厲却難償當途去取非妄故
榮落何因令忖詳

黃硯賓郡伯又二月初六日爲乃封翁允初大夫八十有二壽
有吟以致遥祝二十四首

一麾出守政優優快覩黃堂布遠猷事業勳名徵學問循良嘉績
有源頭

廷獻衆修歲幾經宣三治術裕趨庭官民被澤難忘本羣仰南天
拜壽星

梅峯鍾毓産名賢清福駢臻老散仙獨養却饒兼善量請將潛德再

宣傳公八旬壽省垣諸貴賦早有詩以揚其清芬

吉占履坦蜀幽人祥考清修昔事親健羨潛龍安勿用韜光別有一堂春

愛聽荊花第一枝板輿曾翼涉滇池歡騰姜被兼萊綵省得望雲遠夢思

繫念家山五嶺回適逢小醜擾紅埃滿腔熱血盛難住義憤旌旗舉草萊

書生戎馬剿倥偬保衛鄉閭盡瘁衷矢志迴超名利外功成畢竟不言功

每因師旅致饑荒救急權宜費主張賑濟既行還積貯常平遺法

勲參詳

財求歆阜執良圖遺利須收齊苦區億萬柔桑春滿目蠶師遠聘

教村愚

忍聽哀嗸澤畔音追呼暮夜盡傷心躬親上控蘇民困不管胥徒

我怨深

計安桑梓績成多一視同仁保太和勲謂散材無用處當宮經濟

又如何

模時範俗竭丹忱力挽澆風始士林訟則終凶申易訓一鄉人佩佽

良箴

況復傳心有要端居由事備異酸寒家規內寓忠良譜笑遣兒孫

作好官

名馳典郡紀功豐位晉旬宣秩倍崇長孫公度孝廉現官陞方伯春笋成林高

過竹興言垂裕幾人同

德門舊蓄孝廉船棣蕚聯輝映後先公家累世兄弟登科今公度及乃弟幼丹又復競爽積善餘

慶言不爽備將逢吉樂天年

康強協卜豈無因從古皇天相吉人嶺嶠極西敷梓蔭自應喬木駐

長春

大耋榮膺二品封杖朝知不悵龍鍾洛陽耆宿香山老盛會而今

喜再逢

扶衰振靡贊承平美濟簪纓分外榮天為斯文遺一老通經致用

待裁成

歌賡何暮滿窮鄉新將循聲溢領方家有嚴君民共慶春醪釀熱樂

躋堂

仰止高山嶺以東晚晴見說夕陽紅清芬熱孰怪難親炙太守徽猷有

父風

今春二月展齡華慶祝筵開樂有加壽辰本在二月初六日今展至閏月乃稱觴故云斗大山城資破

寂青袍黃綬碧油車今郡官紳咸集故云

去春九九頌年高繡虎雕龍一代豪今日籌還滄海屋九暉首唱振風騷去年壽詩成冊今謝遂生邑侯自爲倡首諸客皆有吟賀

下士居邦事有賢謬充主講受恩偏壽言盥露循環誦漫踵公卿獻

短篇 某叨聘圭峯郡書院郡伯惠示壽言一册因亦有賀

流年信可數期頤稽首公堂共介眉濟濟高軒來賀客壽儀第一是新詩

郡伯惠賜綵鷁醉歸不辭既醒自罪漫呈

曈曨愛日亦光重綵舞公堂樂意濃翹企壽康滋感觸撫懷孤弱仄幽悰某以遺腹生不克觀侍故云還乘薄醉歸偏急合笑疏狂禮失恭幸值休休饒海量漫將俚句謝包容

自邑詣郡行次馬鞍塘口號

夾道閑花不斷香奔馳又過馬馳鞍塘經行卅里蕪荒地記取三團血戰場咸豐癸丑秋邑馬三團練壯嘗擊土匪於塘右余亦在列撫景頻生今昔感勞身堪笑往來

忙（年來以公事經身往來此道不一）吟鞭北指思田遠，惆悵前途滿夕陽。

西邕院啟館感吟二首

守相宣猷志化民，修文借助懶殘身。因知為國儲材切，快覩從遊待澤新。院小劫難容濟濟，年衰漫擬誇循循。撫躬自覺肩擔重，一席青氈任樹人。

陽明以後有蘭卿，往事談來記得清。（吾郡文風始振於王陽明先生而盛於李蘭卿太守今已不及於古慨甚）化雨涵濡敷善教，文風靡敝振邊城。英才樂育成規在，實學尊崇習尚更。（俗學溺於詞章少有志於正誼明道者失）漫把人師推及我，究將何術鑄羣英。

有事詣縣途中即目

雲各還山雨乍收，東風解凍力偏遒。松濤怒捲林俱震，麥浪

翻騰野欲浮草偃前途隨意遠花飛蒲縣與心謀憑軒不覺
詩情湧追惜勞生老未休

路出南鄉口占

客路迢迢向左封雙橋已過指高峯（左峯封塘名雙橋墟水巖名高峯隘名）
右盼塵氛積（此岩久為盜窟）天井東迴翠靄濃（天井山名）禍變迭興休問
俗（雙橋憤殺之案未消近又有少女被殺而棄諸野者）故人相值偶停蹤（適與故人蘇某相遇下車一叙）前程
遠趁斜陽裏却幸輿夫力未慵

哭紹閭四姪採芹甫兩月即夭折二首

寒門正藹藻芹香誰意成材又殀亡弔客早皆來賀客歡場
翻作集愁場遺孤豈果吾家例（余兄弟皆生於孤寡今姪又遺兩孤）積善曾餘

我祖慶畢竟美中多不足（府君甫登第入仕即逝，人皆謂吾家美中不足）追維能弗涕沾裳持喪幼婦未三旬營奠猶須白首親兩月青衿剛見世一杯黃土遽埋人嗟兒抱卷難終局悼我傳薪浪費神未必家聲難再振重哀疊痛究何因（客臘紹香五姪夭折今又有此）

題王蒔珊少尉七琴山房詩卷後六首

握得生花筆儒林擅盛名澄觀多感慨吐屬自和平翰苑遺高矩（少尉仙尊竹舫太史先以詩畫得名）騷壇有正聲休論唐與宋卓爾一家成

名韁還利鎖困挫幾豪雄此獨詩言志胥徵道積躬性情流腕下鑑史拄胸中有藉抒懷抱非窮句亦工

大隱神仙吏情洋即事吟浮雲忘宦味止水別胸襟學問淵

源遠才華醞釀深七琴彈古調中有指南針

虛明懸藻鑑下吏本名儒大府資光益今郡伯凡有翰墨事俱倩尉屬稿書院課卷俱付批評

徽貟與道俱刑清三尺省費淨一塵無風雅欣提倡人還憶梓蘇曾梓蘇大尹春昂曾居此任亦好吟甚有詩名風流從事長耳目滿江山吏果文書束官尋著作

嫺尉曾襄修廣西通志京都名作併尉更工賦及駢文郊島別裁刪品格鬼千古鴻

軒鳳舉聞

盥露猶環誦書如讀十年雲泥聯雅契翰墨證因緣妙語監空

華珍存拱璧篇尉古体尤佳某擬抄所愛者於瑣記編中寄聲吟咏客當共瓣香燃

西邕院夏徂即事四首

荒城無地足徜徉局促蝸居苦熱煬郤幸雨收餘夕爽莎雞環

御話秋涼

引繩削墨目忘疲暗渡金針也費思一曲薰來剛課罷挑燈還改

自家詩

頻醒蝶夢自蘧然暑退宵涼別有天橫枕不嫌門洞啓半輪

斜月到牀前

蕭齋寂歷俗塵清隨筆成吟寄遠情不意詩魂頻擊醒官衙

更鼓靜中聲

潘瑞庭執友誄詞

黯淡沈烟壓鑼巖寂寞桑榆收暮景我友瑞庭歸道山西望何依

悵引領痛惟潘姓舊儒家簪纓累葉滋榮華開先有人執繼後瑞

庭筆穎絢生花自幼岐嶷即拔俗乃伯欣幸有似續世業傳家富
青箱萬卷一一授之讀未拋象勺試童科太阿出匣鋒新磨樹幟
文壇號元帥千人辟易驚橫戈乃父聞捷掀髯笑能繼吾志斯為
孝況復名盛實彌敦不尚浮華致讓誚親師取友懷虛衷集資廣
益文愈工努力春華戒浪擲食餼同隊推飛雄雖意攀桂未如願
梓里梟獍忽為變狂瀾砥柱嗟無人熱血滿腔痛同患出難濟險
須儒生拋棄翰墨操戈兵任怨任勞不遑恤生平壯志磨團營
撲滅燎原十餘載智力用盡鬢毛改身經百戰不言功大樹將軍
舊豐采當途雖解報爾庸推心置腹如周公畢竟宦途誰少君
寒士訓導頭銜徒尊崇丈夫生值陽九運有志多才空自奮同病

相憐為樹膺搔首彼蒼怪難問當局懷抱郤泰然謂是窮達當由天哉
為餘生幸無恙還理故業諸凡捐有書可讀酒可酌一邱一壑足娛樂滿
門桃李需栽培空山自有凌烟閣吁嗟瑞庭激昂誰與侔有為
有守無承羞光前裕後正閨缺我縱同志難匹儔萱齊芳兮棣
結葱砌有蘭兮門有梓夕陽好景明林泉履坦咸資範後起
胡然召忽赴修文瑶框光掩凝愁雲吞相巷歌闃然寂無知
無愚亡所欣嗚呼哀哉後我生偏先我逝返魂使我忙無計
來生縱有石上因緣盡今生滋泣涕靈輀指日歸山邱薰風拂面
皆薰颸留我後死作哀誄墨和泪落靈知不墨和泪落靈知不

王蒔珊少尉病右足傍頭責文作足責語以自箴漫擬所見為之和

叨亦足責篤循誦味厥旨弗視偶用傷内訟深罪己本屬无妄災
乃謂平坦履直似考其旋蹵跣難髪指公雖自玄然我以爲不爾
吾儒修於家學優則入仕既筮咸其拇端應壯于趾所志在展驥非
徒效驀蠕策足據要津羣才供臂使不幸宦途蹇褰足能知
止辭尊而居卑莫非躡聖軌委吏復乘田先師我孔子出則事
公卿趨蹌亦常理儀注弗容愆屈膝非他比跽有時宜擎踵
亦何悼企下吏卒宦常跬步皆道揆玩好或縈懷趨求豈
鮮恥賢俊或周旋内荏亦可鄙炎凉或閲歷獨醒何委靡吟咏
或擧揚高雅離交皆立脚向中流矯不受塵滓清白有家傳繩
武合如此吏隱稱神仙梅尉擅昔美曷嘗無折腰未聞誚隨詭

公胡剥以足遂返自謗毁不思鼎之顛其占利出否塞翁謂失馬福恒自禍始覽彼頭責文蹶然興而起抖擻攝筋骸周道履如砥躓埡坊自箴俾我偕頎諟我正病左肱披圖失所恃撫躬滋悚惶對鏡黙自揣悔過果良方勿藥當有喜足責堪損疾手責示難已敬勝怠則吉請事斯語矣何敢優以游漫日鑽故紙

手責吟

往昔折臂有相公品學勳業千古隆我今果克進相若胡然臂病幾與同癴肱左輔痛在骨搔首找背癢供闕縱有右臂供使令獨任艱苦力亦竭或曰此患因暑溼腠理不密賊風入或曰積勞筋髓枯否則氣衰血弗給自夏徂秋兩月終內外救藥經交攻治本

治標費國手發散滋補皆無功久難效大執常禮且復持藝違意旨細究病源從何來豈惟命舛時運否咎徵分明合反求頭責足責詳愆尤生平失措本不一能勿手責糾所由緬昔象勺初習舞嬉戲游手偭規矩就傅即日弄柔翰小技雕蟲漫摩撫文壇馳騁隨蒙童帖括相競趨末工甫冠垂手掇芹藻浮名浪拾德弗業忍捨采蘭誓折桂漫矜能手談時藝不擷秋實擷春華謬以空疏博科第旋為洪浪撇狂風志思舉手殲梟雄用殺止殺提短劍戰血徒濺青衫紅敗績負毋遁山洞權攫青銅救餒凍拮据牽車謀旨甘不暇岑樓手造鳳熱血滿腔返井鄉赤手還復趨戎行幸值時雨慰兒望勗勸守相摧鵰張亂定再習舉子業學行依然事涉獵

抗手時輩吐長虹攘臂終焉艱報捉無緣得免還守株下惟指畫
羅群愚削墨引繩秖隨俗心法豈克傳先儒手披不停心血費青
燈徒有免時味畢竟左宜一未能左提咎戾將誰諱雖云右手操
其權左手實與相後先及今致病亦何委得以不惠尤昊天吁嗟
手損疾遄喜得苦無策撫躬能無厚自責總攝四肢惟天君左攻
右攻從策勳手容必恭禮所上運掌烏可仍教宕翻雲覆雨監時流
敢終任氣時希韝一息尚存必有作上手下受以約年來重任任
樹人果克著手皆成春博文約禮誘循循應須不愧為鄉紳名
利聲華久看破擇善執中難用懦拳拳服膺豈容情載筌
无咎惟補過左之晚蓋謀誰佐輔人扶人可自課年屆七十老而傳

豈竟縮手向雲卧

七十初度書感六首

虚度光陰七十年殘生無恙也叨天同岑屈指晨星耿過隙驚心歲月遷洗甲銷兵餘喘息栽花種竹漫纏綿冰霜歷盡鬚皤昔早拚山荆孰共憐

敦詩說禮附儒流欲補乾坤不息自由莫遂顯揚頻刖足環看孤寡悵回頭興懷母難心滋戚計報君恩影對羞草草勞人勞未已誰知蒲柳忽當秋

暮景桑榆繫夕陽纏身老病悵頹唐崚嶒傲骨空猶昔錦繡文章久棄荒笠嶺雲深宜友鹿琴泉浪静任相羊饑寒八口嗸嗸待直

付癡兒自主張
耆長羣推抱愧深鳴山敢詡聳千尋焚衣况值中元節薦食彌悽
上祀心無忝所生難自信有神如在正相臨百城坐擁亢何用多
口憎兹滿士林余素以猖介招謗老來尤甚
三壽雖云萃一門縈懷終未斬愁根稱觥祝嘏揮多客舞綵成
行撫幼孫弱小誰堪繩祖責詒謀漫想杖朝尊傳家至竟傳何事
式穀還將保艾論
承先啟後責交加本分應為願總賒白紵難拋羈里塾紅綾枉吃
憶京華曾还入夢生花管甚覓來停問字車繞膝介眉知也
否百年定局老烟霞

叠前韻奉酬張煦樓契友見和自壽之作

誼篤通家憶曩年，一生一死奈何天。余道光壬子肄業榕園，與煦樓仙兄海門叙舊桐契。越六年，余負母避亂遠遁，海門特以守城殉難，故云。今情幸得重投契，年來余主講湯明院，煦樓亦掌教惠泉學，故云。昔款深悲久變遷。我本昂藏非矍鑠，君倫頌禱致纏綿。分明草木將同腐，見愛能無更見憐。

悠悠去日去如流，擬駐韶光苦未由。曾歷亂離冰挫骨，早驚衰邁雪盈頭。百年欲盡私增悸，一事無成久抱羞。環顧黃華將比瘦，焉能對景不傷秋。

漫遣吟情向夕陽，酸心何異老馮唐。誰憐講學甘頻破，却爲謀生徑轉荒。年來就聘出門，不能家食，故云。往哲遺規遵白鹿，英年壯志挫紅羊。懷

才欲試終難試只有林泉任弛張

墜緒茫茫引恨深英流誰與共搜尋傳經劉向多餘願遯世陶潛豈夙心白水訂盟鷗伴侶青山娛老獨登臨徒存碩果皋比擁畢竟將何惠士林

孤寒八百萃儒門誰似君能咬菜根臨浦分流成望族（煦樓本賓州籍移居郡城已久）曲江夔奕葉有賢孫捐軀烈士名能立（謂海門殉難事）養正蒙師位亦尊成已成人徵学問橫經儂幸有同論

投分深叨意有加相期俾我願尤賒橫渠理學綿宗緒安陸詞章蔚國華（昔張子野有安陸集）故業專精都破卷新書頒到又盈車（近日馬玉山中丞新頒書籍到書院故云）青雲路上知音在豈老窮廬鼓落霞

舊徒潘子貞步和自壽之作疊韻還示（一九四三）

乃賡為我祝高年豈果康強佑自天可愛春華難挽轉無常世事易推遷敎行早覺精神憊抱道空談統緒綿合笑老夫惛憒忍阨窮終不乞人憐

趨炎附熱鄙庸流不合時宜夲有由苦向軟紅穿著腳何堪頒白重回頭賓興屢擯斥三選掌乘偏為獲十巻朝考報罷有約就同文館教習以圖寸進者余以出處不正曾不敢就沒世何稱嘗默忖撫衷原自有陽秋

正學宗傳奉紫陽真源還遠溯陶唐青燈獨對猶知味綠鬢凄彫忽耄荒壯志漫存伏櫪馬奢心難遂觸藩羊朋儕雲散難重聚晚蓋須誰共主張

依舊吾徒我愛深論文問字遠追尋子貞濶別十有餘年爾見訪殊甚欣慰英多磊落超
塵品晤對殷勤立雪心薫相不謀還不計曾師如履且如臨青毡坐破
鏡三樂喜見翹材拔藝材子貞已叨選拔
豪華抑志入儒門真味端應咬菜根所恃思艱餘績祖休將
怙侈轉貽孫子貞世禄家子因以相勗心專專下學貞操履道任中衢顯設尊技
萃有科何謂拔罟聲當局好詳論
幽獨其嚴指視加輿言不朽頹彌賒規翔矩步家丞寶鼎蕰摘香薫
废子華七日復來參妙蘊三風蒙訓懍前車子貞異母兄春臺以世襲當官驕泰獲戾正被參劾故云
青藍冰水相期厚豈第詞章煥綺霞

偕陸曉樓齋長談時事感題嶺山院壁

撫時思古倍傷今世事詳論感不禁廉正幾能追往哲貪偷多半屬儒林扶衰振靡憐孤掌穰往熙來隱痛心後顧無窮重惆悵中流砥柱問誰任

寄懷莫子慎邑博大首

風傳鐸韻徧鄉閭見說人師甫下車第一寒酸切愛護城門殃不及池魚余表親張殿彪罹九疇爲衆事牽累得師力庇不工訟庭人皆稱頌

兵燹曾經志乘殘徵文考獻待重刊琴堂有事編年月借助三長定不難謝遂生邑侯正擬修縣志喜得一助

絃歌朗月徧聞聲更得同舟贊政行敎養平分偕奏績風流何讓謝宣城

入仕由來學風優，文江行覩障流化，民成俗操全券定，許山人解宿愁。邑士習久敝，嘗議振飭，今有主宰，當如所願。

鱣堂翹企久神馳，慶幸發壇有主持，擬入宮牆覩美富，夢魂連宿早迷離。

上元運轉卅年來，多少儒宮鮮實聞，難得旦心清似水，寒氊不染半分埃。

謝遜生邑侯得代將晉省吟以贈別四首

侯爾驪歌起郭門，興言作別黯銷魂，登車竟議悠悠去，下榻難忘款款論。名士一行能作吏，散人三代並涵恩。余叨邑侯知遇，遇府君得以鄉賢舉振罄，媿且叨詳請旌表，故云。況容布政參旁議，四境桐蔭遍滿村。侯議植桑，余以種桐蔭尤宜，即如言出示勸諭。

古言何武去人思今日於公再見之鼓勵教先行紡雜嶺山義學久廢侯甫下車即復舉行

旌褒恩徧及煢嫠侯本遺腹子於節孝事尤關心特飭余採訪節烈力為請旌擬建總坊於東郭

虛堂朗照心懸鏡載道流傳口勒碑期月政成登上考鶯遷行覲

宿喬枝

百里謳歌父母賢長才信是小烹鮮訟庭草綠春常住文苑花紅澤乖

偏侯於月課文會獎賞甚優名杜齊名追往哲徐周繼治憶當年好官第一推廉

善如水臣心不愛錢

兩肩承緣數躋堂卻笑寒酸老倍狂醉酒屢經歌飽德論交多感

錫吟章榕園更闢鴻留印月來侯正捐廉首倡重建郡城陽明書院棘圃難留鳳載翔

惆悵受恩臨暮景瞻言後會嘆茫茫況

疊前韻再贈遂生邑侯得代晉省之行

共見深心洞啓門，徽猷繄繫別離魂。補偏救儆紓籌策，正本清源細討論。要俾殘存偕被澤，特從窮措首施恩。侯治邑以行教化樹風聲為亟余家君及劉霅溪太史潛德首叩揭揚先憂況復懷難釋，犬吠相聞月夜村。

三年可使正籌思，誰意斥期忽及之。夏雨流膏周絕徼，侯謂數易土官甚為民病因以安靜為務民甚德之秋風引恨到幽嫠。詳請節烈旌表未及奉旨建坊人皆歎之靈犀舊繞河陽樹，起鳳峩峴（崇）首碑。直比張堪多惠政，豈惟紀異挺桑枝。前任張南村明府以盛為愛侯則以德為感人皆頌之

居邦幸值大夫賢，許我光依愛日鮮。含鼓不知還不識，會歸無黨且無偏。冰霜既歷紅塵劫，袵席同登白髮年。藉得乂安娛暮景，只

籌維正納官錢

詩壇文席歐琴堂小子無知附簡狂侯名文士月課於署中紹宗兒亦幸與列正喜推誠端士習胡爲話別掾詩章攀轅忍聽歌驪去鍛羽難追翩鳳翔緣結三生能得否遥看人海慨蒼茫

邑諸生餞遂生邑侯於嶺山浣陪席口號以呈

宮紳師弟訂來緣桂月依依照別筵萬縷情懷杯酒裏媧皇恨不補離天

謝侯見和約以有吟相寄疊韻再呈

吟壇漫結此生緣會短離長惜別筵不道衰孱沉絶徼終叨垂眷白雲天

既別謝侯再步留別原韻志感四首

有腳陽春去不留最憐羌笛奏清秋遽抛赤紱還司馬侯本以通判調署曾俾黎元樂聚鳩仁愛吏原誠不貳禮齊民喜大哉優絃歌化洽琴堂靜扶杖觀風萃白頭

小試牛刀有挾持風聲克樹自風移祇期樂利皆安堵豈計長生有祀祠道濟寬嚴情勝法恍輸教養父兼師由來清慎勤三守千古循良著足規

士庶偕遊大順天口碑先樹嶺山前三時不害閭閻樂七十同依父母賢自料調員難破例早留遺愛滿荒田悠悠此日行旌去歟孰聽驪歌不黯然

三杯酹地話離衷（侯行餞酒有捧杯酹地留連與人看之句）顧享承平與衆同（侯行徧札諭四鄉相期以勉作良民語甚切至）依別已經兆膏雨臨岐仍計挽澆風人爭屈指談嘉績我亦拈毫紀懋功誰似趙衷真可愛嚴冬普照日光融

陳瀛仙邑侯新任吟賀二首

郎官本屬列星精（侯本官工部郎中改授牧令）試用牛刀且一行有脚陽春來絶徼同歌来暮徧編氓鳴琴共卜爲猷遠下榻叨承夙藴傾（某初拜謁叨扳留與談竟日）寛猛兼權中允執廉能豈讓謝宣城

舊宦新令話琴堂利病曾詳問地方羡説陳良精北學行看朱季涖南陽漸摩擬自儒生始（謝明府名多士鍊課於署中今侯亦欲首務於此）蒙蔽深爲近習防（侯談次多以罔上行私爲慮）賀任笑儂還自賀首先黎庶沐恩光（某恭陪論治叨留小酌故云）

在

在邑訪莫子慎廣文不遇既歸西邕有懷吟寄六首

重論促膝悵緣慳，虛向芹宮往復還。合笑山人無賴甚，漫將屐齒破苔斑。

冷官豔說有閒情，追逐吟朋出郭行。所到溪山題句徧，黃梁曾否應同聲。謂黃芷坪梁熙亭也

贈言聞道擅佳章，謂贈謝邑侯之作擬向吟壇一抗揚。不意孱軀多怪疾，摧人速返白雲鄉。余適有風痒之患不克久住故云

憶自宮街一面來，夢魂頻恒與徘徊。相思合再圖良覿，無奈沈痾錮散材。

斗大愚城擁薜蘿，萬山叢裏得秋多。寒齋寂寞無人到，

藥銚茶鐺伴坐哦

繫念鱣堂別思深屋梁月落幾沈吟無多騷雅山河阻誰共青燈話素心

步韻寄和子慎廣文遊起鳳山之作二首

起鳳拔江皐嵯峨氣勢豪凌霄隻翮健卓地兩峯高野趣憑收拾吟情快賽搔飛來亭上立鴻雪印仙曹

驂鸞欣小住名宦戀名山境好秋尤勝遊酣夕未還賞心臨水處吊古合雲間（山腰有合雲岩李蘭卿太守所題也與黃晉江讀書岩相近）一曲高難和拈毫漫仰攀

奉題張漱泉幕佐贈謝邑侯得代榮行詩後二首

佳章叨惠示雛誦幾循環曲和驪三疊丈窺豹一斑柳條情繫縈

蓮幕誼難刪況復詩緣結端應判袂艱

夾輔絃歌化由來讀律優明刑襄雨膏睹韻擅風流羨子諧賓

生嗟予缺唱酬遷喬今忽去別恨悵悠悠

重陽將歸漫吟二首

日月相馳逐忽忽臨重陽高齋閱其寂迥夜淒以涼金風早

戒寒賓雁紛南翔雛孫望我歸想話乃母旁禮況重報本吉蠲行秋

嘗兒婦具斗酒需我躬薦香館政值閒暇宵夢縈山莊纏身雖

有疾扶杖堪自強大鳴當秋色登高宜捧觴幼稚喜躍雀昆季

偕相羊當歲稔秔秫古處敦梓桑家園諸樂事還紛陳草堂

暫拋講席去嘯傲烟霞鄉獨客可自決其待誰與商
四野歌聲沸村畔讙有秋我本田家子傾耳消閒愁力穡慎禽饗
篝車集西疇按候霜既降趣斂誰夷猶有客款門來爲儂話哉收
如茨且如梁我里言最優聽彼談款款歸心彌悠悠奚奴須督課
築場當主謀老身素有役瑣事焉能投矧家有癡子栽植黃花稠
晚節謂如我三徑寒香浮吟賞座有客藉以娛白頭此意不可
拂家山攢叟眸撫景野興發宿疾如步瘳暫別及門士我諒誰我尤
言歸計已決高枕詳更籌唧唧復唧唧何寒害吟牆陬

聞堂姪拗兒殤

聞道吾家又損丁傷心不覺涕淚零豈真祖宅當衰運難向宗

親乞護靈迴徂愁增雙鬢白深秋寒逼一燈青重衣未忘衰還集短榻誰憐夢易醒

祝黃硯賓郡伯壽吟上幼丹五公子二首

安邊守相政優優澤被遐荒漢土周幸隸仁帡羅萬姓歡騰壽字祝千秋趨風式禮寅僚肅受日忱輸子道修稽首載賡難老句星輝南極瑞雲浮

青衫紫綬競躋堂連日賓筵款接忙舞綵人依椿蔭暖稱觥客醉菊醪香家中况復欣重慶海外知同樂晉觴長八公子近奉使海国大富貴還兼壽考詠歡奢願此全償

燈下有感

一粒青燈照影寒編摩渾忘夜漫漫生平未見書須讀想是幾年死亦難

辛卯草

久病初瘳元旦枕上口號示宗兒

爆竹聲催幻夢回此身覺未委塵埃韶光易逝多遺恨造物仍留老散材又值三陽初轉泰豈猶二豎再為災披衣擬上高堂坐笑看雛孫祝壽來

病起即事二首

一病衰羸甚呻吟閱四旬籌添仍益壽杖起復為人問候來多客談歡受至親我憐應我笑白髮倍增新

戲綵癡兒樂欣言我再生職曾嘗藥盡詩又采蘭賡滿抱皆春意盈庭有笑聲叨天錫純嘏還許享昇平

步和黄硯賓郡伯省桑喜雨之作

林鳩喚徹樹千章，果得甘霖潤沃桑。令布長官興利溥，春催黎庶赴功忙。烟園十畝晴光瀅，水漲雙江晚氣涼。風駕星言聞疊鼓，笑人爭祀馬頭娘。

硯賓郡伯重建陽明書院並搆書樓落成初夏自西邕移席課讀即事有作八首

三十精廬化劫灰，多年蕪沒復荒開。李蘭卿郡伯初建書院，原有書屋三十間，以郡城失陷傾圮，今始修復 園林有主推循吏，教誨相須忍散材。勝地水山歸管領，春官桃李付栽培。吾衰久矣猶無恙，合笑龍鍾負杖來。

載籍新頒到五車，馬玉山中丞頒給書籍，奉飭就院開設書局 冠童咸集水雲涯。文翁化俗功徐奏，劉向傳經願倍賒。把卷坐消清晝永，憑闌吟對夕陽斜。榕園况是春常住，牆外柔桑恕發芽。院地舊名榕園，係岑上府遊宴之所，今郡伯以其餘地植桑

信是陽明仕學優，文章勲業炳千秋。歸流改土名臣始，王陽明先生平八寨始改

土府設流官開郡治於此講藝投戈勝蹟留陽明先生受降息兵嘗講學於此故院即以陽明名崇報昔賢祠宇搆院後堂舊名崇
報奉陽明神主於其中仰維今日禮堂修馨香俎豆瞻遺像
宸翰輝煌在上頭院見既重建爲中丞寄到陽明大像飭鑄於堂中並奏請列入祀典今上御筆題教行雲岩四字扁廾諸神座之上危樓矗立俯窮荒
萬軸牙籤箇裏藏有事枕經還藉史馳情摘豔且薰香興言慈榜秋來揭苦挹芸編
夏課忙環顧及門朋遠到循循那覺小年長
肥梅好雨快時晴畫裏窗開眼界清樓下舊有船齋三進第二間名畫裏窗臨水看山饒逸致種花
狎鳥結還情扃門涉趣塵心豁撫景興懷別思生廢院修成誰起議風流咸憶謝宣
城重建此院實係謝遂生邑侯倡捐之力
一麾回憶李公來爲國儲材夙志恢作雨揚風先學校臨淵踞石盡亭樓蘭卿郡伯建院於三十軒外更
搆合江樓觀瀾榭修志銅鼓知縣業香修禊諸亭皆臨江踞石扉如圖繪欣看紹復齊捐俸可奈增修尚缺財今院屋尚未克如舊

春禊秋燈多樂事，撫今思昔重低徊。蘭卿郡伯常於上巳率三百三十三士修禊於院中，又中秋在院張燈會飲賦詩，備極昇平之樂

局促西笆歷二年，不圖今許賦喬遷。畫屏作對環春樹，畫屏爲院前案山名詩境追尋撥曉烟。院東偏池中石，蘭卿郡伯嘗鐫陸渭南詩境二字於其上

積弊卻遺多士恨，扶衰還待大夫賢。蘭卿郡伯所置膏火之資，今僅存者多爲貧戶拖欠利息，今郡伯正疑整飭，而忽以丁艱去官，只畱以待後，多士歎甚

靈光愧我巋然在，孤掌難鳴只聽天。年來老成凋謝，欲釐清積欠，苦無相助，慨甚

思城斗大萬山間，元氣何因得復還。教養兼籌資大吏，謂禹玉山中丞也聲靈震疊

及諸黌從遊羈書來庽齋。今年肄業多有上司遠來者主講無如值老孱，回首少時追記憶，當年

絃誦滿重闢。蘭卿郡伯既成此院，再擴西笆，嘗有不道二黌能並建，一時絃誦滿重閧之句，余童時肄業院中，猶及見其盛

榕園即事漫吟十首

自笑猶絆不世情，閒吟閒坐復閒行。囂塵遠隔論文地，人溷何妨我獨清。

溪山水石足陶然，心遠渾忘世俗緣。自許榕園權作主，逍遙亦一地行仙。

嫋嫋歌聲與耳謀晝長吟罷倚高樓憑闌縱目芳郊外大來畬田正有秋

優遊散步到江干意釣無煩更把竿信是水流心不競忘機鷗鷺與盤桓

詩境流連晚趣多夕陽冉冉上崇阿會心所在原非遠倦鳥知還樹幾科

百年事業誦絃中童冠追陪一老翁消受林泉清靜福合將佳興與人同

石有留題石有碩摩挲時撥蘚苔班天開負郭清閒界儘許迂儒抱老孱

院門斜傍曲江開不禁觀書問字來有幾俗流能似我晤談酬對盡英才

雲龍風虎會無因萬卷叢中老此身一任樵夫工笑士殘年准作在山人

嘯傲烟霞樂不疲散材無用適時宜鳥啼花放須閑照那管風波十二時

接前邑侯謝遂生司馬來函感吟覆之六首

樽酒論文渺曙期經年契闊悵睽離雖忘令政心牽緒不朽循聲口勒碑雁信疊傳通款

自去秋作別及今已叨三次來書

驪壇回望費追維，無因借寇治邕右，翹首千山有所思。

滿抱慈祥一視仁，上游倚重好官身，平反見說襄當路（侯現在讞局當差，以明允馳名），

課最行看擢要津。驥騁直前遊宦客，鶯遷遥賀下交人。懸知清白餘慶

遠，提報今科食報新（侯兩嗣君正回黔應鄉試，故云）。

揚風作雨徧南天，宦海蒼茫廣福田（侯歷署州縣，所至皆有惠政）。駟馬門興恢里第，緋魚袋佩

肅官聯。公餘課子清宵永，別久懷人遠道綿。我抱沈痾幸無恙，厚叨垂眷及林泉。

玉樹森森植謝家，曾期文梓並抽芽（侯曾召宗兒與兩嗣君偕錬課）。賓興所恃教三物，父詔訓

頻勞指五車。善病却憐羈遠志（宗兒本擬詣桂林肄業，以某老病未瘳，爲之中止），好修終恐負春華。

栽培在昔拖恩厚，漫指秋來折桂花。

棄予不忍教言頒，別恨安能一筆刪。佳作有存盈篋笥，寤思無奈阻河山。宦

紳契結銘心舊出處途分聚首艱知否榕園又課罷夢魂頻自桂林還
思量無計解離衷獨對書燈一盞粘紅衰老倍難諧世俗苦吟誰爲作宗
工面頭下榻餘情在信手拈毫逸興同所願仕優尋舊約新詩頻付柒鴻

端午將歸適硯賓郡伯丁艱言别不果偕友小飲榕園書感

自身不出本鄉離家亦成客回望大鳴山凌雲叠曉碧來我城市間邪
得戀泉石佳節值天中蒲釀又登席兒孫念遠人笑談悵睽隔豈知我未
歸非果志故宅自願主講筵官紳交莫逆賓東情誼深將離别愁慮
切歡挽行旌籌思苦無策還返縱及期焉能執常格萍藻夏榴失明風景
自豈兢赫慶吊事兼行悲悼半怡懌濡滯在榕園私衷可共白有客兢
我觴聊與醉今夕

讀羅佩鞠府幕節母蔣太安人遺照詩册題後

大倫外君臣内亦重夫婦臣以君爲綱婦以夫爲耦名義亘古昭舛乖必多咎常則至誠乎變則苦節守懿哉羅母賢徒一貞可久孀居撫孤兒是用娛哀舅孝慈力兼盡初心誓無負至行協鄉評休聲達朝右旌表荷天恩貞坊矗山阜真容合繪圖妙得丹青手見面如見心拜瞻肅兒友題詠滿衿裾列女羣推首馳譽並忠臣流芳俱不朽我讀遺照詩漫亦閑吟口拜手載賡歌敢躡跟賢後試問再醮姝有此顯揚否

弔公仲三塘古松

昔我往矣葉紛披今我來思根傷夷松兮胡乃爾豈真天數不可知千百年來龍夭矯輪囷礧砢蟠夔枝黛色霜皮皺鱗甲翠聳揭鬐者青

垂髭蔭暍鋪陰廣畝許清涼異界閑中逵幾經浩刼獨秀挺不隨俗弃為推殘貞心孤介植節勁古致婆娑婆娑饒奇姿冠蓋往來堪托庇孰不萬歲遥相期詎意潤滋涵雨露突招妒忌来封姨勢挾雷電震厥怒不為德被為威拖敗葉残枝委滿地俾我目覩心傷哉悲忒曰木拔匪特此大風有隧多横吹喬林摧敗難悉數無限蒼髯枯以萎君胡對此獨太息幾於痛哭漣洏洟雖詎知彼屬閒散物此則當路人所資今竟美滿空一掃障蔽烈日其須誰吁嗟乎綸巾羽扇武侯殞蜀郡偏安難支持輕裘緩帶叔子歿襄陽重鎮成孤危以彼視此縱殊致國倚遺愛終繫思況復我生值陽九此松孑立儕憂罹今松委化我無恙果否長健心滋疑世轉昇平足娛樂端合益壽延春熙而松堅多忽如此能無對鏡增凄其榮落靡常究何故撥

首問天天無詞松弓松弓我與爾今長別招魂不返復奚為漫把來因訂來
世三生石上其何時

讀鄧袖南學博牡丹詩依韻有和二首

國色天香萃一堆番風幾度力吹開名花獨擅芳華譜品藻應須雅豔
才儼有樓臺容客住居然富貴逼人來東皇似惜儒林寂栽者因之著意
培

冷官欣幸值芳辰魏紫姚黃喜有倫笑倚和風殷詠賞務矜誇曉露
著精神光分芍藥當階豔馥併芝蘭滿座春茂對想曾傳妙訣胭脂名
買囑門人

課罷自嘲

蝦貴無魚豈世情須予講席主陽明衰孱漫爾居前輩朴拙徒然範後生格致正修難責實詩文詞賦漫沽名青燈心血多虛擲怎怪修金繳不清

宗兒將赴科舉吟以遣之

龍虎風雲會奮跡由孤寒李選拋席帽貢禹彈冠我昔企翻鳳雄飛修羽翰名場偏困頓筆戰心血殫老運倍否塞鬱鬱守儒酸繼志幸有子接踵登文壇屢躓氣益奮今復希鵬摶行將就遠道我亦為欣歡其奈資斧歉籌措愁眉攢維念舊館穀足資濟行路難切莫度夫人相照披膽肝環顧囑我子寸進百尺竿前程赴匪易在目萬里漫祖父遺高矩登第從入官我既窘後塵兒豈仍蹣跚富貴所自有事業圖不刊去去策高足置身青雲端宴貧勿我恤屢空心所安錦標果奪得盧肇其借觀指討月宮裏丹桂丹復丹

一枝攀折歸俾我撇顯看、

宗兜赴科臨行得病吟以止之

萬里趍前程所特精神健、年當力又強乃克償奢願載笠國光觀幾輩賢書獻平步上青雲壯往誰委頓我兜志大比幸無須激勸挾策誓登朝奮筆討文戰亡何將遠行瘦弱忽生變酷暑凌寒酸肢體增疲困是起門衣衰大人難利見抑豈命途舛先鞭須謝遜忖度勞我心愛憐淒方寸惟念窮與通彼蒼默操券大器多晚成宿學天所眷幸保有用身習靜努餐飯氣壯體自充百病雪消覲止止勿行行三年再磨練否泰相乘除時來乃利便有志振家聲下科當上選偶爾值坎坷安之莫天怨未必真秀才終虛燒尾

宴

及門李子幹謝濟廷黃繩軒謝孟祥陳壽生約偕赴科喜吟以贈其行二首

桂林見説桂花香，大比還開筆戰場。竊怪獨龍偏偃蹇（謂宗兄以病中止也），欣看五鳳並高翔。榕園待壯溪山色，梓里須分翰墨光。聯步好同登蕊榜，令人羡我止戈鄉。

幾經磨鍊向風塵，尺蠖由來屈即伸。崛起前修曾發甲（謂先府君同為），後勁又逢辰（前辛卯科家浚齋先生登賢書，今又值辛卯，諸生可援為例）。曝腮未必真如我（余歷十三科屢荐不售），解首何堪竟讓人。冰水青藍成定論，會應橫掃見精神。

家祥齋赴科之意未決吟以策之二首

八股經研鍊當爭筆戰雄養思隆愛日徽好振宗風遠遁青雲路高堂白首翁顯揚難塞責豈合秀才終

巖廊資輔佐虛左待孤寒我既操觚久誰云入彀難驥心千里壯鵬翮九秋搏前路多知己應彈貢禹冠

黄繩軒既約赴科忽欲中止吟以策之二首

掄才巓俊恰逢時宜進胡爲又退思橫掃讓人誇賈勇用賓虛我素相期家非空乏身非老力自剛強志自衰試問十年窗下讀先人有事述須誰

爭光千古業明新並責儒生七尺身講藝久經先導路籌思資早爲備興賓（國中賓興公項早已籌定）瑾瑜在抱須知己兒女無端轉累人自顧

且應斟酌看九原何以慰雙親

崇兒病初瘳復作赴科之想吟以示之二首

青雲萬里赴前程用世原須早發名昨擬行行曾止止今幾止止復行行山河跋涉千般苦父子睽離百感生此去勞勞還躡躡長征誰弟更誰兄

精神果否健如常保養惟兒自主張壯往怵人先有役諸友輩已先行憂憐令我恤無疆三場筆戰圖高第千里車驅入異鄉第一客中無別恙方能攀折桂枝香

崇兒行次六塘仍以病旋感作四首

人生主宰在皇天利達真難強使然行止止行終止止甘輸士雅著

鞭先

克家有子振家聲揚顯何因恃遠行雛鳳音清逾老鳳漫誇月旦有

公平梁伯琴學博閱兒文嘗以為近於時墨較余文當更利於試

救貧無策擬登科抱璞誰甘老澗阿祿養有懷時不利名場困頓恨人多

蹇屈求伸未克伸風寒暑濕遷病纏身不圖肖子真予肖帖括年來浪

費神

七十一初度示宗兒四首

古稀叨晉一歸予作生辰博得團圞樂空談利用因行資將祝壽

舞綵不須賓今日延年慶聊酣滿甕春

恠我年空老無能致顯揚淪身沈絳帳家業守青箱舊德叨嘉許

餘生轉藉光謂府君叨舉鄉賢事撫躬論繼述惆悵對斜陽

術士談河洛言兒覓舉難豈真繩祖武終此守儒酸問歲春猶富承家責匪寬榮華時未利稱兒且為歡

保抱孫雖幼他年自長成讀書延世業繼序振家聲遡計鳳毛美增多燕翼情須予圖保艾執笑祝長生

中元後宗兒終必赴科感作二首

見獵心生喜依然怵我先遙征憐踽踽遠道計綿綿預賀高官至臨行適陳容堦總戎過訪相賀矜談吉夢圓兒謂連宵得好夢固勉為此行科名成也否終是聽皇天

底事多餘慶實與只一人孤寒籌保世疾病苦纏身客路奔馳慣名場頓

躓頻余弟兄既老而兒姪輩多委靡惟宗兒有志上進又歷數科不第　忘思騰達去徒爾益清貧

聞及門謝冠山巨鼇凶耗二首

榕峯有肖子帖括獨皇皇誓作人中傑翻爲地下郎能文標物望屈指遺恨頓名場費我栽成力徒添淚兩行

屈指吾門秀何多不永年奇才悲賈誼短命慟顏淵無故新愁集彌難舊恨捐平生倡風雅衣鉢向誰傳

小有恙書感二首

館課無閒晷衰孱悵撫躬披蒲難自便餽藥有誰同怕熱偏當暑貪涼又怯風殘生思息老無奈負童蒙

繼往開來事儒生重兩肩傳經欣得地善病奈何天習靜寅、寔寂

偷閒午夢圓誦絃聲滿耳漫擬樂餘年

敎牧書感

不意恆暘有咎徵秋田收藁急家丁農忙要我權司牧四顧求芻野不青

宗兒自桂林歸喜吟

慰我倚閭望問慇省百端道途經滄遠旋返幸平安問訊親鄰集團圞笑語讙桂林風景好喜話桂花丹

宗兒秋闈報罷感示廿韻

報到登科信吾兒不棄遺文窮難見世命舛未逢時過眼功名幻酸心歲月馳返躬猶有役失路漫增悲事業還循省遭逢不同

知祇應勤鯉退莫苦筮鴻儀責已肩彌重求人悔可追詩書尋夙
好富貴匪夷思蕊桴薪摧落蓬門舊絆羈相須娛暮景所恃敏
修爲水月琴泉寂山雲笠嶺垂多年藏縹帙永日下緗帷待價珍
斯在無瑕品自奇由吾占履坦任彼笑冠危翰墨勳頻策簞飄
樂豈疲移根曾植桂傍砌且栽芝顯晦宜天聽鑽營監俗漓
亡羊牢合補拾蠹卷紛披大任須誰貸孱軀好自醫我懷殊
瑣瑣肖子細圖維

枕上口占

朔吹淒其雪意鍾重衾留戀怯寒冬迷離一段囂塵夢敲破
全憑隔院鐘

偕林有三宦談往事十二首

我生竊悼不逢辰世界花花變態新憶古未忘談白帽國初有白帽賊自黔入境吾鄉被害殊甚傷今曾為滿紅巾財豐不意招横禍力健相先作叛民殺氣薰蒸昏四望無邊荒草聚燐青

當年桑梓劇關情仗義義從公冒險行漫向亂時圖返治頻經死地慶全生明知獨善多安逸却討羣兇苦戰爭往事回頭堪指數話來猶惹夢魂驚

到處風光一樣看逃人事會甚多端中流立脚真非易上義銘心轉自難幾許棘荊將路塞何因萍梗得盤磐安臨危應變勞深慮始放扁舟下亂灘

弋人交逼作冥鴻免寀經營究未工狼虎追尋終擾擾巖河遷徙屢匆匆

昂藏誓獨全清白款段果然踏軟紅臨浦澄江頻涉險嗣宗幾度哭途窮

刼火炎炎燄正揚燎原勢徧及窮荒栖身乾淨眞無土蓄髮梟雄僞有王渡涉世䟽踪防白溷悲天極目弔蒼茫顛連疾痛嗟誰告撫劍回瞻憫故鄉

拋却車牛返里田來蘇徯后願猶懸依前梟獍滋爲患要使蛟龍躍在淵大厦將傾丈一木佳兵乞到重淒肩鞠躬盡瘁勞難告撐拄東鄉半壁天

有事扶陽討抑陰世風趨下感滋深披丹却拂當塗意保赤難如缺望

心疾惡太嚴乖俗尚求全多毁滿儒林任勞任怨無旁貸壯志銷磨老病侵

不規厚利不居功退遜徒叨憲眷隆浪得虛名文豔羨終慚實德未敦崇鄉隅設學千間廈講院談經一畝宮畢竟風波平地起廿年籌盡水流東

藉端苛派入宮囊義憤還為慨且慷赴愬格垣千里雪維持梓里九秋霜況兼擧廢鳴孤掌苦欲增華慰衆望功過分明誰定論鑠金無計息囂張

危途苦境跡猶存漫作村婆絮絮論瞥眼驥奔新歲月縈懷龍隱舊乾坤沈淵竟踵商山老碩果空存魯殿尊歷計權豪都宿草勞人無恙亦

天恩

孫芳自賞拂時宜濶略迂疏漫有爲投筆從戎提義旅和九訓責負慈帷競冰旱把壓心滌介石難將血性稜垂暮無成深抱歎綢繆晚蓋幾跼蹐模時範俗漫勞神未死今生有用身謗至半皆由激烈憂深非盡爲孫貧冰霜雨露戍陳迹泉石烟霞證夙因永夜聽談雁笑我勞勞畢世作癡人

黄兆懷郡伯受代有期恭紀德政即呈八首

一麾瀟洒效臣忠簡在紫叨主眷隆駱越傾心歸善教蠶繅及手奏膚功郡伯涖任兩月蠶桑即有成績歡騰閭郡官民樂制定通商義利公機坊收買絲繭鋪號曰公義利郡伯手題見説循良新治績力培元氣挽澆風

富教兼籌今政行，翕然來暮起歌聲。神官轉盼輝輪煥（謂捐廉率屬修建郡城隍廟事），世路翹瞻協蕩平（謂飭修自郡至邑五路事）。弊杜訟庭胥吏瘦（謂革去窩案諸弊），恩涵講院積逋清（謂整頓書院欠户事）。犢花犯鳥偕咸若，宿障披開大小鳴（大鳴山小鳴山皆在郡境）。

書局勵勤詁上年，分頒典籍到窮邊（馬玉山中丞開設書局分給書籍到郡郡伯皆與其事）。方來卷帙披多士，慶忭懽隸有緣。化被榕園猶桂嶺，荒開蘚徑拓桑田（前郡伯曾以書院餘地植桑今郡伯倍廣拓）。每懷靡及須相助，課吏還期並日宣。

造福蠻荒仗好官，恩田枳棘暫栖鸞。明威赫著金風肅（謂禁賭事），愷澤旁流玉露溥（謂革土司陋例事）。五府熙然民並樂（郡伯督辦五府蠶桑皆有成效），一勤信是事無難（謂每日晨興夜寐甚早事）。移風易俗爲敺遠，林總從登壽宇寬。

少年裕有老成才，潤色昇平壯志恢。素鄙儻來錢不愛（如土司上謁常禮概行謝却）

曾精學製錦頻裁郡伯歷任平樂桂林皆有善政安邊切計公倉積舉廢還籌試院開為政風
流誰得似福星高朗並三台
浚明夙夜矢丹忱不染纖塵止水心父作早貽為治譜郡伯仙尊蘭丞公守德安嘗以廉明清慎為循吏最
兄從並佩服官箴郡伯乃伯兄彝伯太守亦偕蓮父訓出任劉郡皆有善政周咨喜下陳蕃榻解阜清彈
趙抃琴前李後態看接踵李蘭卿公治郡以文教態子靜公治郡以武功今郡伯幾於兼擅其美口碑隨處豎桑陰
陽春布澤起瘡痍局啟資生惠溥施資生局即蠶桑局別名快覩保釐清莽伏不圖受
代忽爪期嚴明在昔思朱季愛育於今見杜詩十二屬民群忭舞鶯遷無
奈促將離
編訊侈願未全酬借寇曾殷顧上游孰謂調員難久任偏遺缺恨在選瓪
泮林薈蔚鵠翮集村落宵澄犬吠吠不識綰符辦將至痌瘝可似我公不

再紀兆慷郡伯德政並以贈别十二首

輿歌一曲頌忱舒，往復沈吟意有餘。道國成規遵聖訓，釐然善政不勝書。

不負君恩不負民，扶衰救敝澤如春。一錢會集多資助，臨去還籌活病人。

王蒔珊少尉集成一錢會，郡伯因更捐廉新開保元堂葯局，為施葯計，民甚德之。

財神文帝及龍王，崇祀兼籌造福長。舉廢行看金碧煥，合江樓聳插穹蒼。

定議重修合江樓三層，將於中層添祀財神，為民福庇。

景行高仰思悠悠，過化名邑勝蹟留。遺像危亭新結構，前矛後勁並千秋。

近日郡伯又捐廉新建王文成公遺像亭於榕園。

不規己利不沽名，兩袖風披一味清。儘許含恩人歎訴，歸舟載石棹猶輕。

郡伯晋省缺川資，多方挪借乃得登程。

桑枝無附樂張公援古觀今大有同邇日南樓呈瑞異紫荊結實石榴紅

近日南樓紫荊結子異常有如石榴大者人皆以爲德政所感云

久安長治仗籌邊制可更張合改絃郡馬一官須徙置遠謨行奏九重天

郡伯以首縣懸遠郡治孤立正擬詳請移郡馬廳治於郡城而卸署太速未及舉行

榕園舊是育材區六十年來雅化濡安穩得使君羈驥足再恢廣厦庇寒儒 黃硯賓郡伯所

重建書院今郡伯以李蘭卿公舊跡未能全復方擬籌辦而忽又去官

書局新闢[開]卷聚芸笒樓依舊富多文還徔秘閣分重本感佩萱堂結念殷 郡伯以書籍尚少擬回省再請

旅給

呵筆頻書古格言老夫髦矣也叨恩文章道德崇真品願奉良箴教子孫 郡伯手書格言

分給紳士以寓勸戒某亦叨以功名富貴道德文章箴言相贈

奉揚風已動荒遐待治遺黎願借奢五馬領春皇路去却無良策挽征車

經綸霤雨棟梁材、載賦還喬寵命來、郡伯將去任適奉到加二品銜之旨光被想無遺舊治景星聯曜頭三台

至日偶感

去日增多老且衰蹉跎歲月悔難追謀深晚蓋懷猶壯味嗜遺經樂豈疲主講漫勤先覺事流光又屆小春時家山不識梅開未回首琴泉有所思

收到館穀自嘲二首

儒冠儒服久藏珍就聘依然一隱淪管領水山權作主逢迎風月送為賓謬居講席稱名宿仍舊題銜署散人抱拙守愚安故我何由救得此生貧

古稀晉一漫叨天殘喘分明亦苟延業請冠童忙月課債拖衣食慨星懸於懷遣興無多日楞腹談經又盡年誰意及今收館穀囊錢也有十餘千

郡南樓瑞荆吟并序

昔有田氏荆千古傳佳事兄弟合而分倏忽樹顛顇兄弟分而合轉盼復芳蔚孝子集休祥滿門太和氣廼今臣效忠我荆覺尤異憶自王陽明創開我郡治用夏一變夷荒徼民生遂犵鳥與獞花羣慶皇風被城門儼有伉城堞生堪寄紫荆得其所斤斧謝驚悸不知始何年蟠根不著地顧其蓄以滋託跡伍凡卉人皆習而忘未聞以爲意由明逮我朝蘭卿綰符至道光丁亥年愷澤濡庶類荆樹始增榮視舊迥殊致謂是地氣隆人亦不介意越及丁巳夏

郡城忽破碎徧詆紛流離維荆亦衰替滿目枳棘繁爭長目横悲
孑特枯枯株存萌蘖謂難冀歷刼幾十稔杈枒拼委棄慶幸否終
傾泰運還昌熾維皇憫遺民子靜就銓次五馬奔走來戡亂成
厥志甲子轉上已解倒喜騰沸再造我思田流亡歸旋萃維荆
復著花紫霞冒蒼翠祥光溢重闈額客曾吟識嗣是芳以菲遜
年增蔽芾迄今辛卯冬舉實更奇麗紅珠垂離離榴子色無
二大者瓊杯同小亦彈丸備晶瑩等珊瑚高標絕朋比匪徒尚
浮華論品都務矜貴予許是何來僉曰自循吏兆懷我郡伯宣猷
勤撫字前李及後熊力與爭位置過化企文成開荒結遐思富
庶建豐功蠶桑首興利善教敢次敷窮荒讙博施百廢具修

舉重累除積弊在任未半年奉陽已咸慰餘恩逮哉荊故有斯美懿
嗟夫木無情亦解懷嘉惠岑樓藉輝映分光徧牆荔載稽漁陽守
德化屢推暨柔桑無附枝芃麥有歧穗今我郡伯賢卓異擢高
第實政今實心忠誠達天帝有昊爲彰德荊實顯宣示惟我
垂髫年索筆應童試正值向榮時賞花數凝睇當其忽枯槁
撫根重欷歔及其復故常忭慶久心醉今日老而衰殘生獲
倖庇再覩滿條紅倒掛珠珠綴榮枯枯而榮閱歷堪指計仰
首瞻南樓今昔堪擬議況今我郡伯晉秩寵榮貴瓜代且爰
期行旌將遠逝借宿指喬枝不日齊柯昇雍容愧棘班龍虎
風雲際變理奏殊勳永更茁嘉樾禎祥紀天家田荊覺猶細

作耳目股肱吾儕今非戲詩書澤旁流邊郡仍沾溉芸生登壽宇
誰能忘所自寄語攀轅衆荆異好穿記枝頭照眼明是乃良相瑞

吾思恩郡今屬荒徼舊爲岑氏土酋所轄明嘉靖丁亥新建伯王文成公既平盧蘇王受之亂始改設流官以荒田驛爲郡治邊民咸涵濡雅化俗易風移共享太平之福久矣郡南樓城垛上有紫荆一本附堞而生不知始於何年我朝道光丁亥侯官李蘭卿都轉典郡時文教振興紫荆倍榮茂人亦未之異也越咸豐丁巳夏城鄉構難郡治爲墟而紫荆亦枯古幹僅存幾無生意比及同治甲子冬南康熊子静觀察權郡篆劉清群醜招集流亡而紫荆旋復作花吾友蒙芙初曾吟以識之迨今光緒

辛卯秋長沙黃兆懷觀察奉調來守興利除弊百廢具舉是冬紫荊花忽結實異常紅珠滿樹有大如石榴者十數枚郡人謂往年結實皆青而細未嘗有此美觀也羣以為今郡伯之德政所致憶豐於城頭紫荊自童幼而賞其花矣由榮而枯由枯而復榮皆歷歷在目今垂暮又覩其花而實小而大青而紅焉謂是吾郡興隆之瑞歟實亦郡伯超陞之瑞也爰作瑞荊吟以紀其異用乞騷壇顧客相與題詠傳之無窮云

恭祝周芑堂郡伯榮壽二首

果爾思田氣運昌年來守土並循良（謂彭瑟軒黃硯賓黃兆懷及今周郡伯相繼而來也）蠻荒況復嘶驄馬（郡伯由御史出守）駱越咸欣下鳳凰（郡伯本翰林清班）白屋濃沾甘

雨沛壽日適有雨

黄堂朗照壽星煌閭閻恰際春醪熟紫綬青袍共晉觴

岸容舒郴嶺閒梅見説陽春有脚來絕徼塵清資善後邉城斗大待宏恢黄兆懷觀察議拓郡城未及舉事而去郡伯接篆即擬卒成其事心歸吐握編謳樂色潤昇平歷練來郡伯為京官幾廿年今始出守竊幸殘生無恙在獲登壽宇頌臺萊

今是山房吟草 卷七

今是山房吟草卷七

大鳴山散人著

壬辰年草

立春即事二首

迎得春來客亦來新禧受賀小筵開歡聲翕聚撒花頌淑氣暄和爆竹催恰放水仙芬滿座頻添山酌醉多村杯年逾七十猶無恙漫博吾徒賦有萊

泰轉三陽景物禧年光假我恰衷私呱呱有女堪娛目客臘既望添一孫女肅肅諸甥競介眉是日諸門婿偕集壽宇宏開平治日春華借愛老衰時病侵腰腳剛還健喜聽稱觥為祝釐

王境全防幕見訪榕園呈先子遺集謬叨吟奬依韻奉酬

舊院翻新拓棘荊仍叨厚聘主陽明過從萬里封侯客光被三春
折甲榮偶奉遺書邀賞識深叨説項為揚聲來詩有生平不解藏人善之句不
圖速老猶無恙轉藉交遊浪得名

王境再吟贈依韻還答

吟壇喜有應同聲咳唾天珠贈手盈繼述謬膺今義譽休光果克
古人爭懷慚故業徒鑽紙健羡豪才鋭請纓異域立功期異
友佳章循誦倍閑情

閲課卷示諸及門八首

榕園院落境清幽主講多年課士流朋有遠來真可樂我緣衰甚

却增愁登堂請業須言教據席談經與道謀心血平生幾費盡更
將何術惠婷修
試把詩文議定宗蘇韓李杜合追踪名家不少成規在售世終須
習尚從棘目何疵攔路虎句中有梗字讀不下者昔賢謂之攔路虎揮毫有譜入雲龍
應心得手圓為妙著意休教理域封
小講虛籠費酌斟擒題入首敢粗心行機取勢詳開合宅句安章
辨淺深濫墨端應高閣束明文好作正途尋六經醉後方拈筆此
語堪為座右箴
逢時利器究如何要訣言來不在多合掌同頭都是病空腔滑調
莫非魔清圓醒快删蕪穢沈實高華熟揣摩第一破題難苟且主

司去取首憑他
八股文通八韻詩擒華俱取適時宜銘心誓與仙爲伍吐氣焉能
俗不醫雅正清真名貴品端莊流麗吉祥詞由來鑄字非容易莫
笑前修撚斷髭
賦者敷陳亦擅揚謀篇分段好平章精詞律呂絲桐奏多買胭脂
采藻揚慷慨務參驂客旨嫱妍還撫美人妝指南一帙行當世所
願同心爇瓣香
隨時徇俗漫爲師考古觀今幾熟思島瘦郊寒應借鑒班香宋
艷要兼資金針暗渡言須我鐵網宏收問及誰應試挾持何具去青
燈坐對好敲推

誦絃人萃筮交孚幸際熙朝雅化敷作育恩涵賢太守栽成責備老寒儒雲程在目高期許月課勞心費改塗削墨每爲苛刻論吾徒曾否諒區區

先府君入祀鄉賢紀恩志感四首

俞旨選宣下九天　湛恩汪濊及重泉一鄉善亦光千古百里才曾見兩川孤詣苦心經獎許前修後起並流傳劉靈溪太史同日奉准入祀　立名不朽談非易復執牟勤卅五年府君年三十五下世

彭宣黃憲論從公彭瑟軒黃硯賓兩郡伯准行此舉　會奏揚廷矍鑠翁馬玉山中丞核准題奏　考語閒端憑謝朓謝遜生邑侯　遺書上獻自懷忠黃兆懷郡伯　程朱道學尋源遠劉蔭泉郡伯有道本程朱贊語　俎豆馨香食報隆忻慶難禁遺復

子（府君下世四閲月豐始出世）劉乂想亦此心同（謂劉太史後裔也）

秦觀蔣詡注青畴（秦貞伯蔣翰侯兩邑博）七十年來乃發幽攄管穢文崇

理學盖棺論定採儒流芹宫肇祀周昌始（周芑堂郡伯始奉行祠祀）梓里揚

名李白侔（謂李白夫先生也）蘊藻蘋蘩侑右享士林坊表共千秋

無端喬木悴青春竊幸芳徽未化塵太守関心傷折玉（李蘭卿郡伯趣府君遺書後曾有龔生傷折玉之句）孤兒努力負勞薪（幾經兵火豐於府君遺書幸克典守不失以付梓作鄉賢之證）

零丁恨久終天抱知己緣多夙世因（彭次雲張南村兩邑候曾謹堂太史鄧袖南廣文於此舉並叨関注）今日感恩圖報敎撫躬惆悵暮年人

次三孫復森夭殤志痛四絕

明明我祖有餘慶無故蘭蓀又損傷最是酸心看繞膝學飛

雛雁不成行

甚矣吾衰已老傳誰知晚景復凄然與懷似續無窮討枉結婚姻一段緣為森兒結婚甫數日曇花又訝化為塵長孫復出初早先短折倍使龍鍾淚滿巾豈果滄陽書有準宅門向艮少兼寅

門祚非衰却似衰虛邀聖小譽佳兒神仙姿表今安在愁撿添丁舊日詩

縣試及門吳幹臣捷歲元蘇錫九捷科元家起元捷土歲元喜吟並示諸及門二首

歲案掄元科又元土元更一出吾門鑄人漫說多成器知己欣言

並受恩翰墨收勲娱蕉境溪山聚秀謝榕園文章有價看如此樽酒端應再細論

鵬程萬里望漫漫從此高騫振羽翰采藻第堪占小試看花應更到長安實騰信是名成易名盛終虞實副難奪得錦標何所自會當憐我生氈寒

課卷録古太多感吟示諸及門四絶

篇篇摛藻且摘華五色真教老眼花不信古人今可作荒田童冠半名家

榕園重闢合江潯輩出英奇蔚作林却怪能文人已往更從何處渡金針

細論每把一樽開喜有薰香摘艷來底事鈔胥成結習競將名作苟求財應課者只為膏火花紅計不知求益可為一慨

制藝端須秀絶倫伊誰求是又求真年來士習渝如此縮板文章最害人

自郡歸途次望宮梛内子墳二絶

松楸鬱秀抱孤墳果斷紅塵卧綠雲悼我殘生猶有役無憂高枕不如君

齊眉不卒皺雙眉二十年來半喜悲杖國添籌添感喟百端交集訴誰知

七十二初度書感四首

兩損蘭芽淚未乾會逢佳節倍淒酸綏予福履讓非易縛我情緣
割斷難戚屬況增無限恨周親交慰總愁端（月來村運小頓丁口損於時症十有餘命）
恒言多辱因多壽今日籌添亦強歡
興言晚蓋拙為謀顧後瞻前集百憂計遣悶愁空對酒紛來哀慼
豈閔秋顯揚漫説生無忝佑啟懸知死乃休屈指東隅多少失桑
榆暮景可收不
有客稱觥誦介眉躋堂漫為慶延釐三多豈果如三祝一喜常來
不一悲（吾家往事每悲喜交并幾成例）子獨承家孫又獨年衰速老運俱衰康強
縱或終逢吉其奈斜陽欲暮時
回首歡場轉盼過今生閲歷幾風波庸庸却受維皇眷浩浩偏將自

野童牧凄歌謳窮鄉富歲且多盜凶歲保無紛殺尤季世人心本不古况以凍餒滋貪偷慮患備荒素無具當官康濟從未由縱幸旱禾曾稔熟有幾能分給足麻怪我憂時念難釋惆悵徒倚籌邊樓

倚樓偶感

更深無事獨登樓極目遥空暝不幽衆壑雲歸疏雨過平堤葉落晚風遒光寒兔魄長天寂韻冷蟲聲滿地秋撫景不勝遲暮感芳菲時節悵回頭

夜坐偶吟

素魄當頭冷有光高齋寂歷夜添長青燈獨對閒非暇耽看新書

苦健忘

祭王文成公諸及門將赴道考即事有作（二首）

風馬雲車渉降庭肅瞻遺像索幽冥開荒憶昔臣心赤過化傳今簡汗青鼓角無驚涵舊澤溪毛可薦藹芳馨思陽元氣須調復泥首神前謹乞靈

雲巖衍教有遺規好秀才今問是誰統緒斯文詳正脉淵源頓悟溯良知榕園運轉興多士芹泮香飄恰及時桃李滿門需點佑青雲得路笑開眉

及門皆赴試獨夜漫吟

娛老我何情講席羅英奇傳心日提耳兼論文與詩榕園闢鉛守

好磨果信貧難成，隱逸漫言壽可補。蹉跎香山洛社何如福，那得孤寒亦似他。

馮紹田邑博見和紀恩志感四律疊韻奉酬

媧皇巧為補離天，廓廟締交到石泉。邑有絃歌先泮沼，音流鐸韻滿邕川。奉祠恰把殊恩紀，吟和榮叨妙句傳。盛事有終原有始，還追蔣詡在官年。紹田前任為蔣翰侯孝廉鄉賢之祀實自伊始

起衰再覩退之公，提唱風騷今放翁。司訓令行端士習，廣文懷抱勵臣忠。聖賢有教操持定，模範無偏道誼隆。想見銘心崇正學，浮華不與俗儒同。

散人何幸荷垂盼，不速來尋履坦幽。近日紹田下訪塔園暢飲一夜 勝讀十年談

月夕端凝千古紹風流馮永端凝若植棊中有瑞錦之呼從知宿學淵源遠竊喜論文意趣偕快覩後生沾雨化蜚英騰茂指來秋

鄉賢俎豆萬斯春未識伊誰步後塵見説墨繩從正木欣看瑞錦衍傳薪當前有道超凡品不失其親往昔因慨我生平知己少殘年乃遇素心人

陳瀛仙邑侯賜和紀恩志感四律疊韻奉酬

作雨膏流粤嶠天涵濡無際及林泉恭寛敬正治蒲邑成就全安尹穎川牧令如公真志遂廉能我考但名傳一榮一落升沈異同是浮生卅五年侯年卅五來蒞任府君年卅五偏下世於成都故云

博得當途月旦公休稱漫詡蜀文翁侯親未遂雞豚樂筮仕空懷

犬馬忠存悔僅遺書集在流芳却被 國恩隆鄉賢此日叨崇祀

竊幸名揚太史同

奉祠遵 旨荷青眸潛德相資倍發幽幸屬躬親修曠典觀光

快覩集儒流侯送主入祠並行縣試士流觀禮者如堵心香喜為孤寒爇頂禮依然太

守侔侯舉明禋皆如周郡伯隆儀感甚有藉士林坊表樹先芬知不沒千秋

見説神君澤似春隨車甘雨浥街塵入祠頃先刻適有雨升香感佩乘登泰

負荷追維詒析薪慶幸雲泥聯雅誼欣將翰墨結來因況兼小子

恩綸祖珊網宏收刖足人紹曾姪嘗招覆兩次見遺侯縣試特加賞擢

秋旱書感

立秋有雨處處收立秋無雨處處憂此語占驗自古昔及今恒暘農

家愁憶始初伏缺甘霨惠我咸呼蒼昊求節屈中元亦霖依大
澤雖渥終非優況是汙邪或若澇破塊仍無遺甌窶十里五里地
殊别一團兩團天不侔彼也霑足此乾涸此也苗槁彼黍油早稻
晚稻半豐歉同鄉同里分戚休儼是大園有私覆窮簷貧户艱生
謀芃芃助長竭綿力拮据晝夜爭寒流或亦智巧無所用坐視五穀
枯平疇仰首濃雲布滃滃轉盼乾風來颼颼白露秋分候已及
秀實無幾環澗湫十損六七秕與秫滿載難卜車且篝綠章夜奏
乞滂沛炎輪赫赫偏當頭斯牲靡愛神徧舉勃興俊頹誰能酬
吁嗟旱魃故為虐上帝應遣行虔劉雨師胡為水畏火任彼肆毒
痛遐陬極目膏腴匝禾稼原濕先後焦相猶曰飢曰饉此有兆四

年來將我羈山環水抱地杖履紛追隨蘇馬黃楊子吳梁陳謝兒
周蒙譚輩出唐陸潘交馳族姪且我就猶子不我離况復陶張李
新舊依緇帷高下别氣質無非任道資每慮辜所望先路導難辭
還恐本所學不範貽交訾青燈對寒影掩卷私籌思達材且成德
何由克兼之往昔有賢哲卓然稱人師圭璧品無玷針砭用無私
愚魯與辟喭有疾俱就醫器識先文藝道誼崇操持矧今世取士
只重幼婦詞八股與八韻通顯此為基戒亦降從俗最忌違時宜
鎔經又鑄史習尚揣主司儷紅還配白相先撚吟髭連元有祕訣
昭示難言疲或則敏而悟或則鈍而遲幸皆就繩墨無敢偭矩規
寸尺各有得尋常都有為久沾時雨化頻被春風吹花木欣向榮

與偕發華滋、文則簇錦繡詩亦買胭脂、助我增我益起我解我疑快覩副期許矜言冠等夷奮興童子科携予遊泮池雲路爭發軔俾我展愁眉指日飛捷報門牆春光熙嗟嗟我生平所志非卑卑、乃忽及老耄念茲祇在茲林泉偕蔗境得樂亦無涯豈果豪傑士、結局其以斯

得紹曾姪入泮之報四首

刖足曾經十二年不圖今亦列生員（姪自庚辰道考招覆見遺至今壬辰乃得上遴）更番品藻叨心許（上考又招覆被屈今考郡邑兩長官皆器許之）薄采芹香入手鮮保艾由來餘善慶揆花幸倍衍宗傳笑看予弟齊眉樂也有藍衫繞膝前

無端凶短損成材藉此愁懷得一開（上考四姪見售不久夭折）遯世幾疑童隊老知

音幸有狀元來（趙宗師以狀元銜校）嫁衣自我勞頻作程墨憑他養不才吾子克家資競爽會看世業倍宏恢

三傳經半世抱幽悰遞到佳音喜到儂況是連茹征以彙欣然拾芥俯相從（及門且有六七人同捷是案）輝增華户文光煥運轉榕園淑氣鍾蕊得老夫期望侈更占風虎與雲龍

爭先報喜客登堂給賞無資卻費商忽作太翁愁轉劇漫誇新貴變成章奇窮頭悔儲財拙急計偏矜告貸艮誰意鄉賢多有後承羞偏以阮公囊

癸巳年草

應聘重至榕園

攬鏡修容自訝然星星兩鬢倍華鮮寒酸本色今猶在戇拙孤懷後勝前不意長官仍我顧豈真耆耇比人賢分明箋箋邱園貢主講何妨又一年

病中漫吟

咳唾珠玉落九天豪才在昔推青蓮青蓮斗酒詩百篇謫仙詩仙亦酒仙我學青蓮多歷年吟篇蓄積幾盈千惟若三杯即醉顛每使仙心俱蕩然迺邇來變態且流連獨醒轉被塵緣牽憋悶成疾起春前每一咳唾惟痰涎將藥當酒朝夕煎及今數月猶綿綿吟懷頓減倖粘禪念此自笑還自憐劉伶飲訣不我傳無由倚醉聳吟肩萬斛塵埃填便便空擬落紙如雲烟吁嗟乎此生矻矻磨硯穿

思還蜀後來人

疊步韻奉和周厚山年伯重遊泮水紀事之作二首

記拾青衿六十秋，賓州名士老邕州。簪花喜就文宗趙，貢樹榮褒大府周（周芑堂郡伯題贈匾額）。蘭桂增華光溢目（令嗣適出貢，令孫又入泮），藻芹薄采話從頭。明經有壽重游泮，快指寒梅問素修。

梁顥年踰八十秋，大魁姓字炳皇州。勲華縱或輸羊祜，際遇終非困馬周。青指兒孫雲在目，白忘耆耇雪盈頭。從來五老禁開榜，好向蟾宮念斧修。

寄懷前邑侯平南太令張南村明府二首

笑我迢遥聽頌歌，依馳神不阻關河。康能記谿明山霧，保障知澄綠水波鑄俗民胥歸善政憐才天特起沈痾明府還到忽以病遲二年乃克蒞任賞音宦海分明在豈重回頭悵坎坷明府嘗有蒼天未必解憐才宦海蒼茫之賞音之句

幼讀家傳有用書當官悲憫志如初符分赤緊鄉羈縻化洽蒼生又舍魚敬正恭寬尊季路顛連疾痛戚横渠仁帡在著當叨庇那得臨風不跂予

謁王詩珊少尉清談歸院獨夜感吟二首

狂瀾砥柱渺難尋放眼乾坤感喟深幾許俗流沈孽海誰堪論道並談心閲曾卻與庸同調狷介居然有賞音得一已知聊藉慰青燈對影又成吟

名場利藪靡風波無限英豪被湮磨翻笑孤芳儒太腐豈羞曲學

世爭何浮生不悟塵千刦載籍誰尋樂一䆫習尚泯棼棼萬目猶回無術奈天何

里人有事列院質成感作

同憂共患重雙肩梓里維持四十年幾許風波勞挽救頻邀雨澤沛窮邊殘生耄老圖安逸末俗嚚陵苦糾纏朋輩凋零孫謄我叨天還欲怪皇天

弔張美齋守府

中軍奮武靖邊塵坐鎮荒田八度春鐵券難邀終守府金陵克復舊功臣魂歸郴郡羅池畔魄降荆城伯道身淒絕殘花遺一朵鄉鄉親愛向何人

秋闈在邇寄懷舊及門諸生十首

琢玉宗傳屬正夫，今叨祿及幾英奇。遥希李賢身離帽，果否蘇秦股刺錐。抱重時文三萬選，珍同道德五千詞。登科左券能操未，勞我雲山繫夢思。 李子幹國楨

上年累月學吾門，雅誼今長繫夢魂。有志竟成豪氣老，無聞還恐好修歎。恒言二等都常中，合把三篇更細論。恰值秋闈開慶榜，待君增色古榕園。 陸象山啟運

光騰紫電鋏新磨，五十終聞幾揣摩。大器晚成徵學邃，小生追步況多才。馬頭崛起經荒破，鵬翮高搏謝坎坷。想我心傳皆領悟，懸知同案且同科。 家存齋彩璟

小陸丈風復盛開夏聲必大震於雷先生哭出於揚顯後勁追隨
仗植培遺澤桂亭流未斬及門芹泮蔚多材大鳴山下談經久想率
羣英奪五魁　夏時臣運開

冠山雖往遺其徒洽比年來德不振教學相資從合族猜猓頻繹
箴女孚和親畀媲振麟角善慶當生老蚌珠宗緒繩繩箕繼述會
應率馬騁前途　謝木峯樹寶

多年役志向旁門術假青烏種福根不少牛眠佳葛古應呂鳳起捷
三元承家繼述肩難卸用世猷為口風論幸值風雲龍虎會發祥豈
緩待兒孫　陸佛巖華俊

懷人風雨夜三更羯末封胡繫念清燕塔雙峰鍾淑氣麟坡一園溢書

聲貂裘笑並青衫敝免冊矜言絳帳精四十無聞知積憤夢魂馳

逐桂輪明　黃成甫子章

我里文風計振興、深期英茂早蜚騰青氈破爾非無補、白紵拋他豈未能、麟囿先芬遺苾苾、鳳泉舊業待繩繩、今科蕊蕊榜瑩懷否、不日雲博九萬鵬　黃少蘭子紹

獨山圓聳壯觀瞻、所謂伊人郡久淹、漠置聲華安淡泊、度將色養奉慈嚴、風流小李遺高矩、日省繁蕪默痛砭、摩厲有年應脫穎、桂花香滿一輪蟾、　宗祥齋瑞麟

椿萱並壽慶齊芳、切待佳兒倍顯揚、豈以采芹斯滿志、端應攀桂更當行、掄元允可援成例、及第何難勇破荒、指日高懸龍虎榜、比中

大有瘳貧方　蘇錫九夢祥

寄示黄少泉半子

待作門楣涯念深家山回首日沈吟詎將永夜徵蘭夢偏阻高秋折桂心致福莫如恩不匱承家應計責誰任半生抗志誤科第豈今猶吾老士林

寄示宗兒及曾姪

父子聯科置莫論弟兄同榜遠尋源（太祖諱聰諱恭二公同登明永樂辛卯鄉榜）笑予佑啟多奢想待爾興宗豈空言戢轍能文偕壽世郊祁及第並掄元鄉賢極盛難為繼豈怪偏將責後昆

周芑堂郡伯偕壽穆氏長公子自東省來舞綵再約陪侍聽戲

率吟奉謝四首

梓仰喬依慰遠思椿萱並壽介雙眉萱堂況與民偕樂久旱流甘恰及時

官紳逐隊共躋堂蕞爾荆城耀有光大富貴真兼壽考於今再覩郭汾陽

鳴岡雛鳳倍聲清宦海揚帆早立名牙笏滿床稽古力合人千載頌桓榮

舞綵場開樂且耽歡騰一日展成三笑儂老骨支離君陪侍情殷力不堪

題夢春宗人畫蘭便面二絶

蘭雖亦草獨懷香，扇發斯流九畹芳。栽怪世人貪富貴，牡丹繁艷競稱王。

高寄空山迥出塵，蓮花君子此幽人。桃紅李碧紛無數，誰識孤芳別有春。

李子幹舊徒約宗兒曾兒結伴赴科祀神啟行漫吟贈之

笑儂壯志竟難成，還把登科付後生。路指青雲蓬島近，宮開蛟月桂輪明。臨行佛脚仍虔抱，感格神心恃克誠。至聖有聖有靈容我乞，護看騰實即蜚聲。

七十二初度吟示諸弟姪四首

守株臨暮景，敢擬賦臺萊。歲月奔輪近，形骸餘沿來。徒存不食果漫負後凋材，何幸叨天福，仍容壽宇閑。

屈指先人壽，今吾覺可危。大父雨泉以辛巳生，行年七十有四捐館，豐亦以辛巳出世。光陰來日短，氣力逐年衰。保命其須佛，延齡漫祝釐。松喬何所用，還笑問諸兒。

父母劬生我，哀哀罔極天。維承心抱歉，揚顯願虛懸。壽酒聊酬飲，書香既老傳。世人多怕死，我亦豈其然。

有子賓興去，榕垣賦遠遊。暫拋萊綵樂，爭趁桂香秋。壯往舒鵬翮，榮華幻蜃樓。安安能成所志，慰我曹盈頭。

次韻和梅香及門喜雨即事之作

咳唾珍珠好語穿，甘逢久旱信陶然。矜談以御柝重五，具慶其耘耦十千。失未將收花再放，金瓜既摘瓞猶綿。笑儂真個田家子，午枕欹

添妝夢圓

夜坐卽事二絶

日長謂似小年長繼晷猶須一炬光翰墨妝勳多缺恨不妨虛置黑甜鄉

一簾風雨掩重關舊草繁蕪待自删百歲光陰垂汲盡老年難學少年閒

周芑堂郡伯率修合江樓落成登眺有作二首

岑樓特立曲江干舊貫翻新得壯觀合水波光搖粉壁廻堤樹影擁雕欄塵澄滌慮胸懷闊瘴掃晴空眼界寬更上一層臨絶徼烟村晻靄畫應難

先成後致福神安舉廢培興仗好官兩澤此爲祈禱所（中層祀龍神文）星誰肯等閒看（上層祀文昌星　下祀財神星）猛花犯鳥供游息心鳳嶺駝江互屈翻徙倚有懷何處是大鵬雲路正高摶

宗人某成均學士誄詞

珠斗寒其芒兮瑶樞掩其光兮昊天不憖哲人其亡兮縉儒修之罔懈名譽其達於邦兮縉倫紀之罔愆德行其望於鄉兮瑜瑾雖終舍藏兮蘭芷藹有餘芳兮其刑于家其範乎俗其言其行門以內門以外皆道其詳兮積善其餘慶兮有穀詒孫子纘服其必昌兮哀靈輀之夙駕逝其歸於北邙兮痛返魂之無術其奠不具生芻以奠於崇岡兮此一别即千古追維

舊誼回思昔歲其孰能忘兮吁嗟乎蒼蒼兮吾宗幸有偉人胡然而難歌壽臧兮

中秋夜即事

濃雲將月隱高穹對影難邀鬱寸衷兀坐無聊思遠道登科有客逞豪雄虛窗暝集疏疏雨獨枕寒生颯颯風怪哉名場心未洽夢魂猶在棘闈中

閱罷對卷獨坐偶成

百尺樓居俯几案閑評對卷罷拈毫甘霖既足牢愁釋好月當頭注望勞如此秋晴吟不倦（對卷出句）笑儂年邁興猶豪（對卷中句）何由早接登科報倍得閑懷對酒醪

校志草漫題思鄰山

亮節植孤松，清風拂幽草。亘古人思鄰，咸稱曰得道。是釋抑是儒，年湮莫可考。姓字長流芳，四皓成五皓。遂俾石一拳，名重等三島。閒來編方志，尚論烟霞老。緣何甘隱淪，亦不出塵表。壽世百餘齡，豈果餐大棗。謂不知所終，我卻增疑抱。其同傳說耶，騎箕歸蒼旻。其似青蓮耶，狂吟赴渺浩。有德死為神，古廟環杻楮。俎豆升馨香，祉福介祈禱。故經封莓苔，遺田旁秔稻。憑弔結遐思，環顧吳雲繞。地竟以人傳，山小不嫌小。愧殺世豪英，軟紅苦甘飽。生也飄萍浮，歿焉枯葉掃。於世究何裨，揚揚競文藻。

得兒姪秋闈報罷之信感成

自念遂窮老士林，擡頭都付後人任。涵濡世澤留貽厚，似續鄉賢屬望深。遠道却仍歸抱璞，單門空擬貼泥金。名場頓躓猶如我，何日寒酸遍賞音。

得及門陶文山登科之報志喜

命世依然志竟成，止戈鄉里藉騰聲。掄才擢及南荒士，悅道從堪北學行。父母名揚憑後嗣，文章氣吐到先生。榕園樹植增殊色，恠是祥曾兆瑞荊郡城南樓上紫荊花，自李蘭卿來始開一次，及熊子靜來又一開，至黃兆懷又開一次，皆為瑞應。及此科花又一開，而文山秋闈得志，人感異之。

定對樗漫題還示

醲紅配白苦爭奇，七字吟成幾斷髭。廿賞菊圃開歡酌酒對樗出句

還將苦掃漫題詩冠軍句欣當節序倡為樂不負年光果是誰覽盡騷
才添逸興笑儂兀坐亦抽思

日用乏缺適有對卷付評自嘲

乏愁飢餓及儒酸喜有評資為援餐秋冷不堪礎屢響對卷虫句
夜深還把卷徐看殿軍句威臨壓屋嚴霜苦坐怯當窗皎月寒笑喚齋僮
高卧去來朝炊爨可無難

黃菊 得黃字五排十六韻

紀候秋將老依然徑未荒嶺環楓葉紫籬綻菊花黃馥吐清涵露
榮滋肅降霜浮金精耿耿點玉采煌煌色匪嬌紅借名爭守素光
具形矜外耀備德裕中央入詠詞成絹占爻象取裳差池憐藥苦

滿樹擬槐忙卓傑推殊品鉛華改俗妆羣英資殿後瘦畱擅當行傲骨邀青盼孤標向白藏月昏仍弄影風發遠流芳韻致幽人別手栽壽客莊屈原醒有伴陶令醉斯鄉映掩玲瓏橘區分涓露朶問誰嫌圃淡惆悵對斜陽

丹楓 得丹字五排十六韻

孰訝楓林醉枝枝抱寸丹環迴秋樹老燭照暮山寒染就霄霜肅華滋曉露溥雲松分異致月桂合齊觀溼赭容維肖殘黃色並刊千章催葉落九轉佐花攢紫襯霞光麗朱殷日影翻農妝疑末及汞鍊想非難雨浥三株霽風飄萬竅酸英江香併冷楚岸錦成團綠暗回頭憶青垂著眼看輝流砂爍爛映掩嶂巑岏豔冶遥瞻矚凋

傷漫浩歎客心淒斷袖吟興引憑欄攝攝春猶富駸駸歲欲闌留
流深愛晚那得不盤桓

紅蓼 得紅字五排十六韻

不覺秋光淡疏疏放水紅韻韶容嬌映日細蕾笑臨風品格姚黃別
丰神魏紫同紛羅隄下散布浦西東濕徧游龍有逐胥戲蝶通
香清爭白菊蔭美托丹楓錦簇臨風濯綃拖斷岸籠寒光遲冷落
暮景駐晴烘影弄餘霞外華濃曉露中荻蘆交掩抑萑葦間青蔥
淺護波痕潤光浮旭照融輝增鍾浪鷁苦戀附根蟲青眼垂騷客
朱顏映釣翁艷誇春未老渾忘歲將終本草稱名著庭筠琢句工
江天資點綴勝賞屬孤蓬

白蘆　得蘆字五排十六韻

幻作晴空雪秋深荻與蘆彼皆黄葉隕斯亦白花枯掩映霞餘際荒凉露結區紫猶遺菡萏蒼不冐萑苻岸繞綿輕脫泥粘絮濕鋪雲邊蹤落寞月下影糊糢風景淒遐邇烟藂碧有無名徒留翠羨色匪借紅茱瑟瑟喧仍寂英英潔不汙上看騰爾爾中憶匿夫夫窮士難抛紵衰翁皓盡鬚韶華成往事老態許同符屋壓蝸居小磯藏鷺立孤蕭寒偏殘郡霞采併為圖素質手栽别青春節候渝美人遲暮感對鏡漫提壺

秋榜後寄懷李周之一首

端然玉印水雲濱毓秀鍾靈夙有人往哲堪稽鄉薦榜後來偏

窘秀才身桃真舉實起凡卉謂陶文山也李獨含葩待再春畢竟家丞
高庶子會應簡鍊費精神

至日偕諸及門小飲二首

主講仍須老隱淪驚心長至又逢辰三杯話洽師生舊六管飛灰
節候新翠竹爭高幽徑曲寒梅未放合江濱栽培指計榕園旁
幾許含香待轉春
客夢連宵舞綵歡閑愁忽集豈無端鳴山翠冷延斜照合水聲低
定湧瀾館政未完忙月課樓居相與耐冰寒歸心笑我怦怦動時
事催人歲歡闌

陶文山燒尾宴吟爲志喜用及門蘇映白韻四首

泥金報到笑眉開，幾費栽成首重回。化雨本非遺澤植，凌雲欣獨挺翹材。高懸絳帳憑增耀，屢選青錢共推文山道考屢次冠軍王道聖功抒素蘊文山中式以王道聖功立冒於人卻怪讓元魁。

風雲會遇本前緣，孤進還丹及壯年。崛起西邕占蔚豹，行將北學赴幽燕。明經自爾恢先業文山先人只有以歲貢入仕者進士須誰紹昔賢吾邑久無登甲榜者。得志鄉闈非止境，聞雞應憶祖生鞭。

文章有價貴清真，程墨洵堪取勝人。立志不甘居二等文山亦嘗有不甘以一等讓人做之志揚名果克慰雙親。門材就範俱充用，國器甄英幸有因。知否吾儒當利達，必為威鳳與祥麟。

佳士於今定品題，龍門有伴共攀躋邑南覃珊林亦皆見賞。欣看後起參芃

樸愧殺先生老照蔡（余歷十三科不售）怪哉壯心終伏櫪期君捷足更登梯蓬瀛在望前程遠皇路康莊展驥蹄

為陶春園太翁作壽文並賀以詩二首

歸歟杖國挺翹材幾許冰霜歷鍊來慶集清門椿蔭暖香浮壽字桂花開三篇得志兒歸錦兩喜騰歡客捧杯笑吾臨文言有盡更揮班管賦臺萊

克家有子父無憂斿覲貤封及德流聖世拔第登俊秀嚴君式穀厚貽謀潛蹤呂望誰滋議（太翁壯年曾業層以穀負）齒尚虞庠本德優（文宗曾題贈齒德兼優四字）仰止烏山羣下拜（烏山太翁里內名山）寒梅試問幾生修

解館吟示諸及門二首

講院相依歲又終流光難挽水朝東清完課月論文罷更約來年
合志同雨散雲分歸岸崿風香日再暖著意有緣此地能重會
三益知加集冠童日来有至院詢來年教事者不一
五教於言似而如心傳何在只攻書室才豈第工詞藻至樂偕尋
向飯蔬所願尚餘同古好將離難捨與今居年來覺後肩擔重可
奈頹唐老逼予近日郡伯又閱請留館

甲午草

舊徒黃繩軒見懷依韻還答四首

英才陶鑄自鴻鈞儒者誰非有用人名教肩擔須直任聖賢理與共遥臻頻驚歲月如流逝那得林泉自在身慨我今年仍主講勞勞管領合江春

莫由鴻羽筮為儀大業空談贊向離杖國門年增耄老傳家保世費籌思桂蘭砌下成連理桃李門中蔚附枝繼往開來交責備韶華虛擲悔難追

文壇前騁後聯蹤冰水青藍繫素胸禮制未詳殷北鑰詩編孰復謹南容多君課讀思無斁老我談經力已慵衣缽遞傳深有待

再驅童幼切趨從紀軒曾為余課童今年再作此議

書香勿替本慶餘今是山房拓舊居雪霽桃華烘旭照風和柳葉暖吹噓文章可假春常住賓主重聯過匪疏教學相長資偕進取誰言揚濯頽終虛

閲小課卷有感二首

夜課更深墨再研燈前裁就短長篇揮毫秃筆烏龍水嘔出心肝只自憐

及門濟濟競吟哦佳作都將付錯磨却怪鮮能除熟套年來濫墨誤人多

梁伯琴回用紀恩拙韻見寄遥步奉答四首

江雲渭樹感離人千里郵緘話舊因愧我草廬存碩果多君芹泮衍傳薪尹班每遇欣忘食董相爲謀迥絕塵不匱孝思還錫類深叨攜藻頌長春伯琴先有賜和紀恩之作

芳園敘樂不驚秋後弟慈兄與古侔伯琴與乃叔弟季弟並以學行見稱學行趨庭經雨化詞章併集擅風流桂蘭繞砌花交艷桃李成林葉有幽郄恨重論難再得靈岩遥企注心眸

遂分出處理恭同豈尚浮華譽聞隆力挽狂瀾敦古直宣明聖道勵精忠君原不愧良弓子我漫差稱足觳翁手抱幼孫篝保芝未知何時作家公

入祀鄉賢往舊年微名附驥漫遥傳恩涵 睿賞流邑管淚洒仙

遊話錦川總志竟難題雁塔課兒誰爲掘龍泉惺惺念有惺惺惜
每賦卬須悵遠天

秧針四首

尖尖簇簇復森森秧也非針亦是針水面斜穿絲雨細田頭密裏絮雲深矜言脫穎男丁喜儘許敲鈎稚子尋徧挿明原成繡壤豐登有始快農心

鼓鑄風姨幾日忙針針並長促分秧畦連麥浪交相引刺破芹泥依有芒苦練無勞磨鐵杵閒停不語卜金穰荷裳繡罷將誰渡好向躬耕處士商

秧田彌望畝橫縱出水皆針綠意濃壓線浸思將刺繡粘泥深喜

不藏鋒村婆豈費揄錢買嫁女應資弁服縫試問帶經耕稼者可
曾補袞議從容
綠肩青攢滿甸畿秧針刺目盎生機千畦鑄就犀俱利萬畝分匀
馬不馳乞巧堪資然也否及鋒可試是耶非笑儂癡想神遥注擬
借歸來作嫁衣

聞畜犬被豹傷感吟

昔人稱豹廉豈意作苛虎逐逐復眈眈咆哮秋林圃強食弱者
肉綦難一二數我犬守我門忽亦遭毒苦嗟嗟獸相殘胡乃惡
終怙我犬畜有年忠勤冠儕伍羣盜紛如毛無或敢余侮矧伊
具性靈前身想好古聞我吟誦聲輒趨案旁俯耳帖尾搖搖我

歌被為舞以此繫我懷愛憐常摩撫餬口來榕園工已叉端午報道犬

捐生不覺淒心腑四首計山村誰為捍環堵耳念豢養流誰復戀紜鼓

前憶還復圖愁來絡如縷安能起卞莊袒裼為奮武再得吾馮

婦攘臂偕赫怒虒俾盧令令安然護衛宇思量重思量苦憐無獵戶

或曰有明神去害憑社主此說果然信亦不費弓弩寄語我村人

多焚香幾炷會覩金錢兒冥中伏鑕斧

紅蓮 得蓮字五排二十韻

富貴隨時尚紅開解語蓮春光非歇絕夏景亦嬋妍澤腹朱華蔟

江心紺葉連澄觀矜灼灼淨植倚田田晨日騰空際卿雲結朵邊猩

唇輕點染鶴鵠頂儼斑聯幕翠依神女衣緋著水仙羅裙相妬否

錦袖並嬌然蕊蕊韶顏好芙蕖俗態獨妖嬈趁姹紫綽約謝匀鉛滿樹桃曾落翻階藥互鮮影搖魚戲數英發雁來先醉舞酣千柄愁寧思一川蘭池偕馥吐穠敵別名傳靜客手栽卓元公眷愛偏淺深從識辨遠近浸淪漣瀲躅資輝映酴醿邈麗捐凝脂羞玉粟買笑陋金錢雅玩垂青盼参同調碧圓亭亭君子品特立白鷗天

白蓮 用前韻

本色難更改花仍白衣蓮芳華崇樸茂異樣鬪嬙姸夏假生還長春光斷復連朱明臨赫赫素守抱田田杏雨跳珠際梨雲夢枕邊冰姿寒秀發雪影曉翩聯淨植貞無滓新妝淡欲仙水盟清若此

泥出潔依然茉莉幽儕洽芙蓉故態獨彼姝濃傅粉予美蕭句鉛錦
繡為裳否瓊瑤作佩鮮酴醾堪競勝菡萏漫爭先發播風喧欄輝增
月滿川由來昭質粹克副盛名傳蓋聳超歷迥英多浥露偏羞
同凡艷俗幾濯水波違世英欽閑雅人誰詡麗娟前修梅照玉後繼菊
閑錢外直瀲愚古中通妙智圓操存心獨苦知我九重天

閲課卷即事吟

匪是論文便說詩閒居那得空閒時勞生有役勞難告老至幾同
老不知削墨引繩啟指授焚香繼晷照心期環觀試問登堂士克
副提撕果屬誰
可畏祁祁萃後生榕陰深處當書亥聲趨時竊慨詞章靡鎮日矜

談性道精急索解人存素願盡材由我竭丹誠宵深何借消餘興兩霽風晴皓月明

對月有吟

桂花馨發緒風乘暑退涼生晚氣澄日課少閒無甚事草堂坐對月高升

送秋

溪山黯淡色增寒白帝遙歸菊就殘日月如流秋又去星霜遞易老非難青衫早並貂裘敝絳帳頻催蝶夢闌橋綠橙黃紛在目新愁得謂集無端

張子丹世執詣郡親授乃曾伯祖南崧先生請祀鄉賢文冊見訪

夜談有作乞和四首

承先保世話黃昏雪月滋寒笑語溫本屬通家聯氣誼深維理學認
淵源官紳共樂尊名宿爾我相尋被異恩上林諸友以先子既有入祀成案乃為此舉重道崇儒
欣際遇前修舊德喜追論

蛟騰鳳起上蓬萊繼序其皇好秀才先生上世以理學傳家著已四代及身乃益昌大之特達風
裁三管卓頻經月旦百年來幽光藉闡留仙秘留仙先生故村名殿正學流
芳故老推卻恨等身堪壽世遺編大半化秦灰先生遺書故存靖遠樓供付兵燹僅搜得讀鑑釋義殘本一部
上呈故云

所志懸知事竟成曾孫有道祖揚名九卿雪多留印三立風宜永樹
聲栗主位升憑守宰芹宮魂返聚師生謂先生與先子也純儒躋擢劉還李

（謂劉靈溪李白夫也）鍾毓非常指大鳴

錄賢褒德匪無因，不沒前人侍後人。社配手然輝映古，祠崇伯況事翻陳。罷邀北闕援成倒香，蘷南卅待馨禋好。陟九鷲峰左右溪，山景色盼增新。（予丹居九鷲峰左，余居其右，相去不上百里）

家報復舉一孫男喜吟四首

燈花累夜結熒熒，喜報今真到講庭。肖子雖難成舉子，傷丁卻幸復添丁。衰年有藉加餐飯，漆室須他破涕零。見說鄉賢著似續，餘慶永念在天靈。

呱呱在抱掌珠看，門有璋聲豈覺寒。弱女尚雛知共乳，童孫得弟騰歡旁。生蕨訴經三折（小兒婦曾舉三男不育）競，蓀欣挺二難貽厥及

今尤待我桑榆倍恐夕陽殘

手捧魚箋笑展眉回頭歷憶夢熊羆扶蔡幸未淪黃髮保艾應還鑷白髭兩世單傳消宿恨一堂三代倍延禧却怜宮鄰先埋玉難共歡娛只共愁

心香敬爇告蒼蒼保世深祈祐熾昌父子聯科須後勁弟兄同榜廸前光培蘭豈怪多奢願有穀由來致顯揚笑引及門談世閥探花遺澤慶偏長

東蘭羅煦谷同年惠和紀恩四詩疊韻還答

揚顯無因只聽天父書徒讀老琴泉芸編幸不厭秦火 謂先子遺草僅存也

藻鑑堪追宦蜀川 謂仙先子入川為蔣制府所獎許也 入德聖經深體究扶陽儒業

衍宗傳幕遊，結契真名士。多感鄭緘話往年（來書稱乃仙翁於先子在鳳山幕時曾與締交，先子下世後常係念不置云），

茫茫墜緒振純公（先子生平常奉程伯子讀書分年日程爲矩矱故云）。堪耶吾翁想若翁，見說分

投深道契，從知交信且謀忠。後賢况濟前賢美，年誼還敦世誼

隆。昭諫手栽資仰止，參天五篆有誰同（東蘭名勝）。

佳章盥誦朗吟哦，叩爲埋珠更闡幽。亭配三祠終響永（先子既祠於郡邑兩鄉賢祠，里人更奉主於文昌祠以配享），名傳大哨久芳流（鳳山轄大哨地，先子在幕爲去積弊，至今該民猶稱道弗衰云）。賡

揚語摯趨隨附（來詩所謂頌先子皆有實蹟故云），雅頌聲和絶比倂。好學知曾精古學，

唐音旨蘊晉陽秋。

濶別追維廿八春（同治丁卯會同年於桂林，既別迄今甲午歷廿有八歲），關山欣不阻音塵。星疏

落落餘晨曜（辛酉拔貢同年計今存者無幾故云）楚尚翹翹拔錯薪幸被恩綸消宿恨（豐事父未能得此恩旨始克稍平既恨）還憑翰藻証前因惺惺果否惺惺惜君是閒人我散人（豐與照谷俱艱於仕進故云）

奉朱琴叔府尊開辦裁截陋規以資義學感吟并引

同治丙寅熊如岡郡將既平土逆謂善後宜修文我東路九團有琴泉義學之役而以余首其事為化民成俗計也業既垂成所置公產忽為韋朗逆孽佔抗興訟迭結纍復為嶺山當事兼并之嗣是公費無款可籌義塾遂致冷落迄今十有餘年矣上年秋張丹銘郡員出典郡慨竊盜繁熾特於府墟設法盤查私牛裁截牙儈陋規以資公費將推行及吾陸轄

而以外艱去官今甲午夏朱琴叔郡伯接篆踵成其事志在振復義學扶陽以抑陰余乃奉諭援府塩章程於秋中起手開辦顧順服者多而刁抗者亦復不少幾於理諭勢禁兩窮焉此皆流俗知有利而不知有義知有私而不知有公故也月來於義學公費尚未見有所資益竊想學約終弛鄉約終解而盜風終無由珍也枕上籌思感而吟此

悼儂自縛等春蠶累得長宵夢不酣季世人心多幻變末流士習半偷貪求登龍斷滋爲患式化蠅營匪易談義舉有初須有卒渺躬何日釋肩擔

扶衰振靡苦無能顧念琴泉感不勝學約紛歧鄉約解文風久

敝盜風與朱暉強直須相助王烈端方引自繩依舊任勞甘任怨、隱衷誰訴慨黎蒸、

自郡歸抵里門作

故里遄歸款故關、吠吠滿聽客愁刪、歡迎競向稱歧嶷、在抱洵堪慰老孱、果爾石麟真降世、端應金馬待聯班、大鳴閒氣時宣洩、竊憶鄉賢去復還、

再詣院出門作

悵我長勞要舌耕、風霜雨雪奔餘生、難安節屋矜團聚、再赴榕園作遠行、未克息肩為鐸任、遐拋盈耳弄璋聲、明知此去非長別、顧戀牽衣也動情

得梁伯琴契友凶耗吟以志痛寄奠七靈六首

翹首靈巖隱暮雲，維皇何遽喪斯文。光風霽月成陳迹，蔓草荒原冷夕曛。慨撫琴徽嗟歇絕，留餘鐸韻忍聽聞。精魄托上三生石，後會何時泣問君。

落落晨星感不支，茫茫泉路倍增悲。苔岑結契追前款，萍水重逢渺後期。見說仙遊遐棄我，相商晚蓋更須誰。伯琴常以操持晚節之難相勗故云 中心有恨膠難釋，無限生離復死離。

手蹟留遺補過編，畢生心血竭丹鉛。殊多小醜咸王烈，卻奈閔官老鄭虔。斡濟莫由周海宇，題鐫徒爾滿林泉。長才有用終難用，困倒英豪怪彼天。

君今托體向山阿，我亦青春委逝波。不死撫躬還自忖，殘生知命竟如何。光前裕後叨教勉，監往追來悵玦坷。鬱鬱此哀誰告語，月明華表峙巍巍。

蒼茫宦海暮帆收，富貴功名幻蜃樓。大限竟難違大造，浮生真是等浮漚。孤撐傲骨磨千劫，頓釋窮愁返一村。杯壟上望鄉回首，滌塵勞如故我，哀不大雅淪亡幾痛心。那堪知己復消沈，後生先死忙何事伯琴後豐十年而生，今乃先逝，可為一痛。會短離長恨孰禁與伯琴訂忘年之交，僅得三年晤叙，其餘皆濶別，悵甚。鶴和怪君捐好爵伯琴甫調遷缺，未履任即作古。驢鳴須我咽哀音遺命屬豐作墓誌，故云。因緣却恨重重結，惹得孤燈淚滿襟。

病枕感吟

三冬寒正沍二竪又相侵久咳成乾咳呻吟易咏吟茂陵方病劉緯室復憂深伏枕難酣枕惺惺徹夜心

陳肯堂舊友擬再出山見訪夜談書即呈二首

無限愁端集寸衷時難蒿目杞憂同五胡日構造追古三捷風聞總説空疊根西洋波沸湧翹瞻北極霧冥濛班超投筆將何事部署終須任九穹

遼海蒼茫凍合冰泛王慷慨擬猷升彫傷杜甫秋多感起舞劉昆夜奮與枕熟黃粱尋舊夢肯堂曾由教職投効紀功題補雲南永平知縣顛盈白髮悵新增前途知已分明在可奈方兄唤不膺肯堂將遠詣馮宮保處艱於資斧正在躊躇

解館自郡歸里

窮年埋首向書林，歲晚難拋故土心。亟別榕園三徑古，遥臻蔀屋萬山深。

當歸豈畏征途雪，主講仍涵盛霖（朱郡仍下閩留館）。解橐却貽兒女笑，碎卷幾両束修金。

家居即事

半生壇席半林泉，進退無覊任自然。客久應圖歸里夢，寒嚴不到抱孫眠。團圞隱寓無疆樂，慶弔猶多未了緣。海水波揚雖振聾，窮鄉别有太和天。

乙未吟草

元但試筆

送臘迎春節候催，大寒餞盡豔陽回。生盆一炬通宵暖，畫燭雙卷向曉闌。環顧孫童支爆竹，籌添老景亟園梅。幽居别有林泉樂，繞膝欣看捧壽杯。

新春試筆

杖國籌添又五春殘生未便委埃塵鳴山對峙標千仞泮水重游指八旬笑我假年尋幻夢勞人安命守清貧維皇樂克從吾願本分應先草莽臣

疊韻奉酬羅照谷同年（四首）

耿耿文星照遠天精光深燭九重泉名章快讀杜工部極軌知追歸震川翰墨奇緣情邈綣（照谷偕豐同拔次科介仁再登選為先後同年故云）塤篪雅奏韻頻傳（上年照谷先有贈句今介仁再惠佳章故云）仁巖有幸多揚詡隱恨憑消不假年

月旦持平固至公終須定論有詩翁追維趙抃攜琴雅比擬王尊叱馭忠貫誼生前才自晦方千死後譽偏隆鎮鄉千仞摩空碧俊弟慈兄綺泣同

清詞麗句豁吟眸却怪鴻才滯隱幽（介仁老於青氈故云）絳帳豈堪成大業青衫胡亦老

英流程朱有统遥追接名杜無緣進呉侬苍夢楼居脩尚志雙丁果足並千

秋

叙樂芳園醉買春雅懷佳作不沾塵欣闻競爽俱為鋒（與谷久居鳳山西席介仁亦主講本州書院有年）窃悼豚寒独負薪並安陳當存蘆譜（先子遊鳳泰时曾與乃翁有深契故云）通家孔李話前因萍逢何日圖良覿想我終成一恨人（豐擬到鳳山一遊今老矣不能於役故云）

叠韻奉酬東蘭宗人梅村步和紀恩之作（四首）

快覩精華上察天爰憑射斗認龍泉（來詩有龍泉氣鬱之句）收宗喜不遺邑管遙逝遥同痛蜀川譜四朝詳並系（我章姓李出東籍先多以大宋未粤）詩简千里付郵傳聽濤愛石留鴻爪可憶穿巖覧勝年（先子以嘉慶丙子遊鳳山穿巖曾有覧勝奇緣莫同年及爰石祗因無婿哥聽涛須識有濕泉等句故云）

風騷再見宋玻公衣鉢相傳自婦翁（梅村係羅與谷女婿故云）韻府新聲今日傳吟壇健將

老黄忠先芬有籍流芳遠後勁堪徵繼序隆竊幸扶陽蕃似續追蹤雲容揆原同雲容唐章夏卿字嗣宗有幾注青眸特為宗親再發幽壯志題祢星北拱春華悼惜水東流金合石吐俱楊美玉潤冰清自比侔梅村作吳盟谷作並擅清妙孰怪盟薇虔三復由來幼婦足千秋

心花意蕊艷成春光寵馳分一騎塵見說芝蘭馨謝砌行看棫樸列周薪談心幾作燈前夢把臂應尋石上因可奈迢遥瞻五鳳登龍難附選廬人

即事感吟

上元昌運回寰瀛慶熙與國泰庶氓安歲樂更無苦時事遞推遷年忽次甲鏡清且砥平掩今還思古秋九暨冬三五洋敢予侮溟渤揚洪波燕幽集醜

虜遼左破藩籬騷動連齊魯巨鎮失烟台戒嚴順天府都门晝不開六軍咸
慄股徵兵遠勤王南飛檄馳羽蓋臣效忠謀宿將整戎伍招募遍遐荒籌餉
逮編户秖課既加增廉俸復節取傾家勸大僚拔橐需富賈剜肉醫苦瘡燃
眉竭公帑所頗歌屢豐庶易圖救補乃入今春来課雨難得雨好鳥鳴不歡
名花吐不嫵沃野草無青美種艱入土陰風括地號旱雲蔽天昔赤月與白
虹後先告九五誰歟秉國鈞轉樂干天怒跋扈覬非常中外私党樹九鼎
熟重輕絶域聞知溥吁嗟家幼君紹統本英主朱紫貴滿朝寵榮被華膴
誰作任棟梁胡莫思弼輔坐視干戈與烽火照宙宇豈果肉食流鄙瑣非石
柱飛礙震京師難仗執梓鼓緯婦懷百憂愁緒絡如縷翹首望海疆輪般不
勝數猛去既冰泮黎元豈安堵師旅飢饉兼患復滋狼虎瘟疫且流行不

一如敬武國祚卜綿長中興應再覩何日轉昇平前歌後舞搔首問蒼蒼疑團莫予剖悲憫念糾紛倚闌凄肺腑迂腐究何為終老華門社青燈照影寒聊爾詳訓詁

疊韻奉酬泗城班精源大雅惠和紀　恩之作

咳唾珠璣落九天詩豪詩思湧如泉詞源信是傾三峽學海知曾至百川後進誰言難古若先芬有籍倍宣傳幽光不永埋黃土宿恨憑消七十年

徵詩有啟仗姬公博得吟情動放翁羽屬和喜君超類萃神交為我竭忱忠（余於精源未曾謀面忽被此惠感甚感甚）卻慚遯世淪王烈無自登門拜郗隆徵露盥餘馳夢轂詞華欣仰孟堅同

凌雲峯碧秀迎眸屢賦嚶鳴谷出幽舊蓋幾經聯雅誼新知欣再得英流（泗郡名士王耿川黃

樂山林和菴諸君余學於桂林皆與結契今復得精源千里惠好亦風風裁卓異王胡舉月旦持評許劭併兩字鄉賢交定論　紫泥黃絹並千秋

鳳泊鸞飄憶客春昂藏予弟溷囂塵上年春六弟筱齋遊鳳幕與精源晤延至家課讀乃出紀恩詩集以贈精源因有此惠謬將斷梗邀維縶聊假薰香佐析薪聿載寒氊談往事先嚴曾遊鳳幕聿年刪除邊民積患不一精源對六弟津津道之三生片石證前因郵筒遠遞吟箋到好友天涯更有人

有懷龍州趙紀常同年即寄五首

宛在伊人天一方予懷渺渺弔蒼茫離居顧友猶無恙舊學須誰與共商後會有期徒結想先芬多感載賡颺紀常惠和紀恩詩四首仙巖在望殷翹企仙巖龍州名勝雲樹孤吟幾斷腸

悵對晨星落落時縈懷死別復生離謝東溪蔣子健周仰峯邱春卿凌汝材諸同年皆已殂謝存者或仕或隱無由相見感甚交情憶

蓋勞回首世事翻新促皺眉久戀青氊才既老（紀常主講龍江書院有年）難拋白紵數終奇（紀常近科鄉試俱仍到場而不售）竟成所志知何如家為光逢費度思

繼述無因浮罷休編存遺草壽前修（謂刊存悔堂遺集事）傳心苦躡經師踵（余主講榕園又六年於茲矣）蒿目偏來緯婦憂（近聞京都有請和洋夷之事）故習迂疏深自訟餘年晚蓋拙為謀偲偲切切良朋遠漫指龍江賦溯游

伏波銅柱屹嵬峩思古傷今感喟多（近聞邊帥募勇南閩信多警備）邊塞雲横夷奏角戍樓雨晦士眠戈班超壯畧空懷抱（謂蘇軍門）魏絳嘉謀主請和（謂李博相）試問里居隣敵境邇來時事又如何

無限塵氛蔽地陰與言國圍慮誰深憐君磊淪荒徼怪我昂藏老士林半世功名歸幻泡千秋事業付閒吟何因再剪西窗燭報國承家話夙心

恭步朱琴叔郡伯留別元韻即以贈別四首

早侍神君作宦遊趨庭曲郡裕才猷（郡伯先大夫守泗城有政聲考卓異授有治譜）披丹務急金湯固（郡伯下車即飭屬修城）保赤恩流土漢周（郡伯以慈惠為政澤咸下究）美濟鳳毛崇閥閱踪留鴻爪重林邱（郡伯每駕戾榕園流連風景雅有遠紹王文成之想）琴泉況復勞經畫此又修文第一籌（郡伯為琴泉書院學缺資特有津貼牛市陋規截取充用云舉士林感甚）

揚風仁果被遐荒吏治廉平兩擅長保障偏虞多壁壘（郡伯常以郡境多盜為慮）從公更擬裹餱糧（郡伯聞北直有洋夷之亂早擬卸署即北上圖報効）翹瞻北極憂孤主慨指西洋計肅將（郡伯聞徵兵勤王之信每嘆朝右禦侮無人怦怦欲動形於詞色）五馬騰騫程萬里行看敵愾贊重光

循良治績泯嫌猜見說安全上下該蔀屋歡騰清絕徼榕園樂育蔚英才（郡伯加惠書院故肄業生童倍盛於昔）瓜期忽及移官迫蕊榜仍籌取士開（郡伯近日正行府考）四野頌聲貫耳萱堂喜笑顧蘭陔（太夫人正迎養在署）

阿儂承乏守書城，渥被隆施首衆生、（豐耄矣仍叨聘主講書院）忽感傳箋攄别悃，誰能枝劍斷離情、扶藜悵覩驂鸞去、馭竹回思策馬迎、忍聽山陽淒鉄笛、緣陰還咽子規聲、

春中歸途即事

憑軒悲惘上心頭、怪是陽春氣似秋、白沸滄波頻告警、青枯野草促先憂、香花着樹舒容淡、破塊連阡費目謀、行路欲晴耕欲雨、天公覺也費綢繆、

清明家居即事

為口奔馳幾畢生、室家團聚恃清明、雛兒愛不歧男女、會食歡頻集弟兄、酬世有來還有往、課耕須雨亦須晴、時艱蒿目權拋却、且醉聽鶯酒一觥

秋初歸途即日

淡淡松風刷鬢邊霜前雨後客消愁平疇彌望都青透想是今秋勝
去秋

諸郡途中即事（二首）

只謂今秋勝去秋誰知乾旱復爲憂田頭次壤青枯瘁淥口寒泉碧
斷流美種無多花忽放汙邪大半藁堪收天河有水傾何處安得疏
來灌翠疇

有客相逢話歲荒滇黔言更甚吾鄉呼庚滿聽相逮屬鬻子充飢慣不
皁誰恤馮生國保赤漫將失所籲穹蒼硯田亂亦收成歉僕僕風塵狼
著忙

疊韻奉酬紀常同年見和寄懷之作（五首）

同門同譜復同方，兩地神交豈渺茫。遠道儘堪通遠訊，清吟欣得互清商。頻經鷹鶚終垂翼，空擬從龍共拜颺。我輩懷才何處用，能無日轉九迴腸。

冉冉桑榆及暮時，依然蓆帽未身離。聊憑絳帳延殘喘，漫博青衿介壽眉（年来門下掇芹者頗盛，每擬余祝壽）。味道徒勞殷則古，藏書愧未徧搜奇（馬中丞頒来書籍，不敢徧觀，歉甚）。生平継述多無狀，敢引天恩詡孝思（来詩以先子入祀鄉賢，轉頌余美，故云）。

淵深學海古何休，羨子遺珠倍闇修。奮志名場推後勁，閱懷世宙抱光憂。國公行覩封維翰，生子從教願仲謀。愧我餘年追盍約，京華難擬再同遊（紀常誓以科目承家，老而益壯）。

靈光魯殿峙巍巍、卓犖半載擅勝多、團圍亟圖行保甲同仇相率敏修戈能

文與信兼能武可戰曾言乃可和仗義從公臨事懼如何幾又曰如何紀常近以閫外之憂

再請官舉行保甲以備患徒占子和鶴鳴陰、知已無多宿恨深下榻漫勞賢守宰、藏珍

如故老泉林圜防莫遂憂時願慼喟難禁即事吟見愛會應頻

見教闡行亦我待同心

弔王蒔珊少尉（五首）

長才知馭老居卑、宿怪豪雄數太奇、鑄史銘經閒著作、少尉於文古今駢散皆工妙夙為時流所許

模山範水漫施為、少尉以詩書鳴於時治人懋績經三考潔已深宵畏四知少尉素以清白自矢

心吏風流今頓盡、開樽誰與論詩少尉於詩與余寔多心印

七琴罷舞了餘生、少尉著有七琴山房詩文草遺愛荒田兩袖清、驥展正推宜別駕、鶯遷

無奈阻前程（少尉今正俸滿有批升之信）懸鞭共喻哀矜隱（少尉司理六年人無有議其苛者）折節難忘款曲識（少尉好與文士款洽人無不欣其和者）忍覩玉樓忙赴召　連句庠雨黯荊城（月來庠雨幾一句少尉因得病遂逝）

凄扶靈櫬一孤孫（少尉五子已沒四人第四子過繼長兄又別遊幕五孫四皆在家惟嫡孫一人隨侍）迢遞程鄉望里門　蘭牒舊交無幾近（少尉換帖弟兄不一皆顯官不在近處）麥舟高誼有誰敦（少尉宦囊如洗籌措歸櫬尚無所出）閑曹畢世餘窮骨　故土遙歸滯旅魂　榮落升沈多意外　夢夢天道果誰論

六載招尋首重回　榕園休暇款門來（少尉不時見訪動輒共談）清溪異石偕心賞　翠竹寒梅費手栽（園內竹梅皆少尉手植）忽逐飄風歸海島　空遺印雪滿樓台　無端犵鳥添長恨　難挽斜陽照蘚苔

見世才華卒化塵　維皇胡竟妒斯人　三升日早空多士　五斗腰須折為貧　就列恨難抛案牘　籌邊徒切議經綸（少尉常有國防之論於救時之策甚為切至）卅年吏隱成何

事應悔簪纓誤此身

陳礪莊郡伯卒於賓陽試院吟以志悼（二首）

共幸陽春有脚來神君忽作泰山隤方圖禦侮今休矣未遂旬宣亦慟哉亦繄正夭仁壽字黄堂胡折棟梁材況兼心吏風流盡愁集鎮鄉霧不開

旅櫬遄歸並買船西邕逝水亦淒然相尋化羽人登籙未及懸車致士年靜鎮遐遺邊徼愛康平誰嗣使君賢巖疆悵覩悱懷撤不弔端應咎浩天

李温之同年到郡教受任過訪榕園有作即呈（二首）

知心又遇李青蓮載證三生石上緣論學具徵無異趣忘形叨與認同年光風霽月心非俗品水評山眼是福（温之精於相地）旬幸耄荒猶未死維皇縱許意多賢

信是潛修德不孤過從談笑有鴻儒多君競爽搏鵬路（温之昆玉三人並登賢書）愧我沈守兔

林白及幾經花世界青燈仍戀雪頭顱榕園講席謬承乏豈靳良箴規老夫

丙申吟草

老眼加花吟四首

無言視遠動咨嗟不意籌添眼棓花把筆鋒尖多誤落穿針線未半生叉逢迎故好憑聲辨接摘疏交認面差自怪瞳神耗甚閙觀孤負幾春華

歲月駸馳竟耄荒閒居枯坐悶非常棊難字辨蠅頭小漫詡年加馬齒長金匱書雖詳妙藥水晶鏡苦不通商校讐未了儒生事晚蓋無因浪著忙

依舊榕園拓講壇傳心祇恃舌翻瀾溪山熟識烟中認典籍重繙霧裏看瞶眊何因開眼界靈虛庶不曠心官回光返照誰時有畢竟殘生再少難

水虧木弱病交纏補腎滋肝理或然見說益人資熟地終須佑我待皇天

新書有事全樓覽老鏡誰能忍棄捐目不若人知惡甚求醫豈惜費多錢

談時艱有感（八首）

有客談時事咨嗟答旱乾丙申年再值前兩界丙申皆旱飢庚癸聽呼難富户倉儲罄

貧民喘息殘鳩形逯鵠面誰忍繪圖看

十室真空九謀生倍著忙資難金粟借價並木諸昂有斤三十餘錢者顆粒珠璣等皮

根草木嘗當途多瓦石安得化為糧

紛紛行道客大半是流移比屋居皆病沿門乞向誰傾囊慳餓婦覆鉢顧啼

兒有腹都求飽何從得肉糜

餓莩幾盈野哀憐浪有情胖羊悲鮮飽涸鮒悼多生未被推恩及難防擾

食横不圖籌救急遏糴令偏行

見說南邑稔仍增返顧愁雜糧雖有穫分食若難周嵗窮滋心慽梟啼
與耳謀風波平地起何計請遐陬
五月廿六雨其占謂有年忍飢耕瘠地沾溉恃仁天務未三時畢憂深八月前
去秋七月旱今未八月故云秋来平糶價賤買亦須錢
禍更無單至民生苦實多鴻哀嗷下里虎患溢中阿笑我窮成鬼纏人病有
魔有虎患且多瘟疫夢夢翹首問此後又如何
桑梓同休戚吾生奈窶貧瑑觀空有淚賑濟悵無因往事凄回首多憂痛切
身此衷堪告語罕遇素心人

立秋日漫成

立秋有雨處處收此語故老曾傳流黎明即起凭書樓快覩漫空雲油油

齊僮謂我五更頭甘霖葉经盈西疇指計秔秫彌徧假頡教防旱舒先憂扶杖回步心悠悠還顧硯田為謀食贍先慮後私綢繆未知惡歲果無不入口醉飽書中求無奈眼花難校讎當窗兀坐枯禪倦漫云視富如雲浮課耕課讀兼熟籌終恐有秋仍無秋極時怵慶還悵惆脫離塵網將何由有家誰浮言莫愁

七十六初度漫吟

往者過兮来者續日月兩輪疾轉轂荏苒代謝果如流問年我又七十六從古豪傑不虛生風虎雲龍紛角逐同學大半登青雲寂然我独守巖谷生平有願殊難酬萬卷父書愧徒讀窃㩀講壇卅載餘論文說詩日隨兮継往開来兩無能七尺昂藏滋恥辱㒲然待盡甚矣衰齒豁顏童復病足細字蝇頭辨

不清天昏地黑迷濛目今日海屋還添籌蹉跎叢過豈能贖年来托跡向榕園八口生涯侍館穀歲山硯田幸半收殘生浮未轉溝瀆爲炊數来有餘糧兒婦矜言家釀熟含笑童孫愛日癡漫拔渠灘爲戒祝豈知世事未能拋勞生不如死之速

丁酉吟草

七十七初度二首

七旬晋七喘延殘百歲光陰逝歎闌骨肉疊驚新損折胞懷牢結盡凄酸

含丹晚植庭前桂晨碧重培砌下蘭好事遂心無幾許那能稱兒強爲歡

每逢生日倍思親毋難縈懷瘖愴神舉業承家慚肖子農流淵跡總勞辛

心傳雜草聊叢積眼界昏花但守真揚顯無因徒益壽散人難謂是完人

哭輔臣二哥四首

兄先弟後篤連枝、並作孤兒勉有為。特立中流交砥礪、頻經浩劫共追隨。壎篪協奏心如貫、花蕚聯輝影不離。何意及今兄棄弟、陰陽異路竟分岐。

任勞任怨任園防、忍維持上下塘。蔓草計圖安井里、書香推致及邊荒。名成八品終虛幻、望重三尊幸壽康。底事繫援情尚結、忽然撒手返仙鄉。

靡瞻何怙不勝哀、命舛時乖首重回。梓樹成名先損折、萱花偕老復殘摧。憑棺只許青蠅吊、執紼須誰白馬來。況是重喪增我痛、更携季子侍泉臺。

韶華如水逝悠悠、富貴功名幻蜃樓。壯志虛懸株守免、勞生結局杖扶鳩。兄真曉露危難救、弟亦斜陽淡欲收。此後長家專屬我、諸凡佑啟向誰謀。

除夕有感

少壯韶光忽遞遷、残生待盡卧林泉、昂藏作客荒三徑、懶散為師再一年、抱病有如多歉仄、歸休無事愧神仙、老而不死將何用、午夜焚香擬問天

戊戌元旦自壽

七七限年超浮過、屠蘇宜飲檢樽罍、雨滋萬象蒙生著、風暖三羊泰運回、不信閱身遲結果、仍甘與衆共登臺、無如伯氏餘哀在、漫對兒孫引數杯、

辛丑春正雜感吟五首

歸去來兮守一卯、行年八十尚添籌、圖書在抱猶留戀、富貴縈懷早罷休、泮水重游成幻夢余辛丑歲考入泮今已週甲明山再宅付閒謀咸豐年間余曾挈眷入明山藏雲洞避亂隱居數年今以海匪故復有此計克家有子先朝露、撫幼能無兩淚流、秋冬亢旱轉陽春、十口營生尚苦辛、用世無能閒置我、服疇有事動須人、消磨歲月頻經亂、歷練冰霜未了因、幼稚嗷嗷哀待哺、漫言君子不

憂貧

春光明媚滿邊陲首種猶難救急飢樹藝於氓忙應候苗與黍稻悵賒期官繁不暇施膏澤餓甚何從得肉糜佛奉南無崇祀典觀音漫號大慈悲

千錢斗米久聞傳今日幾如古所云子婦餓膚勞汲雪丁男枵腹痛鋤雲常餐每具糟糠竭雜穀糧難犬豕分鵠面鳩形紛滿目同生誰不憫同群

瘝鰥者獨勝殘生惠我蒼蒼却不情晚景增淒還哭子荒年告歉重呼庚天乎可問言終默命也如何算孰精僥倖邑人居得所官倉百萬實常平

壬寅吟草

恭紀　杜雲帆郡伯德政并祝　榮壽即呈乞正六首

滿枹陽和有脚春學優則仕恰逢辰嘉猷傾布今師古今政參行舊告新翰

苑不終淹吉士，荒田咸幸得能臣、（府城地即古荒田驛）文成再世謳歌起，逸韻遥傳及散人（丰自幼時自號鳴山散人）

官遊邕管衛羣生，接篆登時便用兵、莅衆威行嚴保甲，安邊道洽講由庚，獅巖瘴歛仁山靜、（獅子岩在郡城南十餘里）龍窟波澄知水清（羅波龍窟在陸斡五塘東五里）見説榕園重得主，令人回憶李蘭卿

夢回聞警即興師，向曉迎曦揭師旗，縱掠羣蠻驚破膽，衝鋒匹馬救燃眉（聞公祖親往救寺墟陶村事）圍紳僥倖能逃劫（陶文山脱得劫禍）哨弁遷延愧後時（是日團防到午後集練往救）為下為民臣盡職，蚩蚩擾擾復熙熙、

未曾偃武早修文，戎政還勤學政勤、作雨甘霖涵泮水，觀風墨妙拔淵雲，新章待教初開課，舊賦還侵又整軍，任重一肩勝揆奮，當官有濟策殊勳

恩陽泰運遊春回，化宇臨和壽宇開，矍鑠翁堪追古往，康強客喜祝今年

高未克拋三尺日省彌深話一杯整頓乾坤行壯志中興恃有老成材

年登強仕仕真強服政官尤貴健剛濟世宏恩周白屋叨天景福介黄堂

崧生嶽降非庸碌德立功成廸吉康春半老人星早見大鳴山也被餘光（大鳴山在郡地東五十里）

在局理事誌感十首

年逾九九倍頑唐守義猶需作主張整飭邊防期有備圖消内患謹無良

英奇共事勞奔命武衛先籌急峙糧安淂富兒皆好義供軍相與破慳囊

再造恩田郡將態當年剿賊首從東（同治乙丑熊郡伯移府局到五塘始令手親往請易統領來剿干峯朗村及林墟凄橋土司等處逆匪郡城始安）重

新設局成規在似舊聯團衆志同逐北幾經追鹿捉（宣匪暨邑南土匪越境往刼上林一次馬頭一次七八塘凡兩次皆集村丁追至蓄墟始返）

防南終要守蠶叢（分局集練防守江邊圍與七八塘要路）何因掃蕩妖氛靖報捷黄堂載紀功

無窮悲憫鬱衷懷、用我誰憐甚矣衰、義憤必伸頻拭劍、憂思難釋漫吟杯、經霜野草猶滋蔓、（楊雷兩團土匪潛匿古零山內不時回刼）冒雪山花只放梅、（前任張郡伯嚴諭各團集練人多窃怪渙散未整分局幾成孤立）

上蒼孚佑下、偏將浩刼窘寒材、報國勞勞轉顧身、苦衷鬱鬱末由伸、孤兒命薄鰥還獨、（年以遺腹承家年至五十上下喪妻子至紹宗兒甫食廩旋又先折未克送終）賤老途窮病且貧、（年自丁酉年力辭陽明講席後兩眥瞶今但守困家居）六品軍功叨愷澤、（光緒壬辰吳黃郡伯襄辦蠶桑叨賞給六品頂戴）三篇制義委囂塵、儘先前選曾無用、終作鳴山逸散人（同治初奉熊郡伯督辦東局勦匪蒙詳請以知縣儘先選用）

劈馬聲聲盡澗阿、難將時事付悲歌、出艱濟險仍當坐、誦行吟委逝波、任怨任勞增閱歷、無虞無詐謹修和、吾徒幸共公忠勉、砥柱中流耐折磨（今同辦分局大半及門子弟）

茫茫塵海湧狂瀾、逼得先憂枕不安、同俗合污艱守墨、奉公從上幾披丹、貪謀日熾紛爭易、各出風行倡義難、怪我殘年猶益壽、究將何用老儒酸

任重雙肩力不支春蠶自縛悔難追與師敵衆常愁寡整旅從公也課私臨謀成須

又日鞠躬盡瘁已何時無因謝却攀援客閉抱雛孫對展眉（宗兒棄世今三小孫亦遺腹尚幼）

旱甚曾經疊兩年今春過半尚依然求蘇苦少萋萋野聚汲難資混混泉歲歉棘

心悲往復時艱蒿目痛顛連每逢害至災俱至孰不尤人不怨天

奉諭收資理勢窮深慚無術化愚蒙多藏上戶便宜佔破禁中林賭博雄（奉公祖大人禁賭今墟場雖無明賭而林中竊賭者仍多）

派歛失均紛聚訟調停頻費總談空非由執法懲驕吝分局從何克有終

與言磬石奠苞桑內變終虞有隱藏保甲從嚴威不執抽丁必練備非常憂生外侮

滋他族（宣隆等處逆匪未侵却多）業建中興祝我

王皓首龐眉猶有役老安何日問蒼蒼

黃理卿太尊由郡馬同知署理府印自去年二月林墟園逆匪滋事因調集防

勇並東路琴泉分局練壯二千有奇由乂塘張領兩團進兵傾岩破洞擒獲首匪成功凱旋擢受四城府知府滘代將卸任惠函告別豐即事書感吟成乂律六章喜頌軍政並以贈行伏乞

鈞誨　詩句如左

吾儒大用仗通才適值時艱志必扳施濟當官占水火經綸早歲筮雲雷同仇義憤伸中野敵愾忠誠達上台未及揆文先奮武能臣事業世交推

府事同知並請軍代庖倍克建殊勳黃堂莅政恩日白屋輸忱靄望雲青眼雙垂周眾庶赤心獨運裕恩勤從公大小東俱奮凱奏南征漢土聞如岡舊事特翻新（前郡守熊如岡即壽山咸豐初年設東局委丰統理請兵勦辦韋朗林墟南圍等處逆匪克復府城創建義學於琴泉上今太尊復峯其事）剿逆終勞太守身預倫官防添勁旅圖安野處剪妖民摧翻赤幟真名相賞戴藍翎及散人（丰自號鳴山散）

人前叨賞六品銜以知縣儘先選用今再叨賞戴藍翎五品銜

除暴安良施化雨熙然霜露有陽春

在任推陞位正堂凌雲待澤徙官忙（凌雲四城府首縣名）嚴明共慶餘風烈濶别難重就日光

極北幸新來令尹西依舊肅邊防團紳倘克遵遺命多賴環城浔乂康

保障承流各奏功誰非造福庇顓蒙（太尊以造福蒼生見許愧甚）宜民論定勲華著惠戒情深老

運重任不容辭局總（辛以老病辞總局之任未蒙俯准）繳勞且齒到孫童（孫孫復淼未成童常侍左右代司筆墨亦叨優賞）孰知高尚終潛

隱也有官名達聖聰

宏獎登榮在位賢湛恩推致及琴泉人欣倫賞多嘉績我也加稱笑耄年昔款

難忘常繾綣今情欲别倍纏綿蕭五馬嘶官道轉眼參商又各天

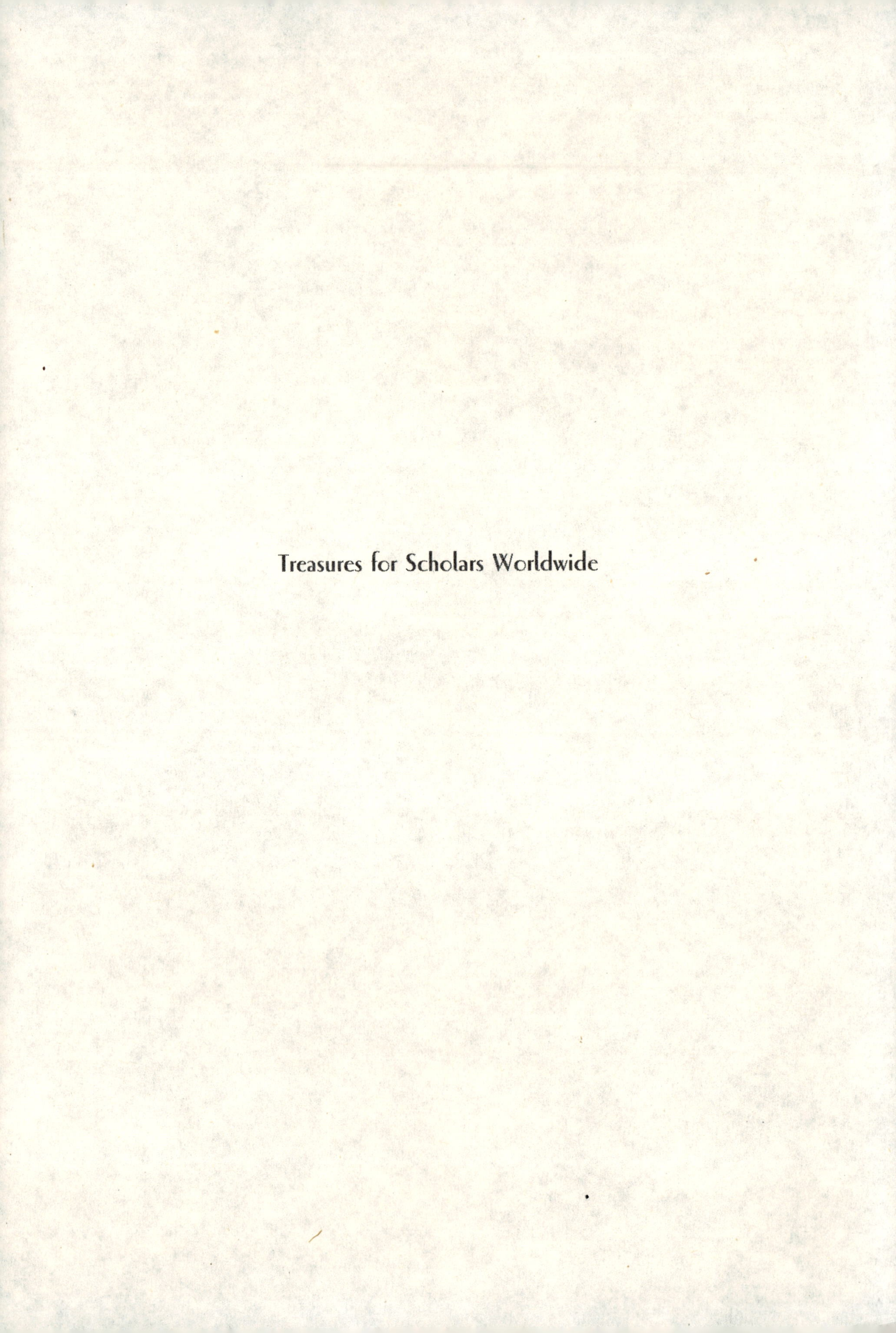
Treasures for Scholars Worldwide

韋豐華集

②

桂學文庫·廣西歷代文獻集成

潘琦 主編

廣西師范大學出版社
GUANGXI NORMAL UNIVERSITY PRESS
·桂林·

今是山房吟餘瑣記初編

今是山房吟餘瑣記初編一

碩按：

1)初編3卷(全)

2)后編4卷(缺第三卷)

吟餘瑣記題詞

大鳴表武邑鎮鄉峯特奇下有劍城子文行堪起襄纘戎祖若考
遺腹真麟兒努力經世學專精華國詞不謂備梁棟偏務服棗
梨傳燈細論文提筆兼說詩羣言志高超佳句憐逸遺瑣記集成
帙會萃皆英辭示我捧香盥俾我鑿陸離璧聯珠復貫金揀沙
精披上擷及簪紱下搜及茅蘋前溯及往舊後羅及未茲考言事
並載論世人須知團花與簇錦登錄袪瑕疵殘香與賸馥契賞楊
幽姿風雲月露趣何石花木怡或歌而或頌或箴而或規或慶而
或弔或愉而或悲舉併入採摘莫不供挨搞挹負大用才展布衹
在斯我問胡為爾乃曰時所宜念昔奉慈命負笈搭城馳三

益求良友，五載親名師。所期附翽鳳，藉用輸烏私。無奈遭厄運，省兵壽黌池壞。既倡義舉橋，惠相尋追。王綱且解紐，負母因居夷。牛馬爭雄長，蛟龍終斂鬐。況復覯閔凶，無從增涕洟。嚴霜捽萱草，狂風摧桿枝。又孫折美玉，寡媳彈哀絲。愛憐薪可負，幻夢曲還炊。坎坷阻又阻，摩厲為何為。無因破積悶，聊假娛暮遲。兼紀身所歷，用貽來者嗤。所言乃若此，我感為跽之。嗟嗟劍城子，少小携毛錐。采芹騰聲聞，饔食廩含恩施。攘臂障狂瀾，投戈還下帷。拔萃終刖足，伏櫪徒撚髭。壯志屏蓬蓽，韻府長絆羈。豈果龍頭屬，耆英難許期。搔首問蒼昊，何時開雲逵。塵俾芸窗傑，晚成揚白眉。含此瑣之事，颺言拜彤墀。潤色昇平業，舍左其待誰。展卷為題跋，我言豈狂

時

癡名山席有珍聘幣合未愚。

昔

光緒六年歲次丁丑春王上元日至融如弟梁鍾瑶伯琴拜題於武

陽之東齋

今是山房吟餘瑣記初編一

大鳴山散人著

世俗祝壽詩、多無雅構、何也、以其人行誼、了無可稱、其後人且不在出色行中、故雖名家鉅手、亦不能不用祝嘏浮詞、以詩一醉可見矣、無藝亦作詩一雖也、歲辛酉春杪、余師楊寶菴先生孔青七旬雙壽、是日、並若結六楊吟社於其書屋、顏容咸集、以詩侑酌者滿案、惟先生性聰穎、詩極覃、書為先族祖帝言公有綸、高足弟子、未冠一試即以府案元游庠、士林馳譽、親老家貧、兼習醫卜星日堪輿諸術、一一精貫、然不為俗累、儒業精進、同學罕有其匹、先君子閱其文器許之、十試鄉科屢薦不第、而志不衰、其行敦篤、其品卓著、蔚為復學坊表、既食廩、將及貢、而病目、然生平所寓目之書不忘一字、口授生徒、亹亹不倦、後值洪逆之變、促其嗣硯坡延瑶、負之逃、流寓上林之六甲三畔間、不爲俗所汙、在患難中、履險如夷、每得醉、輒手板長吟、父唱子和、或非笑之、弗顧也、人無賢愚、以其和易、善倩談、多樂就之、若先生其人、吾鄉中良難多覯、故祝其壽者、各據所見、頗多佳章、而當日擅場、則余師黄鳳泉先生鼎鼐七律一篇也、詩云、松柏由來愛老蒼、冰霜閲歷異尋常、龐眉皓首神彌健、白雪陽春句更狂、賀客紛來多韻客、椿香濃處併萱香、鳳毛齊美符私願、繞膝冠裳喜氣揚、其他如吾宗祠丞載垂之、喜是衣冠增潽美、文星聯耀及東牀、則謂其壻黄仙舟得棠、亦邑名士也、覃小海鴻翥之間身尚有聯吟癖、幻夢曾醒選佛場、狂簡久叨裁小子、醉吟後有先生、謝子惠季連之工部尋常留酒債、香山七十訂詩盟、等句則以其老於名場、誨人不倦聯吟詠、隱醉鄉也、黃蘭齋錦香之遺風名高橫筆陣、杖鳩人老讀書堂、副以其早有文名也、吾宗金溪文英之斷機早勉成羊子、舉案今欣對孟光、則以少負學、得內助也、家輔臣哥世華之叟鑠馬援尊壽考、詼諧曼倩任羣兒則以其晚年啟弄、好諧謔也、七絕之佳者、則黃龍文鼎鍾二首為最、句云、杖國年高世罕儔、香山應作十人游、先生果得長生訣、笈引芳鄉共白頭、海鶴精神老不衰、爭看蕊竹伴寒梅、笈懷也、遂吟壇客醉捧南山酒二杯、其他、如吾絡祖兜四絕、其三云、萍踪夙昔水同浮、久道殘生早逕滿回首顛陽留別譜、誰知今日尚添籌、則以歲丁巳、先生在鎮陵自卜其祿當盡、促硯坡負之歸也、是皆雖有事實、時余亦至五絕、其四云漫嗟春老到垂楊、徧采春香入壽觴、戲舞無須醉舞、僊僊笑看懶人狂、以先生、常呼硯坡為懶人、是日大醉也、幽詞涉調謔、永須視體、至先生自壽之紫府未邀新錫予、白頭猶是舊鬚眉、自知軒冕身無分、敢向筋骸斂不輸、欲與渾同吟興會、老狂更勝少狂時等聯、亦可見其胸襟手裁迥超流俗、惜其口占、未及筆之、故遺忘者多、

危祿川道生余總角交也、及古樸短於言、然淡雅無俗態、歲壬戌午已未間邑侯涂海舲公泰琛來吾園督勒土逆、屢館其家贈

門深之而兄詩及兒詩並不存稿特存於此以備採擇兄詩云洞門深闢蘚苔荒右檻憑臨眼界張世上樓臺都幻泡山中花草自幽芳炊烟晚曳聯墟落嵐翠晴飛到枕旁話徧白雲賓共主笑看翔羽逐風忙名山勝蹟自今傳拱北樓臺畫宛然斜日戀人常返照問雲隨客共流連危欄下俯無汙地生面遥開有別天花逕何須覓蓬島但離塵俗即神仙星河每夕接幽欄蒼翠羣峯世外看簷影鋪來紅樹底猿聲聽向白雲端琴調石室音皆古酒對銀釭興不闌地僻境深心愈遠何妨閉戶擬袁安古洞寬閒好托身空山高臥豈沾塵深心愛客難懸榻餘地容它共結隣避世自緣逢世難樂天端合企天民岩阿栖志誰同調我亦疏離避亂人兒詩

云蓬蒿特地拓蕪荒兔窟營成費主張畫裏樓臺胸有譜春
生草木座添芳紫關霧鎖罩塵外石室烟籠古樹旁萬壑自
閒山自靜人心何事獨匆忙藏雲名本不雲傳繞嶂雲常靄靄然
雲如系拖來青嶂合雲絲斷處碧石峯雲散自引三三徑雲洞爭誇
六六天笑我浮雲頻借宿雲中叨許伴神仙複嶺重圍抱石欄憑臨
不厭雨相看時將僻地方方島頓覺窮愁省百端曲奏竹林風調
古詩成芸閣月光闌排開俗累世高雞犬雲中也得安閑中日月
靜中身自爾脩然迥出塵儘有詩書恢世業並容戚友結幽隣尋
來淨土皆安土要作良民是難民此地得名端藉此長留勝蹟獨清
人

酒肉交游無真氣誼自古然矣楊壽泉平生好客座上常滿也至藏雲洞及難時夙昔所交好無一能以肝膽相照者時惟余師叔黄卜臣先生耿技先寄寓於洞相依不忍去守山城為賊彈所傷終不渝初志及洞破壽泉被擒賊脅卜臣使相從不為屈賊縱之旋聞壽泉遇害亦不食以殁余得耗吊之云亂離相倚便相親氣誼須敦第五倫肉並酒觴楊座客有誰同患似斯人大厦獨傾力共支最難負痛守陴時竟將一死酬良友妻女飄零欲付誰覃小海鴻翥亦吊以二絶云八載流離靡宣居五遷猶是洞為廬心如山石招人妒火烈城門竟及魚本為勵蘭蕙並傷丈夫懷義死難忘不妨李固終成黨千載論交真味香五遷云者以卜臣自癸丑與余共仗義

峯賊申寅失利曾偕流寓穿山峯山馬山及感皇洞又此洞也卜臣守正不阿義氣凜凜曾經百戰歷崎嶇險阻無以為家而其志不少挫乃如是以卒且無後嗣視天夢夢余實深為之悼焉且藏雲洞有事時余奉母在里適有髮匪入境之變守禦團村不能赴救有負於壽泉並有愧於卜臣至今心常耿耿焉

雪軒苑人陳可興學詩性脫落不甚修邊幅詩興甚豪然不遇知己不作道光丙午春中忽偕曹墨坡永貞抵省尋余於秀峯書院蓋亦有志於此學者也余為之欣然始相與訂交由是昕夕晤互相切劘幾於莫逆是秋墨坡登賢書苑人及余並薦不售乃偕歸而所居相距百里而遥不能復長相聚切以詩問訊者不一而足

文儒如何從祀危山廟只有千秋李白夫或錮其山籍詩以傳而余則謂其詩藉此以傳耳題王印山詩之佳定不止此當李郡伯建祠落成來謁之日題七律四章和之者甚多佳構而郡伯獨賞余外翁黃中溪公馨香之作以為饒有唐音余童時曾抄而存之乃為賊火化去余內兄黃東溪公建鱗文早作古人今無有能熟誦者甚惜之蓋中溪公以孝友承家吾鄉素推為篤行君子學有根柢名馳庠序既食廩將應貢而為同行盜保倉手之事所連累轉降附生由是而蹭蹬終身其文有傳於試牘者而其詩不傳余生也晚又不能備得其所著作而為之傳之每一念及殊不勝歎然也

李白夫先生生當明季姚江之學派衍支流幾徧天下獨能上宗孔

孟下紹程朱韋楓山先生懋講學金陵特從之遊充然有得著有名儒録通籍後嘗請太常精究樂律著有皇明樂譜仕於蜀又著劍門志皆刊行於世而其詩集不傳吾鄉長老惟傳誦其入境書懷道出下沙二律余童時耳熟之迨披邑志始更得其五言律一首七言絶四首心甚喜之念志書就殘其板又早燬於賊竊恐其久之而又失其傳也因更為録存於此其旅懷云薄書塵俗吏簪組誤閒身夢為思家得愁緣悔老新催梳燈照榻報曙鳥驚人問爾奚為客淹留尚幾春其鏌鋣山云仙人佩得鏌鋣遠誤落飛泉第一灣三尺何年化龍去空留萬丈鏌鋣山其慈靜孝節孫太初不過云獨坐僧房醒俗心鳥啼紅樹萬山深先生本是終南客慣

迹樵人出釣林。其宿南甯周茂甫云：羅纓先上水心亭，風景撩人醉眼醒。翠竹淡梅看不盡，遠山重疊送春青。其過劍溪橋云：看山晚渡劍溪橋，路霧衝雲馬足遥。見說五丁經歷處，欲將興廢問漁樵。其入境書懷云：大夫再命二毛侵，衣錦叨恩愧益深。入境看山消客恨，逢人下馬作鄉音。雲藏茅屋村村畫，稻滿邨田處處金。覩舊彫零時事改，歡娛那更轉傷心。其道出大沙云：荒村曉發踏烟霏，更上層峯望帝畿。桂海天留修貢地，崑崙山帶破蠻威。猿如叨馬聲聲近，花欲埋輪片片飛。親舍回頭思負米，那堪遠徂涇征衣。昔吾師黄鳳泉先生嘗謂李白夫為吾鄉詩人首魁，不獨其理學吏績非時流所及也。今讀此數詩，始信其品評之不謬。

余素聞白山土司先宦王公言能詩而未誦其佳什道光己酉余宦下旺之哥業村及門黃珊齊彪祥謂其司境有卧雲山洞中有王公詩甚多導余遊之皆蘚中果得其題石十有餘篇古今體皆備因録而歸之頗以家遺職大復失之每談及輙爲欷然一家輔臣先曰爾求白山先宦佳作盡搜仲父琴川公舊簏乃檢之果得其遺篇咸齋邑侯卸任歸里七律四首頗愜所懷竊以爲土官中此等才華亦難多覯其嗣服王夾擠建和雖好吟咏有父風而不逮遠矣其詩云琴奏公庭未半年無人不頌使君賢新猷初試爲霖雨好句遥多汲湧泉别有談鋒殊侃侃飄然風度更翩翩如何此地生荆棘飛去瓊林隊裡仙頗列門牆事以師自衛學力苦難支何期又論無虛日益信神交勝故

再鐙緣。此兩篇，則吾師黃蘇圃先生所喜誦也。

先大父去興安時，諸舊所贈行詩，約百有餘篇，合於故篋中檢得者，無幾。其原箋無大損者，惟蔣湘源孝廉光璁、尹邦之庠士廷彥，兩人詩，其言皆雅切，而蔣尤優於尹。此先大父當日所品評也。蔣四律云：梅花香信透南天，陸聽驪謌唱錦旋，絳帳有規留兩舍，金蘭結契憶丁年，原注：巒丁卯偕光敬斋兄耕業秀峯與絅斋世兄同庭先生赴科，與同寓，因得交好 同心曾共雲程奮，陽歲齊看蕋榜鮮。原注：丁卯巒先舉，戊辰先生及先兄同榜，庚午絅斋世兄亦高捷 廿載秀峯峯頂上，風風雨雨記流連。原注：當年同人唱和有秀峯峯頂最高頭之句 最昔京華足浪遊，雲龍角逐事悠悠，文章山左參蓮幕，原注：辛未礼闈報罷，巒昆仲及世兄同至琚南崧先生名至山左襄校試事，後巒昆仲先歸，而世兄獨留山左 吏績巴西紀錦州。原注：庚辰世兄成進士，即用四川知縣 最恨池塘閒草夢，何堪庭桂隕霜秋。原注：先兄丈去世，無兄亦早卒 年來腰腳欣强健，莫嘆書生半白頭，儘有高堂百歲親。（原注：瑤家君今年九十有八）早辭升斗匪甘貧，勳名竟任他人展，菽水從教我輩陳。九秩慈親欽壽母，千秋樂事重彝倫。君今解組歸田去，朱紱翻成舞綵新。灘江四月啟華筵，得望瑤池祝上仙。（原注：先生於今夏四月在任所祝母壽，瑤得與宴）愛我語言關至性，照人肝膽憶同年。（原注：先生每談及先兄輒欷歔不置）三秋草味催歸棹，一路梅香送客船。回首清湘知不遠，好憑魚雁信遥傳。君詩六首，其二其四尤切洽，其三云：理學儒宗冠世賢，興安十載主經筵。山高龍鳳來哉卓，雨化湘灘教澤綿。千古淵源尋白鹿，一官淡泊付青氈。欣看桃李春來盛，盡出先生俎豆前。其四云：不矜聲色不矜名，醞釀天和識性情。坐我春風三月暖，照人秋水一潭清。財從疏處憑周惜，客為賢來倒屐迎。況是澄心尋樂趣，茶烟半榻擁書城，其餘佳句，則以千里關山寒客夢，一番風雨促歸鞭，雲淡諸峯青望眼，溪涵畫動照愁顏，杯酒不堪悲裏勸，離愁半醉故人先，數聯，其於先大父性情風格，亦寫得切當，其他如宋廷璧之章身不患貂裘敝，荷澤曾膺鳳詔來，祝邦慶之時雨化人情未了，春風坐我景猶存，宋崇德之十載寒氈終守素，九旬壽母共承恩，三聯，亦莊雅可誦，外此，又有用湘源韻者，詞甚綿麗，奈末章下半篇逸，且失名氏，擬弁登錄，輔臣兄則謂清詞麗句，不可不存，且當日吾登也長兄，殤於任所，並挈其櫬以歸，別買一舟，患其輕，特以署中所資用器皿壓之，諸贈別，尚未有道及此者，當即以續貂無嫌狗尾也，乃遵兄意補之，其詩云，白雪梅花角鹽天，我來正遇錦帆

旋、毋將三萬六千日、君亦乜句有一年、宦況淡、朝衣莫乜舞衣鮮、聽他唱
到陽関曲、幾陣行雲斷復連、一官灘水巴來游、八載文章掷〻卅、古道
幾人描昔樣、多情有我溯前秋、每逢弟子垂青眼、不道先生且白頭、絳
帳何年重問字、山光浪影兩悠〻、忠孝心頭注在親、儒官本是任明倫、
無才錯愛先生厚、有意難將措大貧、千里賦歸人似舊、一廷拋去澤猶
新、遥知下拜萱堂日、土物靈源一〻陳、清和時節厥華延、鄉思遥依百
歲仙、客路催歸田返哺、新詩賦別有同年、郤憐垂戴文孫櫬、還玡
輕颶久官船、令我臨歧多感喟、離懷難盡以言傳、
余遊學桂林時、契友灌陽鄧袖南錫俊、為余言其鄉蔣霞舫太史達、乃
翁以舉人揀選、作令於四川、值西戎有事、承辦軍務、為戇直忤權要、因

而獲衆，貧無以救，既腰斬軍門，並籍其家業沒入官，太史未遇時，與其弟造，所耕皆官田，奉養乃祖苦不給，每繳官租，恒以負逋被繫，然在縲絏中，書聲琅琅不輟，縣尹蕭公，聞而憐之，試其才，深許可，擢充記室，俾得以暇觀書，造其補弟子員，乃祖棄養，蕭公亦卸任去，太史貧復如故也，謀生之計，聞乃翁有門下士，知漢陽府，乃營資徒跣趨就之，不意至漢陽，而其人已先終於官舍，其孤正籌歸櫬無所措，太史資缺，至於托鉢以歸焉，並出其漢陽書感二律以相惠，情詞激壯，久珍藏之，今抄冊散失，而佩服未忘也，其詩云，聽談孤孽倍傷神，祖訓頻將此意伸，畢竟當年雕朽木，幾曾終夜卧芳薪，頭顱如許猶為客，骨月無多可奈貧，今日自慙還自傲，張衡年已近三旬，男兒未

信可憐蟲、擊揖終乘破浪、風萬縷情懷談笑外、一端心事夢魂中、班
超投筆昂藏甚、王粲登樓感慨同、青史多明照人在、有誰貧賤困英
雄、嗚呼、世如太史之貧者不少、而有太史之志者幾人、余讀此詩、久深抱愧、
余執友陳梅坡良勵、歸順州名士、少孤貧、與余類、道光癸卯、始相遇、
於秀峰書院、惺惺相惜、深結契焉、聚首歷三載、伊長二年、余兄事之、
伊亦視余猶弟、昕夕敦勉、交益者不少、屈指生平知好、是亦一良友也、梅
坡讀書作文、頗有卓識、而甚痴於情、中懷有蘊結、輒以詩鳴、然、脫
手相示、旋焚其稿、曰、無貽笑柄也、其佳者、余多錄存之、乃以流離故、
並散佚、僅記得數絕而已、獨遊隱山云、驥日偷閒興有餘、留人斜日照芙
蕖、笑儂也是忘機客、得伴沙鷗看釣魚、讀隨園詩話云、看遍名花

肆品芳、詩狂畢竟是情狂、私心擬奉隨園子、尊作風流隊裏王、不作絕拘墨守儒、狀輸大雅古來無、卻揣著手成春處、第一誇人是女徒、後二絕、使子才見之、當亦引為知己、

桂林余宗人詞丞世炳、道光癸卯登賢書、年甫十有七、龍翰臣殿撰啟瑞、以其妹許字之、時其妹隨乃翁作令於山左、詞丞乃至山左成婚、結縭後、即赴春闈、比報罷、始返山左、載妻以歸、途中已舉一子、喜事重重、竊自笑焉、抵家日、新舉新婚新父、併作一喜、賀客雲集、朵雲吟社諸友、皆有詩以賀、琳琅並獻、美不勝收、時余在座、亦賀以十絕、然自恃宗好、言涉詼諧、即刪其稿、當日所洽心者、有灌陽文東里宣僑、泗城林和菴中靄兩人之作、因記之不忘、文詩云、年少風流獨步

今、一株玉樹冠儒林、高聲試問龍家女、如此郎君可稱心、此謂詞巫未冠登科、丰神韻秀也、於詩云阿嬌金屋結新歡、秀色憑君獨飽餐、畫眉圓題聯句、會應傳許衆人看、此謂龍氏貌美絕代、善畫工詩也、而當日吟客、偏謂余之第十絕為準括、其句云呱々作贄謁新翁、如此新婚豈有同、舉子而今還舉子、會須早報狀元公、然此涉於粗矣、姑存之以作一話柄耳、龍氏自號榕城女史、喜宴後、凡有詩賀者、俱手畫便面還答、太平黎崧山孝廉、申屋未第時、爲題松泉文宗所識拔、列於邊課、送入秀山峯書院肄業、與余同在黃春庭先生門下、昕夕聚晤、幾同兩載、頗相契合、其人雅有性靈、好吟咏、於詩酷愛隨園、嘗倣鄭板橋軼事、刻一印章云、袁子才門下走狗黎某、每以詩相商、輒用此印、余作詩嘲之、渠有解嘲五古一篇、語甚奇崛、惜日久遺忘、僅記其結四句云、博得走狗名、笑話傳南士、板橋應妬我、難獨有千古、

冬客歸家詩、自來以兒童相見不相識、笑問客從何處來二句、為絕唱、然詩以情生、後之人亦未嘗不別有懷抱、別有感觸、不得謂今人皆不古若也、顧余自道光壬寅、肄業於桂林、至丙午秋、歷三科不第、始歸、抵家日、曾感吟數絕、有歸來笑下堂堂拜不遂慈親轉淚垂、年來茁長諸兒輩、環侍偏煩我問名等句、自以為可頡頏古人、殊不意嶠西詩鈔中、所登黃雲湄孝廉體正客歸七律一章、又有先我而得之者、則今人又若事事必讓乎古人矣、黃詩云、萬里重回

崴文閣、柴門依舊對沙灘、慈親拭目翻含泪、稚子牽身解問安、無累轉思為客好、有家真覓處貧難、閒庭且看梅開未、漢　春痕上小闌、此第三聯尤覓古人未經道出、足使人沈吟不置焉、

吾省中丞梁公茝林章鉅、古閩風雅之魁也、性嗜遊覽、愛山水、桂林諸名勝為所修葺者殆遍、其尤著意者、則獨秀峯下之五咏堂、自公涖任後、是堂煥然非昔、環堂種桃百餘本、每春初花放、爛熳如錦、登堂者恍若身天台山上、元都觀裡、飽領仙風、疑此中别有天地然、公好名、作此者俱以名起見、其門下士、唐孝廉遇隆及其門客馬秉彝、窺其意、於其去官也、繪留像於堂壁、以石壽之、願公宦績亦有不盡滿於士心者、或觀像生憎、鼓摑其面、有日矣、歲甲辰春

桃花正開，文東里定僑，偕余及朵雲吟社詩友數人，散步花下，評香品色，興致頗饒。余曰，此遊若無佳作，負此花矣。東里即應曰，某早得句矣。問何言，曰襲古耳。人面不知何處去，桃花依舊笑春風。相與鼓掌，嘆為貼切。然公宦績，雖或有歉，而其才思固不可及。其堂柱聯云，得地領羣峯，秀拔舜祠堯山而外，登堂懷往哲，人在鴻軒鳳翥之間。語氣自是渾灝。

詩有情至之語，滿紙淚痕，令見之者，撫卷沈吟，凄然不能卒讀。余嘗於上林張靈兩先生，悼長男四絶，遇之。其詞酸楚，之後二絶尤甚。其句云，膝下承歡逾六旬，趨庭頓失引頭人。嘔心留得吟餘草，老淚看來字不真。細草孤雲黯淡愁，荒原蕭颯白楊秋。懷中幼

予終三月、黃土何年認一杯、此等詩、惟得一真字、故能排惻動人、先生洋溢、南崧公封翁也、

詩之為道情景而已、觸景生情、寓情於景、然描景易、寫情難、景人所同、情己所獨、宇宙間、共此月露風雲、共此山川草木、共此蟲魚鳥獸、共此飲食男女、共此君臣父子兄弟朋友、乃即事成吟、各隨其欣戚悲歡、而紛然錯出、古今來、所推為佳構者、竟如人面然、百無一同、其或有彷彿近似、亦必其人之際遇同、所見同、所感同、其心同其性情同、其學問才思同、而究無幾也、可見作詩者撫景沉吟、必有一段真情融結其間、乃得超超特出、然、則雖描摹填砌、工整嚴密、神趣終是枯澀、是猶土木偶人、塑得端重莊嚴、令人觸目起敬、究不若

識千古大文章。一聯，後人無敢易之。此聯雖脫胎於真事業從五倫上做起，大文章自六經中得來，二語，而用古能化，故其佳無與匹。先生少聰穎，博極羣書，未通籍時，早有詩名，而晚歲斂華就實，不欲徒以風雅見長，故其吟稿不傳於世，嶠西詩鈔，僅存其和耿明府大鳴山遇雨一律，題栖霞寺渾融和尚小像一絶，此外無聞焉。律云：策蹇鎮鄉山畔行，亂雲忽雨一時生，風聲渡澗喧林麓，嵐氣浮空結化城，新水頻添舊水濁，午烟不斷晚烟迎，眼中一片迷離景，好與維摩寄遠情。絶云：下筆當年意已深，無愁處額老禪林，如何不畫山頭月，照破栖霞夜半心。按此二詩，亦豹之一斑，欲知先生之全量，當於理學中求之乃可。

余業師黃麟圃先生鼎耳，自幼從吾族大父栢堂公有倫学，以敏悟之資加以精勤之力，未冠，即有文名。先君子親之曰：吾輩學文，非究心宋儒書不可。授以朱子全集，由是其造詣益進。自游庠以後，應歲科試，首冠者八，而困於大比，凡歷十科，薦卷者六，迨年幾半百，始克由歲貢登道光丁酉科賢書，故於制義一道，所造深粹，後學咸資裁正，及其門者，歲常四五十人，折桂者有之，食廩者有之，擬芹者尤不勝指屈，所居所居麟坡，真成一斷文淵藪，顧嘗自謂短於詩，凡應試作帖一首，比作文一篇倍難，此由勉强求無過而已，於古今體詩概不敢著筆，余嘗以詩呈政，則曰：其與吾鳳泉弟商之。先生謙遜似此，幾亦信其真不嫻於吟咏矣。乃其主講陽明書院時，嘗有題句二絕，甚俊逸，非尋常韻客所能及。鳳泉師嘗謂、吾輩有吟、苦求工而其機反滯、先生有觸斯鳴、無意求工而其機自暢、此人籟、亦天籟也。其句云、數載榕園付主持、閒披苔蘚每尋詩、蘭卿往事縈懷抱、風月雙清課罷時、春禊秋燈韻事多、當年身共沐恩波、名儒循吏爭千古、化繼陽明論豈訛、以此佳作、亦可見豹斑矣。而自謂不能詩、其亦望道未見之意耳。蘭卿郡伯當日、曾有上巳修禊、中秋張燈之舉、郡人頌其德政、嘗有化繼陽明四字之匾、故云

六楊吟社、嘗拈春鳥、春花、春草、春山、春水、春雨、春雲、春風、春晴、春陰十題、社長楊寶菴先生、口評、命余代筆、余謂題境過寬、作者皆極力追新、似亦無甚佳構、惟硯坡廷璠、春山春草春鳥三絕、較新穎、先

生亦以爲然、春草云尋春攜酒上芳原、痛飲長亭盡幾樽、更祝莫逢醒醉草、逢來不醉轉消魂、春鳥云、春草春花數媚多、嬌羞無語止橫波、東君自是風流子、帶到飛禽助嘯歌、春山云可奈儂終癖已深、閉門從春色去追尋、縱然此日千峯媚、無我登臨枉費心、其餘如覃小海鴻翥、春雲云、如霭如烟罩碧岑、幽花間草藉濃陰、在山莫怪雲常溼、未雨先懷潤物心、亦雅有意味、至曹子頌異三之春花結句、五顏直覺尋常事、第一誇人是及時、陳竹塢致和之春鳥結句、晝雨晝晴都了了、一聲高叫一聲低、亦饒有風趣、若鳳泉先生春山云卓然敦艮是名山、蘊不深深本自閒、何害忽逢春九十、大開顏面笑塵寰、則別有懷抱矣、是課寶眷先生、亦口號數絕、余最愛其春花春鳥二絕、以爲直抒感慨、雖詞少蘊蓄，而聲情激壯，足使讀者為之憮然。春花云：春日芳郊吐豔穠，有花含笑有花羞。一時獻媚呈好盡，只恐繁華不到頭。春鳥云：彼鳥聲聲囀樹頭，似招偕隱與偕遊。此春閱歷皆荊棘，那有逃凡避弋耶。憶吾鄉自咸豐癸丑以後，滿地妖氛，彼好好驕，人翔翔揚揚，樂其所以亡者，不知凡幾，而草草勞人，不敢浮沉隨俗者，真覺無地容身。讀先生只恐之句，殊不勝為之惋惜。至讀此春之句，又不禁回首往事，而淚復為之墮也。

歲辛酉春仲，吾龍山寺演劇樂神，謝子惠季連偕諸韻客見訪，余飲之今是山房。紹祖兒知其嗜酒，傾家釀以醉之。醉後散步，撞入鄰村客館，適有不同道者在焉，與之角口，大相牴牾。余聞之，恐其惹禍，急遣紹祖兒，往排解而挽之歸。既醒，乃以情言責之。子惠

皆可付之浮雲，得失何有於我哉，但不知小海果真能問否，此邦彥試問可嘗之句，余所以深有取焉

慈西橋邑侯士衡，審陽名孝廉，先君子庚午鄉榜同年也，道光庚寅，來宰吾邑，時家慈為振貧，故特令先李文鹿坡公，開小押店於墟上，侯訊盜追贓，適盜所供，一日忽駕臨押店，問賓，家慈挈余接見，叨其敦同年之誼，憫恤孤寡，諭家慈曰，此事若非我親臨，年嫂定為宵小所誣累矣，此生意雖有美利，然終有禍機，不宜為也，家慈以孤寡無以為生對，侯諭曰，雖然，究難免謗，來年許其遣年姪入公署讀，可省費也，家有薄田，可力耕以待孤子長成，則苦盡而甘矣，家慈不得已，令李父止押收本，章卻，余因入公署，皆

其少君習讀、侯更賜白金卅兩、俾家慈以濟貧、時余年僅十有一、幼不解事、於侯之恩深若何、不知感也、故於侯之清廉狀、風雅事、亦茫無所識、比長、追憶、止記得大堂楹爾且莫呼冤、須先忍氣、我非能察獄、不過平情、一聯、又花廳楹、一拳會載扁舟穩、萬个光攜兩袖清、一聯、而已、花廳聯云、然者、以廳前素有修竹一行、翠拂几案、侯更於壺水上、得瘦石一拳、取而置諸竹下、因以寓意也、聞侯擢升龍勝同知、卸任時、有留別士民詩三律、搜訪無由得、惟得梁青崖源沭、當日步韻贈別之作、然讀青崖之詩、亦可想見侯之官績焉、其詩云、撫字功成去武陽、驪謌三疊起清商、旌旗載道程千里、桃李無言酒一觴、折獄昔多憂未當、愛民今更念如傷、甘棠已遍村〻樹、善政流行澤正長、繞屋梅花是我居、看花幾度到茅廬、花如廉吏香無敵、詩比寒花味有餘、兩袖清風寬襆被、三年化雨潤琴書、口碑藉〻芬人齒、慈父聲稱信不虛、官聲詩品共澄清、鬱〻長才斗大城、鸞鳳不宜棲枳棘、祥鸞豈久集榛荊、桑麻遍野留遺澤、士庶盈庭送去旌、莫向臨歧嗟老大、喬遷春日聽鶯鳴

李雅身先生維垣、上林名孝廉、先君子執友也、學問精粹、行誼敦篤、古道照人、夙有詩名、余仰斗山久矣、而無由親炙、歲庚申夏先生自古蓬旋梓、道途梗塞、行路過我武楊墟、余適以服賈相逢於旅邸、頃刻杯談、匆〻遽別、未克交傾積悃、彼此悵然、別後不

久，蒙寄贈以詩云：驊騮伏櫪未騰驤，伯樂難逢隱自傷。能讀父書延世業，期繩祖武廸前光。祇因離亂違鄉井，欲救饑寒學賈商。邂逅相逢分袂早，雲山回首恨茫茫。余即依韻叠成二律以答之，而此後亦無因相見也。憶先生丁外艱，讀禮時，有鶴引類數十羽，止於其門，經宿始去。因蘆莊選元世德，爲作鶴弔圖，並以七古長篇紀其異。丙辰道考，余至賓陽，乃嗣君鏡湖鹽，曾捧圖見示，並蒙題句，乃以客緒紛紛，如未遑拈韻，別後亦未克償其債。且蘆莊詩，一時流覽，今又不能省記一字，殊甚歉然。

鎮陽古名三畔，地屬上林邊徼，其中李姓，嘗世襲土巡檢，以鎮撫之。及我朝奉一裁，猶世爲屯長，麾下有屯丁數十名，俗甚獷悍，且獞猺雜處，荒陋不堪言、間有讀書者、而少識字人、黃鳳泉先生、與余偕避兹寓、其地、喜嘆曰、自羅降隘以東、至鎮陵西五十里、只有邵春卿一人、是人、其餘皆山都木客耳、春卿崛起鎮陽、而脫盡鎮陽習氣、矯矯不羣、類其性聰慧、其才卓越、而其心平、其氣和、與人無忤、故人咸樂就之、雖寡言笑、人不以為嫌也、生平工於時文、喜覽詩章、而慵於琢句、然溺於雲茶、淇燈為伴、而書編堆枕畔、手不停披、余修感皇洞成、於宿雲樓右、別搆一小屋以宅之、牓其門曰卧雲深處、春卿曰、吾嗜雲茶、日卧其中、此額甚當、但不可無聯句、余因題曰、人本耽吟、畱程自藏詩世界、地堪容膝、閒來還足睡工夫、春卿自署以卧雲逸史者、始此、卧雲處之對屋為家慈寢闈、余牓曰愛日山房、春卿亦贈以聯云、抽簪勸學

失而荒廢故業且十有餘年於卷中佳章竟無能記誦一二每一念及悵歎無可名也歲辛酉秋世稍定再赴鄉試於獨秀峯下之讀書堂風洞山後〻福庭見方伯所題楹聯尚在流連瞻戀神爲往之其筆力勁健而圓潤惜當日未能榻以歸悔無及矣謹存其聯語於此以志欽慕堂聯云雄藩勝覽曾開國太守風流尚讀書庭聯云灕江酒緑招涼去常侍詩清賞雨来

周稚圭中丞之琦原名之儁河南祥符人先君子庚辰會試房師也道光辛巳先君子以即用入蜀未履任而疾終官邸時中丞任四川鹽茶道篤師弟之情偕蔣礪堂制府攸銛作主募資得白金千有餘两付先季父鹿坡公俾扶櫬南歸後歲己丑中丞以布政宦桂林時先

大父司鐸興安叨其念舊格外垂青庚寅先曾大母壽晉九秩更叨撰文以祝迨壬寅重來撫吾西粵余適奉慈命詣桂垣肄業得以小門生禮謁見又叨垂憫孤貧助以膏火費公餘且令以課藝呈閱書批示曰文思深闢詩韻秀自是可造之器余於中丞累代受恩如此實不勝感激圖報而無如才疏學淺甚以運舛時乖亦徒結一盧顧已耳憶余以文呈並以詩獻時曾有舉首仰攀鈐閣峻鞠躬趨進戟門高新恩厚被重重澄舊事深叨教教之論幸許及門哉小子何因登第報名公之句中丞訓曰吟詠是讀書人餘事耳作人以端品篤行為上吾願爾為名儒以繼乃祖乃父理學之緒非徒願爾為詞客也言猶在耳心焉識之願備經誥叔學殖日荒自撫躬且

年幾半百矣竊恐終負所望
杜少陵文章憎命達余初見以為不經之語未敢深信及閱歷世事涉獵史乘見古來富於才者多窮於命賈誼劉蕡其最著也即如韓退之之學問文章亦以朝夕芻米之奉自窘始悟少陵之所謂憎者實有所見乃慨然而言之又讀聶蓉峯詩得富不到文人之句竊以為聶非襲杜而意與杜合焉造物忌才古今同慨有如此矣

冢木正如夢一枝方自春遂合江水上真見獨醒人自來咏早梅者竊以此為絕唱如此乃可謂意餘言外淡有遠神若林和靖雪後園林纔半樹水邊籬落忽橫枝寫梅之神疏影橫斜水清淺暗香浮動月黃昏寫梅之韻猶是早字中意趣也至朱考亭之

玉立寒烟寂寞濱丰姿瀟洒淨無塵衆芳搖落今如許一樹橫斜獨可人真與雪霜娛晚景任從桃李殿殘春綠陰青子明年事衆口驚嗟鼎味新則直為自身寫照可不必執題以論詩也而梅之品格卓然超然亦可想見耶以早字論意趣亦未嘗不渾具於其中可見咏物詩一粘題面必有呆相難為佳矣張麓旺先生友朱上林張南崧先生之祖也富於學亦工於詩如小蓬萊亭之江上烟霞供卷幔林間風雨入衡梂環江樓之四面輕嵐無遠近一灣逝水自春秋等句的是名雋置諸晚唐詩中亦可抗衡前哲

辛酉秋九月社課寶卷先生以柳州醫良祠為題余曾見省志所登諸名作自料難出其右不敢下筆復以社令難違勉成二律

有多士幾人忠共憤宦官從古禍非輕不道衹忠翻下第劇憐賢士竟投荒一聯雖亦為先生所許可然究是古人意中語後檢嶠西詩鈔得平南袁表章慷慨已能寒宦豎留傳原不在科名一聯又於穀詒堂集得會應下第成千古不愧登科有幾人書上帝閽憂誤國魂依荒徼老遺臣二聯私心殊甚佩服以為如此名句乃可傳穀詒志中諸名作有過之無不及也

令是山房吟餘瑣記初編二

之論頗其詩結句有鄙孤寒三字亦非無所指蓋公之遠祖諱羅寄仕於明任山西平陽總鎮其考栢堂公諱有論忠信直質素為邑里所推重嶺山書院有膏火業田坐落膿臚村佃户佔抗有年邑主亦窘於法衆推公往諭其人即帖服酌定租入不敢再抗操為訪者皆公舉而志偏不録故也

余族姑之孫陸獅峯仙桂邑名士未冠應童試為慈西橋邑侯士衡所賞拔置案元入學池篬庭宗師生春許其詩筆不俗自是專習吟咏遂以詩鳴每有作必追幽鑿險酷似李長吉更好學郊遊島一派故其近作余却嫌其寒瘦獨愛其少作以為佳妙如題蓮花洞云岩河闹

洞府石室自靈明雲去龍常卧人來鳥不驚日留秋樹影風送晚潮聲勝迹誰相訪荒烟古往平」又題其村前斗閣去斗閣飛鷗際登臨眼界開江聲沿岸轉雲氣抱山來暮雨孤村瞑秋風一雁催年光憐似箭對景獨徘徊」獅峯好依古體近依余惟取其山居秋夜吟云空山闃寂明月便娟數竿修竹一帶斜烟犬吠林下風來葉邊雁過雲際人坐門前門前秋色憑誰賞汩〻泉聲多逸響此中無處不堪娛半亱橫琴自倜儻」

彭椂樓太守舒萼其人奇崛自喜才思橫溢由内閣舍人銓授吾郡適郡土屢多盜倥偬按捕不暇拈毫然偶

有所作皆雄偉晴拔酷肖其人嘗校童試以君之民三字命題場中擬作一篇後自跋云上馬殺賊下馬揮毫文心甚苦文情甚痛園郡傳誦至今猶膾炙人口邇日陸邦彥元士以固務至宜羅於其司之題詩岩得其題壁一絶以相贈余喜其賢宦吐屬迥不猶人更於黄蘭齋處得其試帖數篇尤愛其警健玄匠其作秋思不知在誰家云無窮秋意思好月惜離家是否人同望誰歟與獨賒夢回腸九曲吟苦手頻又王宇高攀桂刀環可及瓜音書憐同雁更鼓欲沈鼙咽入樓頭笛淒涼塞外笳西江詩憶謝南斗望留巴吉士匡時切簪毫賦物華又重與細論文云白也文擅

傑豪情共一樽梅花曾細嚼蘭臭待重論吳蜀中多
感山河氣欲吞取懷千古事盡掃百家言剖析毫芒
界窮探漢魏源玉霏珠有屑泉湧月無痕雁捲心同
闢蓮開舌數扪緩筵精更闡觀聽肅橋門」年來臺
閣諸才人專精於試帖或不工於古今體惟太守兼擅
其勝惜其詩稿不多見則題詩岩一絶雖非全豹而以
罕彌見見珍也其句云剛峯如戟遠排連嶺外奇觀别
有天但使人心消畛域要從滄檏見山川」
嘗於友人處得李蘭卿郡伯荅黃菊圃明經詩三絶
其前二絶云一束詩筒錦段新如香著紙味還親風騷

莫道無傳雾重過西江社裏人」封胡羯末各知名黃荃風流業易成便比荊州冠蓋里一村花竹富書聲」味此詩意知黃詩必多有佳者搜訪久之乃得菊圃和郡伯議修西邕書院四律果是傑作余最愛其後二律云温語承恩敎效樹屏乘驄出守壯聲靈西邕此日開文化百里他年聚德星力挽狂瀾歸學海爭看列植蔭柯亭樹人已育門材盛肅肅槐堂有執經」親民教士肯辭煩感戴温綸勵志存時復吟梅傳口業豈伊揮麈吐清言課田要廣開渠利問字何嫌對榻論他日賴川推第一彤庭奏績荷天恩」當日郡伯荅葛陽劉牲諸

詩人又有二絶云一村能讀玉堂書文采清门慶有餘尚喜藜光能遠照莫忘廉讓化鄉閭六詩三篇今傳家和我新篇東笋誇偏少雪車冰柱句韓门弟子问劉义讀此知刘詩亦必有佳者乃搜求久之而不可得亦一恨事蘭鄉郡伯議修西邑書院之作當日和者甚衆其佳者則以葉筠潭方伯绍本四章為最似黄菊圃之作猶瞠乎其後馬方伯郡伯師也闲藩桂林惠政甚多而尤著意於文治故郡伯此舉深愜其心極為嘉許其詩云能教遐裔變王風化俗龔黄治與同彝訓經原三極貫蕩平道本八埏通誦絃人衆知材集鼛鼓趨功識歲豐會見諸黎多向學

海南千載祀坡翁翹秀何妨出薊菅詩書氣早澤諸蠻
沿波溯本同觀海積小升高擬學山磬石自移荒徼外原注因范寗事
長裾爭曳禮堂間由來靖塞資儒術莫謂崑崙宜奪瀾
天劃巖疆峙列屏好將文治佐聲靈肺嘉已見平三剌
畢昴從看朗二星水合乍欲興畎澮衝犀還喜築鄉亭中
和試聽歌羣彥負耒丁男盡帶經清淨原知政不煩蒲
鞭信有古風存淹中已致餘生學堂上仍親蓋吏言原注蘭卿延禮
賢士有年八十者南武遺規真可繼原注南武是蘇州新陽縣古名蘭卿先人曾官於此甚有政績
西山正脉待重論青藍却愧淵源在頭地期君早報恩此
四作綿麗精嚴和平朗暢視郡伯作可謂雙美郡伯

詩云盍簪三十聚儒風不速來兼不約同善事競思千腋集

長官差解一經通者英會齒諸生長（原注：會日諸生序齒班生年八十為最）人語歡

知樂歲豐信有精廬須衆建尚煩張叔就文翁」榕園半載闢

榛菅慕義輸忱有百壘更借共宣新教令但思無負好溪

山異材已擬培三舍廣厦猶須拓萬間不道二豐能並建一

時絃誦滿重闉」蜿蜒山勢繞如屏人傑由來重地靈銅鼓

至時增古色（原注：賓卅我出銅鼓恰以獻）寶珠輝處射文星（寶珠池在郡治東）圖書傳

到論文席父老興修讀法亭（原注：陸斡龍毋諸市有宣講聖諭亭紳士正議重修故云）

要識力田同孝弟勞農終罷又横經」敢謂諮諏便撣煩閭

閻憂樂我思存陂渠利廣雙紅派鄰里情通十姓言逞

蓋果然來極盛鼓鐘重得奏於論（時方建城東之鐘鼓樓）書生經濟無他事教士親民即報恩

壬戌春仲黃鳳泉先生忽作古人既喪余向其嗣若鄉錦綬求其吟稿而不可得蓋先生嘗自謂不長於詩故不存稿然偶有所吟出於天籟殊有詞客所難及者如題覃小海鴻翥漁隱小照一絕較隆邦彥元士所題之句尤覺神味悠然其生平所作如此之佳者當不一惜不能多覯也其句曰嘯傲烟霞春復春翛然塵外自垂綸蒼蒼有意生名士如此溪山卻誤人

危祿川道生性樸謹動循禮法酬酢間或有小失輒耳赤

面熟幾似無隙地可容壬戌春值楊寳菴先生雙壽慶辰偕諸友致祝其帽辮蝕於蟲下拜時罪相摩辮絶而帽茁或嘲之曰禄川固謹於儀者也今胡乃爾隨即默然羞赧飲興為之頓減先生解之曰落帽小夬耳有何疚心乃故與之交杯始得盡歡而去時余亦口號三絶為之解嘲游戲之句無當雅看過而輒忘也乃禄川偏着記焉久之請曰某生平無他長可與人稱道茲有此事又有此詩亦可為話柄也請記之余乃如所請而記此詩曰瞻仰雙仙喜氣揚科頭舞綵亦何妨閒眸試看樽前客此日伊誰不醉狂先生況不是拘迂小隱曾偕入酒壺禮法非為吾

閒情繾綣此流連，徙倚沈吟欲暮天。青草未衰涵法雨，紫荊誰植抱荒烟。清風自足秋山幽，逸興遙飛碧水邊。世事不知何日了，高蹤遙企小神仙」寺後歷古有名鳳林閩犀潭者寺前江水渟涵處也深二丈許潤約五畝水下岩相傳有犀牛出故名紫荊寺南田畔花也小神仙者余宗必醒居士諱紫用也居士崇禎人晚年隱於寺栽竹讀經為有髮僧凡十載絕跡家門比病甚兒孫始迎以歸即委悅時人目為小神仙云

吾邑文士多不習詩童子科尤甚每縣府道考試帖六韻輒敢今唐詩襲其韻字以應之如草迎金埒馬花待玉

樓牛影開金鏡滿輪挖玉壺寒等句耳目所見聞不一而足且不識體裁不知功令任意長短苟且了事歲壬戌府試有六韻而錄七韻者徐清甫郡伯閱卷得之笑謂幕友曰我限六韻而此卷卷七之勝人一籌矣宜置第一標卷果列倒第一聞其事者爭傳爲笑柄又先是癸卯鄉試有監生某錄遺場中倩人代作謄真時漏其試帖結尾無抬頭因自補頌揚一聯亦以七韻被斥宗師懸牌示責省垣藉藉傳笑此等積習其滋吾邑之恥者殊甚願村學究終不好談此道間有以詩學爲重者後起亦多不之熟其殆風氣使然耶余外舅翁黄中溪公馨香授徒時嘗

有示及門一律云秋解春元獨擅奇問他何恃顯當時曾聞先達有遺訓願與後生同聽知要闡微言宣粤旨還須麗句配清詞考場並重雖編棄八股文章八韻詩味公此作想當日及其門者亦必有不肯學詩其人也年來文士雖漸有習吟咏者而提倡無人究亦寥寥耳

雪軒葩人法可與學詩别號也詩經曰葩經以名詩而即自號葩人其亦欲以詩鳴也故生平嗜吟有其名而其實亦副之余自丙辰在賓陽與之一别鸞飄鳳泊各滯一涯每以不能再聚唱酬爲恨比庚申夏忽叨寄懷遠惠詩六首心爲之一慰其五六二首云與君同調最相親故業飄零

共耐貧抗席自推高士偈苦吟終現秀才身襟懷若水原非滯世事浮雲敢謎真隨遇能安〻便好肯言風格要超塵〻迢〻客路斷吟魂翹首雲天日易昏幻夢幾時登覺岸軟塵隨處種愁根孤衰雜語孤燈影雨泪偏添兩袖痕何自酒樽重晤叙歲寒心事共評論其餘如老天不補三生缺濁世翻增萬感愁鶯花慘淡歡情少烟水蒼茫別恨多等句皆情至之語令余讀之亦為之增感喟焉

覃墨波永貞少有清才未登科之前早嘐〻自負不屑與肩〻為伍所居伊嶺固本吾邑文人最盛處而其生平所最相得者惟周香溪保惠一人余雖與同邑而相去百里而

遥同肄業桂林時深與訂交亦稱莫逆究不能如香溪之少小相偕爲最契洽也余嘗因友人得其兩相贈答之詩益想見其交誼之篤焉香溪秋日寄懷云春風唱别柳枝〻忽〻蒼葭又水堤廿載交情心版在三年離緒鬢霜知門無雜客惟留月身是閒雲只有詩多感舊遊文社侶彈琴苦自憶鐘期〻其餘佳句又有男兒不應悲異地情人偏自悵斜陽人閲冰霜憐易老交深貧賤苦難忘兩聯皆所謂文生於情也墨波答云萬葉西風動地吹庭高空繞月明枝不堪鱸膾驚秋日況憶驪歌唱别時流水桃花春去也白雲紅樹暮何之渡頭河畔高峰路落日來山有所思〻其

餘佳句又有芳草極天人意遠老鶯啼樹客情瘦障雲垂地海山黑霜氣滿天秋葉紅滿地千古文士賦吳樂鷄黍墓田荒等聯亦情寫景中意餘言外焉

覃墨波步作有秋草八首甚佳余曾吟誦亦未及筆記過而忘之矣託陸可興為討之不能得卻得其避難客底廿餘首於流離景況寫得淋漓悲壯足令讀者欲歌欲泣其寫舊城二律云[illegible]殘蕭騷入井梧荒〻詩思賞音孤風波不定飄殘梗聚哭無端碎唾壺天迥一聲何處鶴月明三匝未棲烏〻意氣同心約豈獨情牽為憶鱸」長留何人更倚樓月華流照舊葛家愁元黃有血陰陽戰風露無聲天地秋炭〻知之又感空

谷寥寥心事寄虛舟分明喚醒痴兒女話盡滄桑酒一甌」其旅思示流寓諸友四律云客心如水日悠悠把卷翻來萬古愁戰鬪英雄蝸有角繁華天地蜃為樓人間豈易謀三窟海外誰從覓九州第一故山高卧好微廬風雨不驚秋」看破紅塵眼欲空男兒羞作可憐蟲十年春夢孤燈外萬里秋心一劍中幾見布衣寒范叔却來舂廡老梁鴻亂山衰草蘭陽路愁聽斑騅逅向風」滿庭榕葉靜秋陰猿鶴聲淒助獨吟破浪漫思歸棹便離群翻悔入山深班超死抱儒言篤筆司馬窮支賣賦金碧海青天明月夜最無聊是倚闌心」自笑自啼還自慰且將齊物學蒙莊商飆瘦到

寒山骨潭影清留古月光菜綠日餘娛老樂菜根風味入詩香天涯知己今何似望斷斜陽雁幾行〻其餘如秋興之貧供菽水飢烏恨老卧松雲倦鶴心撞搖縱纖山〻火蠻窺尋響砧〻笳與時榮變落憐黃葉到處浮沈笑白鷗又秋柳之彭澤風清貧處士靈和恩斷故君王殘月曉霜詞女怨夕陽踪雨斷蟬飛繫馬客歸空踏月倚樓人瘦欲裝綿等句皆是有性情之語不以彫琢見長而自饒神味

李文宗觀風咏古八題余前見黃石溪諸作嘆其佳妙今見墨波作之沈雄激壯覺石溪又難獨擅塲矣右

漢作以賈誼祠一首為最墨波作則以始皇陵一首為最其詩
云怪底神仙白骨寒更聞陵寢被摧殘生求蓬島昇天易死殉
金銀卧地難黄鳥悲哀餘窟穴碧雞荒誕廢祠壇咸陽畢竟
憐焦土贏得儒坑冷眼看又如歌風臺之風雲鬱勃真三
氣歌舞流連舊酒徒淩烟閣之羣雄自服真王度百戰尤需
大將才魏武塚之碑表更誰題漢丹書徧不謚文王嚴陵
懶之天子竟難臣故舊狂奴真敢傲王侯賈誼祠之兩字
治安勞百計一聲痛哭駭千秋受降城之青燐白骨人相枕
塞草邊風馬不驕等聯皆警鍊無匹
咏古詩必有博古之才尤必有論古之識余生平最拙於

此六楊吟社寶菴先生嘗以富春垂釣登壇拜將爲課題，始欲覘諸吟客學識何如也。乃同社廿餘人竟少佳搆，垂釣是惟硯坡一律爲勝，拜將是惟子惠一律爲勝而已。即此見吾溪墨波之才，吾邑亦難多覯。聊登研坡、子惠兩人詩於此，以贊諸同道者。

研坡云：

不愛王侯愛富春，先生高尚有誰倫。千秋亮節沈冥侶，十里長灘自在身。龍榻共眠尋舊夢，羊裘獨釣證前因。名場利藪都虛幻，却有江山可認真。

子惠云：

風虎雲龍起壯圖，獨揚新令萬人呼。共驚此日壇中將，即是當年胯下夫。劉項興亡於爾定，英雄遇合自來無。是將出處論名世，尚父淮陰共釣徒。

六楊吟社中惟覃小海較宏博詩皆作古體故每課輙以古風見長楊寶菴先生嘗取其戲馬臺一篇云拔山蓋世氣力大戲馬雄心更無對欲憑貴此馬任縱橫遂得秦鹿作魚膾誰知得鹿天安排不尚勇戰尚仁懷沛公亦從馬上得天下大王雖胡不逝哉雖不逝可奈何空留戲馬台嵬峩宣半風聲作潮起如聞萬馬馳綠波其餘如弔屈原一篇亦佳然離騷一卷獨挾北湘水千古長流終等句則古而近於律矣

辛酉赴鄉試大路未通由安定司取道沿紅水河行兩日水上羣峯刺天崎嶇不可名狀時陸獅峯有水繞山圍孔道通蠶盤鎮日旋西東之句今余同作余得一絕云鳥道羊腸繞復

迓頻將峭壁阻馳驅水隨山轉人隨水只聽潺聲認客途

小海曰我輩此行將平步青雲但字非吉語吟興遂為之索然

山路嶮巇之狀仍歷歷在心目中終以未及摹繪為歎迨讀隨園詩

話得遊山詩數首余意中所欲言者卻被古人道盡深為之欣賞

其酷肖安定山路情狀者則陶家珍盤豆驛云鑽山出嶺衣人

似虱緣縫盤旋一線中欲縱不得縱袁介甌磨盤山云分明

尋丈恰隔里指點平夷偏落陡東西纔轉望若失呼應已

遥待望久中央簇簇攢斗宮四角層層布魚筍更疑去路即來

路幾許迷途欲退還入世敢言胈計三五峯頭覺陽迴九叉

沈樹杳緣思左往復右行正欲仰登還俯注坡平平幸獲尋丈

洞真人問以第一義，予答曰周濂溪程明道作儒像兩個箇好秀才也於是益進於性道之学亦論知行合一吾儕謂先生欲使人言行相顧力争至誠耳

李蘭卿郡伯道光戊子於榕園張燈爲吾郡中秋賞月勝事余生也晚恨不獲躬逢其盛歲壬子在院肆業暇日撫其遺跡而徵之以榕園張燈詞猶得想見其彷彿以其時園中亭台花木尚亦甚凋殘也年來備歷烽烟勝地久淪於榛莽每值中秋良夜展讀郡伯詩竊不勝零落之感焉郡伯詩四十絶舊藏園中天一閣久已灰灺抄本所存又大半蟲蝕今僅存廿五首私心實甚惜之其詞云江山水月勝滄浪雲錦當秋九疊張獨占人間三五夕翻新燈事破天荒郊垌小隊免相從詩意初酣酒亦

濃不到上燈先待月榕園終聽隔城鐘城中鐘鼓樓每夕漏初起〻下即鳴鐘

人影徐添老樹根南橋荒石似冰痕同來一賞生秋好月

璧星缸照到门劇门斜〻对南橋蕩漾冰輪出水遲合江臺下起風

漪還經面〻虹梁曲疑似三橋宜轉時園中有合江台又有玉带〻清漣登瀛三橋擬日下舊聞京師元夕有走持三橋之俗

瀲眼江光淨似揩山隨燕坐有詩懷買棧三日成新

屋愛看澄清水月佳原注新構觀閣小榭於合江台左方塘半畝鏡初開荷葉挽

遮玉笋堆離落銀燈千萬點星光明滅小蓬萊玉笋池在盤亭西〻小蓬萊石壘疊石皆池中石之尤佳者

舊直仍懷貝闕遊原注用韓冬郎中秋禁直詩意寵君常賞碧紗籠

何緣紅燭修書地消受江亭八月風修志亭在潤經堂前俯臨江水郡伯曾纂郡志於此

銅鼓摩挲蠟慢疏小亭疊影照蟾蜍却認月樓圓〻好玉鐘

金盤總不如銅鼓亭与修志亭並峙江岸郡伯觀風賓州得銅鼓以置諸此蘆荻風生夜漸寒釣台

百尺枕江干不厭曼衍誇遊戲也引魚龍出水看意釣台在銅鼓亭下一片盤陀屹立江上郡伯取蘇詩意釣忘魚之語名之

月裏琉璃畫裏窗大千圓鏡卸咸溲捲簾

一色秋紅豔不爲芙蓉又瀉江畫裡窗在嵐漪詩屋後摩浮雪浪久句留

誰識窮荒好作秋亦似鼇仙誇勝會點燈鄭重記黃州原注小雪浪齋近玉笋池以池中有石數塊宜州石上紋因摹坡公雪浪二篆鐫之余得大小雪浪石並此而三詩境流連遠更多高燒

銀燭映金波夜窗絕妙佳屛障收盡明山十萬波嵐漪詩屋推窗正對大明山宛如屛障

水花風葉晚蕭蕭潭底星毬影動搖無數樓台都倒照看燈

多在小紅橋原注玉帶橋通隔江之富屛山中流倚闌盡見樓台燈影戲爇松明覓徑幽壓磴

秔稻未全收一星幽火禾寮底便是田家本色秋原注知縣寺前水田皆余所開拓連日觀穫甚樂

籬落呼燈蟋蟀叢，一畦寒菜老西風。還思妙手炊臺女，八月瓜壺刻鏤工。菜香亭在大十齋外菜畦中。土俗每中秋，婦女好刻南瓜、壺盧、橘柚為燈，多極工巧。

隔葉誰懸錦荔支，畫屏山色似娥眉。多情明月邀誰共，詩意京坡六字詩。原注：余最愛蘇詩人在畫屏中住，居然明月邊來二句，今以懸之山亭，真天然妙語。

十丈江臺五丈旗，邊亭燈火遠參差。夜光不許千山隔，一夕應傳九土司。原注：有人自果圩西來者謂土司境內皆見文昌閣灯火。

文昌新搆選楩柟，仍借閣風入筆談。正是奎星生日〻，離明咸象近魁三。原注：吾閩以中秋為奎星生日，文士必張灯以祀之。

爛銀世界照秋毫，水檻風簷地最高。化作摩泥光蹴海，幾人從此上金鼇。合江台上奉龍神，亦名龍神台，是夕臨水望月，水天一色。

春禊秋燈亦偶然，石樽宸宴酒如泉。天成一片千人座，恰受當頭月最圓。原注：石樽在修志亭北盤石上，土巳修禊所，依其旁巨石水底，似吳中千人坐石而寬廣過之。

紫桂移根種未遲天香初發月華明年定有花齊放更盼

東堂第一枝原注園中桂皆余手植已有花者秋心何處聽蘆笙吹到山歌夜稍聲

供養蘇摩香一瓣青人依景拜三更月神名蘇摩郡俗中秋人多以依景拜月截到

滄江貫月船書樓分耀斗牛邊文光照得無靈氣長似燃

藜照讀年藏書樓即天一閣別名郡伯以此載來書籍儲諸此。蕭尉芋火冷如冰院〻蕭

徹夜增臨水精廬三十屋終冷有味是青燈〻邊月能妝入酒

杯平安火出夕登台一千里外今宵月照遍搖花花鳥棄〻此外

十五首既經殘缺尚須搜訪而備存之以志一時之盛但未知能

如願否也

壬戌秋余有答陸可興見懷之作為葛陽劉蓮鄉乙丑所

靚深相許可經月即叨寄示辛酉秋赴鄉試紀行之作凡
三十六首余始知其於詩學曾三折肱焉其來函且云某年
來有所感喟輒以詩鳴約得二百餘首雖經一二知己所
共賞而自覺非佳構未敢悉以寄呈嗚呼以蓮鄉具有
清才而猶虛心若下如此宜其學之深且還也來詩有律
絶二体余尤愛其五律之淡遠有神其舟泊藍甲渡云黑雲
堆絶壁驟雨帶濤翻激石波爭湧維舟浪欲吞艇校憐
客樓蓬漏柁歸喧宿半茶烟冷鄉情熟共論云其行次之
福城云雨過魚梁地漢山忽豁然風景開宿露雜[illegible]繞
炊烟依伴人三五離鄉里一千故國回首望目斷柳江邊云其歸

次慶遠十字路去賊阻行紆路歘穿十二彎岧蘆附刺眼伏丟
起愁顏地僻頻迷徑人疵不看山雜民同郎寫鷺怨那触
聞其他如宿稔村之村落環流水人家隱暮烟宿白山之人
稀防伏莽客遠帳飛蓬舟出夏利之遠峯飛過岸亂石激
奔波榔州城之萬家堆瓦礫百巷擁蕎茱板栗被累村之絕
頂楓千樹懸崖屋數椽雨餘花石滑露浥豆苗鮮柔霏城之歲
環烟不掩地窠郭全無糯糕鋪之福香含宿露樹老起商颷
等句皆確肖其地風景身歷者自知其妙至如夢破三更
雨魂驚四壁風困極眠無醉宵深夢不長往京逢識面名
刹笑同程隘險神光怯宵終困未舒衣沾嵐氣翠人困之

陽紅脚破芒鞋詩囊空淡酒沽等句則又的是遠行羈客
情狀其絶句之佳者則歸次白山舊寓云白屋蒼涼舊客歸
時景比去時多主人尚覺斯文重酒價依常不敢苛歸次陰
幹嶺云歸路曾絶老嶺高逢人都訝遠行勞明朝不是他
鄉客且共傾囊醉濁醪此二絶淡而有味餘悠俱遜是云
壬戌中秋黄石溪廷珩知余有吟餘之記寄示舊作十餘首詩
多清渺之音然其古体都似平弱不如律詩之清圓宏逸也
七律之佳者則莫春感懷一首爲最而崑崙烟雨古一首
次之感懷云回頭往事不堪題九仞山高恨與齊流水東
歸花泛〻美人西望草萋〻迎時粉蝶雙〻舞滿耳黄鶯

爾爾啼心事阿誰堪與語暮雲千里夕陽低」懷古云崑崙高捧翠微問名將奇勳賸此山誰真金甌扶北宋獨携銅具定南疆雲寒壘草迷荒壘人立斜陽弔古圖松樹蒼涼深澗畔英風凜凜水潺潺」五律則禪山題石一首為勝云禪山山下遍憑弔意悠悠白屋三間舊丹崖萬木秋薄雲朝暮捲明月古今留欲問長生訣誰為道士周」其餘如村曉之月落光隣火風高雜杵聲一聯亦警

余前荅陸可興見懷之作並致函徵其舊作果叨以流寫吟草見惠其卷末附一絶有覽後不須登入冊怕教讀者淚雙流之句余讀其吟草果是悲涼淒切深於情

者真覚不泪不得蓋洪匪揚搆禍時擧目滔々吾輩不能與
世浮沈莽々乾坤幾於容身無地可與所言實亦人々所欲言
也其弍癸丑暮春挈眷入土司境去他鄉還指路漫々地蘇天剌擧
足雜瘴目暮雲三面合驚心孤雁一聲寒田廬拋棄家何在
老弱追隨泪共共彈複嶂重岡行不易鷓鴣啼處信堪
酸、其宜羅寓館去他鄉客落足長歎欲覓知音此最難諧
劃相追書籍散原註路上為賊所刼遺身外書籍盡失生涯祇積卧毡寒論交漫結
辞蓬侶視膳愁佚苜蓿盤異地羇留須閱俗、敢掌懷
骨許人看、其餘佳句又有寒不能禁衣尚典、憂無可
解酒頻賒樽指華流水去到頭世事片雲浮一天

星斗寒芒動千里陰河戰血腥天地寂寥千里月風帽蕭瑟萬山秋客心冷淡寒於水病骨支離瘦過花等聯皆淒楚之音足令同志者誦之而潸然也

吾思郡管轄十有二其人讀書應試者俱係官族其民籍得附多貲求與試者惟宣羅與隆舊城安定下旺五司而文風則宣羅為轄盛以宣羅官取中送應考之文衙規有定不太苛索故也頗涵儒雅化已久亦未有登科甲者其地人物赫有時名惟李捷拔李建業父子拔以拔貢官教諭陞翰林典籍業以廩貢官訓導其次則農邦本一人亦以歲貢任教職皆表表不群雖以白山之

之齊田州之岑照高捷巍科聲聞轉出其下以至岑皆宦族其民所不樂道也今農李兩家俱式微讀者莫不惜之陸可與流寓宜羅時曾訪農之後嗣書香無有繼者於茲則故宅榛蕪僅存敗壁一堵上有詩一律墨蹟依稀可辨後跋八十二歲老人萃園作可興特為抄錄歸以相惠余味其詩嘆其卓立不苟土屋中有此人自應特出冠時也其詩云解組歸來鬢已霜清風兩袖轉徬徨寒酸似舊貧如洗鬢老叨天壽且康獨對青燈終有味相加白眼亦何妨庸流不識予心事請誦疏文訓子章此作清圓朗暢想當時亦必以詩鳴者惜其佳作不能多得私心竊爲之歎然

嘗撿先君子舊篋得詩草一冊其詩內廿首有奇古今體皆備惜蟲蝕過甚斷句零章苦難尋繹其中僅有數律稍可辨識清詞逸韻神致飄然但不知何人所作祇於其小注得其名曰培而不得其姓因思先君子平生所交好以培名者惟灌陽鄉滋甫一人不知此詩是滋甫之作否亦不敢臆斷擬概屏之家輔臣兄曰古之詩有無名氏而不傳者今有名無姓氏其詩甚佳亦何妨付之使後之人稱為無氏詩有何不可余韙此言不敢棄焉其平山堂云維揚勝蹟在平山畫舫停橈便陟攀萬里江天憑覽眺千家烟火互迴

綵虹橋雲閣臨青鏡瑤草琪花點翠鬟漫說遊人多
逸興靈禽對語樂相關」雲南黑龍潭二律云寄寓
滇南經歲餘一朝結伴步清虛潭心窺仰月窺靈鏡
水面生紋篆洛書得雨天邊看變化乘雲空際任
吹噓只今四海須膏澤向深淵寂寂居黑龍終古不
飛天靜守澄泓養自然濟世亦曾為好雨潛鱗且喜
棲靈泉居深久已忘歸海欲見何時可在田領下有
珠毋睡熟恐人探取出重淵」和南丹莫靈峯山水
影云一池清徹照高岑萬壑千巖可俯臨方欲躋攀
愁浩渺漫勞登眺作浮沈微波乍起山疑動淺岸低

諸友八絕臨行拜别師友八律落系高翔情詞斐亹備極典雅綿麗允可與簡齋歸諸作相頡頏焉因亟備登之其紀恩八律云三年杳紫曆殿東編詔許歸來豔列仙起草無慚宮樣錦簪花又借賻資錢金泥彩動鸞回燦鈴索春催鶴喜傳原注東閣古槐上有鸛巢閣中必有喜兆一襲宮衣曾拜賜還家已帶御爐烟」花底簪毫玉漏移宮鐶涼月戀經時自因鸞鷺朝天近未免鴛鴦待闕遲紅燭修書殊好夢金錢撒帳佇探支原注春間蒙派充實錄館謄錄盈甫山侍讀為作槐陰仙夢圖紅梨偏穌悞稍滯歸期驄知白璧成田久敢倏裁雲莫雁詞」姓名何意達丹閶已忝題宣工綠章原注故事京朝官歸娶由吏部題奏館閣五人曾領袖五人當指文相國等五人神仙同日詠霓裳翻階花喜金團報原注閣中紅藥沈春寄補種後今春早放數花閣直諸公以為花喜壓卷芸香錦段裝三萬六千明月户看來忙殺豫催妝闕樹吳雲萬里思歸來同疊被殊施綵衣晝錦多新語

朱萼春生正及時先到臣家蓬蓽小溫承天喜鳳鸞知

不圖荷橐追鄉日又有君恩許畫看絳瀾清嚴秘閣鈴

大羅仙樂舊曾聽每趁丹鳳依溫樹乍報紅鸞照吉星

天與薇郎閑韻事原注長沙相謂綸垣歸娶故事百餘年來無聞之者人誇花使愧鬢齡

原注諸同年餞別江亭分商畫稿程雲芬翰林擬贈八景其二曰杏虛園花使用唐人遊宴事從今消息梅邊好猶為青綾夢

鑠麗丹青小本寫初成更占人間分外榮前輩百年留典故

原注近作薇垣歸娶圖即酌同溧陽相公舊稿新詩一日徧公卿春歸上苑香塵裊王漁洋登第後有上苑春歸圖

秋載朝衫綠鬢明遷乞告身恩已經五花未敢判臣名原注年十八入

直勤房參知制誥閣中諸公以少年掌制誥援宋之王文正夏文莊為比竊深自愧朝回清曉下鑾坡此去仙香

拂玉珂春夢暖迷珠蕊豔秋心涼入玉琴多五雲佳氣催青

瑣八月廻查接絳河携有宮花誇四照歸程匝匝憶金阿」蓬萊
圓鏡照籠紗分得金蓮直到家滿髁年華同列问玉堂婚典
舊儀加右倉佳話空鄉乘原注同前朝右倉尚書登第歸娶王同春乘失載御先輩猶能道之樂府仙
音位偕綵霞陌上花開來日近敲忘街鼓引朝章其留别八絶云偶
倚榑枝詠綵箋錦遝幸拜國恩偏正慚作賦銀河手縵數星
期月已圓」朝參小别玉珂班分得天錢乞聘還洞記青綾紅燭
宜紫薇花裡夢家山」杏花词已託朱绡一領宮香滿袖飄來
免鴛鴦秋社近雨頭金管愧吹簫」蘭臺班暫偶蛾眉此去
青鸞信偶遲敲比文簫誇墨會春風已徧繡襦詞」玉蟾謠
仙桂珊珊歸日觚稜轉眼看香閣定生天際想年時鈴索

宧初寒」欲補陔笙植絳跌更無宫體賦香蘇江南雲雨與薰葭

水遊子歸來又畫圖」原注蒹葭草堂韋家西園堂名巾卷分題感列仙壓裝縈比沉

修錢球珠密字連環句多少公卿問小年」打疊秋颿趂去棹五

雲仙夢尚清寥明年來共春江月預計聞雞警早朝」其拜別

八律云未冠登朝海内知正無華藻揆清時梓鄉此去皆青寵

蓬閣何人議聘儀圍帶恩真初日重賜衣香共朶雲

垂年來、听鼓蘭臺慣繚向藍橋問嫁期」一葉輕帆暮雨催

觚稜金爵小緋細三生待署靈姻券衆口靈傳小友才絕頂

翔鸞天最近過汶邑雁客將來九閽已下鷩鷔牒青鳥

何勞探幾回」紫薇花下切西清聽徧宫鐘夢未成豈有

畫函遮門荷葉似青衫，何須月得千壺酒，欲帶蓮花博士銜」小閣香光十倍加，風揺白羽入窓紗，推蓬怪底丸船樣，三面萬千四壁花」芙蓉江上誤花期，常悔前遊到轉較遲，今歲先來三十日，句留秋色又催詩（原注：去歲七月撥試，此卅已過北苑生日）碧筒風味酒杯親，好事屠居然作主人，酣與花神應一笑[illegible]秋陰催聽雨聲新」

壬戌秋余訪友邕馬道經業山口號弔業山主人云：拒賊依山故自豪，斷頭終果擅名高，當年積憤知難洩，江水而今尚怒濤」比見友人以贈之，友人曰：主人當日依山拒賊，曾有題石一絶云：西下東江西岸西，擘天有柱立平堤，千

尋峭壁孫凌漢豈為頑雲壓便低」此詩甚佳當為傳之憶
主人姓張名九經邑諸生性格傲岸饒有俠氣吾園土匪陸
九成始聚黨脅使相從誓不屈陸拘之索錢十千零八主人
厲聲曰與爾錢亦易々奈和賊名不雅陸無如何然之主
人歸即集壯請官捕陸適余同黃鳳泉先生集園主人
因竭力相助陸益忌之主人知禍甚迫乃登業山為寨
陸率黨攻之不能勝傳語曰我輩此來不能空去須得
錢十千零八爾村屋始免於火主人應曰前明屋宇今無有
存者我有山可不屋矣陸乃縱火而去主人由是家於山焉
亭台樓屋因岩之層々狹高下參差搆之宛然圖畫高寄

者幾近十年余辭囬時帶壯往來借宿是山者屢矣顧自敗績遠徙主人亦以直言忤其村匪卒為所謀害余在鎮陵聞其村匪破山是日主人被執笑而就及一無諂賊求生語為悲而壯之曾哭以五律二首載拙稿中今因友人屢傳其題石之句故又書此

余外舅黄中溪公馨性格方正操履敦篤家居訓子弟甚嚴其村賭風盛行兒姪輩有染於污俗者嘗述罷德公戒賭詩一律以責之余亦與聆其訓顧公下世迄今卅餘年其事亦遺忘久矣年來因家中子弟亦有近於賭者余名而痛責之內子在旁亦誦公所述詩以為之訓

余始復省記其詩云凡人百藝好隨身賭博门中莫去親能使英雄為下賤管教富厚作饑貧衣衫襤褸親朋笑田地消磨骨肉嗔不信但看鄉黨内眼前衰敗幾多人此詩為中下人說法的是格言而余外舅述之余内子誦之亦不可不記而存之以為我後來者警也

余生平吟稿自甲寅以前之作俱付劫火了不省記偶與謝子惠話山居之樂有取於友齋舅氏紅塵不到嶇嶺（數）裏黄葉相隨步履间之句子惠因誦一絶以相贈云夾巘遶喧萬壑松夕陽冉冉上層峯呼僮早把柴扉掩留住间雲好伴儂余極口佳之子惠笑曰先生嘗自謂生平無佳作

卓可傳誦八青巖云四百家鄉隱斷魂風吹旗幟促黃昏故衫縫自慈親手忍把殘襟拭淚痕豈利渡云蓼紅蘋白古江頭底事每每渡此舟水也似儂儂似水吳卿來後吳卿流謝樹堂之寶本名濤庚申春匹亦為髮匪俘之去行次西林縣境始得脫流寓年餘始歸里一日偕子惠訪余於六楊吟社曰濤經此險難益知人不可不識字且不可不解吟當脫賊之初屢為西林人詰執非識字通官語即無生理非記得先生詩二絕亦難以為歸計余究其故對曰濤初脫賊以識字為人所憐不忍加害且得為敝者訓蒙以度日適其邑洪教初熾有以感事詩索和者濤錄先

生舊作以應之為所稱賞自是以能詩相重爭以予弟就讀館金頌豐歸途乃有資斧所錄即先生在鎮陽與故鄉人話故鄉事之作也憶此二絕余曾書上老友扇面覃墨波永貞見之謂此等詩不宜示人恐為豪者所忌因而削其稿今樹堂乃以之救雜又不可存之以為一話柄也句云辦絲紗帶逞英風不畏王章漫自雄大館虎威張鼓假更誰憐彼磕頭蟲直道難行是此秋正言說論總括尤耿嵯端謹塵中士學博得烏龜畫縮頭

周紹堂世德別號蓋莊上林選元工詩善丹青然倦於應酬非遇趣人不輕下筆也覃墨波嘗愛其畫恐不能得以詩

乞之紹堂，欣然應命，作紅梅蛺蝶圖，圖成更繫以詩。墨波復和其韻以酬之。友人為余誦墨波詩，而於紹堂之作不能記一字，竊甚惜之。墨波句：疏影橫枝清淺沙，半林紅雪美人家。空山除是多情蝶，幾個人看冷地花。聞墨波得圖更自題二律，有「笑學小桃無媚態，引來閒蝶是幽香。雖禁夢裏情如醉，修到仙家豔不妨」兩聯，語甚清新絕俗。

周紹堂有姪曰建勳，號賡堂者，早歲登科，有志經濟，而艱於遇合。年登強仕，尚未辦得一官。聞江南用兵，乃作班定遠封侯想，投筆從戎，頗慷慨激昂，終不為當途所許，窮騷滿腹，時以吟詠洩之。余聞其實，囊甚富，恨無由訪採其所有追紹祖兜訪友上林得雜詩一册内有賡堂之詩數章始少慣風顛其客夜不寐有感云逆旅無人識馬周不應舉世盡悠々乘風來易逢羊角卧雪偏能老虎頭豈必文章皆奪命漫言骨相不封候廿年科第成何事投筆當〔終〕萬里遊其留滯珠江寄弟云異地迎春又餞春鶯花三月雨兼旬廿年作客仍無定萬里思家為老親療〔瘵〕病難逢方外士還鄉猶是夢中人別來菽水勞予季浪說馳驅曠此身憶昔江南檄用兵謬愧投筆請長纓愧無遠略綏戎狄贍有餘年荅聖明多累却緣三事重無官敢謂一身輕窮途欲作歸途計又恐偷閒髀肉生四十無聞愧不才五羊城畔且徘徊渾如久病腰

題曰教澤同文此外有曰通經致用者則李中堂鴻賓所題也有曰率土同風者則蘇中丞成額所題也有曰化衍姚江者則潘廉訪恭辰所題也有曰江山養秀者則莫爾觀察賡向所題也周宗師作楫則題曰化紹真儒跋云思恩舊有陽明書院歲久無可考歲丙戌李蘭卿太守以鳳閣仙班來守是邦下車伊始捐資重建備籌膏火廣設齋房振興文教培植人才永紹前徽用誌不朽云以上軼事皆余祖兒所備述也友人又曰院門及諸亭及臺榭李郡伯所製之聯宜悉識之合江臺三層下奉龍神扁曰行大慈力聯曰漢土盡蒙休夙夜誠祈千里普求時雨若山川

其餘如李郡伯所題詠未經刻石而書諸板存諸天一閣者則無有能省記矣西邕書院亦李蘭卿郡伯所闢建為堂二為亭一為齋六為軒二十有四自咸豐庚申以後亦傾塌無一存郡伯所題扁聯俱就湮沒而猶有人能悉數之者自亦廑彙而識之其大門聯曰院配陽明皆先生過化之地教成鄒魯此初學入德之門前堂扁曰正學堂楹聯二一曰儒館闢邊城漸户多絃誦士勵廉隅快養人材為世用郡齋隣講院喜公暇論經夜深聞讀不忘書味似兒時二曰賀水溯遺封八千里遠隸邊庭文軫至今通桂嶺台山留講席二百年久陶元化禮堂終古衍薪傳後堂扁曰修道堂聯曰書不負人已看采芷滌菜芹廿六士同登泮水

道若大路從此希賢希聖十三經即是康莊亭在正學堂後扁曰種桂庭亭聯曰得與優游此亭而相樂敢不封植佳樹以無忘齋在正學堂前二左曰漢學齋右曰宋學齋爲軒十左曰周易軒尚書軒古詩軒三禮軒三傳軒右曰通書軒定性軒正蒙軒大全軒在種桂亭側齋二左曰閑存齋右曰博約齋爲軒十左曰博學軒審問軒慎思軒明辨軒篤行軒右曰聚仁軒和義軒明禮軒藏智軒履信軒在修道堂齋二左曰小學齋爲軒二曰游藝軒右曰舉業齋爲軒二曰識字軒學文軒修道堂左右兩屋又房曰講藝軒藏書軒修道堂之後爲堂三楹亦房曰嵐漪詩屋此郡人所建以奉郡伯長生位也郡伯題聯曰始可與言

詩頌偕二三子同心和聲鳴盛於我乎夏屋安得千萬間廣厦大庇歡顏後跋云道光丁亥莫春郡之人為余建嵐漪詩屋于西邕書院中為燕坐講學地用意甚厚而趨功甚勤止之不可既見士民之直道抑余之獨有緣於此邦耶也因日與郡人論詩每自歎至於此乃書楹帖懸諸楣間以紀歲月且使邦之人知太守講學之餘不忘詩教而日望好古者之有人也又葉方伯題聯云惇史徽音良能準的境稱慈父讙號神君跋云蘭卿年兄郡伯以侍從出守思恩敷士養民希宗偃學德化之洽實不愧古循吏京兆之拜知不在遠余喜其能本經術以為治爰集史傳語書之楹帖余更欲蘭卿勉之他日秉麾建節無

渝厥初可也此外有聯二一曰守卅二條而行新邑之官箴教士教民洵能紹新邑箕裘奕世後三百載而繼陽明之德澤實心實政允當配陽明祠宇千秋一曰公如稷契皋夔由侍從清華宣德化我有田疇子弟感實心教養顧報長生此則郡士民頌禱之言也正學堂扁額李中堂題曰敬業樂群蘇中丞題曰邊城絃誦葉方伯題曰愛親敬長濤廣訪題曰邑僧敷文莫爾觀察題曰童冠齊業周宗師題曰闢館培英屏間所揭學矩即朱子白鹿洞學規也其言具載朱子全集此不可必為贅述矣

徇得地祠堂經始二江相合出雲多上名聚奎樓窗開四面中奉文昌神扁曰奎躔啟運前聯曰文昌八座瀟樞極河閣三層敵井幹後聯曰上台朗曜魁三象絶徽籌邊第一樓右聯曰望遠窮於千里目登樓看盡百蠻山右聯曰司命星文天六府臨江樓閣海山其中層名藏書樓又扁曰天一閣聯曰檢點載書圖分潤芸香萬里携來儲善本流連閒讀地對名山樹影二江合處起高樓觀瀾小榭聯二一曰更作園林負城郭祇今榕葉下亭皋一日常倚曲欄貪看水忽逢佳士與名山修志亭聯二一曰時有諸生來問字不安四壁怕流山一曰江山得地閒詩境文獻何人備史才銅鼓亭聯二一

曰綠竹長松間桃李玉簪羅帶巧溪山一日七百卅載山川地寶重看銅鼓出四十六碑文字師承須自石經來知祿亭一聯曰經訓即菑畬義歛課耕熏課讀艱難知祿積士無恒產有恒心菜香亭一聯曰咬得菜根百事可做坐此亭下衆山皆青畫屏山下之修禊亭一聯曰人在畫屏中住客依明月邊來院大门則長聯二一曰服其教畏其神哉非常之功必待非常之人福爲爾德官先事士先志有君子之詞而無君子之行莫入吾门一曰合千里外東至屯所西至田陽俗喜儒風今已見從游多士願十年内户有絃誦家有鄒魯化行荒服義又宗先世成功公

今是山房吟餘瑣記後編

今是山房吟餘瑣記後編一

今是山房吟餘瑣記後編一

澧　大鳴山散人著

蔣薌泉中丞益澧楚南人由健兒營出身帶勇入粵蕩平吾西省會匪積勞超陞既而藩桂林旋移撫東省雖未嘗學問而智畧過人甚有胆力遇事敢為於東省州縣積弊加意詢訪悉力掃清多不便于官而皆益于民民甚德之謳歌四達威信行於海外洋夷坐商于羊城者咸懔神明廉能之聲藉々衆口不意轉為制軍者所忌竟被議降級而調撫秦中同治戊辰春得代歸楚東省士民卧轍攀轅祖帳聯屬行五日始得出羊城而去是秋余朝考報罷飄海南歸留滯珠江半月中丞之休声猶洋々盈耳既詢悉其事並得其留別

益設帳於其司境之綠蘿村去司治三十餘里珉嘗倚弟子禮不時過從投分頗篤吟嶰友齋公一律云 高談爲破半生癡曉笑詩成酒醉時化雨之人間拓館光風之我恆奏私青琵自抱飄零恨黃絹翻爲絕妙詞勝讀十年今夕話芸窗相對敢言疲此等工雅之章在土司中良難多得時友齋公吟屢萁箋一首尾殘缺其中二聯約略可辨云 旅言有味幾忘寢九席相親多遂私惠好我遠遊拙詠猶言居然拈清詞味此四句公亦深嘉許之能注之爲辭竟之

梁青崖源納吾邑西廂官家子財雄一邑自納援例捐官即杪由此入仕不復投志科名日以吟詠爲業於西江之畔構一園名富

春中有樓曰蘊檮其館字曰桐花館栽植花木竹梅尤盛其地去城二里許頗幽僻最便清遊青崖居其中有吟篡曰桐花館詩鈔曾刊行余嘗得讀一過其詩格律嚴整筆致清超佳章名句多可傳者惜其身後窮厄而故作情致哀怨未免支離於情且其生平求仕甚切練習官場舉動奔走形勢之急遽而仍將作旅寓語又未免失其本來面目耳然其性情之作余甚愛之如富春園即事云「頗得林泉趣茅蘆傍水湄壁空留舊月山將入新詩虛簷乘風便芭蕉疏雨時偶然過隣叟共話忘千鷗」又過敬士昇先生故里二首云「白晝妖氣熾登陴劍氣橫欃槍昏四野刁斗爍孤城守士

徒尸位書生有令名微軀甘致死國重一身輕」敬止維桑梓嗟哉草莽臣見危能抗節罵賊竟成仁一死邱山重千秋義氣伸我來追往事惆悵典型人」又榕園紹齋即事二絕云一勺清波漾碧楊闌干低亞樓連牆風光不減西湖滸繁纔新開出浴香」連年作客結鷗盟此夕登舟月正明卻羨絕無風浪險楊絲深處讀書聲」閱此二絕勇為李蘭卿郡伯許可賞識良不誣也

世俗推服府編叢台名進士以即用來宰吾邑政簡刑清殷殷於培文風振士習主建試院修村為志每古修即出捐書院賞集生童環坐詳示讀書作文法矩諄諄過於師儒且好吟詠

吾邑名勝游覽殆遍，而最愛寓喜園之幽靜，以其附郭，不時遊焉。余早聞其重九遊寓春園五律二首，昔從戊寅冬始得於梁青崖之孫曰春基者，乃登諸此。其詩云：「此地息人事，蕭然一室寬。楓丹連屋角，畫白露墻端。慢捲雲侵案，庭空月滿欄。重陽風味好，小駐促君驂」。「危亭殘石壁，斗室傍江頭。石可鑄新句，江能浣宿愁。十年芳草夢，九月晚花秋。故園燕雲遠，誰恰薄宦留」。懷道光乙亥夏大水毀邑城，不沒者僅二版，在侯登城督救被災之民，云有感吟七律二首。余童時不能抄存，每念及之，訪求不得，甚以為歉。郡司獄詹梓蘇少尉春昂，本彭澤名士，甘就閒秩，性淡雅陶八也此君勇諸寅之魏類忽匪多有與相善者侯因此不敢輕言出戰特為抽簽成此之計建議聯團萃引保甲罰賞其難其自新究雖不完按引四鄉數團因而擒獲要匪者不下百數矣如棣原之大惡撲惡識此府對勢佚然殆侯本無嫌變未也當侯之初發值也余早撥幼之峯江源為縣李宣峯可另謀其子作肥遯計乃侯以聯團之峯多方求賂使人入山相招其再四先務以帖繼寓以詩深有相待以辦賊之意團衆且洶洶矣詭統父老咨推出首余雖以擺脫遂為鄉歸擾碩胥出山條議聯團剿賊事宜。侯品為嘉納是歲冬杪余為土匪陸九成誣殺挈眷之壞甲寅春申知壞內學小胥吳謀力向侯言而為神庇護私人侯為設醮比極真之南鄉其坮不出此里余再嘗近進謁而為神鑄像過處茶並侯因亦不以為意遂及於難彼難作莫不歸侯之誤信人也噫壇之未破也惑人魯插帖誇侯有丁自新紅匪當以說依舊蒼生尚倒懸朝楷呈精盡千貫私合織銀返四川之句此亦屠寺諭計自土逆擒禍以來洗冤已未求以侯之冤以為良亦難多乃見其於余詩云「丁西顏鳴翠靜極匪崔府通起自君侯三國西氣師雖壯四塞妖氛成又妻笙視平戎奠此地計要桑梓累此人無末為理靈而相從豈今名山附陰備」讀侯之詩亦可為之原其心哉。

陶桐甫郡伯錫圭，歲丁巳爲郡城人所不睦之變，坐困餓年裁兩匝月，君絕祖兒壽有絕句二首云：「竄彌懷抱若違旄，桐停萬黄力居中，天心喜亂人心猶，倖濟後來總從空。費查白日忽陰沈，坐對妖氛廣滿襟，無餉無兵空守土，仗君何恃致丹忱。」此紀實之言也。吉郡伯本豫章名士，名場不得志，乃援例登仕版，由山左廣州調任吾贛州。咸豐二三年間，贛匪蔵熾，黄奇其權之將而不能得，乃為權宜計，專事於拖而實州之患終不堪問焉。迨攖外守郡，適附郡六圍人避餓之城者，與城中人亦不睦，有黨衆攻圍，同室操戈之意。郡伯居中調停，殫竭心力。時余避亂於鎮陵，適有投禱郡，請福為郡伯

歎。今余既全而執耳以留之，余以為此蜀旦一時之計，唯保其終

不变乎。郡伯亦深為此慎，而極力維持之。比余歸鎮未及半年

而雜作，兩粵又攻之，援外寇為助，胥戕胥殺，擾將相尋。郡伯

身陷其中，備受欺侮，惟垂手待斃已耳。余因变時適隆邦

彥之士自隆江旋梓，歸道見訪，乃促之速歸，視郡伯，因狀邦彥

乃常為馬練勇，以衛其亂，亦以兩傷將危窮乎，而郡人之散于四

方者從此日甚矣。猶余以郡伯下交，素可傾談於救時之策，

亦知憂無把握，而又適遭厄運，一籌莫展，此是吾兒之詩所

以深為慨然哉。

吾終祖兒短於此遺吟草，不忘檢閱，點點老淚難自禁也。遹

伯大守康侯書伯數月，亦草草挽按而去，此同治甲子冬然也
岡郡伯出於極力鳩攏，汎之術後陞為景已計殄林梁二逆
餘匪，春雅剿匈致隆匪，裁寇未擾東路，郡伯甫倚易級，顧篇
平寇未逃，即移兵之武，勸籌學選，以縛倡數名，士氣一正，寇亦
取次殄滅。年務少間，便會諸紳於重建衙署，番修修文
廟，歸臣之喜勸選屋其後，接尺經營，以期之，而郡伯終於爰有居
良者，為紳者諉以有再選思回之頃也。當土匪之未素清也，夏秋
之交，雨澤愆期，早禾枯槁，郡伯禱雨宿壇，並間道遠郊，有詩
自責云：「未種但憂槐難勝，戢暴安良兩未能，雖及殘黎嗟
負負，政防失德懷越越，劉擁骨騰千鍵鐵，羨信心盟一片冰。」

據此凋敝當補救，何堪災瘵又頻仍。　漫云偏旱不為災，鑠石

流金草木摧。殘陣炎雲烘烈日，漫天瘴霧走種雷風。捲作雲

收何急，雨似無情喚不來。人已成焚苗已槁，夜深搔首望雅四

自維涼薄致愆陽，敢詡精誠格彼蒼。似我多辜無可逭，為

民請命或能償。哀鴻待哺情原切，涸鮒垂危命已傷。滿目瘡

痍難驟起，返躬有過倍徬徨。　根無感德感天和，從佛齋

僧計已訛。從俗從宜聊爾爾，為霖為雨亦由他。相形沃野登

秋稼，第看寒流潤絕禾。何藉焉鳩遊士絕，安邊上策待

與我謀。此四詩具見循良懷抱，惓惓斯民，不後卓茂。此獻

早知為政之說，成於大也。讀之詩辭，目中有雜呂，榴雅中無各臣

耶
如岡郡伯名壽山字子静本吉康名士由廩貢出身以知縣就
職來粵初奉委辦全州釐局持法嚴而用意寬稅吏化為
仁厚全民頌之權篆臨平協辦務甫遂業全保勝營者
以千數上游録其功奏升太平知州旋調潯郡以威為愛雷
霆之下而露懷潯郡紳耆皆樂為既用當逆匪之擾民充家
頌也余見桑梓垂危不忍坐視挺身力辦陸之命吾根會全
以饋其餉亟怨鍾切契責委以東蜀事但比未調逆黨已破
軍務將竣丙寅春舉行童試多擢余置前案校試畢隨入
師從文宗按臨補行兩科選拔余忝三試冠軍而亂旋之

後貧困未舒本不欲應選也而郡伯收為弟子極意敦勉不以
工拙見訝晝夜四送歸而貴當心急候謨信讒口多謫刻責
余幾遭不測之禍郡伯更力為調停幸免於憲丁卯春郡伯
卸任旦順挈余晋省錄業益深因留以老黄郡伯與余
殆有病老因焉於其禍之余借為神助勉言而郡伯亦
用勇著山隱引之韻惠以留別之律著今為一方寓而時常
捧誦猶彿仿見其風裁於燈紅酒綠之間無不有勝其錯
佛而慕之一生詩見云清嚴庭誥壞重申經綸懂絕國
鈞一事莫辭君又畫十年多負韋官身白露喙種三種
為多私情繁二人兩騷欲然恐手盡能為乎敬為臣乚

嶺山久被瘴雲蒙，拂盡塵氛日再中。人尚蕭然殊未信，
臣何力也敢言功。楊經才短能難速，鼓棠心長模範終。怕
負虛名思勇退，安排蓑笠學漁翁。」遣開愛日護樓臺，
茶香深四面霞。思歸去好隨花種，杖集餘新敵柳侯門，
滄田迢遞客無定。渭田流無源，默數外從增無悔。
何堪北徼又南轅。」天涯游子寤難安，廿載奔馳誤一官。病
骨瘦梅詩膽怯，旅懷添覺客腸寬。殘燈偏照梨白
閱盡繁華懷杜母，妻前羽翼人已倦。驚心無語歎漫漫，
知無原來何競求，官情淡似薄雲流。爪痕留去皆隨適，心
事分明立反求。萬里巫山鄉鄉夢，繞一襟烟雨伴囊時托衣

朧卸象業綠耕鑿依然忘帝麻樽俎論文盾墨研詩悰共話杏花天情牽羈爲歎三疊身歷鋒烟過十年留約自從今日始結緣在在此生寄寓聲見愛攀轅衆莫謝爲官我是賢。

是邑爲請兵剿賊之舉，以闔郡伯作一時權宜之計，致令按團攤派軍糧，事既告竣，後往不念民艱，仍以此晉額派以供款兵衛役，幾成定例。至甲戌歲猶不爲明府以程辦科斂尤急。且自唐惺源司馬奉檄蒞邑後，吾查榷之外，員弁兵一差迭到，嚇索爲累，日甚。郡邑四鄉屢負屢控屢敗，不得已衆議往叩上允，推余出首，而未能即引避，到極冤奉命閱邊是友潘瑞庭嘗論挽近諸侯使借家輔臣之選，蓋引繞由宦化衣道上。林李蕙園先嘗司祠部郎，杜其引繞以詩，有「肉食而今孰畫臣，膏脂只自謡豈民，吞向多少不平事，郡付儒生看用身」之句。比至潯陽，是歲十月上旬，偕田南郡俱投余山館，至旬留半月，賦成七律一章，瑞庭次韻奉和云「奔馳水陸多山阻，手版趨風福上游。豈爲里閭多桀驁，須憑節鉞到邊州。莫把詩鳴思帝眷，更應袪蠹吏謀寮。寄語吾鄉同志者，宦之未必把情留」。時家輔臣之亦有存寓意遊擬寓潯州赴郡，符慰劉曲未碩亂郡爲患，似此哀鴻就與謀之句皆篤蕙園所稱，責恨胡服，存亦能門名者，存慕忠無以廉而不服篤

蠹役訟累矣自是以後仍以查撿過累至高井分司為此患
墟園衆訟殷且耽不察益縱矣寔捕撿遭數人死枷斃
撿商更因蔡鄭京山般盡以饋其怨累余借李源氣交熟
冒雪赴省再引巴揖過胡道台官而乞懲將乃杜絕全於遠
中更有不辭下士混淆厚只計偽禍福屬安之自裁杜稿
中止不發：
胡道去任張黄舫明府繼之自藤殺調村無忘人固無術
聲早相林慶黄石溪廷坊繼任諱有遠吞夢澤於極洞高
無明山事業攸游聽絃歌流雅化武民但見笑顏開之句
繼請諸明府陝視事皆牽蠹役以塞弊賓隨延紳士爲

金徽納采程巖絕卷首流聲峯巒匯一歲政成更計核金風
偕豐定整書院事以次第分定聽主講欽之為此漢契偶
聯以七律二首不圖雲印承席珍馬總簡之章早成頌辭
秋亦完備並奏不獨石渠先生有作也印承二律云「宇宙重
彈單父吟巖山亦許就元音繞膺憂草和膺惠憶有廿
年遠廟陰守里早知書路式枝丹猶擬為民心四郊競歌
何莫仁壽同登戕自今楚天還吊出山雲（將府巡北宜昌李廬）一霖雨
濃霑浣葦氣蒸結果條理家情懷思先佑及新文安邊
事業枝京函來後即編機守穀度章徐圖今再見豐
歌滿平紀新聞」家筱齋第比部次韻有懇籲陰湯

蕉黎命上水常錯深白心前揚節藩施恩博撫樹範首
矣念躬之句檢藩之續之錯居袁才作我侯名儒布政司
優之引翠卓異畫中考異以康能重之游集律竟鳴於同詩
道鄰頎亂更種憂陽春有物事葸徽遠近權仔靡露
收見況祥鷹松棘棲緣之禮名儒為西宦官風掩怛清
白前綿射昱編庶祭名杜循聲雜碑柘條園繼事可相提
快儀殘嗚咽不覆重以多能夜照藜」隆邦彥之士私石
韻有條綱吞再侵憂流德壇六社不為憂報獄氣能倩息
白作稱似是惠題琴之句秋金韻出則以潘瑞庭篤之蘇
刻鏡系再揮梁扇醞臺傑材及家輔臣之之作為勝瑞庭之

律云：「汝見飛下九重天，魯只無數又毋陵。政去煩苛民不擾，感能服眾處為先。閭閻化洽棠蔭靜，囹圄春深草色鮮。抑按十年當今日，多士猗計息狼烟。」從宜從俗總經綸，不負初心不負民。播植恩膏三尺法，揚仁澤布萬家春。好看有懷棠威柔多士，欣沾雨化新。偃室每因公事至，攀轅遠挽別車輪。」鏡泉警句云：「稷翼黍油田疇浥，苔青草綠訟庭春。仁風激被宣猷遠，弦月同觀奏績新。」醒雲警句云：「恩威並用權寬猛，處樂循生判後先。聲沈吠犬荒村夜，宅宣教修草野春。」家輔奇警句云：「揚風默贊無心化，作雨遙頒有腳春。錄欽雍蔚威及遠，聲流芹藻畢維新。」

若石溪之作則以曠靜花村雲氣飲魚熬冰輪月光寒
桑柘影斜籬暮更草萊地闊如荒田兩聯爲警拔統
觀詩律新穎疊出工穩異常覺余所作又瞠乎其後矣
余爲彙作成卷惠歌集已序而存之不意爲同人傳觀而
去今不知遺于誰之手也
嶺山書院文昌樓前鑿池種蓮有年矣自來賞蓮者歲不
乏人皆未聞有吟咏其光然丙子余掌書院故席並幸修
蓮舫爲依今冬偶首重修文廟董理祀周事即以梧爲公所
晰夕聚語談詠甚愜是夏六月蓮花盛開香風滿院
堂即宗席蹤賞而豪之溫酬慨然曰座對君子而穿然

絃歌逸韻滿苑西往事蘭卿齋再拓墻植繞屋芳吐馥催歸
不言爲爭席擬向祖懷被委絲挽斷征驂權庶黎耳乙平旌真
去也賦風五馬悵驕嘶也余詩僅得照來福曜復猗彩擬去妻
感兩袖清一縣善可平結聯含恩岸蔭難爲別龜觀靚星乾
出武城諸友亦以爲有情惜過雅不稱
余髫齡從張檢齋公諱元謹學同儕惟雅擅詩書爲師賞風承
先生之草錄道不絕口頗余未成童而公已作古此後吟嘗求
其遺稿僅於志中得其檢園即事一絕緣公宦終到黔典
錄書箱被人盜去故也歲壬戌余猶記登存先大父自楚雄
歸里留別僚友詩後得其手書斷句殘聯而已爲錄謂其

久之不來。近日因舊藏讀西詩鈔殘缺，而刻廣雅書局尚有完書而價拙。補郭楨甫中特以公詩五章，深愜夙心，亟為登存，以備循誦。先五律一首《登海樓》云：「萬頃碧波寒，危樓得大觀。瑤塢依翠篠，皓月傍銀瀾。常古饒復從，捫天附一歡。仙山不可即，倚檻漫盤桓。」先七律三首《暮宿鳧鵝站》云：「穩計歸程未有期，客衣又過暮春時。家山望久頻回夢，鬢髮愁多竟欲絲。買醉只憑旅影新，舒眸無奈遠雲垂。只藏懷抱生平志，客館淒然說向誰。」後過楚雄官舍云：「霧樓臺地未遠，家又遠風塵到故衙。綠竹添新抽好而，紅榴似舊映闌霞。楹聯尚留親書字，胥吏爭迎熟客車。更有一番堪感嵋。黛影向邊手栽花」普陀寺紀勝云「石室孤懸峭壁中。途窮山盡却能通。後雲料是仙源近。頭海真含眼界空。世事遷流隨急浪。名山寄跡且高風。停欄悟得生々理。見到[illegible]生々化工。」其七絕一首山村云「清閒茅舍竹修栽。半間幾箇小茅齋。天然自有佳圖畫。四面雲山入座來。」

李蘭卿郡伯治郡之日，愛重斯文，禮接多士，閩郡騷雅盛也，附以云。余族伯紱香公亦僑寓中諸庠士同以詩謁，並附曾先子訪遠五七壇什記一篇，以其贊許便參以五律二首，俾歸以贈鄉人。詩云「覓嶺疏潭地。衡濟數置郵。叢良防井里。草宅成田疇。水利須疏浚。人情易惰偷。就茨生偽

折玉楼北拜桑麻新什思何善言程试笑聆诸豪须里
璧读书重乡亭（时郡伯顾侍御兴学且修重修读书亭故云）游徽宣劝蒙课功莫
滁亭知吾心乡往不必按图随时先大父官兴安教谕得此二
诗以示同斋李公天球李本象郡诗人也有和诗二律云英年
新太守声闻远星郡云马今图去题鱼若许酬陂渠名父
须山水乘天游小尹风徽在（尹文端公督两江时年甫三十人称小尹）遥钦钦欲留
继能将来冠天禄照发肯重盘知秀数献说老亭灵
犀清任韵嘉集誉同声（左豪安乐亭在田侧）喜盈南承双读书亭长福
星四诗及笺俱存残岁中剥蚀殆尽巫登读此以论一诗章
李二南乡郡伯于余里中玉印山畔李白夫先生读书故地建乡

賢祠於祠前構碑亭告成來謁者賦四絕以示白夫懿齋及硯孔諸生其詩以鄉賢祠成四字為韻須合四首並顯郡伯之意方畢寶乃吾公推為後續修志編纂者僅登至二首讀鄉賢為韻體將全詩尚存于此以補志之缺至詩云百年遺跡向山陽種樹高齋白石縈條人家宜起敬兩杜經南來全荒一重新庭院三間歷來藝事皇一瓣香猶存孔室今象見偏隅能表鄭公鄉」一官歸里未歸田大雅依然在目前杜老當時郎署日放翁將官錦州年楓山學術名儒錄某律老聲稱冀偏莫道他鄉爭俎豆公為蜀之名宦首從第宅附先賢」老樹依然古石移遠來手澤幾人知美堂

今与名亦寿。姓氏常垂磨佳能建，卿阅案前社又添金

石画初碑（原注：唐有循吏李画初碑，因以为也）村西一亭覆位相阔，二房祀事与卓

茂祠L。竹马吾娱到处迎，西思宅里老风鼓，丰向同讲陂

塘利学涵须通石堍植（植）名留泽公应时雨化（原注：是日修禊遇雨）弱泉我欲

在山清诵庐情立从今犹琢亦随人勉而成L。诗中跋云：手归

田者以公寿日致仕归家乐刈山水之胜，即家于是地也。枫山前

跋二句云：然斋以公书从年枫山讲学，兴有礼乐诗书之跋

云：达泉手泽也。以山下泉水石刻达泉二字，公手迹也。跋云：碑

在其祠西大石刻有碑柱二字，丰向云云，其剑郡伯为之。

按新跋至今前良为水利能事由什出也

崗卯郡伯由侍從清華外用出都之日，吾友有四：曰野雲，曰慶靈，曰詩船，曰茶農，老分繪四圖以壯其行。一曰薔薇話別，二曰詩境尋詩，三曰畏途問津，四曰無官負累。郡伯手四圖乞為題句，綴紀其事。余友李桂亭棣林，其門下士也，隨郡伯蘋官有年，親見其圖及詩，語皆從肺腑，近日為余補其詩，俾憶誌好逕錄記此。題話別圖云：「樓頭攜得硬飛塵，我亦向留不自知。題條情柔薦雨蒼蒼之深霧盛多時，葉蔚彈指新樓閣，風留消魂去別離。一樣草堂歸未得，十年夢裏又催詩。」原注：余家西園有薔薇草堂，甲戌秋歸，要偕僑遠舫兄繪薔薇話別圖，蓋為家話別作也。題尋詩圖云：「花荒絕勝居天闕，策里無緣不易來。樓檜笙鐘皆夢裡，舟車蹤

馬公詩林山川信美，然吾土鄉里相同，況異才（原注：方字若爲，君閩莆田人，舉
縣先生號若翁，北平
然亦莆田人）真是三生來此，今嶽題名已歸千秋」。題嗣
依圖云「九千里外來歌，吹鼓著何方與韻，燕筆官猶三
代直不勝官，入東山條弦緣，何信無芋政，生浮先求有好高
頻報復濱，誰知老下車一片操風心」。題負棠圖云「四
為年前九土司令，墳牧今更霧麋（麋）裊官，如似驂鸞到前
擬便信佛横猜，但願誰垂歸程，義免煩千騎候，雄麾
王陽既借吾來守第一思，定樂戕詩」。詩於雅牲名詳阿
策亭詩人先君子甲榜同年也。甲辰開藩吾省，人以為余家
子，獨之矜款之，詢及鄙伯治郡政績，而悉從祀名宦，果不愧

我先貽謀伺極徵古句畏佑之端令懸歸籀重溫舊業尋常事停識稽人一懷然々然謀云者以能奇詩題跋橋頁彩虹紀常作用己人吟箫之典為閱者其訛摘駁是乃不能也停識云者以會同貢卷紀常年章字未缺玄字未點為磨勘者訛摘出罰停鄉試一科也記此則凡塲中用典不可不擇於廟號尤不可不留心敬避矣

戊辰立静中元之前一日為余四十八初度之辰諸同年因擬醵々稀居無以為壽咸頗為余壽余謂能賜稿續圖宜遂以酒也然壽余以酒則余不善飲無已而為壽以詩乃可諸友遂從余備題而以余為題各有作以獻紀常並囑也其承英

和鏡泉同作峯華陸凌汝余村立揚蓊子僥震飛競起秋
之後東溪定遠爲劍自謂不能七律而進以五律陸運臣冠瀛
亦自謂不能今體而進以古體畢孟棠樹邦又自謂不能古
今體而進以四言厥後晚育茲奏爲見致哀余因亦爲同丞
韻以詩之義中作業亦一韻事也爰係紀常又錄一箋合並
書之以識相約余謂此會鼎足而三亦難爲得擬將此箋裝裱之以詩來
茲而因循未果今宜備登諸此以志一時之遇紀常詩云「鍊
就中流砥柱人会逢嘉節慶生辰偏觴同飲當頭滿對鏡
霜華上鬢新好學不辭窮日夜豪才幾見老風塵即今未
服能官政猶是痌瘝在抱身中年始識王京遊道旅款窮

游之始有願未酬不知後此茫茫果再走借上公車否也今
讀紀常此詩實為一快
戊辰報罷後同郡五人自川資皆缺而美初尤甚余計亦可
自給乃以汝村屏居兩人借去不能遠游形同迫故美初
留京以條園歸計臨別之日愧無以相贈只以分御寒之服以
衣之並吟五古一篇以相慰勉而已而詩四首韻遠經纏綿悱
惻情溢毫端時美初本未習古體因余有作始試作焉而
遂臻佳妙即此可見詩有別才無關學也然五古之詩視七
古為難七古以沈雄激壯寫縱橫顛倒於聲教中，跳馳騁
其放仍自安祥無度為妙有才力者學之亦自易易若五古

創以直朴冲淡清腴開遠為宗能服習於陶韋者不易臻
此佳境今英雨一學便有一畫由至天分風優也吾詩曰一自
昔作大賢鍾虞詩文壇接茅以葵連真味就之蘭亭年
秋開我來攀桂枝丹今年京國遊南館同窺繪相翻燈
五術相並臨程摶崖拜空述數體依舊纖羽翁食笑變下
相尋能網中網就情性老殘不逢老眼看無老悵饑鄉
無夢迷鄉鄭但見蜀門秋柳疏楓葉飄蠶殘葉條京歸
卿思漫漫君買滄海棹此去雖大記三尺劍餘劍七尺羽翼
年機黃白鷺忘氣接蒼龍蟠老更憑闌應以失何之歎
髻馬我意棧萬里霧歸護我生原不良覺之從别單惶

二三知己相與郭君欲洗同受于黃又揮危冰寒忽聚而忽散

能不摧心肝家也送歸家此情尤良難計到揚開日君家

集園園小人有老母為我報平安余情何家畫墨海村三

人題出都美初稿依孫師竹先生以居湧雲閣齋且使習業

先生見此詩深為稱可美初自是益肆力於古體一出章便

迫不猶人余亦覺瞠乎其後矣

咸豐庚申瀋陽何愷棠處恩以名孝廉筮仕相入蜀道值京

師風鶴驚心樞垣有協濟軍餉之檄仕於蜀者多見難畏

縮無有敢任其事者愷棠語君國有難食祿者見國難避競

君根卻此行宦之外能志善事也慨然請行當軸者壯之時

至隆冬沍寒朔風刺骨行途中雪後馬歸騏驥便欲候人
行韋駝授騎憶當上者至健欲然騎之以引駱冠鶴鷺聽
劍手鞭特於四壯皇華外別開生面襄至樣也後騎駝雲
經以視彌樣疆背黃夢逸不尋而息後信豪請圖之以博
冷眼共一笑惜當日此圖傀儡登場本色見一至圖遂成卷之
共咸（且）者題而詠之古今體詩凡四十篇有奇至人至奇至圖至
詩皆可傳之鄧東袖弟惠余以（蜀遊）雪鴻集余因得備稱至詩
至為余所最愛者於五律則家樸菴州年一篇金嵩遂生接華
二篇於七律則文蔡卿水部一篇秦淸齋刺史一篇於五古則
傳雲鵬司馬一篇於七古則嚴緇生太史一篇蒼子絕則家之

秋遊意頗強甚境新出火牆油繪隨彩色邊山程緩好過竹
馬忙兒童似相告笑我乘戴皇」克垣和云「鼓角雲城圍屯
風白雪新馬蹄趨健卒部曲統鄉人戰守兵農合官民父子親
乃心同捍衛群不請會塵」設衛新保寇堵固策宜周使馬
雞先着 原註云常謂刻下公事如引弦發兩步須作一步走 意解等備籌 原註公于防堵籌費諸務必諮于紳粮父老
我引新步伐眼野蔭胭傳鄰穀真儒好文章嘆莫猜 原註公以
命為 李靈加一先深險 原註是新律中失字 年趨遠道同鳴琴極草文
根旅救村翁晒被用循誤多君發積旅看為此樵井九隅
信加功」水 原註新築城將後 西首蒲蓬路依稀又一年 原註去秋曾返趣竹忌 永吳坊高清勇□去
九年春選之 蒲邑山借張氏亭 陰陶月詞 原註云初遠竹樓 壞一帶閑口醉晚樓樽好為 峰孫陣雲連

愧未投雄往（原注：煌口河防並局務，往來未敢荒戎）名從附尾傳男兒難畏未散
慚繼應然。相士原能偶因材為自任（原注：不愧辦理局務皆本，徐男并綱圖皆得人）
豈兵先足食方加更勇心（原注：以築堤開濠屯村，鳩工事無鉅細均親為之）露營擁枯
筆風塞隙暮砧山羅並水驛觸景起清吟。有男知方候北
往枝藝強翰動温旭日鬢情烈嚴霜品厲梅花懷鏡催
撤草忙及時殿機武來今遇乘皇。憶叢作以直朴深雅
勝克極作劍以端花流露勝為臻至將也至餘以纏綿樓高
無之中異同從更〔世〕良吏請來人提字為心切知方積業於新詩
能寫言醇語自饒心得句賣花篇〔補〕見種之風弱乃凌月
花懷劍揮霜遐寫雅地勝事只為臣忙得句楊篇寫明種乎

之談兵於野士舒稾勳（旁注：謝）村爲野菜充楼腹兼承纂素心𦍑
句廖正六歲末之全軍潰動旅長吏信爲人分畛宦良謝
恩聯父子觀閩山無陰道風雨有同心心原使似水冬更
素於衆等句金逐生還援之困圍嘗獻壯成城家志在
分疆境未子爲國矢丹心更植仁卿傷逝意運行馬忙等
句楊誠之氏末之同袍秦蔭侯循吏屬名人懷嘗饒（旁注：時）
略馬上亦詩商等句治然爲悼叢寫生全人福至詩爲
如見其事度也及以紀實叙事爲頌楊共劍之向亭塵文
七古一篇爲宸勝其詩云宸凓地闊九四道屠殭賊鋪
人洎之上共擇絕留河公要以老然當殘歸衛公未（旁注：未）及一月返

賊由屋頂趨大竹倉皇乘象守要害膽氣早鼓奪魂服先
聲奪人賊果遯公乃部署呼民書地利為偵良致死天亡
佑之偉遂樹以軍威繼以德光彌旌旗新波色一番耳目驚
瞻颯爽營合軍隊若一敵國痛苍六萬之雲曹遂庸至
儕至舉竹陽士民驚膽落不敢思高論楚之禽我亦替國
救至上鄉導當年屹相向相持鏖戰賊不支宵遁渡河
莫敢抗歸來飲至共策勳一兵平明隔何紛之公曰我民亦
吾子父母之責先慰藉順民志歡民心為操堂曲羅熏風
彭公門無士不經我郡國有人來弱兕基隍東繞古渠阿
過度先生過鮒魚照水忽開新蹊壘滿城同倉藉恩波

詩成有碑傳家口我公事事均不朽頗添籌屋比東瀛更
把霞觴歸北斗二月公奉萱闈板輿新自故鄉來一旋
駐之以春言作詩我亦賡南陔況今中吳逢聖主上元
甲子逢癸歲甫北渠魁次第殲臣民頌肯同歡舞西川
文武尤熙恬大臣既清小臣廉為民擇吏吏稱職更開慶榜
樓前鶯我公手澤圖歌寶鄉園閣過年之將猶有新詩
歡和難一曲巴歌聊頌禱
費蓀谷名綬辭官渠後生亦一詩人也為題何愷案頭蹟雪
征圖及和簡園鄉園詩皆未能擬手為華石和愷案雨露
大竹道中夜別之作列玉閣殊圖猶能併清秋後逸為一

于宕渠談吟室無有出其右者其詩云寸役忘惟節天光
春氣開山程隨月轉孤影疏風催野戍星發史兩峰鼓
息雷簡畫懷靄及良夜殷遲迴」二語者又有春雨五古一
篇亦為兩遠情篇長不及備錄

鄭穗東擬擢學西川在宕渠最久凡懷古大令有吟詠
和有事必咏曰與渠之文士交馳騁於江山風月間吟豪
苦窮然將步韻無韻有意造未免徵典過多而要其佳
作為詩聲校其附存于雪鴻集錄共若皆可升杜之堂而
余劍窗麥丞由楚歷黔入蜀將挑渠陽先以詩達四律
以為情至之作神味悠然是說詩文生于情者素養也耶

今是山房吟餘瑣記後編二

大鳴山散人著

梁伯琴鍾瑶玉融名孝廉歲丁丑來司邑鐸甫履任即訪余于嶺山講院談次知其能詩次日余往拜偶投以二律即叨還答嗣後且頻頻有作以索和幾于應接不暇時黃坡仙主管院事笑余曰先生平素嗜吟今逢大敵其亦披靡乎余因勉与酬唱殆無虛日迨余解館歸赦于里伯琴枉顧焉眷戀于吾大鳴山者凡數日于邑中名勝約與遊者亦不一而足比及三年乃因到任逾限故被吏議降級以訓導用將去官有留別寅好暨諸素善者四律情致纏綿讀者皆為歔欷然各有和章以贈其別當日人人皆以王友韓邑侯衡藩之作為最而不知其意盡言中不如黃希

彭山長君鏗之作之意餘言外也原唱云　武城三載許鳴絃唱到驪歌意洒然笑我俗塵仍舊轍輸人无路著先鞭芝蘭並長增離緒（原註在任舉一子一女）桃李成陰望後賢太息嗚山留一顧夢魂猶繞翠微巔起鳳靈犀遊奐豪小山孔秀亦題糕石經雨洗見真面松過風廻飛怒濤好景不盡留俚的故人多感飲醅醾郢中況有知音客曲譜陽春一一高（原註謂余與酧唱最多）小補何須借界肇蕭齋幾度費經營神灵赫濯四千刦（原註謂華學中土地祠）廟貌森嚴護兩楹（原註謂示禁学宮不許什人混遊）藥石諄々拚舌敝菑畬勉々背心耕（原註謂勉教後及戒吸洋烟事）鵞湖漫訪遺規在付與閑人月旦評漫勞握手到江干徽罷何妨且去官戲綵堂前原有樂耦耕隴上亦遺安（原註家君現年七十有四）窮愁敢對芙蓉鏡（原註謂友有詞存如上卷）佳作叨輝苜蓿盤（原註謂詩友多有贈言）伊古因緣深翰

墨暮雲春樹任漫漫 希彭詩云 講席追陪已數年 瞻韓御李總前緣 愧無妙句償詩債 忝屬嘉賓赴酒筵 僻壤方欣開絳帳 寒齋其奈撤青氈 寶山我亦空回者 恨不三才受正傳（原注伯琴嘗精陰陽書） 官場不改布衣時 古道悠悠卓可師 痛戒癰仙貽藥石 肯容僧豎溷芹池 無憐下士多回護 抗法公庭豈徇私（伯琴護及寒士不許同社常累萬與名今相抗大怯人意故云） 一事何嘗招物議 只因當日出山遲 高唱傳來盥露看 離懷無限溢毫端 納銜惜不增榮秩（凡官被議有加級即可抵銷伯琴無之故云） 改職仍甘就冷官 紫誥待從金闕下（伯琴正請貤乃為封典） 斑衣還侍寢門歡 盤中苜蓿真無味 好向南陔賦采蘭 綵橋城 郭子規聲惆悵柬 齋觸旅情 祖道同僚排餞酒 攀轅多士糾行旌 遊山有約殊孤負 吟社分聯孰品評（伯琴評對古為詞士所心服） 兩地神交堪唱和 郵筒

還望踐詩盟

伯琹在官余兄輔臣暨曾梅卿裕先以吾琹泉義學抗租之訟詣縣候訊為葉韻香邑侯松濤所挫折蓋誤聽蠹役之言也得伯琹覆庇獲免于難故伯琴太官余兄贈言意緒與同人迥別且伯琴與余交成莫逆曾叩柱顧為霞勘祖塋休咎指示培補作一福壽峯並和余琴泉院八景南曹庙重脩落成諸作更為先季父毋表其墓兄詩皆從此落想故也時梅卿亦有四律惟弟三首圓切可采而兄作四首則並可存詩云

驪歌忽遠遞詩箋讀罷凄然復黯然化雨沾人收此日慈雲覆我記前年造廬不負開三徑表墓還叩慰九泉叠荷青垂情款款將離焉得不纏綿先塋休咎為詳論福壽多資裕後昆況復訂盟聯棣萼且留題

句破苔痕興吉雅誼縈懷抱忽話離悰揔夢魂後會茫〻千里別何時重與倒芳樽」一片蒲帆掛碧潭挽留無計送于南図窮本是貪無碍歸去從茲樂且耽長路客心愁漫結故園春色晚猶酣攤塵好向椿庭笑世味如今倍熟諳」蒼天有意玉于成肯以儒官畢此生起鳳靈犀留勝跡從龍拜兎問前程休言甲榜難登第好趁丁年更立名念我倘能三載健會應盈耳聽蛩聲」梅卿詩云荒陬義學建琛泉曾仗維持記昔年正氣宜伸偏屈抑奇冤忽被（是侯竟以他恚書相羅遂被黜革）荷吾憐鷺人大有風波惡覆我深叨雨澤偏孰意官途君亦蹶不平真欲咎蒼天

余友楊印泉天衢自幼善丹青以制藝應童子科十餘試不得志無白

乃以畫應古學試楊宗師以素富貴兩命題乃作白牡丹一幀以進并系七絕一首有富貴場中存本色清華應独占時名之句大為宗師所賞因而入泮由是丹青之名噪郡邑伯琹司鐸日應月課頻叨改政屢次請謁皆不遇伯琴欲得其畫由余傳命作四美圖和鳴爵圖臨太官又命作平安富貴圖印泉圖成並以詩四律贈其行云「不才三載荷陶熏芹藻流馨遠襲芬免觀古圖規昭討騷歌何意忽傳聞澤盈泮沼涵時雨情繫家山藹望雲話別頻教心緒亂七言難盡意殷勤」桑榆暮景日斜西翻荷青垂到杖藜作畫更番邀着注論文且伏破昏迷心傳所在經畧示爪印頻留屬詠題窮怪有緣千里至幽人倘自錮山溪」平地風波起宦途頻令壯志挫桑瓠搏鵬不意難舒翼待兔何妨且守株萊綵嬉娛歡繞膝

錦標擬奪笑掀髯平安富貴前程在慷慨還爲送別圖武陽城下買扁舟不忍分離可少留畢竟太官難自主轉教來學更他求詞成陶令遜情切賦就江郎別恨悠我爲先生增一感浮名浮利總浮漚」念印泉原六楊吟社韵客自楊寶菴先生作古後風流歇絶久不聞其有作独于伯琴又得此詩其殆情往興來之詞不求工而自工耶

同一贈別而各有情分故伯琴太官隆邦彥步和留別之韵又別一樣意緒蓋邦彥本非膠庠中人而伯琴不以門外漢待之下交寔篤當日邦彥正約黄波仙及余同就浚泉構別業于其村之西製水碓採敗葉枯菱舂香料求其微利以資終老結屋初成余有題句伯琴賡和反復十餘篇且擬到別業一遊以覽水鳥山之勝邦彥乃開徑以望而忽有此別因之有作所謂文生

子情也其詩云　無端琴曲譜離絃別緒纏人劇悵然舊誼昔叨頻下榻
新愁今莫挽征鞭論傳節屋政流佳澤溢芹池惠後賢不意我為門外漢
也勞垂眷白雲巔」渼泉別業華詩豪經始當時值詠樣水渙塵清堪結屋
山坳坡小不驚濤吟風弄月枕青筒敗葉杖羨換綠醪鼻到敲人偶題
句陽春屬和曲彌高」椽筆惟君大力擎吟壇意匠日經營擒華占奪
才人席書癖維持至聖極文苑群英勤手植福田萬頃恃心耕誰期要
議偏苛責不聞官聲漫品評」林泉歲度倚闌干經闢三三待良官倒
屣相迎情尚結攀轅乏計夢難安深期攘臂馳皇路慎勿冥心戀
考盤（槃）一曲驪歌愁裏軼送君離思悵漫漫」懷當日步伯琴原韻以
贈別者亦不一人而能自然無矯強之迹者咸以邦彥此四章為最

時余亦步韻皆難與邦彥相埒也

王友韓明府擲藩以順天鮮元登進士第筮仕吾粵已署河池又調署吾邑皆非美缺鬱々不得志若怨上游之不已知也初履任以水土不服患病數月嘗感賦千年松一篇以自況伯琴致書約余同和余已次其韵嘗成三章外又紀其新政吟大律以上之内兼及時事有藪城儼作逋逃藪下里徒成懊惱歌之句亦以土匪不能容于鄉里者多走入城充兵差之故非謂長官不賢也乃友韓邑侯轉以此相誚讓焉顧此事余上蕭子彬邑侯詩亦嘗道及有況復邑城成盗藪偏將儒士作寃家之句蕭侯不以爲忌而渠独忌之人之度量於此不亦可見耶況渠千年松篇中有工師不重用之語明是冒觸上游而不自覺甚之明以責人昧於責已者大都類此

然其在任二年注意農桑留心積蓄書院月課不視為具文士林多被其澤前韻香明府點革吾輔目兄及曾梅鄉名亦叨查案詳復不費多金不得謂非廉明吏也知篆時有詩三律亦可見其懷抱迥殊於俗吏詩云文壇戰罷出皇洲筮仕南天五度秋智水仁山曾餘鴻爪印嶺山重換雉頭裘樓心不向貪泉酌敎政難移化雨周但願斯民無怨讟敢期道路口碑留文風都是武城優名實緣何兩不侔應識銷兵逢聖世從來獻賦重名流相期製錦工鴛綉共謝成材造鳳樓愧我金針全未得指南在更費搜求曾記行旌駐翠樓聲聲集歲聽田謳緣思儲粟從民便敢冀收功重上游十畝尚求桑葉沃（邑無植桑故云）潑歧早詠麥花稠（青時春麥頌雲）驟歌忽唱添離緒兩指吟難與未休友韓明

府當日于積穀之令甚嚴曾派邑紳沿圍勸捐印簿上亦有成數可詳報而究無一團真有蓄積者亦徒博得好名耳又每歲冬必派員弁帶兵差巡行鄉里謂之巡防意在衛民而民實不勝其擾此弊為害數年直至彭次雲邑侯始革是亦一循聲之累也

自小香冠唐賓陽名士乃翁朗園先生履仁亦名宿也品行素為官紳所推重咸豐初洪匪威熾州尹陶桐甫公委團董家頗裕每傾所有以濟團急奈亂日滋甚不甘身羼醜伍乃挈眷徙居桂林有年丙辰丁巳土匪倡蓄髮為逆迭引客匪入擾州朗園得信感熱血不住復歸集練助州尹守城而力不支州尹死之朗園得脫帶口州人轉謂此禍乃伊所為也控之上台究幾不白後竭其所有以買和誣控者始休手比朗園考終丙寅州境肅

猜小香始回里猶多有陰謀中傷之者及怨家漸滅殆尽始得安枕然備
經險難畢竟否去泰来小香曽隨軍效用得保舉以知縣候銓今其子
名有功者富才殖學又食廩爲天之福善理固有常也歲辛巳小香追
維舊事感吟寄示云榕垣萍寄歷多年久客歸来思黯然大好明山仍
似舊廻翔倦鳥孰相憐回頭世事悲驚浪彈指光陰感逝川芥蔕
塡胸難掃却揮毫聊寫不平篇當年翹首望家鄉隨侍頻承話短長
閩道窮兇騰逆燄遄歸集練護團防心同捍禦聯肝膽巢破分飛母
種禍殃誣控驀然施毒手呼究差幸有穹蒼不圖釁更起東家仗望
扶顛此念差曽記披荊甘又刺誰知落井石還加黄金已尽方休手白
眼相看尚咬牙恨我問他緣底事偏同射蜮暗含沙撫今追昔思悠

花名信鮮文章惟有誰唯好華精華之識付游目漫山瑧老
境經胸邦壑勝覽此圖橋端雪垂留瓜殷璸皖吟風高上眉如照
年光如照福況增鳳翮鶴翩悠經談乃款早豐稼為學筆優
有宜評再賦采芹傳韻事選知舞綠櫃歸情伯琴方伯至忽榮歸恩深湛
露璽宮澄福煥文星壽宇明冠冕當皇表務式都慚我來
附拳英衣冠簇簇汴宮來新舊秀未聯舊秀手說馬精神先弟武
覺雛福克悦翔田琴 伯 道芽蒸采采伊人生松柏森森造物栽先生居栽名於竹
大老寫生原有二漫云梁頻少近隱郭彥四韵云箸獻蒐撲高
相隱貞樹翹翹本蒼栽沐沾再況時雨化融而無極倒圖田簪花
特錫新多士楨藻舉杯杯老叟手倚杖高歌誰敢笑君身仙

昔有從來東洲冠冕領群英墨到就壇醒信吟丹特再圓
浮華夢息倚保樞杖於桂風騷艾青留佳話月旦無經筭定評
淩從中郎種八龍風吧老鳳有清聲帽插宮花耀碧落還知爲
彙遠既有園稅扶範撫家鏡車西桂東塗蒔少時仍戴紬常提
劉向碰壁重版詠武公詩大魁爲被极先縱白髮青雲漫自嗟
桃紅李白競藥錄好爲先生記風緣自是人天留碩果何物老
少論同年旌亭詞客本各播洛社者英禄壽全歸到趣園
萊綵舞寒梅悅出小春光丕即事十絕似出高和寄懷歐陽冊
谷及香門下李燒香連桂盟金二人而已元唱云津池星識要艹
詩集少長此獻策時自註四十時年十八滿枝琵琶在有造詣鍾瑾云誌

添足未隨鷹隼出風塵留得鄉園了我身重擬著花猶艷
叢可知臣壯不如人十年貢樹佛多香自註同治乙丑補考丙辰科貢萬久風
鬟幾度拈金錢年指逐自笑爲兒頓鬆線衣裳自註琨瓊兒年提嬰要戲
老去園橋再問津廿番鳴於又添新自註在歲科考凡歷二十六次花生以前日芝
生我樓成學英儒像塵頭續猪塔日藝引何時官錄日深
哀河漢笑逐新翻恨緣再畫娥眉閨聰摇歲華重鑄以
至年星彩依稀着爲丁當春巫輸於炊錢乗爲金年何厭一袍青
歸然猶逮魯靈光廿五人中算獨長自註入洋時值加額同進二十五名之覺鍾
身將出世還從此識帆檣黃粱已飄日高斜鬢撫何嫌
將夢餘歸去返戶喧笑語帽簷爭插宮花身已居矯生鈞

年來將何笑此地引心先生後起倡揚帶一樣沿金陵傳人

餘霞晚照座添春老圃風光簇簇新籬菊已殘梅初放

開樽頻醉看花人

丹崖次韻云

橫秋老筆寫新詩待續文壇接幟時同首畫屏誇得意揚江烟柳條絲絲少小未名英出塵

家路猶抱鄭玄身留閱弟子同棣手將杖碧年有四人予所至本八姓

芸人與余宗少共惟全郡漢太史姪芸先逸之及家於圖路及先之生同人

槐花黃後桂花來檐鵲繞空碣壇台畫領秋風同鶴驚來繞聯步詠霓裳予謂乙酉先生同登考乙丑同識明經

綠水依然門巷東庭如故棟樑新予讀此亦存學文庵天然壽算加予我二十年來步後塵二十人中弟子行齋年老安畫眉長

且因冠冕累英儒花樣時新也親翻鴻文進覽夜窗也

集國從寇戮賊，拜諸御里，倚學廢墜而未能詞倍。然之方挽虞，
思以遠語量古，畢竟於世無補。即請學琴，承掌教嶺山張時磨若，
餘年來被從論詩稿文，以趣味為於往撓之微言大義一無闡發，以
救後起學術之弊，而僅存碩果，徒巋然為魯靈光，究未之當於唐
寫也。乃吟書成，道學伯琴有無存稿，因錄一寄，以質之。不久即次韻遂
頌中多鼓揚之語，余讀之益蔑愧焉，然此亦足以見故人不我遐棄之深
情也。姑存於此，以代紀事之珠。其詩云：秋雲高寒王侯壽
廣宮開起學鈇，今日先生真六一，何妨一第發潮盈頭。腕強
理練寒勝名閑者，淪桑經石以驚日月，俯然殺後且四筵三雅
好奇高傾。壽鶴篇篇憶，卻古今往詢事添傳，海至篇擇地蘇

韋千里五齋薇花頌快從頭四壤篇城拜識和嶺山卓犖
獨覿吾京年四紀雲霞契雅韻清音每投余」讀去莫德
蘇家舊有不負遺孫業獨細紅怪展手泡無饒老驥驚學楚北早
然空」果爾再成九轉丸喜分更樹慶強寇八年春有陽回候
何寓探心冰雪零」探解搜岩處遠續杜甫杜數好亭御
閱解者留彝大廈亭亭一木支」宮前壇杏緣雲根收到
東風待換然魯殿靈光無恙在杖君隻手支撐天」班承
漫笑學為家花樣種丹參萬花為向學芳周上壽箋多秋壽
幾春葉」留鍋頭衛耀武陽老生戎馬死生托禱觴湯係
燈紅際境居封侯夢一場」承明識歸路帆四魚鳥狀叙愛後

才悵見鷗盟九島，滿風恬浪静讀殘書」起鳳雲屏紀勝遊
颷馳老筆寫橫秋，扶節勉學的鄉步，風景依稀記葉鄉」溪氣
壘寫梳桂樹，類笑比翁家種秫田，好讓今眉壽后遊」杖藜携到小
山巔」接梅接李結甘香，移植傳芳之兩家，儒深笑雲毛三載過曾
無但向頃陵岡」先經種豐寧述匠心，一枝移寄學蒸林星嬰秀
出三陽鼻峰文福君高澄寂深（題壇福文墨建文亭事）澄蘋分袂別就門
遊」志康孫有萬魂魂，恆雲房枯鶴將無花，時候移題應（題余）
為題四美齋（贈兩圖事）拈作龍鱗美述，為將無民士激諧文章壽終難
老筆文光芒撼大河（題余美吟餘瑣記事）歌成金石著能母寶字家傳
只不會貪為有今能錄見寫逢，萬幾掃經三三克絡宗風幸有

明先庚又值誕庚时青衫添作斑衣舞我為先生快屢眉祝府君於

庚辰祭第十九又推庚辰耀号五鳳添僧屬老身價遠頗漫華家人竹林笑指千

雲上後見王心别有春祝家之名因七十星璇正值詠象錦慶端知遠引年進君斗

酒百詩篇品题莫道桑榆晚霞綺紅光正滿天春星極相老吉时

孫生合咏舞璋詩太公詩那題弧日湯餅筵開擲白髮」宾门桃李

舊知名象化雨深濡正有成丁又羅醒醐頁一棄硯香流灑滔門生」来

歲學雲際一飛高攀為卜桂條之藝林詩話傳佳話素蔭稱

莫又棒喬祝余有来年仿家兄及十兒赴秋之試相形鶴泰細後福椿老榮增杜萬

存子舍拜祭蘭閣北上雨能霄蒙舒賭春仍聆屢行余赴秋試送過正家笑年有一叙並同北

上禮送而久相負期云

侯無由相見焉，而不能得其詩與畫，心常耿耿也。歲丁丑，主講欽山，友人黄盤谷君，並亦善畫之，特摹侯所作松鶴以相贈，然非真筆，只稍慰素懷而已。詩終無由得矣。不意今於黄硯賓郡伯游浮山條王祠詩，得其和韻一律，遂余與侯無緣而終似有緣歟。其詩云：「一島横空紫翠浮，香雲繞當層飛樓。金支恍惚精靈在，玉宇清涼草木秋。勝地登臨多雅興，虛談耕鑿少離愁。名山莫謂無名作，大字題詩在上頭。」時與侯倡和黄郡伯詩者，有陳叔雲、劉鶴翁二律，亦佳妙。其詩云：「雅客登（遥）臨共泛舟，名區上載又登樓。原註：某丙子秋從權黄州，曾遊此地，今又年矣江天迴繞明如雪，雲樹蒼茫淡似秋。鶴息勞生容嘯傲，放憶塵鞅洗閑愁百年幾日能行樂、彈指光陰已白頭」儲王祠字幾時倚檻中流有此樓四面雲山供一覽萬家香火薦千秋乾坤有意成高隱（祭祀王隋處諸生也人祠祀已千禩矣）詩酒多情解客愁（大字當唱一律同擊依首）斜月半鈎歸去晚柁篷不禁屋田頭」

林有三齋長書味向余言其里有寒士某就一千八百錢之館課二童而甘薄脩之供者係爲詩而歡之余此猶得飽也是里塚內村歲辛未壹香兩先生共三千錢之館者課只童月得饒米三十斤錢三百文忍餓半年乃解館去不更甚乎頤此兩先生邑南人僧至居里覓館時香得二則分得一則芝之約義不食言遂甘若苦之吾及門某朝以詩有鼓米爲炊餐八

西來脩以上救三千齋名不判東西署職守如分正列當前竟不食甘脩餓同病相憐敢異居之句不知千八百錢之師亦有此韻事否也有三矜余竟信誠異焉余曰三家村夫子之况味大都如此

吾邑南黄石齋溪明經廷坊嗜吟余與別廿年矣今庚寅館於番陽秋初旋里忽紆道見訪於西罨禪院余喜甚既敘寒暄讀曰近有新詩否石溪即索筆墨錄廣劍一律相示余讀之詩其豪氣橫當夏五月經古課嘗於此題諸淺肇試作其英邁轉多遜者特並存于此以俟來者之品評為石溪詩云、生成大睪善鋒藏、倒射星辰燦有光。沙

岸曙排龍虎障江頭沖破鷺鷗引麾勇頓起三更舞

影水光騰萬丈芒倘與青萍同得價貴稜角濟掛居旁」

院課馬世貞詩云薛邪競說勝昆吾三尺熒熒九節蒲翠

葉不勞良匠鑄青萍堪許借風呼品題共看誇昌歜声

僊何須湖港靈氛謂蔽村殖植擢此生猿或老江湖」家

應祥詩云翠葉堪將利刃呼化工別鑄此青蒲薛邪掛徧东

西宅昌歜據來左右潮斬馬分明楚隱容闌鵲果便舞神

茶及鋒可試椎心在笈向流星得似無」其條亦多有佳

句堪批閱時來及手摘

四月經古課余以菖蒲蓋命題作者六十餘人佳章累累可

見咏物之詩不刻畫不能雅切大刻畫又易流于纖巧其法不外於渲染烘托二訣總以不粘不脫爲妙是謂詩家難事以工麗郡亦間有合於作法者姑錄數首以爲諸及門之嗜吟者勸焉

蕉旗題謝肇光作云蕉展新旗九夏初來之翠影動階除卓爲北牕綠風聲侍向東墻戲雨餘桂子稱兄弟甲胄楓人領袖此旌旗朱竿赤羽分明是笑說英雄出草廬家寶成作云蕉葉卷抽翠拂空青旗獵獵草墻東翻雲部曲猶含露戲雨旌言轉怯風勞爲衛羣芳須奮武何難早夜展奇戎奕奕前烈追方叔笑說秋田馬汶同家玄祥作云翠葉分明草彩旗化工偏巧製蕉枝搖風不異朱竿揭戲雨依然赤羽麾

芸閣運籌勁筆義蕩墻奏凱位斜款秋聲滿斗牛簽了
壯白飾夾〻好福詩」荷蓋題家庭祥作云「亭〻翠蓋紫江
柳出水橋岸迥異常發黃青錢疊翠就手借黃繳並舒
張飛來雨紅擎排阜托嚴風狂倚彼蒼試問採蓮歌女
斜傾幾度話殘陽」吳園楨作云「荷出浮泥點〻圓忽然
高蓋又叢綠翳風翻飄猜波上擎雨聲喧淺水邊簇
立翠連歸鷺棲斜傾倚倚釣魚船翠筒斂飲休醒極下
有好鱗戴作天」馬其貞作云「夏治還塘妻治出荷抽高葉
蓋清風波臣不必擎黃繳漁子寧無剪翠細鷗鷺相逢傾
渡口雲烟分壁倚江頭青凜閑道昂時傾有向蓮塘取用不」

此數作意思無多題詠而於旗字羞字頗不蹈襲自出雅馴不倘能熟而精之吾知當有進者余于此實有厚望焉

歲丁丑玉融梁可廬先生手植牡丹初著花為作七律一章郵簡見示余家其莊嚴君御花素無牡丹故于牡丹詩生平罕欵因出以示及門俾共和之然無佳構可見詠物而虛擬至竟終不如實見者言之親切尤有情韻也近日偶翻舊篋有可廬原箋尚存適於王蘇珊少尉七琴山房吟草又得詠牡丹二律雅切工麗覺足與可廬抗手因並登於此以惠諸及門之學吟者先生作云靈根應自洛陽傳品重還儂待四年（原注甲戌中秋攜自洛陽學圃移歸今始著花）裙佩相[illegible]來貴客樓臺端合覓神仙勝含香露檀心發艷吐新霞繞口

鮮信是無復紅一朵十分春滿畫欄前」少尉作云「天香冉冉度花叢，多買胭脂畫未工。繁艷欲爭霞色紫，濃妝不借日華紅。園顏玉代含露，拖到金裙醉倚風。如夢如仙渾解語，枝臺輪翻月明中」。東皇青意毓靈根，深色重重錦浪翻。仙闕瓊瑤饒富貴，豪門雨露自朝昏。智思鸞鏡團濃枝，態猶帶承清露印痕。羞與群芳爭麗態，三春桃李各無言」。按同是牡丹詩，而一以手栽著筆，一以題詠著筆，各擅其勝，讀者萬勿以淺濃為軒輊也。

庚寅夏，蔣炳少尉忽以跳舞視地，傷右足一脛之肩，延遷數旬。余詢其病因，偶之相向曰：郡無精醫理者，藥俱非靈。余對曰：良醫

非遠也。當前月月紅，取其嫩葉，酒擣之以敷患處者有效。既而小
愈，過訪，且以仿爲人頭責之文，作之責譏五古一篇索和，余受而讀
之，窺其意在自箴，隨事而借者。知其生平履坦，不隨附勢趨炎，使
僕爲嘉尚而和之，稿存拙集中。謹錄原作於此，以爲後來者身世
鑒焉。其詩云：「今夏病右足，足之病如錐劍鏃。筋骸不總攝，跟踝
勉搘梧。或云卑濕癰，或云金折傷[瘍]。笑同子由痺，箴義要難僅索
解。究難解引證，殊不適。內訟過髮膚，返諸理頗長。古制尊君
向仁道重，君傍本居尊，重地胡列卑。賤引屈膝，自踰踐擎跽
先。嚴張勢要閫，而慕企踵趨若狂。玩好見而饞，徒跣爭獨恬。
踞足待賢俊，起足何笑，祗承先來揖，武隨儕工趨蹌。且人

五官具運用皆蘊藏精神未費注駐步前峯揚是非須過
敍厥疾宜不良和爲解開結箴言者良方聞語纔然起返同心
徬徨徵種漸痊歐殘驚免憂傷學步初策杖盤桀嚴驚循墻
出力偕以手股肱相扶將繼自今而後履道由康莊安肆而日
倫莊嚴而口強讚極虔竟誠峯豈不敢忘」余和此詩時亦病
左臂攘首攘背俱苦牽掣因改其意亦作手青吟七古
一篇然語欠簡當未敢出以相質也
庚寅中元前一日為余七十初度之期聞諸戚友議來賀概先謝
絕之惟受恩孫肇一拜耳即事吟成七律六章以示宗兒不意
及門黃純軒子能聞而和焉且以告其同人故紛紛而似有以詩祝

者尤多於祝嘏浮詞少有凝鍊莊雅之作惟夏紹霙運甫六首
為可誦予說作亦多遜之比歸後余復至西邑張照樓日遲道而
同日壽日客多乞余以賀對並出自壽之作以相質照樓即依
韻見和適安陽蔣徒潘子貞炳族弟來福閱照樓有和亦步韻致
祝嘏余生平讀有用之書而困頓名場終歸於無用虛年晉七
稀亦老而不死耳壽云乎哉頗見處世既絕與翰墨緣亦不能
不存此韻事以為後人話柄也夏作云甲子堪稱緣老年錫柔純
嘏荷皇天章逢末路窮能固硯枉經濟飽不遑繞膝有孫
憂少釋四頭多難恨猶錦歲寒松柏真凋後不知人悔執
共悔也附執趨炎慨倍風流累生仁義自居由能同里戚惡

青眼（原注：先生於園數十年，植之於佚全斯極之手，難者不一而足之）手植門材到白頭（原注：先生以授徒爲生，計而不計脩脯，有就正者不論及門不及門，皆虛心以教，老猶不倦）坐擁百城渾忘老，樸負一介親承羞卓然。晚節黃花瘦，三種寒香福素秋」特拓吟壇笠屐陽湖原稿。遭逢三亂重身，故業加深邃（原注：先生自亂後爲學，從此始勤）直俾吾徒愧怠荒壯志。未衰奇骨騰辭名縣，節爛頭羊（原注：先生以足爲得，知縣缺終不肯就）年來心血飛，空擲東壁西園付主張」析理功深學信深，漢閱廉浸亦標舉。文章祖武傳家業，黃卷青燈列古心，著述等身歸不作，躬脩見世本於經世。年戎馬功成後，坊表巍然樹士林」（原注：先生平素以廉正學，修白璧無瑕，自任義從，公後發名彌著，昌世彌尊）義爲正路禮爲門，早悖儒脩立腳根，孰怪雅柔隆喬表，謹於有穀畀克孫，靈光獨峙推三老，巖遮莫長攙

二弟壽晉古稀良不易冰霜歷練好追論」老祥元吉福增加千事亨
争先顧眈翰墨筆生花況屏林泉寄迹自清嘉歡騰萊綵
環吟席說待篇編庚聘車我幸及門遊壽宇以霞腴晏日研磨
如霞」鴻作云丞丈追隨懷少年經書華祀夢敘天 原註：務丞年十三從先生
學是歲四月往霞謁在董科先又繼業弟暨二丈春兄及楚弟目衡四弟從遊一經先生之門
龍潛在昔同旋伊雁序而今屢慶遷 原註：年來繼道兄目衡弟相繼去世故云
久别琴泉樞眷意遥瞻笠頌思延綿壽星見從輝南極耕懷靈椿倍自憐 先嚴潤儀公少先生二歲今棄養已歷四年言之實深悲痛
大鳴品重冠時流筆在文人共重由不關位情冰在抱
特標手采月窗頭親承謦欬心欣慰語到青囊兩常一盞
振衣春風喜拂意四香坐鴿桂花秋」 原註：務丞從師乃有年几四應鄉試終負所望

長吟艷接嶺山陽韻對淵源溯魏唐久把清修追往哲原注先生端師範

視前輩列吳興疊嶂山徐公無多讓焉爭傳妙句徧遐荒文章豈愧外司馬翰墨

非徒換羊傲俗不圖能化俗邑人早已息貪張原注先生以張令之處賢宗名於榜

而忌之不能其脩悍傑知名故云積善餘慶天眷深巍然壽骨邁常尋扶鳩

自適閒居志隱豹澤忘利常心坐擁百城名士集欣斯五夜

陳門防何須更說前朝事曾居宮苑到御林原注先生朝考曾兩次登保和

殿功賞紅綾元韻有紅綾枉啖樣京華之句故云深懸刻貢在轅門原注渡先生遊其多成名士而獲魁未免於儒儒故云

君貴金針度鈍根漫指月宮候第子詮讀雲錦織天孫童蒙

自覺頭如昨追遊無因負負笑衣鉢相承聯爾爾先生後進啟

同論原注望偃以授華翁先生後塵而學引文章多不及一欣瞻吉文壽增加遠計期頤歲月

賒誨學許袁華北面（承恆先生歷主琴泉戢宗故席多年，今後主誦陽明西庵二院，後人咸奉為師）寡生知早誦南華傳人殘祀千秋業指我迷途四海車度幸老成無慕在斜陽流照赤城霞」弦作六一首之二云西子萬優遊士風羣欽耆宿豈無由昂藏老吏標風格矍鑠先生詩雪頭惟有鳳毛君濟美徒增馬齒我全無一畫都寒後起余筆許拙法勞後萬狀」出餘以未成叢殘不蕆馬稿集經多大者年置散投閑記句用徵文考獻馬端臨筆自道之嫌指全稿多繁複之意僅置未法故割愛置之黄子絕之作則隨筆抒寫失之平弱非惟遜於反並遜於潘与弦無務以学向孔门期一貫身隨雪母歷三遷從戎老奮棄同馬坐擁據貞懷袁

平冰霜備歷磨張子泉石堪撲擊幼孫等句郭君雅錄且按
之余身亦能注語
友結實本是契友李桂亭棟林高足弟子體學頗深詩
文亦有矩矱不墮風俗偶寫白桂亭之作古即寄謁於余每
有指授輒心識焉雅有省私並發之致遠以和余自壽詩來並附
呈仰大鳴山路吟之律云一五岳而遠鐘此山崑崙蓋疊翠
鎮南蠻邊荒衆嶺胥依附直插主奇峯仰攀參崗嶺
收香雪裏春茶細擷暖雲間繞他澗宕崖巔佳複袖層
岩日繼遠之 秋冬春朝倚懸崖關門日有對名山馳情每遊峯
層疊歷覽無經路曲雲樹聯碧雲凄凄之塵腰流注水

滔滔揮毫遠寫登眺與千年岡陵西月同
莫子慎齋文遠怕茶城送元庚寅夏季來權邑司訓余在郡
委院接謝遂生色僕信盛贊稱其為樣端重藻思宏贍能文工詩
約余到縣与商修邑志事以其雅擅作史三長也余於秋初因華
赴節歸事詣縣並請福為把其言論丰采果然見符所聞
處心豪之走筆投詩六絕即以依韻照錄云年高德劭重鄉
閭學問爭傳富五車那識天真賸賸為門偏因化龍魚乚篋
經搜集惜殘篇兼逐名公論不刊最是平心論土斯福擇已定選
寬難話余編館志草事 遺編存悔舊家聲韞匱何如付梓行壽世
文章雅在學一時傳誦滿樓城 此福編刻先子遺事也 訓懷慈悼雲

更優一層克紹箕裘名流少有不負薪者故解釋當無恨耶此謂余年寄母教也

當年戎馬恒奔馳百里鄉間待倚持不是攜筆輸義餉爲解子

歸免流離此謂余乙丑年納捐送事栽成後學爲將來傳道頻年餘悵開啟發

起衷追曩琴書棋多士出塵埃」憶子慎庭文甫後任君卿强毅

標榜九疇以續書佼累上祛庭先到學中理子慎嚴禁者乎二寸毫

不使很費一錢且條加庇護謝君侯因無不問士林咸頌之且

性嗜吟詠借聯詞君謝仲福聖熙幕賓強徵泉鳴玉及君名

士負芸埠識家沅照照序春夢結社於其西齋飲酒賦詩號

無虛日又好遊覽同謀有極便追尋名勝於君之好山好水之癖哉

適余以中秋為國象製牌鼓茶送謝侯事再請聽琴與謝侯作

别於經其門訪之不遇詢知其孫輩到消夏園賞花也留詩五絶而歸後多以依韻寄極進以送謝儀以代晉省詩四律及游鼓屬山云律二首見示且約云俟和自壽詩成當造訪于西湖並遍遊近郡名勝余因閒便諗之不意其家有要事急告促歸里余深爲之懷惜焉以爲子慎倘能久留訓子定應爲福於士林蓋不少也其寄懷六絶云「自笑平生得句慳新詩和就駕先還（原注以壽詩見惠是夕依韻和成次早送上而先生已就道）雖取殊安幾番惆悵臨風嘆道貌重瞻兩鬢斑」誰是清高不世情懷君繡繡愛旅引詩文更擅茲犀技擲地都成金石聲」深慚下里未成章藏拙倫邀兔很揭勉再推敲癯鳥句無端又[illegible]辭松鄉」（原注送詩倚作四詞文曰擬再倚錦並云立遊其婿遊欲跋辭不能執筆漫付原草以博方家一笑）珠玉紛紛兩度

來今人雜誦我代田襄嘉，富有裁成意，大匠無遺尺寸材」首二句園
千桃薜蘿寒齋欲聚鳥聲多探秋而有橙柑趣皓月橫斜照巨
羅」閱道而為院宇深定來分韻閑庭冷宦閑我幸無拘束令駕遠
眾訪戴也」其遊起鳳山作云「蔽出東郭（峯）羣幽奧西豪田思庠
水勝遊指鳳山而行佳深身忘倦（原註：舟石艇泊岸余因及芷坪乃寒霽而度）登樓首自搖
桐岡何日翻振策慰君書」誰挽頹波障中流有恐六潑峰高並
峙一水去遙釣隱人千古（謂黃晉江錫袞）登斯樹我同我素思繼芳遺
範切追攀」歷遊謝侯之作頗深奮發氣以為可以不論存之也
謝遂生為侯已丑夏初侵任先の張南村於府之言於吾之紳士独怪之
於余一人余感其意因福之雅者係蕃徐孺之契性嗜吟每有作多以

相思遂結翰墨緣，致無風雨間也。余每有吟，亦常攀余於後，不以雲泥之懸隔自沮。庚寅元旦，試筆忽有懷，漫吟成七絕六首，寄呈之，比上元後乃往賀新禧，厚庭下榻，歡談竟日。次早告別，俟衍曰：何遽也？屬和來詩尚未脫稿，今即別，其如春中乃有以請政于逸園，月俟諸府祝壽畢，以詩作書之便面見惠，其句云：淑氣新回歲轉天，籬無膠理忽經年。此來何幸逢春宿，借箸同烹大忌鮮」鼓化深懷勞聖奏，人文原是國之華。最家伯仲壎篪雅，并蒂奇栽洋水花」謂小兒純宗及純闓四侄也宦海光陰夢逝波，欣逢樂歲得民和。幽居儘許高人訪，素種田間擊壤歌」何術能無利厚生，蠶桑猶未廣山城。閒栽桐樹高千本，頗把匏之句載賡謂余嘗云與說種桐事同說發辛酉一筆謂余以遺暖子承家與俟同論

幽貞爲訪遍蓬門謂余採訪節烈爲題旌事風教樹後人心正月夜座無丈村

宅表閭里美仁孝者宜報祀秋春謂先子詩請建祠事知先覺後熟傳杏檯

前期承古哲民

謝恩侯以司馬歷署州縣政至著惠政早以廉能蒙上賞其素罢冤

恩也本慈惠之心以爲政政之於鄉士紳倡文教興利除弊發潛闡幽嘗

以四鄉多曠土招余至署議舉蠶桑事余以爲桑蠶不如桐連桑難

不如桐蓋桑以取絲必有師桐以取油無待師蓋郭橐駝嘗有家留

千樹相見孫不怕窮之句則桑利因變桐利兩美因地制宜桑忌旱桐

不忌旱似爲勉民于不濕種桑而高原則遍種桐五年後當有顯效也侯

欣者即以余此言出示徧諭鄉人跋又曰此爲養計年豐與教當益何

余對曰侯之政績植文士詢訪幽潛甚爲鼓之至矣侯於是更選文士之俊者月兩課於琴堂評甲乙而分別賞獎之每課日必具盛饌既成文必飲酒賦詩而後返是夏初先爲先子評詩從祀鄉賢後修金鼇峯劉靈溪太史專案首爲之評詩且修採訪節烈婦女得五十餘人爲詩請題詠於簿書鞅掌之中而切切於卹民隱振文風爲急務澤感下究故吏形而頌聲作焉其將受代也有留別士民四律余已和成即寄呈舉以士民籌送牌徽之舉又入城道其門下士廿餘人具餞筵於嶺山書院席與宴焉酒酣余口占一絕以呈云「宦紳師弟訂來緣桂月依依照別筵萬縷情絲杯溫裏媧皇恨不補離天」侯即依韻答和二絕一以示諸門士一以惠余其一云俗吏偏多翰墨緣驪歌一

曲廠瓊筵叙勸頻空李年會桂五來生八月天」其二云「遠離重訂再來
緣老去何須感盛筵殘飯妃晨同努力好詩頗寄暮雲天」時在席
者各有和章定扇並奏而僅獨賞朱椿西殿華之作以為素絛元
外情韻悠然在座少有與抗手者其詩云「最難遇合本前緣字
宙從無不散筵會少離多因底事試收秋意問青天」王果傳承
流閣自云「程門久立本多緣惆悵今宵作餞筵無限離懷消不
得酒闌忽嘆奈何天」朱海門錦霧句云「三生石上舊因緣
話別依依此夕筵安以驪駒遠少駐來宵尚有月明天」余以為
此二絕亦有纏綿情致而候別以為難及桂榜西馬迭席既罷余
又同以韻得送別詩多少候白依門士之外韻陸續至到者百有

壽同寅之作不在此數即此可見僕之選擇之嚴矣云

謝為僕已定代賠引於為之六十四圖遍東以留別之作並寄函致謝以

安僑宰治勉為良民其愛民念已之心即此卷可見自來不少循良卸

任者大都報然竟去耳無如此款款也故僕留別四章莫不懇存之

以志一時事其詩云依期已及當歸留相築樓耳兩度秋自笑一

官如走馬敢辭百里久藏修無欺每覺民情厚有教都徵士習

優浸潤已虛心此愧送人明月正當頭」邊陽風化重維持吾以惟期

敬俗移謂為中將嫁陋習多有中道相棄刊示嚴禁事表宅敬題先達里謂題鄉賢李白來先生故里碑

披荊為訪古儒祠謂偕同寅遊諸形勝院訪文成公祠宇負搽遍采寒門婺謂搽訪節

烈婦女孫請題旌事崇奉先賢塑聖師謂負多為忠義營事雖乃編派試弟子猶了

解為聖賢規（謂沈禹屯中丞刊發弟子規人皆奉誦也）登橋悅放藕花天（謂偕諸同士嘗有於夜宴荷院橋事）
城市炊烟滿目前山水靈明原有象蓬瀛清貴已多賢（謂劉太史及先子書院祀鄉賢也）
憶評月旦聞文社（謂集諸生四墨會課事）將繹風雲守硯田不盡故人今若歲
每吟講席信凄然（謂蔣翰儀司鐸筆主鼇山講席之作古人）以蘭舟人共濟和衷能與相
閲儀士同團課早完嘉直道（謂為人完糧爲家早事）世官宜守戒貪風（謂士官多苛派爲戒）
（謂甲規勸並定納粮章程也）豈防幸絶錢張社畎畝難籌灌溉功（謂負郭當水利難興也）一樣
鍾情桃不言忘機魚鳥亦可馴（謂署中有池魚及鷗鷺樹之巢也）余辛家遠辭職
上公庭候笑接職有累事何也遙羨去頌楊全在不言中之句遙
聆餞筵卅餘席後又有到處接杯都辭把將當遺跡與人看之
句其風趣可有如此

謝忠侯本遺腹子，乃母氏朱孺人年廿一歲孀守，奉親撫孤，以苦節聞於朝，奉旨旌表建坊焉。侯久宦于吾粵，孺人年七十時，嘗就養于岑溪縣署。吾友濮陽鄧袖東錫侯，正司岑鐸，為節孝頌以揚其懿德。範吾詩云：生不獲媚舞孩，女跨鳳，吹簫曾學神仙弄。又不獲車挽鹿，案擎鴻，齊眉偕老琴瑟中。由來寡鵠難為偶。苦志堅持掃秋帚。茹蘗飲冰天玉成。自然福備箕疇九。母氏朱謝氏夫，夫死淒悲廿載孤。遺腹有兒生小鳳。苦心兼父作慈烏。年年乳哺年稍長。以授詩書手績紡。篝幸熊丸助讀勤。相期變化凌騰上。母綠兒穩，且撫遺雛，兒牽母裾，孤學名駒，孤兒寡母時相須。養成羽毛志飛翥，直欲干霄摘星斗。年少才雄志不窮，那知

待兔甘株守驚心烽火滿鄉關世亂時危一第難避地沅江擁奉母宦遊
粵嶠且居官宦戕茲小窺心樂循教孝黏頭聲作壹草尚詩携
拙詩之篇砌種參苓藥君不見寶庭桂玉庭槐高門玉樹同栽境
試觀慈萱犀杖喬宜博封章一品來桐蓀繞膝今簇簇尚覺秋青
惠故綠我亦金蘭徒萊邑黏族閫範心悅服素寂儒官好吟咏表
揚壽母貞節引途日阿連有跋詩贈由畫荻承家慶小人有母素無
緣萱茲慰高官福祿全（原註余七歲失怙年二十先母棄養對此愧君殊慚也）鶴偉清清如永鶴壽高
高如仙一例清尚能耆年記取天中節後一年一度祝星燦余亦
遺腹子先慈之苦節亦與先孺人同惟年卅三臨穸為少異耳上年
謝儀錫詩節烈婦女有功以滙年舉報周邀旌典並余曾此欺君之

举亦有議其後者不如循例之為無歉心也頤余為寄母金堯章梓育
歷四十餘年而老于鄉亦不克表揚以光泉壤援謝俟以自讓抱愧殊
多矣袖南於僕有厚冀焉而余則深自責也然亦無如之何矣
羅佩綱之錦本楚南人其先久之寓居桂林承世業精申韓之學素為
當路上賓歲庚寅黃硯賓郡伯延請入幕余因得識荆迨遂就館其家
於柳郡臨別特以乃翁母蔣太安人遺照詩集見惠強亦能余為題詠之
頤集中詩百有餘年嘗代名流之作古今體具備雅什如林覺余詩
能言者皆已有言之若難別開異境因而擱筆焉然集中諸名作
其叙事狀物簡括而筆致倜儻不羈於心竊愛之以為揚休頌美之
體裁在是後之學吟者可取法焉鄧袖南學博吾云桂之一何奇之樂

比之爲壽桂水一何清清激鍾閨秀我閔羅母賢柔出薛徑曹紉讀女識
書聰慧由天授生成鸞鳳姿譜早兒鴛鴦繡廿二歲于歸廿七命不又五年在
御琴瑟兮鸞鶴絕何其蹙哉歎死同穴覺覺方在夜夜看老靈椿下有亂石詠
老弱見亂兔淚眼含悲辛仰事與俯畜倚賴惟孀人孀人撐大義矣前
比姑翁以歸化子戕甘旨日操親以母兼父道詩書課兒賴兒讀母紡織
祖祠爲重申惟冀勤學問冰蘗志克伸若心天不負晤使必有後
令子今顯揚榮誥褒素守華表矗雲霄天恩何高厚懿行播
今榮我昔閔已久今年客陽城羅君時聚首母德問甚詳稱述難罄
口贈我瑤函書得詠集眾友一事更傳奇戚里遇遇產歸三日恒鬼胎
醫巫皆縮手母聞救救急肩輿夜飛走入戶生如達誕朵終無恙正正案

茂邨人茹膽千金肘節此挽生平令法知六九雖居純孝心錫類由齊

受觀孝知母慈懿範垂勸有懷、更思古人鍾郝與陶柳頗將殊事傳

千古名不朽王爾璵少尉忌短吟云石破天亦驚城摧鬼歎哭血淚並吞

閨閣述卅載心枯一塊自鏡掩鸞琴鳴雉宜雛拚一死白頭貞口何期持

墜井救繯姑曰上之死亦易耳立孤難也巾幗何讓鬚眉男子存亡大事一旦爲貴有

子像讀經童纓軍門落日大旗橫六麾拔趙旌奇兵樽俎折衝衛崎

嶇潛綿播河関千里源息庵、推恩錫類、醻典茂，語日、母貞且賢京、識婦德，

慈鼓俱無憾，綽楔彩煥光星纏，光呈纏，壽銘碣、遺貌素親聯，題詞

饒雲徽，爭輝不能著言鐘，貞義列傳從何說爲問蒼蒼何以況其

節古井波瀾，殘此夢雪。萬子蘇刺史七古云一生不如續列女

傳內則篇死不願併聲名鄉里傳婦人惟知從一志辛巳亦並古爭後先
欲徵之西吳山尼雖江陵族有賢婦徽音殞逝無再傳晚有令子能肯構
羅君幼能讀父書學窮中歲道不振其年宦舍共晨夕幽憂怨慕常嗚嗚
徵詩四方廣搜羅名士才人爭相過披圖細數生平事坎壈纏身無何多鏡
裏紅顏尚未改乃悔燕婉空兩載又年幾亡葬夫山風雨一夜悲聲放畫
上有菊侯撲翔騰下有子孫哺雛織蒂畫欺暗傷心孝思不遂節不
渝並作單鳴琴號爲尺探相相待以終老井中之水自古無波瀾於指
截髮亦爲事惟為捧踊蒸志良猶難懷貞化石何足道晚節懿垂
兩間吁嗟乎從來缺陷無人補我將執筆超天鼓湘靈抱瑟青江
浦寒月况乃老照尼孤雁哀思惻肺腑黃鵠悲詞邈今古夜夜空樓

墨杜吟苦西風吹落滿天雨」張南村明府可左云「朔風日凄厲庭柯強不撓夜積貞松引感此冰霜操滄桑有完人志士懷吾曹出潛豈待發鬢髮結嗷嘈從遐九重旌寔頽羣言褒桂念旅兜心欽茜泰山高極思出至性淚零述遺書孝慈立節中生死殊途勞生能伸屈雖一死真鴻毛遺像恨未瞻想見鬚與髯猶畫厭再拜秋菊陳芳醪」此外當不少佳構而不出吾家範圍而今人云亦云此語謂鬢髮結嗷嘈也坡從割愛之例不識偏蔽亦以為病否乎

杜甫詩箋兼錄存梁可廬先生及王蔚姍少尉之作今披讀鄰袖南學博桂山吟草更得二律工雅綿麗覺可與梁王相頡頏爲余

年來傍遊久不見牡丹今復此詩不覺與花相對而愛不忍釋也特再登於此與愛牡丹者共賞之原詩云天香深處錦成堆滿院青芳向日開生就穠姿真國色當年風韻亦仙才樓臺忽自雲中起富貴疑從意外來尤是人間全榮福許多心力費栽培飛觴送賞艷陽辰不羨繁華石季倫玉樹風前饒韻致瑤臺月下想丰神花芯粉黛仍超俗家有芳心易感春我學洛平難寫照雅詩送倩誦仙人

全州蔣申甫先生琦齡本名奇淳道光甲午科舉人欽賜丙申科進士第二翰林院充禮闈考校官旋出守漢中府調西安即升守四川鹽茶道內升順天府尹乃公率于河工緣替任丁艱歸服已闋值逆匪為亂上中興十二策叨直臣之譽才獻卓異名垂崇隆莫不共推為中興良佐也乃以母老乞終

異歸時乃弟蓬史秋泉二公一任河南知府一任湖南太府爲國而忘家惟
乃伯興之公在籍先生以孝弟叙樂於林下構一園於湘源之東曰歸來園
公作歸來圖於園內鄉紳耆學博爲之賦詩並祝太夫人及先生壽得五言
長排五十韻先生閱之謂曰格律渾成詞意閎美雖獎譽鄙人事實有
愧然亦云而截金為句雕玉作聯置之元白集中幾無以辨矣是詩當為
補拙齋詩鈔壓卷閱其詩集爲錄取而誦之而神為之詩傳先生之事亦
與俱傳焉至詩云名宦歸田錄詩人陳此表孝思方未永恩遇一朝隆錫類推
賢佐精誠達聖聰居綠情有摯弟偏喜孫重畫堂開日斑衣綵舞風
杜陵今再此陸氏屋西東舊有園三徑新添地數弓依山營棟宇鑿石
象衡峯水引千畦筧心開一鑑銅魚遊餘可數燉野鐵能充草種之蘭

香飄栽桂杏叢四圍甫映綠滿堤几搖紅繞勝騰依處含餘笑語中雅

懷禧壽母四首 慎終立業日魁多士登年正切沖似班殘島路二男蕊珠

宮玉筍值鴛鷺金泥遙雁鳴提衍重慶下策叙一家勛業荷常平統

女原董賈工校書燃太乙獻賦陋楊雄試榜門多李名園陛近楓牧民

留陝績留策蜀以功官擢張京兆身超趨祐箭禁城煩劇理首善政積

從建樹追前筆動名益乃翁綠河曹書釋喬木生青蔥潘安閑居

賦首奉讀種榖基廛似越後寇壘竟功成萬目攬檢棉閣心抒抽

堂孝像承祜教八政議兵戎拄上中真策全籌篤棠忠九重達帝鼎

十二獻王遇紫殿亮旌直蒼生念切痌時殿報換手親老居方膝受甫思量

秋前歸覺芳範院蘭吟桑子葉柔承菀之視饌餘法偉安輿賀綠騰

湘源旋返棹珂里動嗚魂家備齊賢福途兆阮籍窮鶴厝貴顯鵬

路君聯翀誥命羅鸞勿坤儀攙華我來瞻翟茀慈萱極悼巾幪南

閫方悼母東園又祝公觴夜稱海屋酒共辭郭簡壽擬莊西鶴祥占渭水

熊圍寶孝梓象瀟洒竹林同高望倚扶杖遙聆鳳翙桐天生申及

甫位待璟葉崇無止人云健飛端瑩永終更看調鼎異純嘏錫蒼

穹已此詩申甫先生之評允矣然讀其原詩其命意布局之清玩其之歷抗

絳擷之意可得其佳如前貴一步尋對之不胸次之廣猶未識其妙也

袖南更有似何擅其太令壽瑞芝生中無六殊一篇可謂出佳妙惜太

云不及备錄

袖手蜀遊甫旋梓閩申甫先生已歸而往謁福先生者已就正之叙

破格宏揚神韻旨。詩四絶云：「肩擔峨眉第似雄，歸來何幸接高風。此行甚足強人意，得見名山又見公。」經絶文章擅今卷，中垂策早有傳世奇，未愛永南陔，升遊年與通里閭。」天章事旨極尊崇，篤學難移孝養情。多少蒼生垂一粟，而探山莫漫老之鄉。」任運彌尊達念福，老分岩本嶽多嫌隘拙人。」我幸來三徑，山王巍然遂仰瞻。」先生得詩即依韻奉和云：「使君老戀德愧英雄，甘讓群賢在下風。殘幸商山芝可采，東園自笑四呼公。」文章豈多窮時蔭，莫作新陳種樹垂白石，清泉舊約還尋端合老鄉閭。」壯志如君自頭策，題橋蜀道魅渾樓高，壇沽酒重雖宜讓未名虛負卿。」蘇山學老志彌穩人，以詩窮死不嫌晚，歲第芽傳第子南能衣鉢待重瞻。（原注苔霞舫大丞新歸道山，君爲至高足，垂此頌之）味此一唱一和之意，知其

深相賞契，有過出於尋常者。彼此當無以應酬俗套視可也。先生又有

補松齋詩鈔題詞一律，尤見其于袖中深有取焉。其詞云：翩翩風韻謫

仙才，疑是霓裳隊裏來。筆陣千軍推健將，花生五色想丰裁。官閑

偏得吟情暢，詩好能將異境開。一捧瑤箋驚手重，摛華撰藻答

瓊瑰。

嘉定黃幼達孝廉遵楷，硯賓郡伯第四子。君也翩翩佳公子，年少

登科，作書工行草隸篆，筆力遒勁。上年秋杪為郡伯壽，余曾吟以

致賀，未叨醉答，疑其能文而不能詩。詎今辛卯夏五將歸，相就話

別。余曰：鄙人衰老矣，此別再會無期，請留一墨蹟以慰相思於異

日可乎？幼達欣然俯允。余出一箑，即叨畫蘭作於其上，以相惠。余于

是將知其能詩，而以不平聲匠鼎之說爲恨。爲其詩凡三首，一爲李將軍射石歌，云：黄昏四野天濛濛，將軍夜出腰絃弓。鼓聲無聲壯士愁，是何颯颯風相從。豈非野虎蹲蒿蓬，將軍怒呼猿臂振，一矢中虎穿虎胸。撚鬚一笑野虎斃，滿營歡噪聲摩空。豈知見石不見虎，過視猶作虎。無無將軍聞言眼且青，彎弓張再挽，巧力窮。前者此公後此公，豈有天數存其中。大風起兮沙礫走，穿楊老眼何曾蒙。嗟嗟將軍真英雄，遺塵爲恩將軍功，胡爲數奇之至此，此生萬戶侯難封。何況身名嗟不終，一賞一錫給麾下，豈有嘉懷及非忠哉。今自別明其表，衛青衛青生何當，徒令閭左心忡忡。持此問石石不語，蒼苔滿矢青茸茸。一爲日本義暮感懷五首之一，云：北上方壺山遠

望天盡頭左有數洲島右有澎湖海流搖櫓尾相比擊柝聲相聞。風土

兩地同一人民無異俾驟歌北風競揮手吹不愛我聯係居盛爾等

我仇讎貪竊何說特上下分裂尤玩弄西人掌從今知也無善爾比

鄰人來兩書綢繆（原注：時日本有事琉球之舉）一為步友人遊冰井寺原韻二首之一云綜

跡未窮字生平頗不喜紀遊詩特次去日學僅疏對策後家趣旋

向起居摩挲波瓊琚那敢佩國權漁」幼達屬此未思西臺中或識帆

余詩見于又琹山房吟草中豈閑中急迫未及潤飾不及生薛毋亦尉

閣暇擬作之工是了取爾那郡伯書獨手識悅幼達屬見詩來稱也

硯賓郡伯一門風雅乃宦瀚古度方伯達憲亦吟壇飛將也由

送接聖賢書究心時務詩熟海國情形即以此四仕敬歷府道尝

奉使海外頒節日本國閱二年始著有日本國志十四卷並日本雜事詩二卷於其國勢天文地理政治文學之宏規風俗技藝服飾物產之纖細靡網無遺唱歎歌詠字字珍微無一假借斷簡殘編皆未嘗謂於稱觸寓深情遠韻於豪端以幼達視之文覺季方難為弟爲然其事博其詩多難以前所指錄見其佳妙今其板存揚郡之高博厚吏隸欲知海國事者其購而詳觀之亦堪益見識之一助哉

硯賓郡伯幕中雖偏萬之錦鄉辭漁者多詩詩人也余于公門素不好出入無從敢見以窺其底蘊然於從政書齋中亦幸見一斑焉羅也褚二方云萬事今日待選開風會慮筆遐綠求索唱大羅

天上曲快傳瓊宴座中相將江有定頒擡首（原注：時余在撫府幕中未赴與宴）橋井何年年沐賜勉致仕人詩一闋詩屢雖老集甚豐」德門弟祿壽延綿南極星照瑞更鮮簪笏滿床昌後裔芝蘭繞室慶高年杖鄉歲合延三百椿樹齡高壽八千富貴有能兼壽考龍章褒寵降無邊」鄭又續四首云熙朝人瑞魯靈光恰喜林泉歲月長閑來身健甘淡泊仁人理合獲康寧（綏）詩書啟後詒謀遠壽考承先雅守彰原註高年遐約佰歲人稱祝冠鄉」繁衍世胄艷陽天八秩籌添登壽域天畀遐齡娛隱逸人羨陸地覩神仙精神矍鑠於極楊風月嬉娛杖履便爭羨魯庭朱紫貴兼衣舞綵正翩翩」恨餞盡寇得桑麻造福由來食報奢子馬

公翁頻捧檄百蠻，持節舊乘槎［槎］。雲礽累葉箕裘富，風雅一門韋

布禱。更祝先塋能繼美，形頗彈指歲衰嘉」鶴髮童顏樂不支，茂

祥協值杖朝形。嬌面放績遺長愛，海外文章受主知。謂公度方伯駐日本為事也

早為韜鍔儲杞梓，又看砌下茁蘭芝。匪疏愧乏生花筆，祝嘏遙賡

天保詩」此二作黨雅君殷淳而郭殷刻，然清吐嘹風雅殊圓玉

潤，不愧作家也。

張懶泉鳴玉，張南村大令從子也。早歲業申韓之學，從宦粵廣，為

牧令上賓。歲戊子冬，嵩月岩明府培植之，副貢加指授，爰延之

幕。余於太和押隸，偶與一面，旋別。此己丑夏，嵩侯被吏議去官。謝

遂生司馬來桂，家爾之佐治。余於謝侯有夙世因，屢叩東［柬］邀，丞罷

因得數與深談，乃知其能詩，然伊以余為南村從姪同譜，執年家子禮甚恭。余見其英少謹飭，無宦場習氣，以究嘉之，頗屢乞其佳作，終因謂不工，未嘗見示。迄庚寅秋謝侯得代晉省，伊亦別就館於潯陽，將出其步和謝侯留別之作以相質，於律謹嚴，詞意圓洽。余謂少年得此，異日精熟之，當亦一吟壇健將也。心竊嘉之，而忸相見之晚。其詩云：「蓮幕殷殷特我留，相須佐治再經秋。循聲久播推司馬，循迹新敵撓棄攜。力挽頹風民式化，以傳文社仕學優。一腔慈惠多遺愛，蔽芾甘棠夢隴頭。」意在編摩賴主持，依形息及恨量稱，此光闌蒙與仁里，善敢承領重祖祠（謂侯及司馬公山中建祖祠條規事也），任著詞壇宗大匠，依然吏治奉導師（謂侯並兼業譚李雨中丞門下也）。

風流蘊藉邪非拿後學端應守矩矱」殘黃柳色暮江天惆悵臨岐馬不前結契早深知也感皆雖離於主人歎岸蹤迹浪湖。歲已窮水供耕耕硯田碑銘斷未能今又別河梁攜手意凄然」事無大小毫私衷朗抱冰壺幸與同室化編爲聚療而論之真有古人風選追卓魯倫成績漫假申韓騰紀功開蔣旅年來何敢補天倫亂乃棄駢之」謂乃母迺君去館也吳四詩託頭附億事草於篇別之作從略故不多贅

庚寅臘初余辭館回郡館里中途遇雨因病嗽延醫治余曰宜散邪醫曰老病虛弱不可散也宜補投以補劑邪遂入裏重發病身骨擻醫皆不效幾於束手待斃宗兄田志迺黃香園廷治

未終視訝曰先生有怪脉無怨乎前醫之束手也然胃氣尚旺可救不用歸脾湯大加遠邪藥連服數劑果有轉機後用八仙長壽飲而漸愈辛卯元旦聞爆竹夢回枕上見宗兒侍榻畔口占一律示之兒以余得多吟詩云者節回話及門陸續來探兒編纂以示之黃少山閣子紹見和二律云連轉三陽春正回師門煥彩淨無埃人仰大塊文章假天予名流壽宇開首祚歡迎新歲福先生怡釋舊年災明山宿瘴頓披豁快覩祥光入座來」滿座春風暖氣回文壇歌拂舊塵埃薦條爆竹吟魂遠瑞藹香芸曙色開已錄籌添齊晉祝八仙饌露幸同嘗桑果無憂競然在於歲歲追杖履來」比伊起病多皆郡醫館於檳園首夏子夏再統

寄懷二徐云「懷舊孤文自奇而絕，足江山獨見，疏通道範睽違，夢企
慕詞壇趨止，祝安舒，鄙況不覺量移速，有救遠思再化餘上話
梭園風景好，懸知舊慕患消除」由來鼓擇佈無方，伸以為之
貴遠重篇學，想多傳佛缽新詩，知是滿溪囊，生照作律
萬集（謂余之旦暮作寫書寄，好仕是盤火之句）擬席論文，真正長言，念典型深二編
統香短聊自拳枯腸」余子然自乃嘗蔚齋先生作古論即修家
在畫挺生，崖余遊無情，吟說同是之律而挺生處，短長伏無能長
裂首互切劘，無知者統之詩學，為更有進者，今記所作詞意園說
覺同門鮮有其匹，回思遊其寂，又不禁為之然矣
庚寅夏四月，黃硯賓郡伯倡屬吏協助之力，浚建陽明書院，事竣於

大府馬玉山中丞西瞻深嘉之特奏請摹陽明先生大像鐫石亭于
講堂上座後為詩于壁係列祀典並親御書匾額今上乃題敎衍雲霄
四字中丞又親書化洽南疆四字爲並題文成識窮機理學自綜實用
聖功兆禪宗良知直接真傳一脈郡伯并設而錄而懸之跋又自篆柱
句伯仲之間見伊呂先生有道也羲皇二語額諸大像左右並題楹
聯二一曰此地繼鹿洞鵝湖喬曲水濂洄宜風宜俗此人是周情孔思
本一心主宰又希聖希天一曰庭廣一時新與多士乾孝友稽文藝後
振識先莫忘却書生本色良知千古闢幸此邦民醇俗樸詩書敎
澤程朱後我無慚道學遺風又以詩榻仿宋從詹太史湘題東湖學
湖書院楹聯人文古鄒魯山水小蓬瀛十字篆刻而懸諸院門中

經再次缺殘書籍飭就從前書局以待來觀本郡伯俊章居創建書樓以儲之名樓曰敷文又命西公子幼達孝廉謹書陽明先生知學錄揭諸樓堂之壁面囑余曰此錄先生傳心語奉此以為敷文風厲有與者余對曰先生之學主旨於致良知然不善學者強於此心摸索頓悟或流於禪寂初學頓悟有難似當從格物入手乃不墮於迷途觀物窮理讀書務古諸格物事然知行合一之論實聖學要旨也郡伯亦以為然乃依課程十三則勉肄業諸生以精研經籍博通時務爲大旨諸以先生語錄之言爲要歸焉錄詞曰来爾同志古訓攸傳惟言為學在求放心心苟或放學乃徒勤而憂文辭之不富惟憂此心之未純而憂名譽之不顯惟憂此心之或湮斯須不敬鄙慢之萌造次不謹設僻成反視而內照吾也

以受人言而傷於煩，爲志而惰於因循，而以亡而爲有，而以虛而爲盈，而遂飾而文過，而務外而徇名，溫溫之柔人，名惟基德，當之强也，雖以爲仁，卓爾在此，愿之四一貫，乃發魯之參，終身而引惟一貫，三十年之功去一，於不貴乎辯，貴乎訥，不患乎鈍，患乎惰，惟篤焉而時敏，乃闇然而日新，凡我同志宜奎前錄」。庚寅冬，於院工告成，予身畫樓之役，辛卯夏，中樓工將告竣，郡伯息以丁艱卸任，吳性存通守鍾溪自那馬縣來代郡篆，李筱泉中堂瀚章又書題聖千古四字扁，懸諸中門，而樓園山水倍爲生色，芸亭墨手書，修後亦煥然可觀矣。

黃硯賓以畫樓落成，即命余自西崑院徙席來，設及門居之，四月經古課，余因以重修瀛洲書院落成爲詩題，俾生多勉強完卷云。

雖構甚至鄉士流於詩學多不講習故也然既作八十餘首中再有
法國不倫此語聲韻者推此以爲教勵之意吳西樵詩云「白馬馱來
有硯寶特從廢院拓荊榛精廬再葺修文德廣度宏開度士人
過化當年遺跡在境無此日建功新陽明更及蕭知李知是前身是後
身」結尾極譯云「修宇無僧歷二年竟成有志大夫賢覃敷雅化承
平世持後循聲絕徼傳勝地法從追感洞精廬草裏織蕪還荒
田元氣滄遠後山水挽光景信鮮」蘇挺生詩云「斬棘披荊力拓荒
園林院廢後恢張相資房吏梢廉偉特為先生揭面堂桂杏新栽
參樹在干戈舊恨釋儉梁金畫緯楔綜宸翰絕徼溪山信有光
蘇篤祿詩云「廢院重修若費神馳江風景信鮮新畫棟矗

之後書院宏恢拓劉蘅大守經綸敷之儒生俎豆畢
萃之慳囊一破爲同志名宦千秋歸不湮」韋無貞詩云「檀園卅載
蓁蕪沒覓園確意乎今再肯畫太守愛才思萬李廣庭之教育今黃
慳囊一破成嘉績廣廈千間費互張載籍況須從大府論經人
集水雲鄉」馬無貞詩云「院成陽明章有成程寄遠紹李蘭
卿策千廈萬齡言房三十靈今再構結旅臨策從賢太守橋工旁
爲象垂生康能課績與文教永夜吟聲即頌聲」韋瑞韓詩云
祇緣心切振儒風不憚捶基敍有功書院重開依環水垂楫特之揖
蒼穹昭山樹影晴窗列秘閣雲來垂標范冀言修文賢太守廣宦
課家同雄國

道光丁亥十一月書院肄業諸生於祭菜後置酒燕李蘭卿公及監院形學師於西東窗，蘭卿公有賦二律以答至意云：講席多慚玉尺量，虀廚猶笑菜根香。居然西蜀橫經座，權作東坡載酒堂。鄉舉士皆知習禮，華筵我欲賦承筐。桂園他日傳佳話，沆瀣從來一氣長。

舊學新知各染濡，前人規矩慎岐途。（原注：余手編擬國學矩凡十六門，始於立志立品，終於實學實用。）不妨合吹引同趨，莫但逢衣說魯儒。經術方能當世用，文章原要礪廉隅。明年相約來須早，同看務安文籍圖。（原注：嘗以朱子之硯圖石刻裝成書中示諸生。）

硯賓郡樓覓得此二詩，向余求其所作學矩十六門，擬再鐫掛堂中。余家無存，遍訪邑中諸李家，亦不可得，是亦一恨事。

硯賓郡伯庚寅冬來寃札故氏蠶織以重陵園地餘佃丁植桑以飼蠶辛卯三月重日謁陽明祠過視桑田桑頗茂而地土少潤是夜得雨喜吟一律以示王華珊少尉索和少尉和成并原唱以示余索步和一律呈郡伯請政稍存集中原唱云快讀坡仙說喜章郊行極目盡青桑千畦合趁三時作眾綠都隨一雨忙桃影侵衣春欲暮簟紋生水夢俱涼蠶祠簫鼓知何事閑說今朝祀女娘」少尉和云依人雲溼煥天章時偕多士陵底成敦估郶郶藝桑園餘時桃壓蠶事官閑偏為課蠶忙三農雨慰棠新沛一陂風清入夢涼孫重千林生家餘頗欣報賽馬頭娘」綠田大野木千章霖霖滋生樹樹桑耕藕首儲蠶服貢重覓以此老農忙

雲含雨氣連村暗，風送溪聲到枕涼。沃若正期霖澍溉田

家休祀事掃晴痕

王文成公畫像，原藏在黔中之扶風山祠，賀耦耕中丞長齡、任子貞學士紹荃，同諸有題詠者。光緒壬午，黔人重新公祠，將刻上石。庚寅春，吾邑侯謝蓬生司馬借覓，劉牧刻竹鎬大尹鳳紀、上林令鄭禹九明府錫疇、遷江令顏寶定明府嗣徽同諸郡紳吾鄉王公祠堂，吾獨爲儀舜，因語黃硯賓郡伯，共捐廉俸，偕陽明書院以重舉祀事焉。玉山中丞乃以所得遺像摹本命鐫於石，而位於堂中。龍明府有題識七古一篇。文成公過化之遺蹟，於是更垂不朽矣。辛卯秋，和黃兆懷、祝嘉仁偕來黔郡纂，謂公像位於堂中，高矣頤士流

得訪聽帆而遠足不能偕登堂快覩以慰懷思是冬帆又攜扁楷款
命余就李蘭卿都轉修表亭遺址建遺像亭而移公像碑豎其中
俾遊人仰于聽帆比得代將去特題楹聯云立德並立功立言洵與爽
此伏波遺合不朽名祠駢名賢名宦相見存殁過化根古如是余為鐫
而題之並以韻府詩碣豎諸門右其詩云陽明先生天人傳勝國
中葉絃極留威武將軍立營鹵大同宣府總邀遊校翁北司江西副
先生辟府寓深謀宸濠戰擒八寨收讓功悔延佞壽樾良知講學
絕魯鄒一洗其談性命萬朱陸異同果孰優洪水猛獸攻如佛不
免大樹偏蚍蜉蔽年遠謫龍場郵驛旋文教啟蒙函昌窩石郡高
其不愧傳遺像照千秋疏髯白皙癯而修貂蟬金紫更兼蔬相畫

久托西泠印社為壞券識平生，舟藤墜茂工新橋邊像石攝照中樓。中丞識寶重琳琅，余已鑑定。越嶠投抒瞻祠下，桑清幽丢於老桂枝。蛛螺般々萊渠水面浮，端如照鏡性真流。憬然令我瞻仰為倫語，依祀經通遠福，風馬雲車氣同求」

庚寅中元前一日，余七十初度，及門黃子銘繩軒和余自壽之作，余以為章草精會通於手稿，僅錄其發句三聯，子銘因以自致歲後刪改原作，以其難於攝溢美，令余自跋增潤，然以詩稿詩刻本皆有條不紊，具對之發章草研究法鑄圖說，我于無可置議，即此見子銘之耽吟雅有語不驚人死不休之概也，特再錄於此，以遮之。其詩云：先生章草古稀年，點信秦文本自天，海宇篆隸傳延綿

算傳世鼓衍賦夢還（謂余更由琴泉徙詩席於群玉院也）。淺遊兩院香分蔭，羽服
潑猿飈正錦雜是三秋，餘鶴驚何須顧影自生憐。巍然不柱
立中流，安宅安居正路由。銀瑄筆裡冰鐫骨，苦吟何多月髮訣
功成汗馬能銜轡，力挽生車索膳羞。修坦然宜存碩果，會無長
壽八千秋。青氈更坐向思陽，提倡風騷祖盛鹿，座續溪山老友亦
垂身勞苗墨毫無氣，況點正種甚奉醫。悟頗岐趨懷袁筆
歷練老成崇泰斗，嚶嚶遠漫附琴娛。識荷何休學海深龍
了了燈從向往擊無瑕玉，又真徽真而聽度金針，盡是言心會海很盈
兼而作文壇盛者，壽星照起袁幸有昌黎在，杖園耆英範士林。
爭春桃李又盈門，種植舉材被福根，偏地是無薰棒里，射霞

芝條及蘭孫箕疇見梅康強去棣萼平分盧法華謂余補臣又及文甫弟也
松柏後凋原有幾若多去日莫追論〻循〻誘我殷頻加久勤
門墻頻望餘春守有室借年繼坐壇殷者豈攜兼譌[論]待早
等侶傳鉢向予遲隨家駐車為祝杖鞋增健緩緩大步山色
鬢水霧〻
黃硯農郡伯奉馬中丞札興為發羣策殷殷局事甫秋繼
而以丁艱去任辛卯秋初黃晴帆郡伯擢篆更多延教師於人學
習養蠶繅絲打綫織綢之事因而暢行未半年蠶有成效且以
要條方嘗修城隍神宮及百郡王縣不路而修於磐修書院積
弊其他郡土官之醜遠革胥吏之外私禁賭以澄盜源捨藥以濟

疾病與死別而出其書來亦皆全政實心篤信慎獨三字之箴而以畢達之
識力引之澤盛不忘士庶莫不德之是冬郡城東門上崇荆花一本忽
結紅子為丈於石橋北十餘枝其狀彈丸北鄉以百計累累滿樹人皆異
之以為無法政之致政也惜城頭崇荆來生不知於何年自茲之前
李萬卿觀察來典郡於崇盛之歲重修郡城改民流散荆亦
然枯萎無生意此時後知然之靜觀崇樹郡象機能返後流之速集
荆以後花更茂叢英初統永無有讀以是甚異同是年之花開俱盛
於蘭然其實結皆青而細比相子耳近北壤郡伯力為思田境之策
乃有此異余於其變化時將引時吟十三絕句以紀之第六絕叙及荆
異明為欣賞乃等有崇荆瑞徵之作以相惠於引特以所作詒王

蔣姆大尉郭碑西壁詠門石余作改莫和作四偈戴馬余張
張堪守漁陽有桑無附枝麥穗兩岐之瑞蔣挺郡伯政成
亦有此兼循吏之美不亦可後先輝映耶郡伯詩四絕云南樓
一樹紫荊紅數百年來應運隆聞說此花之燦錦袍今號
榮石榴同」根翻雖石葉鬱青人傑由來啓地靈但祝數年後
瑞果家家結子耀門庭」文情並茂發繡錦一字珠璣一句寧盤後
晚回金石閣後生也敢企首嘆此作以全總詩有桑枝無附集張公援古紀今大有同之句也我為思
人謀未成恩人待我都多情仍肩呈辭心狀黎鍊此丹快報聖明
莫和詩五絕云「根托城頭閒喜條丁年惧悴到於今幸承雨露滋
培了石榴紅重捧日心」人民敬後樹枝梅贊字手時於着花葉

情有閑興帶逐漫將故事說田家」綽約芳姿迥出塵一番風景一番新知他歷練冰霜冬寒到無度却有神」人傑由來盛物華箇中消息兩無差願放天真以人意從此筆、不難花」栽甚能同造物私自存生理在枯枝天公只是因材篤秋色添香勝舊時」余於詠梅絕句外更有瑞莿吟五古七十韻並存拙集中此不贅」

胸懷都伯清白吏子孫也癖仙翁蔣丞公諱式度學有根柢篤於引證以孝廉起家隨曾文正公國藩與同籌餉敘勞銓授湖北四署令歷調攝蘄州江夏漢陽諸要缺政聲有循聲工游屢以廉平之奏奉旨以知府補用復奉檄督辦湖省全省保甲

詳擬章程簡便可行推究去而民不擾績成達上聽奉旨以補缺後
以道員用加運使銜特授德安府知府適武昌樊口民從事豪家
數千輩糾府檄諸水法爭萬眾往拏辦師引以律措置有方民
不擾而眾皆在就擒不折一矢乃以冒暑積勞事告歲而疾終於官
閔補先生貴無錢莫不為之涕隕余嘗讀其引狀得其生平學問經濟
而知兆懷郡伯之卓為循吏寔其淵源有自尋其所鄭毖敬謹
作小像贊云覽之甚容揆之其引穎洌乎深韻竅其峻研精枕
葄史隱名彰樸而藏耀蘭苣橘芳金逑露才程羅峯玫鑑敘
賢勞劉章疊貴乃積劉爰乃歷名區載騰驄譽馥之不渝其營
方隆再施未竟江漢滔滔千秋遺詠乚 又周氏集贊云湖湘之清

繇此豪英江淮之廣流其政孝〻福〻德容漸〻今巢窩列紀傳出
列循吏戴絃姻符悖持蕩前遊水不留瑣我明括其人並從其履石
淑後有民牧請祝於君」又其去巴東任巴人作德政歌以送之云巴山
疊〻巴水悠〻山川亭峙父母難留民懷德政葉為害施心同水淡德
与山峰檢我巴邑惟日無多四民樂業以安以和事無遲滯弊革煩
苛競務廉吏之務絃歌庭除不鼓門館無私索除三惑心慎四知
無為而理有之靖碑蕉公雅化復於茲昭然鏡石見纖塵清然
秋水澈底無痕人之世爾事之陽熱九之遺愛今之良臣薦為文章
得於紫陽永言孝思淮之文彊人亦有言有為而為家聲赫躍是
廸苟克繩恆君霜為宇顏川豪民水之在郡八年鳳凰來境並天

下光浦漾況茫無總蒼黄飈彼中林林有樸樕伐柯伐柯澗以霏霖
牛羊下來雞以棲牧悠悠蒼天曷為思後我有子弟迢遞焉爰我為
父老淚注流漣連長負地痛總無百錢嘆古但往但陽雲烟」又其
無留無宗有合律者稱吏之索冰即歸獨知官如秋水之白計以奉倚
能家者以用能安吾遠謨雖績不勝枚舉讀此兩讚一詩亦可得
吾槐哉
吾問君執友之能詩者以雲墨波永貞為最其女作有秋草七律
大都皆雄余於亂後求其遺稿不能得為之歎然未能一日忘今
壬辰夏黄芷邨家沉識乃出其詩稿以相惠喜不自勝吾欣慰
焉因登於此以存之吾詩云一度榮枯又一年秋心蕭索寒烟

江都古甫春色歸謝家西畫夢不圓花露無錆金粉地風霜
急乾聲徹天青々河畔來時路討独平湖畫灘然秋水蒹葭
四垂遮蔥心蘭頌不堪描園林露歷空三種裙履飄零夢之
橋夕歸張灯出卿々王孫歸路馬蕭々天涯玉露路難思岸牠
明妃恨未銷誰將辮状堪悲痕三生緣斷是情根車騎馬足
誰將花面掩烟姿淡不言絶塞塵沙佰士骨空江風露更
人魂漁将一段蒼涼意俳々桜園蔦葉村流雨疏烟西風
陽春山色淡斜暉美景水遠後紛紛楊柳梅高未掩扉别
路鶴鳴寒更此荒園蝶夢還飛江南江北都好詩篇感
素殘寒未歸緣遍他鄉樓坂開恩廻天地の蒼茫邊風雨野

臨睹疑落日千峯牧馬場薛王有情宵江霧迷人無蘇曉留霜寸
名今古關忽吊鷓鴣洲前往又荒┘晉陵吳苑越王城萬里風烟
萬古情幾處宮墻雉堞壁千山孤火走邊聲啾啾鳴鵲催邊暮
冉冉流螢江再生獨懷騷人氣韻在杜蘅吟澈楚江清
墨波十年經辨有志用世而踐上春官不第尋以亂離遷徙飄泊
異鄉比老特身平彰竟成此志而天又不假以年悤殁於衡州之寓
寓余戊辰北上取道湖湘求其柩而莫育出處而不可得惟有潤雲
之歲常狀之於極爲年來寄遺孤撫棉能繼志亦多成立而詢其
遺稿乃散佚無存余於是憶不勝爲墨波增矣今茲坪此惠示於
秋草六咏之外又有五言律十餘章是不可不以老友片羽珍之也云云五律二

首一雪意云瘦日條將の凍雲凝不開空中殘臘去天外暮鴉
來雪意欺爐火春心聲酒杯依稀隔牀夢吟動故山梅」一夜
思云壺暖餘清興香爐未冷灰庭深人已靜家遠夢相思對影燈
如豆驚心當盡梅更聞檐葉外鳴砌數聲來」五七律共十四首
都門雜興五首云越客悲歌倚劍寒秋風短鬢笑儒冠基芳
驕骨稱高士閥內筆頭有大官海棠北來少莽落嶺雲南垂鏡
迷漫太行山勢黃河遠樓底中原掌上看」嶽色河聲向日邊河
說石虎壯幽燕波通遼海三千里雨洗兵塵二百年大漠風迴
鷹掠地平蕪雲走馬行天怪來冠蓋長安道伏莽戎烽日控
弦」日夜甘泉報據高東南四岸接窮稜三江西溜蜂蟠屋五

嶺烽瘴霧林王濤桂舵風自利伏波銅柱靡遮深刻郎不信鷄聲惡絕除宵舞劍心」島峙遙分嶺嶠通吳江深入火船紅波晝不伏三千樂海市相於五百童白鬼遊獅子園黑風天在法王宮寶家金幣能資敵只道和戎計已工」居庸關內析津頭烟樹蒼茫古薊邨北斗高寒臨紫塞西山蔥鬱抱皇州人逢旅病中年老馬帶邊聲是處秋漫擬倚空能作賦而今方為讓此登樓」其四首云一以尊攘共好懷開剝後天心問老梅蟲蛾戕蝗春掃雪蛇陰蟄夜以驚雷何人說劍剚軻市自古贏金郭隗臺別有登樓無限思嶺南雲去海東回歷歷東西記爪痕鴻泥得失總難論精靈夜哭田橫島

風雨秋生耀義門，廣廈萬間寒士歡，大裘千丈使君恩。寧芳
有弱知何許，綠意初回寸草根」。種寒種暖日初長，傷龍傷
鶴髻已蒼，歲月箋種龍景換風雲聯，邀少年忙事歸蘇海
霜花森繞踞靈溝，雪冰黃蘆遲我扁舟，知己約白鷗天遠思茫
茫」。西似墨（雲）積漸烟沙，雨漢風流散綺霞，海市夜明龍吐月，癢卿
春草為誰花雲集，雨臧珠千樹，冰綠燈紅陽萬家。見說桂船
方閣我夢西蘇，雲落霜飛」。九日登河間城樓一首云「海棠
蒼茫接九河，滿城風雨動秋柯。懷人霜落黃花瘦，遙隔天
橫白草坡。仙迹蓬瀛勞想望，士衷燕趙為悲歌。題糕一字翻
成例，還君詩豪古意多」。又題范有劉郎故里壹方有石隱濛寶詩文

集後即以為别一首云「六年度平生紀勝遊江山奇氣蒸人愁 原注
回集中句 碧鋒光蝕豪雷換青劍功名困馬周憤海夢西戰夜臺
城天道鷺鬘秋引之我市風塵寶未信詩魔坐白頭」落葉寺
贈道生上人一首云古柏森森佛殿寒山光潭影空中看清
巖老園先秋淡落葉忠堂受月寬筆切我酬蛙蟻陣六塵
棧餘蛣蜣丸證知一笑而未竟散去天花春手殘」登峯頂詩
周遊高學持見寄一首云戲蟬嘶雨雁驚寒人倚秋花瘦
處處講院月來枯籟静僅寮雲去竹林寬吟邊碧樹稿千
点杯底青峰螺數丸寫殘架遠家依重九稿未屬送晚鐘
殘」兩夜東遊齋一首云相陰寒宴菊花天暮雨江城閉閣眠

菊花叢靜秋濤地一灯書課夜如年熟讀楚些驚山鬼浩歎
琴心託水仙謫似僊家枕裹環嬾雲扶夢飛覺來合墨坡書
平本秋冬兩季作原不止此而錄之者或以為枕中秘從知熊兒從坪
簽其詩得而惠余歟

黃世坪家藏書籍甚富學海潮時推於老樓尤存於園種我書
園地專與外國樓界寓及天下郡縣從筆瓢分瓢併仍代何年
岩之議皆條縱橫之獨於時文不暇究心故不免有詩經於詩詠
冊乃翁丹崖先生家法示嘮吟而自謂不工從不肯以示人獨於
吾邑營盤之名作多詩題書而隨存之不作墨坡之詩錄之以
傳也今壬辰秋初得此上就鐙余以就此遠別瑞州院吳婚雜圖

再賜若叩其所作，終以不及將付而後以墨波七律一首、七絕二首見惠。蓋為余亦墨波一歲而韋漢死，啟為築其詩以傳之，乃悽雖之方有蔽實深。韋芷坪知我愛之，墨波死猶有知，其亦為之語感否耶？其七律雷鳴為紀異云：「上下千年運數開，陰疑陽戰早驚雷。銷沈人物波翻後，點透天心雪釀梅。一葉望江孤夢過，一聲風雨破愁來。分明喚醒魚龍穩，試拂霜鋒更引杯。」其七絕題謝小帆畫雲寄思圖云：「越水蘇山又惹吟，美人相望碧雲深。雲端莫負團圓照，照破天涯夜夜心。」「邊聲日夜撓愁人，立蘇臺夢到家。相見亂山殘照裏，老楓千樹鎖煙霞。」、是時讀書子大率以庸濫時墨為進身之具，於經史多不能究心，於

摩时文而
自為此而
大之淺見
斑窗稿
先正且有
另刻亦不
乎人進士
乎宰相
格哉附
此以見當
余將後
其之高也
宗方友云
於二十歲
为时年七
一

先儒性理之書尤以為迂闊而不之寓目而不知时文能精於性理則
失之實雜而意旨不清真能博於經史則失之淺薄而詞旨不深
厚第習空疎滑調以馳騁於文場即幸擾一第補一廩終而於
俗學經理殺持是以博科第而因有為於發者此亦獨刺名教之
舟以涉洪流未見其有濟者也余二十名未經於名場日以援經為
業每舉此言以示人而章鼓無殊寥寥然無論高明沈潛數皆
沈溺於时文而不知反求其本況論文者且不覓求先民矩矱於命
意布局主柱分股虛實淺深抑揚伸縮之法全未講究但從儲
議備言剽目成句便自以為可逢时可售無師以此為教弟以此為學
總不計經經鑄史舍性窮理為何事通儒博士名家巨者猶有

何人學術不明心術亦壞能於文之不工也倫常引習之地即章句因然而不協於當然者道人心之敝有由然矣余忝充主講後教授園有年矣常以真學問望人而不不我信亦第執文言文以就時尚訛謬度金針者亦有日矣今壬辰春閱月課者覺於文法猶多有未精者偶吟七律八章以示及門陶生天法文亦論之而挽然争和原韻引云竊惟作文与作詩賦之法先生論之詳而示之悉矣後生小子何敢再贅而天法於此竊有請於先生者先儒有言學文學詩學雖皆學也而惟學道為第一等學術。挽自道學不明窮鄉下邑之儒日從事於章句文詞幾不知周程張朱為何等人物矣迨吾輩惟劉壺溪太史及太老師綱齋公有志向上而壺溪公文集不傳，學者罕得而聞之。幸絅齋公此集、悔重文集尚存，先生付梓以惠後學，言良厚也。夫法緒涌之境，然相見未之爲人悟近來義已爲儒，修要莫窮根蒂，此儒學者無能倡明此道。今先生學有淵源，爲吾郡士林宗匠，剏明道學，以變士風，皆先生責之。伏願揭絅齋公此集、斗六臺院學規十則，以示學者，俾我同人皆知有向上一事，而本周、程、張、朱四夫子爲宗，庶不至以詩賦文章爲第一等學術哉。不揣固陋，敢步顯原韻，以進質焉。先生蓋以孺子爲可教而教之，則天德之幸矣。噫，以亦山亦時文中人耳，而有此見解，有此志趣，是能拔出於俗學之隊，在先儒道學之統，亦有歸哉。此和亭之作，自齋備登記之，以質諸今之有志於學者云。

詩云「慺尋絕境未通幽，自顧終慚第一流」（原注：先生每以第一流人相勗，故云）。論學外談緣久病，更為司馬亦衰翁。近來頗覺心傳將，無奈終須口食謀（原注：時以家貧故，不免以筆耕糊口）。幸有先生偏憐我，時常以不遠勉交倚」。理學程朱得正宗，只今誰為繼芳蹤。先生本有傳薪在，後進何疑負笈從。伏櫪漫憐心似驥，揮毫學評章猶說為城、莫道誰侯、十萬光能發萬戶侯」。此飲來醉次第拜先生真出辭人心。詩宗李杜吟多妙，學本程朱造風深。憂之偉亮須務去花之僅絕親國學、大家賢、大家聖無難事，每誦伊川四句箴」。孔顏樂處云何，明道濂溪妙悟多。洒落自能開理障，疏狂終恐入詩魔。老去有餘心思上，紅日無邊遠年數摩第一等人胸之志，敢言我筆不如他。少作時文少賦詩，詩文徇俗本非宜。半途豈望能寫道，諱疾何爲竟忌醫。自昔讀書先辨志（引以學砭以辨志爲第一則），如今居業只修詞。聖賢亦是凡人做，誰是初生便有髭。手談猶墨冠詞壇，那及過壹四十年。便供游哉，追唐宗後須辭傳，陋儕楊。好從日用尋真道，漫謝風流學無近。讀愛蓮周子說，始知草木有真香。安生今日作人師，指授羣英只道思。做到程朱真地位，便幾堯舜美天姿。狂言自恃公知我，絕學相商老有誰。伊洛淵源應在此，休疑家家漫笑狂。雖得師生意氣親，敢將禪語撗數。喫喫之志堪發哲（因爲其自幼入學即喫喫然以古人爲必可學）。山居之高談都借傳

豪傑性情原是家，聖賢先後本同途。只今若個為君子，豈

以書藝有别論

今是山房吟餘瑣記後編五

今是山房吟餘瑣記後編五

大鳴山散人著

郡城南樓紫荊花結紅子之瑞郡官紳為黃兆懷郡伯頌者不一於其受代晉省也臨行余向索其稿擬為抄存之郡伯謂已檢入行裝俟回省付梓寄回乃郡伯抵省而馬玉山中丞已丁艱卸任張丹叔方伯坐遷撫軍意趣不相投合官途沮塞數月來查無音耗想紫荊瑞徵詩未刊布耳総余只存得周滲泉達德及閔德建培宣之稿否不敢登諸冊以傳一韻事也滲泉六絕云不向庭前不向洲托根正向普薰樓天公有意安排定南面端居出地頭此花靈異應時開々盛則逢賢守來々課蠶桑成雅化化生嘉果似玫瑰紫荊結果本希奇可是

荒田運轉時數百年來開異景生民從未有蠶絲扶疏老幹飽經霜在
昔傳名到帝鄉今日久邀名宦賞馨聞知再徧三湘想是花神亦有知
特呈碩果報鴻施口碑不及班荆道即物教人繫去思攀轅無計借萊
公祇得陳詩待採風惟願年年花果盛永傳佳話紀豐功德廷步郡伯
韻四絶云斧柯在手政公忠壹意培元寓亮工斗大思城徵德感衆衆荆
實滿條紅荒田環抱萬山青民樂官清地炳靈被澤花神知作慶太
和佳氣藹公庭逢冬漫訝雪飛綿倒掛荆珠自貫穿回首往年談瑞
應今官喜勝昔官賢救敝扶衰志竟成奉揚到處慰羣情民生暢遂
知何似蔓指枝頭照眼明溥泉名傳帝鄉句以棠荆在道光初年始
榮盛時程　坡郡伯　伯鑾極爲珍賞曾將其根著地長榮不枯之異

上聞於朝故郡城別有紫荊城之名其曰三湘者以兆懷郡伯長沙人非泛押韻也

道光間李蘭卿都轉彥章守郡時爲明部郎李白夫公壁搆鄉賢祠於玉卭山上祠成并主以鄉賢祠成四字爲韻成詩四律當日觀禮紳衿屬和者甚多而都轉獨取余外舅黃中溪公馨香之作余久求其遺草不可得逮彭邑侯次雲啟瑞議修邑志以採訪冊屬編輯乃得見之曾登諸志草茲修志之役已付子虛恐志草亦終湮沒也謹更登諸此以傳後人其詩云兩朝名望顯思陽遺跡堪尋琢玉房此日躬遊留徑古當年科第破天荒炎州俊傑才猷裕蜀郡循良姓字香殿薦蘋蘩來太守風聲還樹在家鄉豈因棨祿不歸田忠藎風裁婉目前帝

眷懋官成政日民懷遺愛靖邉年心傳持術名儒手訂恭詳樂譜編功業文章徵德行芳藏原不愧先賢砥柱中流石不移達泉應有達人知親民見説新猷展勵俗追尊舊德貽良馬素絲馳風駕夕陽荒草讀残碑芳蹤借許名山壽況復捐廉更構祠童叟爭先夾道迎歡呼生佛有同聲光臨宅里民偕樂景會祠亭地顯名卑侍長官同弔古頃教畸士亦懷清前修可續需來者多少寒酸待玉成

光緒壬辰邑候陳瀛仙曉清六月舉行歲科兩考自顧乃耕目執人不用幕友褢校独閲二千七百有餘卷每場二即揭曉多有議其清而不清者然所取列前矛亦多衍物望而鎗替不見錄之輩終以五色迷目誚之此亦常情所必有也發長榜余及門吳幹臣國楨捷歲案元蘇瞖

九夢祥捷科案元家起元世貞又捷土歲案元案元有四庠得其三此亦非意料所及也報到日諸及門狂喜以為未易有之事請題一聯於院門余笑而應之題云經師承乏愧迂疏只緣幣聘難辭兩書院權兼主講勝地炳靈生俊秀快覩英才競起三案元並屬及門遂書而貼之比及府者有相忌者為易各末句云一書院且不當漫云兼兩二案元猶焉得何以為三諸及門又請曰此嘲不可不解也余曰待府試定案解之未遲後府長榜發及門家修菴紹杰又捷科案元家起元再捷土歲案元余笑曰吾有以解此嘲矣易題云主講愧迂疏却欣請業莘莘生童兩書院併作一書院及門偕進取詎意評文經守宰三案元還成五案元見者乃以為確無有復嘲焉蓋瀛仙邑侯雖亦孝廉班而非文壇健將周沁

波郡伯天霖則甲科名進士精於文者也且人初疑陳倓有私於余而猶子紹曾兩案皆列第三名不得一首疑以此浮言乃息也府考兩案紹曾姪之文皆為沁波郡伯所契賞而仍並以第三名縣送可見案元之捷命也文亦其餘焉者爾

王蒔珊少尉為余言嘗偕同人請乩仙得陸放翁降壇因更請為先封翁壽山太史作詩序並作傳放翁曰我不能作詩序亦不能作傳祇能為說仙話耳因示蒔珊曰玉皇一日大集諸仙名李青蓮而謂之曰李白汝能擎日乎曰能名李長吉而謂之李賀汝能捧月乎曰能又謂米老曰米芾狂徒汝素號能手汝能攝雲氣乎曰能玉皇曰擎日者有人矣捧月者有人矣攝雲氣者又有人矣今於仙部中有能兼收衆人之

長以為一人之長者乎忽有一人清眉朗目跳躍而前曰我能之於是左手擎日右手捧月雲氣蓬勃相擁而出跳入塵寰中優游數十年盡布其所能玉皇一日召回而問之曰汝入塵寰數十年以日為何用曰我以日為文燦然煥然精光耀采日得所用矣以月為何用曰我以月為詩寒光濯魄素采流天月亦得其所用矣雲將何用曰我以雲為書畫元氣淋漓烟霞變幻雲又得其所用矣玉皇曰悉如我願復召集諸仙一一示其所用諸仙唯唯而退時游亦在其中今子迎我到此且為子述其清眉朗目跳躍而前者即為令先君壽山太史也余思壽山太史生平能文能詩工書畫馳名京國今其人雖往而所遺佳作妙墨得之者莫不拱璧珍之叔翁雖不能作序與傳而有此一段仙話以傳之倍足

深入響往焉其乩仙之言多驗故文人墨客心有所期者每好請而問之

光緒壬辰歲科兩考並行南邑府縣未試文童之前有以案元請示者仙為作七絕一首云少陵潦倒曲江頭去病依然病未休讀罷孝侯風土記教人夜雨憶田州得是詩者以偏示滿城見者皆猜為杜霍周雷四姓奪案其比縣考榜發歲案元為杜曦科案元為雷廷瑛人皆謂首尾兩句驗其中二句府案定屬霍周二姓無疑乃揭榜科案元為賜壬歲案元則為李炳非霍姓也人乃悟第二句之巧示以名神仙之言殊非俗見所易揣測也此事李賜生祖翁為余言之亦屬一佳話故存之以資談柄

舊徒潘月舫嶽森安定土司官子同治己巳余應乃翁鳳岡梧之聘課之及其二兄承熙春臺三兄炳堃子貞堂弟煊子雲年皆幼稚已有怙侈氣習從嚴約束之為其母所不悦是年秋春臺既入泮余旋辭館後鳳岡易延數師教皆不能行乃專用余拔萃同年蒙英初泉饒以督課之數載不用剛克而用柔克乃俱有成春臺以廩貢承襲子貞選拔子雲亦食廩月舫更綺歲登賢書鳳岡鍾愛之遂不復為之閑束本有才思工詩詞計偕北上春闈報罷歸次上海及珠江流連煙花中幾於忘返雅有風流才子之目余深惜其溺於浮華而誤用所長焉丁艱旌梓不久而短折詩詞清妙有傳而誦之者癸巳春得其意琴室詩詞冊大半與燕昵膩友相投贈之作然以題論詩亦多

有可採者因摘存數首以傳其人若詞曲佳而過於靡無庸取也五古則天南遯叟以詩集先惠用其感遇元韻呈詩二首云昔賢不可作道左懷秋杜幽蘭生空山忍與蕭艾伍鬱鬱爲蒼生斯人尚斯土乾坤真氣滿無事驚牖戶往來千載心定論貫今古斗牛黯高射白首劍顯撫讀破兵家書蝸角談戰爭叅破佛氏旨蟲臂論枯榮入大乃出小胡亦不近情隱名滑稽中若恐世累攖壇坫雄東南慨主文章盟則至无咎譽君子觀其生百年道在斯豈因人重輕義易言所利應地叶安貞五律則三十初度四首云乾坤飄泊涂忽忽又生辰逆旅感孤客高堂懷二人関山歸路遠書劍異鄉親壯志愁銷盡萍蓬尚此身樂事憑誰共慨言襟與愴天涯感久別海上賦閒居遣綣聯珠集原注諸友有竹澗樓唱和詩集一卷

平安一紙書故園梅正放春意近何如詩思茫無著江城臘鼓催句
從今日得尊懷昔年開（原註辛巳家居諸弟觴余於昭山一角樓以詩為壽）風雨心惆悵雲天夢去来
東山絲竹好韋李想多才意外功名薄胸中壘塊多冰霜神鍛鍊
歲月病銷磨靜坐山為古澄觀水不波逍遙無所事邊塞罷兵戈
七絕則徐園四咏菊籬云商山憶憶陽烟霞想見高人舊采花吾道屏
藩秋氣局經天緯地自成家桂室云天上靈根夙世栽去天咫尺即塵埃
廣寒留得遊仙夢不道聞香又此來竹徑云靜作山泉怒海濤涼陰
幾曲綠迴遭天風流出清幽韻一半蒙莊半楚騷梅齋云題詩應許
掃蒼苔好好空山玉鏡臺奇福能消仙眷屬願予修得幾生來七律
則小樓主人以自題小樓吟吟歟圖詩屬和用元韻三首云柱直奚須較尺

尋吾曹契合證靈襟名園對飲曾相識何日登樓一放吟與子商量觀海術慨予孤負看山心郢中唱到陽春曲四顧寥寥幾賞音海外仙山未易尋軟紅塵裏且傾襟遭逢落落千秋感俯仰茫茫萬籟吟司馬薄遊懷原遇元龍高卧寄遐心九天珠玉隨風墮縹緲如聆法曲音衆妙分明仗妙尋天花下散滿胷襟能狂况藉緣中聖善病經摩坐苦吟風雨時深巢燕計滄江日大鈞鰲心唱酬雅意賢仁里烟暖繁臺想寓音此外尚有七古長短吟而筆致未甚疏宕可從删矣

賓州鄧石卿之麟粵東之能吏亦良吏也童時雋拔秀整嗜學不好文游余與乃世父竹溪孝廉杰志山秀士某並馳騁於名場最深投契每應試賓棚必登其門晤敍石卿每執弟子禮以見余喜其恂恂

然朴而不俗然亦第以文士目之未知其工詩也既入泮侍乃仲父嶧峯外翰
桐作宰於豫章適遇亂乃仲父以軍功超遷府道石卿亦以軍功保奏得
知縣儘先用筮仕於粵東余與相違幾二十寒暑比同治戊辰冬初自
京都飄海歸次廣州始得再晤於五羊城官邸時石卿尚在候補
班雖屢奉委署任州縣為政廉平所至民愛之而未得上台之眷
寵遂偃蹇胸次牢騷余亦以行色匆匆不遑談及風雅事謂予曰先
生川資少缺然抽豐之計甚為利達者所厭薄當勿為也且吾同
鄉之仕於東者也於由海道北上之客酬應甚煩鄉情因亦甚薄即
有得亦無幾不如不求人之為高乃傾官囊以小助旅費余遂遄歸自
是升沈異路渺無晤期焉乃哲嗣唐民戴堯歸應試未登賢書之前

宗兒與叙世誼亦甚相契於石卿官況因亦粗得其梗概比年來聞既補缺循聲遠播久以卓異登上考然終輾轉於州縣班中未能大展驥足也光緒壬辰冬仲余為猶子紹曾入泮偶抵資陽子朴秀士之純石卿同懷長兄也以詩箋二紙見惠余乃知石卿之工於詩且知其得志則澤加於民唐民綺歲登科亦循吏之報也因循誦而神往之其庚寅仲冬移宰定安留別瓊山士民七律五首云咄咄書空亦怪哉登臨從此罷瓊臺勞人到處留陳迹俗吏當年本秀才心逐浮雲從北去原注時以卓異保薦奉文調取引見身隨流水向南來建江聞説蠻烟重五指山高瘴未開天涯來去胡為乎未必今吾勝故吾自覺少文原厚重何嘗小事不糊塗官能遺愛方為福民到知恩轉不愚原注八月海口以抽收足頭經費肇釁滋事請為免之事遂寢老我情懷疏

嫻甚鄉心久已戀蓴鱸漫說平生氣節高武城權且試牛刀四千里外風塵苦三十年中案牘勞文字無緣傳我輩功名有意付兒曹登場傀儡何須問放眼乾坤首一搔清風兩袖亦飄然此去應同小謫仙論事敢云前日是有司惟願後來賢辨香往哲心先爇原注邑有三公祠傾廢己余為葺歆修復落成會有日矣竹筵新詩手自編堪笑客身忙裏過衙齋一歲已三遷原注二月去驥平四月來瓊山今又有定安之悠悠歲月悔蹉跎回首心驚春夢婆聊把酒樽傾北海劇憐詩行、案累東坡逐年美政終嫌少送我深情欲最多惆悵臨歧難遽別滿城風笛聽驪謳原注瀕行日祖帳極盛紳民疊以萬民衣繖作贈郡城海口各處編題官清民樂燈籠民情惓惓殊可感也　其壬辰季春杪率西寧留別定安士民七律四首云行矣匆匆思黯然臨歧相與話纏綿鶯花啼笑剛三月鴻雪因緣又一年寡過未能慚令尹問心猶可

對清泉遁身琴鶴蕭閑甚此去珠江望月圓（原注眷屬留寓廣州）絃歌聲
裏試牛刀吏事紛拏詎憚勞每向名山捐薄俸更從傳舍助蘭膏
七洲洋外詩情遠五指峯頭瘴氣高兩度文場親校藝英才誰復
困蓬蒿（原注歲科兩試真才卷縣士論觔巡邑有尚友書院經費素絀不足資諸士膏火乃為清查田租得歲增七百餘緡以垂久遠）詎謂何事
滿江城愧我南州此一行雖是鴞音能變革幾曾犴獄見澄清觸蠻到
底仍爭逐蠹茁而今待質成為勸吾民須自省好安常業事春耕（原注本邑平安市與瓊山屯昌市爭墟一案久未寢事經理之案亦多未結艳歎殊甚紳民以牌歡扁額為贈益滋愧耳）蠻烟蛋雨不勝寒回首
西江路渺漫楊柳心情懷故國杏花消息憶長安（原注兒子載堯計偕入都）裝輕
每覺登程易客久翻憐賦別難自笑鹿麑官同謫宦天涯何日謝征鞍讀
此二詩可見石卿之宦績而其佳作之富當亦有裒成帙者余無由得

窺全豹其亦一恨事哉

光緒庚寅黃硯賓郡伯既從謝遂生顏義宣兩明府之議修復陽明書院以祀陽明先生並為育才地事聞於大府馬玉山中丞報曰可遂各捐廉鳩工以八月經始迄辛卯二月落成王蒔珊少尉善畫者也硯賓郡伯屬繪書院圖一幅以呈大府並裝潢次幅以歸示家人余因請謁得觀焉愛其佳妙亦乞蒔珊少尉為作榕園課讀圖閱歲餘始繪成並題七古一篇於其上余即裝潢而懸諸書樓之壁見者愛其畫更愛其詩抄錄之而去者不一且有謂余曰天下無不敝之物惟傳諸簡冊乃可久先生家舊藏書畫頗称富有而一經滄桑之變遂付之烏有此圖亦不得不遠為之慮也曷登此詩於冊即圖有變而詩傳圖亦傳焉余韙此言

爰錄存於其詩云背郭迤邐西山麓舊有格園讀書屋六十年來兵燹餘陽明教澤誰尸祝歲維攝提時孟陬頻嗔謝爰同探巡力圖修復悉能己賢守經始從僉謀事聞大府道然喜力告於　廷乞崇祀講院栗主薦馨香書樓竹素儲經史忽蒙宸翰揮淋漓謂陽明澤深涵濡教衍雲巖示崇報邊臣節鎮皆留題謂李筱泉中堂也主持講席推耆宿韋孟時設絳帷肅懸榻繼踵黃次公謂黃兆懷郡伯也設醴尊賢周叔茂謂用芑堂郡伯也予時過從歷方塘桑田每每精舍旁虹橋隱接波陀路曲沿深涵菡萏香菡萏香中清趣異命我丹青繪斯地不似輞川山莊圖斯圖自有真意旨我聞嘉靖戊子中師行克敵歌年豐兩江安集八寨定古無理學兼武功理學武功非禪寂知善知惡言歷歷操戈同室、

妄雌黃隨聲吠影紛排擊迄今明神宗時論平言與朱陸互發明千秋斐眼防低覷心香一瓣源清流請君今弟子盈庭室剔毛攬翮凌虛疾道德勛業有薪傳莫徒唲嘔事佔畢嗟夫今之文士大率務工帖括以弋取功名富貴於先儒理學之功概指為迂圖而不暇體究此道德勛業所以遠不逮乎古人也少尉此詩結束旨哉其言矣愛此詩者果能撫躬自策吾道庶幾有傳人哉

光緒乙未余仍主講榕園自覺倦於勤矣而遠來肄業仍多有請內從者余以力不給辭而自行束脩以上終有卅餘人此皆卻之不能者也有安定宗人名翔槩者年踰不惑矣家故貧平素以授讀為業為將應童試而來學余覌其所作文蓋為濫墨卷所誤雖通順欠清真特

裁正之亦操然自省其非而求其是余又謂之曰無時文為時文不能工於文也非本於經史且取唐宋諸名家之氣息以行之終難出人頭地然此非旦夕所能程效也求速效者其必取擬白集及發蒙小品目耕齋等編詳參之乃可翔舉亦唯唯奉教顧試期已迫終將舊所習者以應之縣考兩案未能進列前茅比府考又以體不健仍屈人下起病吟一律呈政云久困名場鬢始皤病多端的為愁多美人遲暮天難問故我迍邅歲屢過坐破青氈侵老境磨穿鐵硯戀童科高登金榜雄心在誰發王郎研地歌覩此詩可見其老益壯窮益堅也果能如余所言以學時文豈終於不利市哉皇天不負苦心人亦在乎有志竟成之而已

光緒戊寅五月新游泮諸弟子來謁余喜吟二律以相示益寄呈覃小海

鴻翥以博一笈即叨步和詩甚工妙自後門下得志者來謁咸樂延稱之故原箋雖散佚而其詩猶膾炙人口今小海得瘻病坐起須人手且不能搦管不聞其高詠者有年矣壬辰春先府君入祀鄉賢小海口號七古長篇爲余志慶余以登諸紀恩唱和集見者咸推爲佳作今門下又有請存其戊寅舊作者因追錄之其詩云傳聞北海又開樽賓主交歡分外喧馥吐蒸茸流泮沼花盈桃李屬公門三鱣慶集曾徵瑞五鳳齊飛喜並論人最明來皆秀士那知道學有淵源果然好主對賢賓話到榮華憶苦辛自昔先生施化雨從今後起拔囂塵前程擬趁登雲究善教矜言立雪人笑我卻先叨一禮庚公曾屈尹公身原注及门李子幹先謁後乃謁先生故云

朱琴叔郡伯鶴年廣東欽州官家子自幼侍乃翁守泗城於吏治素諳

卷以軍功保奏知縣從軍越南搶巨魁論功晉秩奉特旨准以知府即補乃翁即世後筮仕於粵西先奉委督辦釐務著勞績光緒甲午奉調署吾郡篆年未四十雅有老成風範余請謁叨下榻殷勤喜談時務於經世之學蓋夙優焉率屬修葺郡城捐廉修府墟街道籌戢邊盜飭屬吏明政刑屬邑事有上控者即時提案訊斷無滯牘每枉駕下訪於榕園流連風景騷雅之趣徵於詞色然為洋夷之亂縈懷君國未暇計及韻事也嘗與余論端士習振文風之舉自謂乃翁致仕歸田於所居鄉創建書院稟州牧請抽墟税以為膏火長久之資及身又添建義學四處以訓童子皆取資於鹽商當商以為用於地方頗有裨益余因以里中琴泉義学缺資稟請裁截牛市陋規以為膏火費即叨批准酌定條欵給示舉行並

通稟上台存案其嘉惠士林之意拳拳然也聞各省宿將勳臣多有勤王之役怦怦動屢語余曰吾署必北行以了夙願恐上游不能如所請耳即此見其忠義之誠　風塵俗吏第顧戀妻子身家苟竊厚祿已也比得代將晉省有詩四首以言別余始知其工於吟咏不獨嫻於吏治焉其詩云巖疆要居然控上游未能望緊建勳猷經營每慮因循誤擘畫憚難視聽周期務農桑追渤海劃憐城郭類渠邱尚多富教先勞事有待循良運勝籌文成勛德被遐荒三百年來教澤長草野尚知循軌轍學廬猶未富資糧迎延前席張吾貴（謂延張暄樓主講惠泉學舍也）攻錯他山章仲將（謂仍以余主祇講格園也）是掄才憑藻鑑休遺劍氣與珠光股肱襄事樂無猜（謂屬下諸牧令也）師友匡謀復徧該（謂幕中諸夫子也）許楊保赤慈祥惻溢美（謂郡士民牌傘之頌也）飛黃騰達望

多才謂行歲科兩考也訟消雀鼠箴規廣愧歷驊騮道路開介壽北堂承製衣
歸感蒙光寵到蘭陔太夫人近養在署閤郡官紳曾製歸稀祝涓埃未報慚專城聽唱驪歌百感
生自後清風明月夜定多春樹暮雲情若耶父老偏勤苦并土兒童解送迎
大攬江深靈水闊臨岐盡作別離聲

郡屬各土司文武童應試向例皆由土官申送府考需費甚重貧士不能
得其愛者多為所阻格那馬司雖已改漢由通判申送仍循土例應試者
亦依然苦之經馬玉山中丞瑤垂憫奏請土屬文武童應試不必由土官申送
宜概歸承審縣與漢童一體赴考奉旨准行荒徼文風以漸振往昔應
試多不過四五十人自壬辰初應縣考已有二百餘人今乙未更有三百人以上
馬頗其卷費經黄兆懷郡伯仁濟酌定通詳立案已視舊減四份之三而

學結保結兩費猶視漢童多十倍以上土廩生只有安定余宗人名紫科字少連者一人漢廩生恐其多保獲享利羣妬忌而計攘之因援土生具結漢廩生具保之例勒令少連以一身擔當數百人如有身家不清白及場中作弊等件皆惟渠是問少連以不能徧識辭漢廩輩終促而操之少連並不敢出保謝責衆廩生仍必致之罪使革其廩乃怏遂誣以抗結控諸縣楊芙渠邑侯必康不加詳察即移學查取年貌以憑詳革適府學師李玉臺廷琦李雲渠發祥亦以應試土童所奉學結之資不能如向例謂少連居中主使怒之遂順縣主之意不復回護少連於是無所伸其寃抑而遍諸府亦屬不得已之計也然其事得直與否實府得主之故琴叔郡伯有留別士民之詩少連步和其韻即從自身上著筆其詞清圓可

誦其意亦凄婉可憫焉余獲見其草特錄存於此以志一慨其詩云綽有餘兮又自游一麾蕭洒展才猷從戎遠北令韓范布化來南古召周影子旌千歌在後恍輸輿誦賦無邱偕良報最超遷去護國行看借箸籌樗櫟生增墮僻荒雕蟲小枝漫矜長不圖適日招羣吠卻悔當年食廪糧所幸仁明堪赴愬無勞佽助別呼將恲懞甫慶孤寒庇底事難常依末光公明事不貴疑猜折獄恩流漢土該保障既能丕懋績安邊見說著長才巖疆郭鞏金甌固瑣院堂霊玉鑑開即此作忠為致孝萱花香謁市蘭陔恰值董來滿郡城無如慍解慍還生含恩下士增愁挹得代神君話別情無限寬衷叨我諒不知善氣又誰迎攀轅難挽行旌駐恨殺驪歌在道聲念米郡伯不肯順兩学師之意特準毛詩之數為士童酌定結費

於批少連懇呈有候縣詳稟到即爲分別辦理云云想必不如縣主之遽下辣手也少連甫邀恩即作感恩詩語萬亦爲之一哂哉

安定宗人載道本名載文字焕章亦一有志之士光緒丁丑年曾遠從余讀於嶺書院文路頗清而應童試不利歲壬辰又從學於陽明書院文戰仍兩次敗北今乙未逢考年仍來學其殆所謂釣竿斫盡重栽竹不計功程得便休也春中應縣考果捷科案元府考又掄元一次長榜發歲科並列五名內想有志竟成今年必利市矣朱郡伯將受代以留別士民四詩示之焕章因善而步其韻以贈行先以稿請刪飾余喜其意緒有條間有琢對未甚工妥畧爲潤色俾之上呈其詩云投筆從戎壯舊猷綰符今更建勳猷官民若陽真誠洽漢土均沾愷澤周 奉扇仁風噓草芥 隨車甘雨潤林

邱荒西急務培元氣况浸修文貴熟籌心精密勿度包荒北海南陽孰短長
義舉不難捐薄俸儒流真有饋貧糧。安邊既徧蘇憔悴禦侮還圖犄角
將萬里丹忱輸拱極超遷行差覲　龍光推心置腹信無猜率屬同寅大小
該永固金甌深備患處操玉尺慎量才天中叙樂蒲觴醉宇下羅歡燕
榜開花樸菁莪徵雅化豈惟棠芾蔽田畯自經旅進老書城有藉還丹
感念生蛾術單心涵教澤驪歌貫耳觸離情者番折柳滋惆悵何處
逢萍再送迎知已驂鸞從此去賞音誰復應同聲

大鳴山散人年譜

大鳴山散人年譜

大鳴山散人年譜

年譜

道光元年辛巳是歲府君絅齋公以進士即用至四川四月卒於成都官邸七月十四日申時豐華出世

道光五年乙酉五歲是歲初入塾啓蒙之入南泉公挈伯兄登也公之興安任所

道光七年丁亥七歲是歲大父南泉公自興安學任告假省親順挈伯兄回里完娶喜事畢復挈伯兄之任所

道光九年己丑九歲是歲大母氏盧為豐議婚九月內子黃氏歸

道光十年庚寅十歲是歲隨仲父琴川公在韋淑內村書館初聞講四月伯兄殤於興安學署五月季父鹿坡公以豐母子開全

和小押於壚上、

道光十一年辛卯、十一歲、是歲邑侯瀋陽李廉、慈西橋公士衡為上年秋追盜賍抵押鋪、諭令收本、命豐入縣署偕其嗣君習讀、並給銀卅兩以助家用、三月、大父告終養致仕、並挈伯兄靈櫬歸葬、五月、曾大母氏謝、九十二歲壽終、

道光十二年壬辰、十二歲、是歲慈邑侯陞遷、豐隨仲父在葦溪外村書館、學詩文、

道光十三年癸巳、十三歲、是歲從黃麟圃先生鼎耳在坡樓書館、學時文、成篇、初應童試、九月、大蝗損稼、十月、大母七十三歲壽終、時長嫂未改、適豐以杖期成服、十二月、季父仙逝、自辛卯至此年、家

中叠損牛馬困乏之極、母氏備勞拮据、

道光十四年甲午、十四歲、是歲隨麟圃先生至甯陽、應道考、歸、大父不欲使遠離、在本祠堂從堂兄長椿園公讀、四月、長嫂改適、九月、大父七十四歲壽終、豐以承重守制、

道光十五年乙未、十五歲、是歲從外舅中溪公馨香、在李蔭縣丞宗祠讀、九月、家失盜、偕堂仲兄受堂公往楊墟訪緝、在楊壽泉襟兄潭昌家、得病幾殆、舁歸、破產醫治、凡三月餘始愈、

道光十六年丙申、十六歲、是歲從族伯秋香公丹桂、在坡樂村書館讀、五月、舊病復發、月餘、七月、八月、大旱失收、

道光十七年丁酉、十七歲、是歲秋香公在一又冬祠堂教讀、以豐作館東集

友舊恙未全愈、兼以山歉、家中用度困瘁無似、
道光十八年戊戌、十八歲、是歲延秋香公在本族小祠堂教讀、承重服
闋、
道光十九年己亥、十九歲、是歲從表兄張子玉先生重、在平地村書
館讀、五月大水、八月應童試不售、
道光二十年庚子、二十歲、是歲從仲父琴川公、在本祠堂讀、六月、長
男紹祖生、奉母命以為伯兄嗣、
道光二十一年辛丑、二十一歲、是歲仍從仲父在本祠堂讀、外從黃鳳泉先
生鼎勳課、六月始學時賦、八月、鈕松泉宗師福保按臨賓棚考
古取列第四名、歲考取入縣學第十二名、賦題華封三祝、文題仲弓

言語為學坦之項、母氏百計張挪、苦無所出、得章陵親母許借卅金、方得解清。鈕宗師戊戌狀元浙江烏程人

道光二十二年壬寅、二十二歲、是歲母氏質田得銀九兩、正月初九日遣詣桂林秀峯書院肄業、廿日抵省甄别已試過、補考得列附課、後得補外課缺、每月得膏火銀五錢、米弍斗、偕泗城王耿川炳星、太平謝沛之澍湞、同住後堂西軒、黃春庭年伯暄掌院、黃竹垞年伯佐清監院、陸龍川世伯賜璞掌經古院、皆叨念舊垂青、示以讀書作文正路、撫軍周稚圭太老師之琦、亦格外栽培、豐原名地靈、春庭年伯為請於松泉宗師改名人傑、以寓責望之意、八月宗師舉行科考、按臨賓棚、春庭、竹垞、龍川、三先生、為籌川資、勸歸應試、徒擔馳歸、六日抵

賓而試期已過，補考得列貳等末，宗師為更今名汪冊，並賜號劍城。試後，由賓歸覲。十一月，偕輔臣哥及章金溪姻丈文英、陸獅峯族表仙桂，復晉省，卒業院中。朋友過雜，賃居鉢園東廂，鎮安陳梅坡良勛，移與同住焉。春庭嘉慶庚午舉人甲戌進士點庶吉士臨桂人竹坨嘉慶庚午經魁貴縣人龍川嘉慶丁卯解元制科孝廉方正灌陽人周撫軍河南祥符人翰林編修嘉慶庚辰科房師

道光二十三年癸卯，二十三歲。是歲在秀峯甄別，考列外課。八月入闈，薦卷不第。金溪獅峯歸。十月杪，輔哥及梅坡並歸，復由鉢園移入院卒業。得譚林年蔭南樹棠相結契，朝夕切劘。歲杪，稚圭中丞贈眼拾兩過年。

道光二十四年甲辰，二十四歲。是歲在秀峯甄別，考列外課，得灌陽鄧

柚南駒浚、文東里定僑、與文莫逆、三月上林邵春卿華鑾、李偉人清杰晉省同住、互相砥礪、恭逢 慶榜、八月入闈、備薦不第、偕柚南留院卒業、十一月李雨人宗師承霖、接臨賓棚、病不克歸、仗柚南力具藥物調理、稚圭中丞垂憫、贈銀拾兩、並委醫師日來診視、乃痊

道光二十五年乙巳二十五歲、是歲在秀峯甄別、考列內課、每月得膏火銀壹兩、米三斗、華亭張詩舫年伯祥河來涖藩司任、並荷訓誨、詩文較有進境、考課頗得時名、三月中、請假省親、客途勞瘁、得病月餘、五月杪病愈、復詣院卒業、十一月、李宗師舉行科考、不克歸、是考輔哥始入泮、

道光二十六年丙午、二十六歲、是歲在秀峯甄別、考列內課、上林石觀

軒世文玉桓、任桂林教授，元圃宗叔慶祚、任臨桂教諭，詩文皆叨指正。二月，同邑覃墨波永貞、陸可興學詩，晉省同住，移寓斗姥巷，與柳州楊秋濤詮結隣，甚相得。四月，輔哥晉省同習業。八月入闈，薦卷不第。墨波獲售。十月，偕輔哥及可興歸里。

道光二十七年丁未，二十七歲。是歲以家貧親老，不得已作謀生計，應楊壽泉褋兄之聘，挈紹祖兒至高寨村書館讀，門徒十餘人，得脩金卅餘串。八月，周縵雲宗師學濬，歲試按臨賓棚，考列壹等第一名，補廩。帮補學規共用錢拾叁串。四書題：於所厚者薄無所不薄也。經題：蒹葭蒼蒼，白露為霜。年中與黃蘭齋、韋金溪、危祿川、韋亭玫及輔哥結文社，課藝皆經黃麟圃先生削正。

道光二十八年戊申二十八歲、是歲楊壽泉留館局兼青衿黃麟祥、彪祥偕來學、仍結社鍊課、四月長女亦淇生、八月應科考、得列壹等第四名、試題夫婦也、昆弟也、周宗師令本學老師傳入考拔、以家貧甚、辭不就、

道光二十九年己酉、二十九歲、是歲麟彪延至其家課讀、門徒十八人、脩金五十餘串、紹祖兒隨輔哥在本祠堂讀、三月、為母氏六十有一慶辰親友咸來稱祝、四月改葬大母於壩墓之內坡、七月赴科、薦卷不第

道光三十年庚戌三十歲、是歲就邑侯部穀堂司馬坦西席之聘、脩金八十兩、三月次女亦漁生、六月、賓匪韋添芬犯境、部邑侯集團至八塘堵截、戰失利、匪竄反我團、戰又失利、匪飽颺回賓、七八月間陶八丁四

兩股匪又迭至來擾、家中被劫一空、九月、邵邑侯物故、李春谷明府森接篆、委以團務、自是戎馬倥偬、不得安處、十月、孫蕖田宗師鏘鳴按試至甯、考列一等第七名、試題楊墨之道不熄二句、十一月、李邑侯、集團剿霄林流匪於龍母墟、大獲勝仗、殲賊五百餘名、是月、改葬府君於永熙林南坡、

咸豐元年辛亥、三十一歲、是歲楊壽泉襟兄、避寇入郡城、延課其子在陽明書院十齋啟館、紹祖兒偕往、兼應院課、掌院豐香山先生麗、不時指點、獲益良多、局東舊徒麟彪昆弟仍來學、定羅陸鴻升偕其弟二人亦相就、近郡甘炤京、及宗人臻粹、並在門、府考炤京捷案元、臻粹第二名、是秋大旱失收、侍館金及膏火獎賞之數、以濟家急、

咸豐二年壬子、三十二歲、是歲仍在陽明院內啟館、三月科試考列二等、焰京孫粹階入泮、五月、宣匪竄擾邑西路、逼郡城、郡主舉行團練、六月後、閤邑人心忽變、龍母胡墟韋朗等處土豪起首習洪教、拜臺聚匪、本團土匪陸九戍亦蠢動、流俗波靡、舉國若狂、相率以行劫為事、黃鳳泉先生約同植節守正、屢詣縣計圖挽救、遂為羣小所忌、李邑侯著象數月物故、後來接任凡經兩主、俱難與之言治、十一月末、聞彭厚初邑侯昌集來至賓陽、香山先生遺詣賓請謁、面陳邑匪情狀、

咸豐三年癸丑、三十三歲、以是歲龍母李寶峯可芳、延入肇江源、望兵山下課其子紹祖兒階任、正月、彭邑侯涖任、見四鄉土匪盛熾、通禀請兵、二月末、右江道張公敬修、督兵馳來、甫入境、即擒韋朗首匪廷忠廷

瑜、純潔三名梟示，羣醜破膽，迨移兵入邑城，賊見其兵少無繼，益披猖，道憲不敢議剿。四月，藉故撤退。七月，賓林匪合夥，入楊墟，下龍安團衆遏之小陸墟，戰失利，匪衆所掠得婦女數十人於一室，而焚之，乃退。自是土匪益狂，善良被害者不勝計。彭邑侯乃按查保甲以戢其勢，擻豐協助，使命往返再四，團中父老亦苦求出首，以繫衆心，不得已投筆出山，與鳳泉先生議糾衆力，以制賊。九月，彭邑侯臨本團，編查保甲，捉獲巨匪十餘名，陸九成漏網，脅從者皆稽首投誠。彭邑侯隨諭立團局，集練壯，爲捕匪計，即開局於坡班祠堂，捕獲巨匪廿餘名，送究，格殺者亦廿有餘名，團内稍定。乃仿堅壁清野之法，議於本村及黃村、大楊、小楊村各後山築土寨以備患十一月朔陸九成突引宣匪數千歸擾急分練遏之力不敵豐敗北投荒匪入韋楊村駐紮時惟黃村寨粗成可守鳳泉先生收隊及同事率其村眾據之既而匪勢甚兇人爭附之黃村寨被困時眷口俱散失後得相聚向蓮花洞寄泊自忖遁匿非計初三日偵知韋朗村匪有相害之謀已塞截各處詣縣小徑不得已率練廿餘名乘其不意大張旗鼓衝過韋朗由江邊抵岜馬先請練壯五十名入黃村寨助守後乃詣縣求救十八日彭邑侯親偕陶守戎督勇赴救岜馬團長覃榕齋世瑛亦集練相助先逐散韋朗股匪入據其村十九日由韋朗出隊以文甫五弟元瑞大姪率本練前導與賊相遇於危厦村殺匪二百餘首岜馬練壯遏賊去路於平地村兩戰

失利、塔齋及同事章旭疇、章國棟皆陣亡、廿日、陶守戎撤兵回賓、皆留不住、陸九成旋復集黨、立大館於覃李村、分立二館於龔村、賊燄復張、邑馬三團挫衄、不能相助、彭邑侯無兵坐視、匪復攻寨更營巢於墟上、豐督本練、得張業山九經集練相助、僅得破其新巢而已、人心從此大變、其二館賊、排日攻寨、搜括各村財物、焚拆屋宇、即良善亦俯首聽役、吾村及黃村、韋祖村、被禍尤烈、家藏書籍、悉化灰燼、（彭邑侯重慶孝廉、後殉難於蒼梧）

咸豐四年甲寅、三十四歲、是歲正月、鳳泉先生見寨中人心不固、皆同事者皆移眷遠徙、寨亦尋破、不能走者、皆權附賊、豐見事無可為、而蓮花洞人或慮相浼、遂奉母氏挈眷入邑城寄頓本練卅餘名者附業山寨暫任。二月末，九成再營巢於危厦村，得張業山相助擊破之。三月初九日，糾合岜馬三團練壯，攻擊覃李賊巢，中左隊已衝開賊門，而右隊失利，因皆引退，被追至亘山寨下，馬力困憊，寨主李賡南招延小憩，不意寨人懼賊相讐，潛開門納賊，三團練壯死者廿九人，豐幸得李向規、李恆春二人之力引下深洞，獲免。因此一險，母氏即不許再舉事矣。三月中旬，城中人心有異，力請彭邑侯早為調處，而邑侯誤信紳董梁青崕源汭之言，慢不為備。四月初四日，城內匪遂得引隆亜羅品洸夥千餘入城。是日豐向曉聞變登陴，賊躡後追殺，不克歸寓，越城逃生。母氏及眷口陷賊中，賴紹祖兇越屋入縣署，求官援拯，乃得偕入署躲避。時賊尚未敢傷官邑侯衣冠日坐大堂、賊亦不敢入犯、城中人得入署者、皆幸免禍、祖包以此非可久安、乃以其母雙刖、雇役偵賊不備、為縋出城、奉母氏及眷口、奔回業山、乃免於難、而財物又一空也、比縣城克復、知邑侯力弱難倚仗、不得已、推練長覃正義、韋宗貴出首、權與韋朗匪彩聯和、俾同難諸良懦得回村耕種、所隨護壯卅餘人、則托隆邦彥元士帶領入城應募、五月中旬、乃偕鳳泉先生及卜臣師叔耿枚、挈眷潛過上林、由李蜀之錦貴處取道詣鎮陵、依契友邰春卿華鑾以居、蜀之亦小有周濟、而不敷日用、因往下旺舊徒黃麟祥處得錢廿有串、乃行商販、奔走山谿、寒餓交困、莫此甚也、六月正義、宗貴偕輔哥、借韋朗匪力、攻破覃李賊巢、捦賊父陸好勇、又其謀主蔣元惠、並匪夥廿餘名殺之、窮追九成至邑南之隴墓村、九成走出宣化、乃返、是役、邑侯詳請獎勵、正義宗貴及文甫弟、並奏賞六品銜、元瑞姪八品銜、九月、九成再勾帶宣匪數千回擾屯紮六塘之陸閔、與韋朗尋讐、畏其禍者爭附之、豐在鎮得團衆信、並邦彥賚到志郡伯曾諭、飭往調李蜀之及蒙幹臣錫鼎兩團勇、來助勦、因帶李蒙勇二千回里、駐軍於岜馬、該團樂應口粮、凡兩戰、皆勝、大功垂成、卒以李蒙不睦、撤營、而宣匪亦飽颺、九成為團壯所擊、率夥竄伏於三塘之潘村、豐乘匪新挫、乃率舊壯、捕獲鄰村要匪某某、送縣正法、里黨稍定、十一月、復詣鎮、十二月、樵漁二女連殤、咸豐五年乙卯、三十五歲、正月、池宗師按試臨賓、考列二等、得廪保錢八十餘千回鎮、自是生理有資、客中衣食稍不困乏、然同難客過訪、幾無虛日、款待頗乏、自題門聯、有思陽落托無雙客、古鎮繁難第一家之句、四月、三女鎮姑生、十二月、母氏旋里、為祖兒議婚、

咸豐六年丙辰、三十六歲、是歲正月、祖兒回里完婚、費用幾耗錢百串、二月科考二等、得廪保錢四十千有奇、

咸豐七年丁巳、三十七歲、是歲林邑李蜀之與蒙錫鼎周秉鉞上下構怨、貴縣髮逆黃鼎鳳為蜀之所招入境、縣主遇害、鎮陵人心亦變、感皇洞距鎮墟二里許、因約春卿叔姪及趙李數知好、併力垣其洞口、內構宿雲樓、上下區數室、為避寇計、工成頗、果亂

即移家居馬時楊寶菴先生孔菁流寓思錦亦從眷與共晨夕、覃小海鴻翥、隻身飄泊六甲、因延至洞、俾課祖光讀、

咸豐八年戊午、三十八歲、是歲鎮亂、不成生理、三月三女鎮姑殤、陸九成盤據覃李村、與本團日夜尋殺、業經兩載有餘、涂海舲邑侯泰撲、再次集團進剿不克、是夏、九成伏冥誅、張晚接統其衆、邑侯飭團以計誘至徐村圍擊、大敗之、其勢稍挫、

咸豐九年己未、三十九歲、是歲鎮亂尤甚、二月滿日、為母氏七十一壽辰、同難諸友皆至洞製錦稱觴、四月輔哥奉涂邑侯意旨、計破覃李賊窟、諸要匪皆授首、團患稍平、六月滿日次男紹宗生於洞中、適上林髮逆之禍將及顛、七月乃挈眷回武、寓楊壽泉

之藏雲洞，仍以商為業，別於楊墟貢屋作小生。十二月，母氏挈祖兒夫婦回里。

咸豐十年庚申，四十歲。是歲正月初九日，仲父琴川公七十一歲壽終。聞訃，自藏雲洞潛行奔喪。是月下旬，髮逆石鄭吉由賓州入武復奉母氏至藏雲洞。二月，髮逆由百色上泗城，復分支由東蘭入安定下楊墟，回據邑城。時豐以壽泉為甘梧黟匪所侵侮，結怨已深，日交尋殺，特運財物回里，為髮逆所刼一空，因是歸又不果。八月，髮逆黄鳳鼎，又由上林過楊墟，出據郡城，且甘梧勢脅楊墟人多有附之者，而壽泉轉日孤弱。九月，遂決計挈眷全歸。不意甫抵里門，而髮逆賴裕新，又由賓州入七塘屯馮村，徐清甫郡伯引督團同至韋朗堵剿凡四閱月、本村力弱、併入大村築閘以居、乃約五戶抽捐、公立社倉、共得粟二萬餘斤、以資捍衛、十二月、藏雲洞為甘棠所破、所有什物未搬回者皆歸烏有、家中貲用困頓之甚、

咸豐十一年辛酉、四十一歲、是歲外逼於韋朗匪徒、因黎杜門以灌園為業、修葺灰餘殘屋、命祖兒課童以助衣食、楊寶菴先生約六楊吟社於其書廬、因亦就之、每月一會韻友、以詩酒為排遣、七月諸友約赴鄉闈、由土司取道過慶遠、羅城、融縣、永寧、以達桂林、徒擔往返、備歷崎嶇、薦卷不第、

同治元年壬戌、四十二歲、是歲在本祠堂課徒及門十餘人、為歲入不敷衣食之用、始買牛雇工自耕、

同治二年癸亥，四十三歲，是歲亦在本祠堂課徒，及門廿餘人，六月，長孫男復，初生，七月改葬大父南泉公於壇主之陽，八月解館，母氏得病不起，十月十一日，七十五歲壽終，拮据營奠，用錢四十千有奇，權厝於墰元西嶺。

同治三年甲子，四十四歲，是歲在珠之姪兜書屋課徒，及門十餘人，三月，將母氏靈櫬移厝正穴，七月，輔臣哥赴鄉闈，八月本村染洞泄疫症，初旬，六叔躍池公去世，中旬季母氏覃亦去世，下旬四弟盛華又亡，是月房族疫亡十有餘人，死喪頻仍，五中瞀亂，九月輔哥歸，始卜地將季母安厝，十二月，承六叔遺囑，擇地改葬三叔祖裕如公於黃林之東。

同治四年乙丑、四十五歲、是歲應那合村黃崑山元琮之聘、挈祖兒宗兜、六弟代華、及五姪元瑄、皆往、脩金卅餘串、正月、熊如岡郡伯壽山、討殲首逆林源海及其局長梁貽達於邑城、六月、源海遺黨蠢動潘漁莊邑侯國鏞請兵護城、七月、護軍陳遊府定元、督勇來次本墟、韋朗首逆韋純秀、純新、遣江邊首匪、謝王謨、張元基、率夥邀擊於墟南敗退、陳護軍回七兩日、王謨元基復來攻墟、焚墟屋十有餘間、護軍擊退之、既由別逕赴縣、匪夥仍來抄掠、神前戲臺亦被燬、豐聞變、自那合歸、督衆各整固村圍、未畢、八月、純新果偕林漢宗、韋治安等、勾致宣匪、併南團諸股匪、合三萬餘、是月十三日、殺入東路、坡樂村既被害、本團危厦萬錢、板蔣三大閘、尋為所破、馬頭小陸四塘、諸村聞、亦殘破殆盡、人心惶急、爭先附賊以圖苟安、本聞孤弱、為賊所逼、兼以荒旱、水稻稍熟者、多為賊所割取、衆亦驚慌、深恐支持不住、聞熊郡伯已詣易衡樵、統領元泰營議分兵、潘良甫鎮將忠實、督勇次七塘、賊皆堵截要路、無由進剿、時府局隆邦彥、駐大楊、與韋亭坡歸[illegible]、皆坐以待斃、逆副韋純詣、韋廷貴、直入大楊閘、覘其虛實、亭坡既擒[illegible]之、亦無計能退其黨、豐任與議、而亭坡只為自固計、不得已以局外之身、圖全梓里、於廿三夜、單身冒險、從韋澄山路、出馮村、詣營、與潘鎮將計進兵、適鎮軍新挫於馬頭、擬待統領大隊、到乃進、豐苦乞精兵以歸保本圍、於廿五夜、得勇二百名、直從大路悄行、由陸閒村還歸入陸元村駐紮、與本鬧聲勢相連、衆心乃定、廿七夜、諜報賊謀奪韋陵村斷吾粮道、刻即由陸元分兵守之、夜半賊果至韋陵、不能入而退、廿九日、鎮將大隊直由梁村大路來韋朗、匪攔截之、豐由陸元出隊擊之、賊腹背受敵、乃退護其巢、鎮將始得至陸元合軍議剿、初豐之乞兵歸也、四隣尚皆觀望、所需粮食只與陸有實、陸宗岱、及輔哥、合力籌措、無相助者、至是人見鎮將到、始稍來附、而逆等所分據馬頭小陸諸村之匪、併歸韋朗、那界、萬錢、三村合力拒剿九月初二日、鎮將出隊東擊那界、約本鬧丁壯與會、不意賊轉自萬錢西來攻陸元、鎮將因舍東而西、分三隊迎敵、自將其左、營官馬俊益將其右、而以中隊屬豐、左右既破敵、中隊因亦取勝、逆營垂拔而前鋒官被砲傷，乃收兵退食，賊因死傷過多，向晚即棄萬賤而遁，我兵追殺，救回被擄婦女老幼百有餘人，那界賊亦乘夜遁去。初三日，兵臨江邊，皆望風歸順，那界首匪覃可樂亦投誠款服。初四日，兵臨坡邊，破其小閘數處，其大閘懼亦納款。初五日，江邊父長，以首匪謝王謨、張元基請降，鎮將亦權許之。初六日，郡伯由上林帶勇回武，入大楊駐紮。時在府局諸團總李桂亭、陳林、謝靈峯、光清，及邦彥、亭坡等，皆請圍剿韋朗。郡伯意未決。初九日，豐料檢軍食既足，始詣大楊請謁。郡伯以諸團總之議相商，豐以為韋朗村閘大，財力甚足，所敗遁者皆容匿於彼，未有挫折，我兵尚單，須以智取，未易言圍攻也。郡伯亦以為然。適西路又告急。郡伯將移兵救之，乃議設東局，籌備攻剿韋朗之資。諸團總無有敢任其勞者。郡伯乃以豐承其乏，而開局於龔村。謂其與陸元營近也。是月中旬，郡伯西剿失利，力請鎮將大隊助之。時賓州肅清，劉寬海副將益元督勇兩營繼至，豐請以副將屯江邊，以備韋朗之變，且斷南匪往來之路，而調練守陸元老營。鎮將乃西行，不意征西甫平，而鎮將得病，屯於邑中醫治，因效而韋朗遂復肆焉。其村原匪首韋有富官三里營都司，請易統領來營其村，以壓制團衆，意欲歸仍為戎首也。劉副將得此信，召豐密議。豐以為韋朗之構禍已深，此其破滅之隙也。當詭就而圖之。副將乃以其營官方以元、邁往統領處獻策、豐並倩馬榕藩元亨、偕輔哥、詣統領請兵、並到有富處、深與相結、俾無變計、尋著同事數人至韋朗、詭議立局以待之。十二月、上林蕭清、統領進兵有期、豐請副將暗選精壯三百名、每名許成事賞錢壹串、大軍至、即以方營官率之、隨入韋、朗為諸軍倡。及廿五日、統領軍至、以貢營官振元、乘其輿入韋朗安營、而變服坐小轎至副將營、以俟捷音。廿八日、遂破韋朗、當下格殺五百有餘人、生擒數十人、駐軍五日、悉剷平其村、乃移營岜馬、議剿南匪

除日、豐詣岜馬犒軍。

同治五年丙寅、四十六歲。是歲正月初三日、奉統領飭搗平韋朗限三日了事、各圍眾聞而來者、男女雲集、人以萬計。是月母

氏服闋二月郡伯按試賓上遷三屬文童、招襄試事豐因拜其門下、是月輔哥以軍功保奏記名訓導、三月、孫師竹宗師欽昂、臨賓、舉行歲科六考、奉郡伯派充本邑辦考總局、偕賓林總局、協力籌捐、生童各捐錢壹千文、以應學院之費、又修葺郡文廟、工費告缺、奉飭籌款、是考歲科六考、併作兩場、古學及歲科兩考、皆忝列第一名、本學楊少曾老師連元、舉報優生、考列第二名、補行辛酉科選拔、宗師有意專屬、以廩缺未復、且歲貢及期、力辭不獲、因而與選、保結得錢百伍拾餘千、以考拔、及諸子弟考費、耗去殆盡、五月試畢歸、南團諸逆巢既平、軍務告竣、因議撤東局、計自上年九月立東局、凡排難解紛、及撫收匪徒、所得意外之錢，豐另以同事一人掌之。是春正月杪，共存錢壹千柒百串有奇，統領兵食奉郡伯諭，每丁口收米一斤，錢四十文，因米貴每斤錢卅餘文，各團極形困瘁，豐乃以所存之項抵充，共支去錢壹千壹百串有奇，撤局，又酌給諸同事，每人錢伍千文，諸局壯每名錢叁千文，尚賸錢貳百串有奇，因偕諸同事議建熊公生祠，並設義學於琴筑泉上，議定，遂撤局，只留四人理義學事，豐回本祠堂授徒，及門卅餘人。九月，豎桅升匾小會底支。十二月，義學兩廈開工，豐詣縣稟知縣主黃笏山明府玉桂，因喜親筆題琴泉義學四字以相惠，且韋朗逆產，縣主意在盡行變價，以濟官用，豐為查抄，請存留以為義學公項之資，黃縣主亦俯准。

同治六年丁卯、四十七歲、是歲正月初四日、祖母病亡、二月為義學上座及大門開工、計費不敷、諸同事約偕沿村勸捐、三月、郡伯丁内艱卸任、命隨晉省首課讀、抵省、孫宗師命入翹秀園、偕諸同門鍊課、共十八人、寓學士登瀛之意、秀峯棲湖兩書院甄別皆過期、補考並叨收錄、月課亦間列前矛、六月、郡伯歸南康、留贈錢叁拾串、七月應會考、用銀十八兩有奇、宗師不收贄儀、蘇虞階撫軍鳳文、因亦不收、八月入鄉闈、藝呈宗師、亦叨許可、榜發不第、九月得保舉之信、以知縣不論雙單月、儘先選用、會考及鄉闈、共用去銀六十餘兩、客囊告罄、歸里措資北上、向諸戚友張挪、共得銀百伍拾餘兩、十月、義學正座開工、布署既定、十一月下旬、復晉省領咨約伴、

師竹宗師、命侯開正同行、十二月、改葬伯兄登也公於陸車溪西嶺、托輔哥代主其事、宗兒已破蒙、並囑龔丹田表兄來專課之、

同治七年戊辰、四十八歲、是歲二月、自省垣隨孫五師叔、由水東門登舟北上、舟次全州、師竹宗師、命偕梁孟棠同年樹邦、同附官舟前進、舟中日食、俱係師竹宗師支給、四月初旬、舟抵樊城登岸、雇車走陸、中旬抵鄭州、紆道走滎陽、至師竹宗師家、慶祝太老師、榮壽、並賀四師叔友梅欽邑甲榜高捷之喜、住兩日、宗師命先行、太老師贈豐及孟棠各銀十兩、由滎澤口渡河、走西道、取道衛輝以達於京、五月初旬抵都門寓南館、中旬、蒙芙初泉競、周仰峯尊德、凌汝材應枏、三同年走海道始到、與同寓、六月中旬、保和殿朝考、取列二

等第四名、七月中旬、諸友約赴教習之考、惟仰峯獲售、列第三十六名、八月下旬作南歸計、永康陸漢臣同年登瀛、以二等升一等、以知縣用、掣簽得江蘇、將之官、先挪用銀廿兩、不能還、由是川資短少、因撥僕貴平使帶往江蘇投到、九月初二日、偕仰峯汝材同出都、取道天津、仰峯汝材皆缺川資、乃罄所有、搭夾板船飄海回廣、中旬出大沽口、一路三人同食同用、十月初旬抵廣州、淹留十餘日、時賓州鄒石卿之麟、筮仕東省、適小有罣誤、官囊如洗、少助川資八元、仰峯向時和堂借得十餘元、乃得由佛鎮搭船西歸、汝材亦自搭公文快艇、逕返桂林、十一月下旬、抵里門、淪落歸來、客債星懸、自此倍形拮据、是歲村中染鼠疽之疫、喪者十有餘人、韋家門無

羞

同治八年己巳四十九歲、是歲就安定官、潘鳳岡梧之聘、脩儀錢百串課童四人、族弟孟賢、皆往習舉業、道考、及門官男潘承熙入泮、得花紅銀十兩、宗兒能讀、仍請龔丹田表兄汝忠專課之、並為長孫啟蒙、因上年延覃小海鴻翥於本祠堂課六弟、及舊從游者、是歲仍留其館、

同治九年庚午、五十歲、是歲在本祠堂課徒、及門三十餘人、仍請龔丹田表兄專課兒孫輩、八月赴鄉闈、

同治十年辛未、五十一歲、是歲在本祠堂課徒、兼評義學課卷、承奉脩金、卻之、只領筆墨錢、仍留丹田表兄課諸童幼、八月出首捐資

改建龍山寺、十月初七日、重搆居宅、是月遣宗兒初應童試、

同治十一年壬申、五十二歲、是歲在本祠堂課徒、及門二十餘人、仍兼評義

學課卷、不領脩金、三月宅工粗畢、前後約用錢四百餘串、借貸纍纍、

因賣田以彌補之、四月寺工告竣、衆戶再有戲臺之議、六月、六弟並

及門黃渭權、同入泮、十月、冬館移下義學、

同治十二年癸酉、五十三歲、是歲主講義學、不領脩金、內從三十餘人、別請

劉賡雅在墥、在義學翼室課諸姪、及孫兒、三月、再出首起建龍

山戲臺、六月工畢、開新臺演戲、七月赴鄉闈、十一月復初孫兒殤、

宗兒亦自夏末得病、纏綿數月、始漸愈、十二月內子以家門冷淡、

急爲宗兒完婚、費用錢百七十串有奇、舊債未清、新債又積、於

居它尚多留缺詔。

同治十三年甲戌，五十四歲。是歲主講義學，並筆墨資亦不受。内從三十餘人。六月，送宗兒赴縣試。適邑侯飭修試院，坐號刻日責成。衆推董理，固辭不獲，因偕黄坡仙誠浩併力任其勞。邑中派捐兵米之事，時兵久撤退，守牢仍相沿按年督派，以爲府縣兩署之用，追呼倍急於正供。胡石齋邑侯韞輝尤加嚴切，畏執爲成例，惟城居者免責，而厢鄉皆苦之。曾屢懇府禁革，皆未蒙恩免。十月下旬，劉撫軍長佑閲邊，按行次南郡，衆議上控，持推豐爲首，赴轅懇免。十一月初旬，胡邑侯依然勒派，暮夜追呼，且札委周順之巡司梳，按查榨户。所至索擾甚酷，行至梁墟，榨户抗拒，遂至有抄掠逼致死命之變、是月豐修母氏墓豎碑工甫畢、聞邑侯皆歸咎紳士、已將鄧京山敏書鎖禁在署、不得已約四鄉老成會議、衆皆委靡、無敢為京山救者、乃偕李源泉文勲再詣省續呈、傾知邑侯先派差前往攔路緝拏之信、因夜行由上林小路過還江、以達於省、兼以義學之田為韋朗僞匪强割勒租、曾在賓州撫轅控告、並徑候批、十二月初旬在省垣進狀、一續懇禁革橫派、一懇禁革查榨户、

光緒元年乙亥、五十五歲、是歲正月初旬、奉批准行禁革、並諭胡邑侯雖任、乃自省垣回里、仍在義學啟館課徒、自客冬約衆捐修永熙林東西兩橋及路、至二月下旬畢工、三月孫蓉舫明府德元接邑篆、既請謁、即叨聘主講嶺山書院、五月開課、六月為義學田地被佔

事、柳賓夫郡伯增秀、奉憲提訊、在郡候案、七月赴秋闈、九月下旬内子黃氏起病、延醫調治罔效、

光緒二年丙子、五十六歲、是歲仍就聘主講嶺山書院、四月下旬、内子病故、卜葬於四塘宮柳之原、計自治病以及喪葬、約耗錢百串有奇、所入不敷所出、又稱貸以益之、是春初、邑侯諭飭出首重修文廟、自二月起工、至六月稍就緒、而經費不敷、再議沿圍勸捐、七月諸友約赴鄉闈、報罷歸、再經理文廟事、至歲杪乃畢工、約共費錢二千餘串、皆以倡捐支給、

光緒三年丁丑、五十七歲、是歲仍主講嶺山、挈宗兒及紹曾姪隨讀、内從十有餘人、及門劉文綺捷府案元、孫邑侯因文廟餘資、再飭籌捐

紳衿添補重修書院文昌樓及講堂齋舍、與黃坡仙併力任其事、以資缺、尚遺東齋一所未及整頓、七月、隆邦彥約坡仙及豐、同就其村西雙泉上、構別業、製水碓舂香粉、為養老計、各用本錢五十餘串、是月孫邑侯超遷、葉韻香明府松濤來署篆、十二月、六叔母壽終、卜地於陸元村後東向小坡、經丹表兄評定、擇吉於開正下旬安厝、並為豎碑、

光緒四年戊寅、五十八歲、是歲為義學之訟、與葉邑侯氣味不投、辭館回琴泉義學課徒、及門十餘人、舊徒十餘人別結文社、課藝俱付評改、八月、蕭子斌邑侯到任、十月、以琴筑泉上南曹廟剎落太甚、出首約各戶祭丁捐派重修、

光緒五年己卯、五十九歲、是歲在義學課徒十有餘人、正月下旬邑博

士梁伯琴鍾琛見訪，為勘驗埠楞祖坟、指令於丙方起福壽峯小塔、並為擇吉、於三月初三日午刻安脚興工、四月初旬事畢、是月南曹廟工亦竣、下旬臥病半月、甫愈即為南曹廟諏吉歸火、齋醮演戲、五月、宋兜得病甚重、傾囊調治乃痊、七月諸友勸赴科試、無所出、比梁伯琴及蕭子斌邑侯憲章、贈有程儀、敦促前往、及門諸徒因亦各奉贐敬、那伯黄姻丈修祖、且借許銀四兩、湊成十九兩、乃挈六弟偕往、九月、蕭邑侯卸任、王文韓明府瑚藩接篆、十一月章朗滿匪還復强收義學田租、因詣縣呈稟、而王邑侯諱溢不省、無可如何、十二月、改葬三叔祖側室韋氏於陸車溪之西嶺、雙泉別業、於是夏忽被珠砂江漲水淹浸、冬月泉水減淺、水碓無力、生意虧本、因罷碓、光緒六年庚辰、六十歲、是歲在義學課徒廿有餘人、兼考舊徒羅天麟捷歲案元、八月府考、及門陸華俊捷科案元、十一月泰宗師按試賓棚、歲考宗兒暨華俊、及宗人挺生、羅天麟、並入泮、科考及門黃子紹、謝功臣、及舊徒黃金鈴、並入泮、錄科、宗兒及大麟並列一等、十二月、豐解送學規銀兩抵賓陽、駐數日、先歸、計自移館下義學、及門者、皆歸家、或易師、乃入學、心竊異之、嘗與黃希彭君暢話及之、自謂師運不通之故也、希彭索建義學原課推之、謂會取格局貴人不得力、固宜有此落寞、義學連年構訟不息、而官不為庇、皆此之由也、乃為擇吉課、修山換天梁、重安磚以救之、即以上年七月上旬用事、豐以住宅年來亦甚冷淡、因亦舉原課以示之、希彭亦

謂補山不得法、並宜修山換梁、皆以上年七月上旬行之、故是案考果有驗、

光緒七年辛巳、六十一歲、是歲在義學課徒、廿有餘人、二月中旬、為宗兜受賀、款客兩日、三月、彭次雲、鹿常啟瑞、改官來視邑篆、議修邑志、屢次諭召至署商酌、時李新畬康年、主講嶺山書院、委之總纂、豐亦叨闔請分修、八月、本墟三聖宮議建兩亭、並修補廟宇諸破缺、衆推為修主、九月、邑候再有修城垣開文昌門之舉、又諭令在局協理、

光緒八年壬午、六十二歲、是歲在義學課徒廿有餘人、四月、李新畬以部選得橫州學正、五月辭館之官、修志之役、邑侯乃復飭豐稟

輯起草、七月、挈宗兜並及門陸華俊、黃子紹、皆赴鄉試、九月報罷、十月彭邑侯物故、蕭子斌明府重來署篆、仍委以修志之事、計義學田地、為韋朗漏匿所構訟在丁丑秋間、葉韻香邑侯入衙役之言、偏袒漏匿、既提到案、復縱之、轉將輔哥及同事曾梅卿裕先、押禁輔哥二人以來、經審判當堂據理與爭、抗不受責、葉邑侯遂坐以咆哮公堂之罪、竟將二人衣頂詳革、後李桂亭棟林出頂案、曾判令將田地裁一半歸蘋山書院、以息訟端、已具結定案、乃漏匿韋元益等面從心違、依舊抗租、並所歸書院之租、亦半粒不繳、四鄉父老亦無如之何、比彭邑侯任上、豐乃復具稟、邑侯因嚴差提究、勒令一概取贖、定價共錢壹千伍百串、外又繳清義學租穀、作錢

壹百六拾串、令戎壹千陸百陸拾串、漏匪等既具限陸續完繳、
乃僅繳上錢柒百串有奇、而彭邑侯物故、邑侯原議定將壹千伍
百串之數、三股分之、以兩股存書院、為賓興公項、以一股撥還義學
原本及構訟之費、當日以城工收捐未齊、權將此項挪用去五百串、
所存二百餘串、且以為彭邑侯奠賻之費、嗣是所收到之數、無主撥分
義學、遂併沒入書院矣、庚辰輔哥二人功名開復、向書院索此項
支用、齋長昂然不耳、而豐數年所費心力遂付東流、自是義學
冷落、而各團同事又凋零殆盡、年中修葺主持、皆在豐一身焉、
光緒九年癸未 六十三歲 是歲在義學課徒廿有餘人、七月元琯姪短折、
八月為元璞姪卜地改葬乃祖考妣於合味村後嶺、九月增修邑志脫

稿以呈子翁邑侯裁正並邀劉蕉泉郡伯思濬監定十月以家中久下添丁為宗兒納妾用錢八十串有奇十二月紹香姪完娶前己卯既為祖坟作福壽峯地主陸明川隨以坟前田地割賣因買得為祭資每年仍附原主納粮錢百五十文是歲元璞姪詣縣投稅存案

光緒十年甲申六十四歲是歲在義學課徒廿有餘人正月道考及門謝維熊黃子申舊徒謝樹寶潘占鰲隆乃文同入泮宗兒歲科俱列二等五月及門下旺黃金銛入百色廳學六月探府君坟坭塞塚滿啟攢别寄又改葬仲父於紗帽嶺之東坡十一月廿一日啟視母氏坟移葬左邊下穴並用磚瓦圍固

光緒十一年乙酉六十五歲是歲賓州舊徒張紹仁聘請為諸及門

扳留不得去，仍在義學課徒廿有餘人。三月十三日，改葬大母於馱爛村北倉山之陽，並用磚灰圍固。是月廿八日卯時，次孫男復森生。七月以臂病不克赴科，遣宗兒隨輔哥前往。八月廿四日巳時，黄希彭姻丈為擇吉再葬府君於橋雷嶺，庚龍入首，坐午向子，兼丁癸，課取乙酉年、乙酉月、庚寅日、辛巳時，未及豎碑營墳。十一月，改葬祖兒於壨婁之西，艮坤正向，內作午向兼丁。次年五月豎碑。

光緒十二年丙戌，六十六歲。是歲東蘭土州宗人有信招入幕，不克去，仍在義學設館，及門四十餘人。十一月為團中塘務供辦上官中伙，縣丁差需索太濫，率衆呈府請照，向章辦理，叨俯准給示勒石。

光緒十三年丁亥，六十七歲。是歲在義學課徒卅有餘人。正月，及門楊書

森及舊徒楊琨清皆入泮、宗兜歲科俱列二等、七月十八日、仲叔母氏劉卒、養是秋收成大歉、較常年僅十之三四、

光緒十四年戊子、六十八歲、是歲在義學課徒廿餘人、二月初、遣宗兜偕舊徒謝臣鰲、李國楨、習舉業、五月、蔣覃兩姓爭訟山場、張南村邑侯棠蔭、臨勘見召、因請謁於那界茇舍、叨與深談、後復屢致函相招、不得已遂至其室、談次敘同譜及家世、謂府君學行可從祀鄉賢黄希彭因約諸戚友公稟於學、而邑侯苦無成案可照辦、九月次三孫男復森生、是月宗兜秋闈報罷、留省寄回灌陽陸琢之徵君錫璞、入祀鄉賢成案、而南村邑侯已有受代之期矣、十月下旬、雷月岩邑侯培株接篆、鍾子鴻少尉景禧精於律者也、蔣翰侯司訓屛周乃持

公稟向與商行、十二月初旬、乃由學牒縣、學署規費用銀十八元、縣署規費用銀八元、外倩人代造事實清册、工墨紙張、又共用銀五元、是月中旬、紹香姪忽飲藥殀亡、六弟移家與同住、

光緒十五年己丑、六十九歲、是歲在義學課徒卅餘人、正月為府君舉報鄉賢事、詣郡、請謁彭瑟軒郡伯鑾、適議修郡試院、郡伯委督理、辭不獲、殊雷邑侯與郡伯議不合、為所申飭、轉遷怒於豐、並入讒忌者之言、特將鄉賢詳文擱不行、三月豐詣郡、郡伯已知其事、豐擬將府君遺集付梓、請序於郡伯、叨敦年誼、既為校正加序、且助梓費銀十兩、更面諭鄉賢之舉、俟後任賢令行之、遺集一書、此鄉賢之證也、宜速付梓、豐因竭力措辦工費、專人送銀並書晉省、令

宗兕清繕授梓人、是月縣試、紹聞四姪捷科案元、五月謝遂生司馬輔成、來攝邑篆、郡伯授以意、更得張南村明府之信、乃囑蔣司馬訓牒行、即倚准詳府、衙規不再費、府衙用禮房花銀四元、承發房四錢八分、府詳文上行、道署房費、索花銀廿元、桔据辦足、專送詣郴、是月宗兕在省刻存悔堂遺集成、即託院長曹謹堂太史斟代呈各大憲、省垣知友、宗兕亦分送幾徧、九月、本團忽有陸硯圃貪販私牛被殺之事、豐在郡聞變馳歸、主持調停、幸謝邑侯仁明見原、只飭訪緝兇手送究、團眾懸賞購得之、陸姓仍多端控誣、邑侯皆照察消釋、亦無甚累、十月、宗兕自省由水路歸抵家、十二月、彭郡伯得代、將回南郡本任、因周仰峯同年物故下關請接掌陽明西邑兩書院教席、計刻府君遺集、及宗兒在省前後用費、約共去銀二百兩有奇、又挪借親友卅餘兩。

光緒十六年庚寅、七十歲。是歲主講郡書院、在西邑齋舍啟館、挈紹曾姪隨讀、內從十餘人、舊徒在義學不散者、以宗兒課之。正月、紹聞姪、偕及門宗運亨、陳維祺同入泮。二月、謝邑侯樓奉道幕來函、索補鄉賢冊結一套。是月、豐偕郡紳士詣南郡、公送彭郡伯德政牌扁繖、為上年臘底、辦未及故也。閏月、藩司又以鄉賢冊結不如式駁回。三月、乃更正、再由學牒縣、由縣詳府、黃硯賓郡伯鴻藻乃重加印結上行。藩司房費、託秦貞伯邑博度代打點、用銀卅兩。是月紹聞姪忽病故、遺兩孤、痛甚。自二月後、奉邑侯諭採訪節烈婦女造冊彙稟以憑詳請題旌又諭造劉靈溪太史事實清冊公稟由學牒請從祀鄉賢以憑一併詳行四月晛竇郡伯諭令採訪陣亡殉難諸義烈造冊彙稟以憑詳請蔭卹六月郡伯因閏月爲同詣郡祝壽謝邑侯有重建陽明書院之議各官旣捐廉有成數擇吉鳩工諭委協督工匠八月謝邑侯卸任偕本團紳耆詣縣公送德政牌繖餞行十月馬玉山中丞丕瑤須發書籍到郡飭開書局構書樓以藏之郡伯籌資卜吉以十一月起工特委董理並諭飭集股興辦蠶桑十二月自郡歸以途中遇雨中寒得咳病幾殆直至開春二月末方就痊可郡伯延請復館

光緒十七年辛卯七十一歲是歲在西邕院啟館內從十餘人紹曾姪

隨讀義學舊徒及家童輩、仍以宗兒課之、復森孫兒啟蒙延舊友章先生月照於家樓、並彬兒姪雅兒孫課之、三月為本村上年疫傷丁口過多、率眾於社建醮祈福、四月陽明書院書樓並落成、自西邑移席居之、郡伯報上、馬中丞札題急公好義四字匾以贈是月、郡伯丁外艱歸、闔郡官紳約同公送德政牌繖、六月黃兆懷郡伯仁濟到任、興辦蠶桑、因覘賓郡伯所集股分貲本、創設景華機坊、繅絲織綢、打線、延教師、招學徒、並招商開公義利號、以流通財貨、諭委監督、七月初旬、遣宗兒赴科、下旬、郡伯奉到部文、徵府君遺集五部、以憑覆核、因專丁賚詳文詣省、俾宗兒並書進呈郡伯、又謂此事禮部須有小打點、乃不延擱日久、因許以銀廿兩，懇代飛函入都，託知好幹辦。九月，宗兒於閩薦卷不售。剞得遺集五十部歸，共用去銀四十兩有奇。十一月，郡伯受代有期，因郡南樓紫荊花結紅子滿條之瑞，喜甚，再罄官囊籌款，飭豐就修志亭故址，構遺像亭，囑將硯賓郡伯所鐫王文成公大像碑移豎其中，以便人共瞻仰。臨去，衆官紳特公製德政牌繖以贈之。十二月，周芑堂郡伯天霖接篆，下關留館。是月十六日，大兒婦育一女。

光緒十八年壬辰，七十二歲。是歲在陽明書院，啟館內從廿餘人，紹曾姪隨讀。宗兒仍在義學課諸舊徒，及家童北軍水林兒蒙館移下義學翼室，以姪婿龔恒崇專課之。正月，陳瀛仙邑侯鏡清，以集股舉行蠶織、詳請獎勵、叨奏賞六品頂戴、三月下旬、周郡伯奉到部文、准府君偕劉太史從祀鄉賢祠、親臨書院報喜、並爲擇吉以四月廿一日、躬率官紳送主入郡鄉賢祠、省志載郡鄉賢、有歲貢吳公廷憲、郡祠失奉、豐因爲製牌、請郡伯復祀之、劉太史亦並代製牌同送入祠、是日豐備謝酌廿餘席、豐有紀恩吟、叨官紳戚友皆賜和、郡伯又代擇吉以六月十一日送主入邑鄉賢祠、約劉太史後裔同日舉事、陳瀛仙邑侯亦躬率官紳護主入祠展祭、豐亦備謝酌廿餘席、是月廿二日、隣近諸戚友又同約送主入三聖宮配享、豐又備謝酌廿餘席、家祠堂亦以是日順行祭告、延同族小酌、亦備十有餘席、前後數次約共用錢百伍十餘串、事甫畢、三孫復森兒旋殤、小兒婦並染時症重甚，病中產一女，又不育，興盡悲來，痛甚怪甚。是月，术村以鼠疽之病，老小約喪十餘人，天行瘟疫，無如何也。閏月，復至書院。奉府縣兩尊諭，籌款修補郡試院坐號棹櫈並後廳兩轅門。得縣考長案之報，及門吳國楨捷歲案元，蘇夢祥捷科案元，族世貞捷土童歲案元，紹曾姪歲科並以第三名送府考。八月府試，院工畢，郡伯行府考，及門族姪紹杰捷科案元，族世貞再捷土童歲案元，紹曾姪歲科又皆以第三名送道考。十月，趙宗師棲試賓棚，紹曾姪及吳國楨、蘇夢祥、甘濟川、家世貞、家易編、家子康、家彩璪，皆以歲案入學。紹杰姪及宗兜門徒黃丕振，同以科案入學。及門李國楨、梁紹勳，同以歲案一等前列補廩。宗兜兩考，皆列二等第二名。是月杪，籌措曾姪考貴、親送諸賓、十一月初旬先歸，十二月初旬復詣郡，皆衆紳耆恭送周郡伯德政牌繖，並祝其壽。郡伯復下榻留館。

光緒十九年癸巳，七十三歲。是歲正月初十日，為曾姪受賀，五弟頌為紹侯九姪完娶。十二月，又為杰姪受賀。下旬詣郡，向郡伯議修合江樓，以黃兆懷郡伯遺有米資也。三月，書院開課，內從八人，曾姪仍隨讀。六月措得銀七十餘兩，命宗兒、曾姪偕赴鄉試，並梓崇祀錄及紀恩唱和詩集。七月杪，周郡伯調署鎮安府，張丹銘郡伯祖祺接篆。八月初四日，合江樓工竣，歸。九月初七日，小兒婦育一女。是月，兩兒秋闈報罷，又門陶天德登賢書。十一月重修後廈房三間，並構浮廈兩間。十二月解館歸。為淼孫兒訂婚於夏黃張郡伯下榻

留館、

光緒二十年甲午、七十四歲、是歲正月初九日、詣郡祝張郡伯太封翁壽、歸

二月初旬、復至院開課、內從芸六人、宗兒隨讀、以曾姪接課義學、諸

子弟、延舊徒黃子紹、課諸孫兒於璞姪履房、去冬、張郡伯議定

裁截站壚牛行私牙陋規、以為巡吏公費、有餘所用作六團賓興

正項、豐亦以琴泉義學缺資、面請照站壚例、裁截陸幹馬頭

兩壚牙行陋規、以為公費、並藉盤查盜牛、杜絕牛賊消賍之路、

著令具稟、以憑核奪、乃未及飭行、而丁艱去官、四月杪、朱琴叔郡

伯鶴年接篆、豐復稟請、蒙批准行、六月、措銀卅餘兩、令宗兒曾

姪皆赴科、並續梓紀恩後和詩、八月、祝朱郡伯老太君壽、九月、奉

郡伯告示、及核定收支條、款、歸里、是月初八日、約團衿耆開辦牛行抽
規事、下旬兩兒姪報罷歸、廿七日長刻、大兒婦再育一男、十二月初旬解
館、未郡伯下關請復館、
光緒二十一年乙未、七十五歲、是歲仍延黃子紹課諸孫兒、正月下旬、
重詣院、內從卅餘人、十一月初六日、小兒婦育三孫女、十二月中旬、為先
府君監墓碑、並監彭郡伯所題鄉賢故里碑於本墟中、
光緒二十二年丙申、七十六歲、是歲仍主講榕園、老眼加蒙、只收內從四
人、二月道考、及門韋潭鏡、韋潘瑞、並安定韋翔舉、韋壽椿、張作
梁文、舊徒陸國輔、陳振綱皆入學、宗兒科考一等第八名、黃子紹
舊徒考古學第三名、歲考科考、皆列壹等三名內、後以科案補

廩、三月元璞姪、約同戚友集股、開正同試押店、代詣縣請給押牌告示、宗兒為押店出官、並向嶺山書院肄業子紹試畢歸、仍延課諸孫兒、

光緒二十三年丁酉、七十七歲、是歲陳郡伯下關復留掌院、二月詣院開課不收內從、諸孫兒移館下義學、仍以黃子紹課之、宗兒仍詣嶺山住院肄業、六月下旬、輔臣哥七十九歲壽終、十一月、宗兒以上年科案一等、前列補廩、幫補學規、共用銀四十兩、

光緒二十四年戊戌、七十八歲、是歲辭館家居、仍留黃子紹在義學課諸孫兒、團中父老以宗兒協辦團事、三月下旬、為孫兒復森完婚、十一月、劉宗師按試臨賓、紹曾姪考列一等、舊徒韋肇唐入

泮、

光緒二十五年己亥、七十九歲、是歲諸孫兒仍在義學習讀、子紹辭館、以曾姪課之、正月下旬、為寡兒婦韓氏建節孝坊、工竣、延諸眷戚小酌、十月率同族重修建宗祠、

光緒二十六年庚子、八十歲、是歲正二月、游匪竄擾邑西北路寺墟、武舉周治國暗勾匪黨、縱掠村莊、闔邑皆震驚、宗兒屢詣府、縣、計圖整頓團防、以衛鄉里、三月、周蓮舫邑侯頌聲、計捡治國究辦、眾心乃定、五月下旬、宗兒忽病故、老身抱痛、其何以堪、六月季孫男遺腹始生、是秋大旱、失收、八月遣紹曾姪及義學門人詣府、懇請陸幹牛局告亦、適馮郡伯有議修府志之舉、因

訪及豐所編輯武緣縣志一部呈覽後，蒙郡伯賞給常珍之敬，並給義學告示刻碑。帷歎府志未得梓行，而馮郡伯在任作古，切思府志之役，道光年間李蘭卿郡伯常欲舉修於前，後因世亂而中止。至光緒年間，馮達夫郡伯又議修於後，亦因物故而輟廢，致使恩郡無文獻之可稽，心竊慨之，聊記此以俟後之賢守斯土者。

光緒二十七年辛丑八十一歲，是歲正月後，匪風盛行，近圍龍母、胡墟商販行路皆被奪，五月十三日突杉坂馬頭墟擄掠財物，飽暢而逃，八月雷楊兩圍大擾亂，張郡伯岫軒諭飭設分局，命聯團集練以禦匪，不得已，乃承任督辦，漸以義學讀書之地附立分局，機關

光緒二十八年壬寅八十二歲，是歲杜雲藩郡伯蒞任，乃委總理局務

四月郡伯報工蒙丁中丞題贈功在梓鄉四字匾十月王撫軍聞邊次南
郡又加賞給五品藍翎十一月初三升匾在義學
光緒二十九年癸卯八十三歲是歲正月末林墟匪夥縱掠陷入林樗止
胡等村韋鶴亭陸建祥二位練長俱被圍困而建祥之練紮任
邕岑者又被匪破其營聞報即傳鑼調集鄉丁連夜馳救乃得解
圍後潘統領自縣城移兵相援乃協助攻勦大克之匪即潛遁
四月復叙功孫階分局同事人員詣南郡購辦票槍並恭送黄
理卿郡伯牌繳叨蒙賞給六品頂戴亂世浮名亦堪一笑六月初三
日二媳婦染疫症故十一月中旬孫女出嫁於陸城村至臘月下旬
身體漸覺違和食藥罔效

光緒三十年甲辰伯八十四歲自去腊得病沈迷不起調醫罔效飲食俱廢遂於正月十一日子時壽終正寢嗚呼痛哉吾家兄述之早亡繼而孜之哥亦先家伯而仙逝僅存一老以顧復諸孤而天不慭遺是又無如何矣乃永重發訃聞于後至十八日午刻始移柩厝於排老嶺之陽坟立亥山巳向兼壬丙分金家伯此山雖云未盡合意然其生時自選自愛欲近義學聞讀書聲與該及門弟子各具賻儀以助營其墓曾與孤侄辭謝不獲乃承命經營隨用研灰圍固因以急時墓碑未豎心猶為之一歉焉越至

民國十四年地方蠢動匪風復熾吾東鄙會議仍仿從前分局養練清鄉衆推南浦年哥與曾同出協理局務又叨衆人紀念家伯

之勞再為之籌建墓碑私衷頗慰噫家伯棄世聞耗時一蒙諸友
原賻及葬後猶致後人不忘念及此曾其何以為人耶覺此中之抱愧
殊深矣此由紹曾姪續記

敍

古之人有行年五十而知四十九年之非者、今余行年五十有五矣、歷計生平、無一善狀可為後人告、豈猶未自知其非耶、抑亦能自知其非耶、嘗自念讀聖賢書、遵祖考訓、儼然身列儒林、其於家也、不敢為不孝不友之行、其於世也、不敢為不忠不信之事、其於修己也、不敢為不儉不勤之習、其於教人也、不敢為不模不範之身、事長上、則必守法奉公、處鄉里則必準情度理、數十年來、臨深履薄、似亦鮮有戾於道者、得謂生平所為皆非耶、顧余又嘗循省焉、而深思之矣、憶余甫出世、而先嚴見背、未成童、而先兄又相棄而逝、煢煢孑立、與先慈孤寡相依以為命恃、愛憐而流於驕惰者有之、自成童以後、宜知自樹立矣、乃染於俗習早學詩文以干名譽、不能仰承父業、究心經訓、自荒根柢之學者有之、比長不得志於名場、迷途宜急返矣、乃猶役志於八股、以求振拔救貧困、至沈溺於澀墨之中、而不自省者、又有之、及壯而適遭世變、才望本不足以服人、即宜深自斂抑、乃勉强出頭、妄思力挽狂瀾、以及於難、其以激烈、招非者、亦有之、至奉母遠徙、廬井邱墟、幸而天心悔禍、鄉里清肅、得返故居、宜即優游林下、課讀課耕、為承先裕後計可矣、乃復以土逆之變、仍噴熱血、再干與世事、以致我德者半、我讐者亦半也、既而叨天之福、幸選明經、且不自問年、不自量力、依然强與當世之英少角逐於名場、以致富貴不來、貧窮轉甚、每一回首、愧悔滋深矣、此生既為造物所忌、命途多舛、叠覯閔凶、雖自砥節礪行、經百折千磨、亦不至大乖乎名教、損乎家聲、要之困心衡慮、拂亂所為、究有何事可見重於世耶、嗟不如人、垂老益可知矣、余之生平既無一是處、今而後、氣逐年衰、志隨年餒、豈尚能為晚蓋之謀哉、夫亦自知其非而自痛之已耳、近日及門皆試、齋居有暇、特自紀往事、按年編譜、以授次兒紹宗、猶子紹曾、俾知吾之所非、而自求其所是者、

光緒元年歲次乙亥仲夏月中浣大鳴山散人自敘於琴泉講院之鑄人軒

跋

吾人之生於天地間也、必為天地間完人、乃無愧乎其為人。完人云者、窮則獨善、達則兼善、盡其分之所當為、而無或虧其性之所固有者也、是故性焉安焉則為聖人、復焉執焉則為賢人、上焉者品行卓越、聞望崇隆則為偉人、才猷宏裕、勳業彪炳則為能人、學識淹貫、文章華贍、則為通人、下焉者、孝弟忠信、樂善不倦則為善人、循規蹈矩、安守本分、則為端人、行芳志潔、超拔流俗、則為畸人、人不一也、品亦不一也、而要之各能無愧乎其為人、則皆可謂之完人也、若余之渺然託形於兩間也、其將謂為何如人耶、今編是譜、余之生平固於是乎在、然當其幼而讀也、不敢以孤貧自阻、雖似有志之人、比長而習舉業也、薰香摘艷、敢與當世之文人學士、交馳騁於名場中、又似有才之人、既壯而適遭世變也、謹身操行、不敢以詭隨自縱、貪冒自汙、則似有學之人、其激昂感奮、務為邑里障洪流、奠磐石、復似有能之人、及垂暮而艱苦備歷憫凶備遭也、終不敢以抑塞淪淹自渝素履、則又似有守之人、而無如質性駁雜、學識空疏、志氣激烈、而不能範以和平、行為矯強、而不歸於中正、第本此一點惺然不昧之良心、以自致於家庭鄉黨酬酢往來之地、雖亦無驚俗之事、鮮禍世之行、而於本分所當為、性分所宜盡者、殊多有不堪自問之處、若余之為人者、其得謂之完人也耶、今既不能達而窮且老矣、而於守先待後之業、承先啟後之功、竭平生之願力以為之、猶未能有一二可告人者、余何人哉、亦一無用之人而已矣、念余甫成童、即自號曰鳴山散人、散人云者、無用人也、人而無用、斯於世無補、尚得謂為完人也耶、繼余而起者、其必讀有用之書、習有用之業、為有用之人、以完人自待、無論或出或處、或進或退、在在皆自求無愧乎其為人、慎勿援是譜而曰、吾父如是其為人也、吾祖如是其為人也、相與效余之為人、以至於重余咎也、是則余之幸也夫、是則余之願也夫、

光緒四年歲次戊寅季冬月上浣大鳴山散人自跋於今是山房之藏拙軒

詒穀堂族譜

詒穀堂族譜

叙

萬物本乎天。人本乎祖。故人甚不可忘祖。忘祖者謂之忘本。忘本者謂之不仁不孝。夫人之生也。誰敢以不仁不孝自付哉。丰嘗歷計生平。所以游者。詢及若考若祖。莫不能舉以相示。詢及若曾若高。莫不能舉相示。至詢及高曾以上。則能詳者什二三。其不能詳者。什七八。其能詳者丰欽之羨之。其不能詳者。竊謂其忘本實甚焉。及返而自維。則亦僅能詳高曾之高曾。而自高曾之高曾以上。則茫然不能悉也。況更由高曾並世者誰。誰則為之考為之祖。而高曾並世誰。誰則為之考為之祖。由高高曾並世者誰。誰則為考為之祖。又皆茫然不能遠述。嗚呼。丰固亦一不仁不孝也哉。雖然　此冊之目的也。

甚不欲忘。甚不敢忘。而究不得不出於忘者。亦惟宗譜失傳故也。念本支靜九公一族。相傳始祖自大宗從山東青州。隨狄武襄將軍征农智高來滇。傳百有餘年。洎明初而發祥。數世。太祖探花公其最著者也。探花公派分四支。支系相接。嘗著有宗譜。迨明季遭八寨之翅。而戕火銷之。嗣後定夏經鼎革之變。兵燹頻仍。剛殘零落。繼世鮮達人。遂無有載筆紀述。及我祖南泉公。我考綱齋公。再造支系。而四支之世系已無從稽考矣。況丰更生數十丁之後。愈久而更愈失其傳。嗟夫。源遠流長。本支百世。自能前之人。積累深厚。烏能得此椒衍瓜綿。至於今而末愈茂也。此豈可忘也乎哉。丰何不幸而亦為忘本人哉。獨是吾族世系。自明季以前。則不可得而詳。而自明季以後。則尤約略可紀。同族三支。

虽不可得而詳，而韦族一支，列光約略可紀。族譜之作，我祖我考既有事於斯世，而不暇及。異若一身当宗传絶續之交，承先啓後，此其責也，而能無筆之於書耶？苟為不仁不孝終耶？矧我武韦姓實繁，同姓為婚，前後相沿，彼此相效，而不知之怪。倘譜系不清，將子姓繁衍，支分派別，勢必異地而居，各各而处，愈去愈遠，合族会食之典禮不克行，久之愈忘，必有視同氣不殊異体，同姓為婚矣。不但同宗為婚耶。夫至於同宗為婚，則必尚有同宗為仇者，而瀆倫理，滅恩義，生禍有不可勝言也。嘉言念及此，而惕焉深懼耶。今年四方之志倦矣，归卧林泉，百年未尽，思世身之所自来，特擬耳目所及，先編為族譜，生能詳者詳之，其不能詳者闕之。先紀本

由光紀本去接旧編

族一支。而之同族三支。亦將詢究而並載焉。即以此自明其不敢忘本之深心。而隱寓夫敦宗睦之微意者也。後之人有讀書識字者。如亦不能爲不仁不孝人也。當共珍藏此編譜而紀之。俾吾族世系相傳於萬斯年。而吾之祖德宗功亦光昭於百千年世。而後焉。是豐之所心願也。夫譜成特弁數言。以詔來者。

皆

大清同治十有一年歲次壬申秋初重修族譜裔孫豐華謹叙於今日足山房之藝蘭軒

至民國十年歲次辛酉春初姪孫復鑫重鈔

奉
天承運。
皇帝制曰，風化先於一邑。學校宜崇。人才出自諸生。師儒是重。
爾廣西。桂林府。興安縣教諭。韋有綱、持躬有素。奉職無慚。
教以詩書。文義實資於講習。諭之禮讓。士品正藉以陶成。茲
以覃恩授爾。為修職郎。錫之勑命。於戲、前勞已著。用褒訓
誨之能。後效方長。益勵漸摩之術。
勑命
之寶
道光捌年

奉

天承運

皇帝制曰。風傳鐸韻。載鳴學校之音。雨沐菁莪。廣沛明倫之化。爾廣西

桂林府興安縣教諭。章有綱之妻。勤儉持家。慈祥教子。内治克勤。於

寐旦。那翰能助以文章。茲以覃恩授爾為八品孺人。於戲。垂淑範之

柔。堪膺國典。錫龍章之渙汗。允冠女儀。

道光捌年十一月初九日

敕命

之寶

詒穀堂族譜

裔孫豐華修　姪孫復鑫重鈔

太祖諱聰又諱嵩

明永樂辛卯科舉人欽賜探花及第仕東宮官封光祿大夫歷任南京部郎晉爵太子少保致仕歸田今龍山寺南原西向有祖坟二塚相傳為　公暨一　太祖妣之墓云按本戶所應納地丁粮銀及所承管田地　公後原分四支但宗譜散失列祖世次諱號無由稽考故莪亭祖坟及承響祖坟雖相傳為　公高曾祖父之墓　而不能確指

為何考何妣焉

本支一世祖諱宴關　宴項

據龍山寺古碑　二公為明崇禎時人自　太祖是世次尚多而宗譜散失無由考核故本支祖祠特奉　二公為一世祖焉相傳本戶支分本支係第四房苗裔傳至　二公再分五斗粮四升粮額俾作世業即今天禹公一房是也為二股各得二斗七升　關公因我　朝初造當塘夫役太煩别招義子相助分與田地一斗五升粮額俾作世業即今天禹公二房是也但其世次諱號只登神牌不立族譜今亦不能指識也本支祖坟今認得排老坡一處無碑誌可考亦不知　二公坟是何

塚本支世居村落三霧居壇蘿在是丶瀾公苗裔居壇狆
江那者是　頂公苗裔云

二世　春豐

春補
瀾公子相傳　公為民夫故更招婿龔入贅丶分與田地該粮六升
俾作世業即今天用公一房是也丶公坟相傳皆在排老坡亦無
碑誌可指識

春熟

春回

春旺

予春

三世

呈瑚 補公子墓在排老坡

呈滾 補公子配韋氏墓在排老坡掾所承管粮六升復分爲三
公當有兄弟三人

呈合

應筦 應字派相傳是 頂公後

應危 配楊氏

士宗

四世

登龍 湖公長子

登麟 湖公次子配韋氏生二子

登雲 滾公長子配陸氏生三子

登美 滾公次子配韋氏生三子

登昌 滾公三子

登貴

登全
喜勝
喜選
喜表
登燕
登如
喜庭

喜字派相傳是　項公發

喜善

喜填

五世

標聖　配韋氏

標堯　雲公長子配韋氏

標俊　雲公次子配歐氏

標芳　雲公三子配覃氏

標蘭　美公長子配歐氏

標羣 美公次子配廬右黄村女生三男一女　公中年辭世黄氏妣力貧育子計口而炊計碗而食有女不過三男不過四之限女適適龔井村壻名丕顯外孫名朝宗庠士　公字卓亭以恩貢例贈修職郎墓在欣佛林之南偏落小坡南向土名墰楞有碑誌　妣坟在尼原村之西墻僥嶺天穴北向章楊有碑誌

標揚 美公三子配謝氏之嗣以　羣公第三子繼

標成 麟公長子配韋氏

標真 麟公次子配韋氏

標尚

標陳

標通

標運

配黃氏　公及陳瓊振達蘇崇樹諸公皆云是　項公支派

標振

配龔氏

標燈

標昇

配吳氏　公晚年出江那村為人父無所出歿後遺業被江那人隘沒我族以粮額貽累始合力爭回議為　公立後而無有願承繼者故每年三月朔日特別舉一祭以祀　公其祭資亦即其遺業也　公在江那有撫育之恩亦那江人匿其坟不以告諸

其與吳氏妣合厝不便啟移云

標達 配韋氏

標穎

揆文 庠士相傳公本姓陸係陸元村人入贅或云姓韋皆未能詳

標崇 配韋氏

標樹

六世

文鼎 配韋氏

文瑜 配覃氏覃氏

文謨 俊公子配蔣氏生二子

文虞 配楊氏

文獻 覃公長子元配歐氏生三子二女早逝繼配謝氏生一女 公號壽岑少孤貧失學長業商白手成家性伉爽尚義疏財雅重儒流或有借貸皆不靳倡再振自 公始常惜本團文風不振又倡建三聖宫於墟上生平嘉言懿行具載南泉公所著行狀及上林張南崧先生所撰壽文享年八十有二歲 恩賜正八品 敕贈修職郎棺葬棠宜坡南歐謝兩妣附其右焉歐妣所生女長適覃仙村次適楊里村 謝妣所生女適邑庬厦村歐妣乃六塘團歐厦村女謝妣乃四塘團墰鶴村女謝妣壽九十二歲五代同堂南泉公解組

本支祖祠为家塾延師課子姪不吝貲我族書香

良義忠周方郎世其處筧見其載開封周雅圭中丞所撰壽文
兩妣皆受封贈八品孺人

文欽 犀公次子配龔氏生五男二女長女適蘭覃村覃于永昭次女適板荷村梁汝漢 公墓原棺葬擂料尾坡今改厝東宜壽山 故後右肩回龍穴舊碑損破未克重立妣坟亦在 公左肩回向小凹舊有碑誌

文勳 犀公三子配聶氏出爲楊公後 公及妣二墓俱在坡枕西大路旁小園内

文吉 蘭公子配勞氏生二子

文周 芳公子配危氏生二子

文業

文仕

文琰 配危氏

文命 真公子配陸氏生三子

英彥 逴公子配陸氏生三子

英昊 崇公子配覃氏生一女

英桃

七世

英相

英元　配李氏生二子

英璉

有義　配陸氏生一子

有紀　猷公長子配龔村女龔氏生男二女二長女適壜社村韋美珠次女韋朗村韋清裘　公承父業以商起家生性濶達以孝友見稱鄉里　恩賜登仕郎墓在東宜壽山公坟汝东向凹妣合眉焉

有綱　猷公次子配盧氏盧規村處士萬通公女生男三女一女適布苗村龔蓮昌　公字維三號南泉生性樸茂行誼端謹動循

法則鄉里推為儒宗事繼母以孝聞年廿八入泮四十八歲由附生應
嘉慶戊辰　恩科中式第十三名舉人吏部揀選知縣丁丑大挑
二等先用教職署理永寧州學正特授興安縣教諭兼理全
州學正　勅授修職郎年七十以繼母在堂告養致仕壽七十四歲
卒於家生平嘉言懿行具載長沙賀耦畊先生所撰壽文墓
表及楊寶菴先生所撰墓誌墓原棺葬南曹之南嶺今改
塚葬壋主嶺山腰穴南向妣　勅贈孺人墓塚葬於附近那怕
八冬村之西土名壋吕嶺南向前有碑誌後有封贈碑妣壽
七十三歲

公生於乾隆辛巳年四月
初九日寅時卒於道光
甲午年九月初三日亥時

有綽　獻公三子元配韋氏無所出那楞村女次配韋氏東偏村女生一
子　公字裕如生性卓犖有幹材言行樸直無矯飾幼習文
長習武老而業商尚義疏財凡鄉里有義舉皆樂為倡首
居家亦以孝友稱墓原棺葬三冬村背今改葬崬東黄林中東

向賬弓業元妣墓在那界村北墻安嶺脚田中小坡西向 公寿
五十九歲、妣寿八十二歲次妣墓

有彬 欽公長子早逝

有精 欽公次子配李氏生男二女二長女適東覃村覃姓次女適韋
陵村韋姓

有紹 欽公三子配蔣氏二男二女 公中年即世妣帶次男次女改適韋仙
村次男名特貳今歿無嗣長女適覃儉村次女適陸元村

有繩 欽公四子原有妻室自作家以其性偏惰好與乞兒為伍妻恥之
乃别適因乏嗣

有紘 欽公五子配韋氏生三男二女 公幼習儒業識書義貧不克振以
訓蒙為生言行雅飾亦以謙遜稱鄉里長女適汀葛村次女適
尨廈村

有光

有忠

命公長子配龔氏生一子一女　公早逝龔氏青年守節奉親育子茹苦含辛孝慈備盡力負持家為田業歲入不給兼以米販為生計貞正勤儉見稱鄉里晚年子雖成立而勤苦不衰女適韋楊村楊姓

有信

命公次子配覃氏生男二女三長女適歐村次女適陸元村三女適壜窑村　公幼習儒業粗識字通大義以忠孝承家中年喪妻二子及季女皆幼貧不能再娶賴次女持家代撫育焉

有言

命公三子配韋氏生男二女一女適昶時村楊姓

有莊

周公長子配韋氏生一子　公早逝韋氏姚青年守節力負持家以孝慈勤儉見稱鄉里

有荼 周公次子配黃氏生三子 公生有俠氣性剛直富膂力里中有義舉恒以身先人

有定

有義 謚

有金 吉公長子

有烈 吉公次子配龔氏生男四女一女適韋朗村 公夫妻皆壽八十二歲同日仙逝

金龍 元公長子配楊氏

金會 元公次子配韋氏生一子

有敬　謨公長子配危氏生一子早逝再娶韋氏生二子一女女適墰窩村曾姓

有仁　謨公次子配龔氏一子一女　公自幼習儒業受道戒以謹愿稱鄉里

有彰　瑜公子配龔氏布苗村女生二子二女長女適韋楊村楊姓次女適韋凌村韋姓

有進　彥公長子

有道　彥公次子配韋氏生男一女二長女適陸閔村陸姓次女適龔村龔姓

有招　彥公三子配楊氏生男一女一女適蘭蹕村黃姓

有德　配韋氏生男一女一女適陸幹垅　姓

有綜

勲玄子配陸氏生三女長女適百溛村楊姓三女萬全村覃姓次以招壻入贅○招壻承祀異姓亂宗律甚不合但當日公夫妻二人[illegible]不顧以同子堂子姪承繼故族中雖有知其非者而莫可如何因之任之而已然鄙意以為入贅者宜令仍其本姓本名倘其人日後發達子孫綿延應令其別立一宗方可杜以莠乱苗之患但彼既移花接木必須飲水思源同襄吾宗祀事倘或强客欺主即當以非種論鋤而去之留其田業別圖繼絶可也同治壬申秋初覺華重修族譜時書此以告後人

有善

吴公女壻江那一冬人入贅妻不育納妾黄氏生一子

有承

蔣村人有善即妾黄氏不克守節别招公為後夫屡生子女皆不育家道中落逃走不知所終○以女招壻異姓乱宗已干例禁乃世俗相沿變而加厲甚而以婦招夫以母招父殊甚無謂不可為訓從今以後吾宗若不幸有寡不能守者即令其改嫁倘有子女尚幼

不能割爱即宜許其隨嫁俟長回宗切不可誤聽招父養子之説別招填门可也同治壬申秋初豊華重修族譜特書此以告後人

八世

天民

敬公長子妻覃氏生一子二女長女適龔村龔姓次女適陸元村陸姓

天賦

敬公次子妻張氏生一子二女長女適龔村龔祥通次女適韋楊村楊姓

天褒

敬公三子妻張氏生一子張氏壇社村婦夫死無子其姑不令改嫁招公填門奉其煙祀○按此事入人之室御人之妻據人之産以為己有雖亦貧難自立者養生求子之一道吾俗相沿恬不為怪彼家之人固有呼我為夫為父為兄弟伯叔者當亦思彼家冥中之人其視我為何人否耶鬼而有知其不我責耶而謂能奉其祀耶命裏有財終須有未見貧不為此而即不成家者後人慎勿效尤可也豊特筆以告

後人

天裁

紀公長子妻覃氏閭覃村女生五子第五子殤　公字植堂幼承父業經商起家性方正以長厚望於鄉墓塚葬東宜坡内穴庚東向妣在邑豆山西距山里許小坡逆水回向邑豆村兩墓皆未立碑

天培

紀公次子妻韋氏韋仙村女生三女一子子殤納妾梁氏生二女一子長女適韋達村危姓次女適歐村張姓三女適東覃村覃姓四女適壇社村韋姓　公次篤翁幼業儒長歸耕受道戒習陰陽書安清貧守義命以謹厚稱鄉里　恩授登仕郎墓葬壋晒東小坡騎龍穴南向以壋晒作業嫡妣合厝焉

天寶

綱公長子元聘陸氏陸元村歲貢灼陽公孫女繼娶張氏平第村處士廷謀公女舉人廷献公姪女生二子　公字介圭號綱齋一號榜山生性

英敏十歲能文十九歲入泮二十二歲食廩廿四歲應嘉慶庚午科中第八名舉人卅四歲應庚辰科會試中第四十七名進士即用知縣分發四川道光辛巳未履任卒於成都官邸生平行誼在載在自叙年譜上林張南崧先生所著介圭傳臨桂黃春庭先生所作墓表灌陽陸琢之先生所作壙記著有存悔堂録男豊華編為存悔堂遺集邑志列人物志又有小傳墓原棺葬墻枯鴣之原今改塚葬於橋雷村之後背北向　妣居孀苦節奉親訓子懿行具載男豊華所編年譜墓棺葬壇元西嶺東向滎陽孫師竹先生作墓表

天定

綱公次子妻梁氏板荷村富士勝桄公女公因岳之嗣自幼入贅梁家生四女中年回宗納妾謝氏江那村女生二女夭折再納劉氏赤旗村柞芳公女生二女一子長女適親時村楊日豊次女適黃村黃滑昭三女適李蔭村李華秀四女梁家又以招贅早逝壻亦尋殁五

天庭 烈公三子元配韋氏那桥村女早逝继娶張氏歐村女生一女一子女適楊里村楊公性軒爽知大義以貧故早歲隨堂叔南泉公之官與孫兒歸作家而頻遭舛運中年遠上泗城東蘭等處行賈久年不歸不知所終

天道 烈公四子貧不能娶傭工以奉双親養孤姪頗為誠至宗族稱之

天申 彰公長子早逝

天禹 彰公次子妻覃氏橋蔡村女生男三女二長女適墰社村韋孫祿次女適韋廖村韋加興

天鳳 恭公長子妻覃氏覃李村女生三子女一女適陸元村陸正乾

天香 恭公次子早逝

天華 緖公長子妻李氏那怕村女生二女長女適邑磐石村覃姓次女適龔村龔方賢爲側室

天榮 緖公次子妻韋氏覃韋村女生一女適陸城村陸平生

天佑 緖公三子妻黄氏汀葛村女生一子妻故再娶黄氏夏黄村女生一子三女

天福 紹公子妻韋氏韋仙村女短折繼娶覃氏那界村女生三子乙女女適板荷村黄渭勤

天祺 紹公子半生墮落不能自立中年出爲韋仙村人父妻老一不育尋以世亂流亡歿於外不知下落

天祿 德公子貧不能娶

天明 善公子妻龔氏龔村女生一子名地新公中年物故新亦夭折妻改適

天物

績公長子妻韋氏韋陵村女生二子二女長女適龔村次女適覃李村黃建琨 公幼貧無業長以石匠起家生平勤儉內助亦賢置田構屋頗稱小有 公及妣墓同在墻料西頭北向墰池

天咸

績公次子妻韋氏那楞村女生三女一子長女適覃李村覃姓次女適黃村黃姓 公幼貧以傭起家粗足自給子名地人既完娶被髮匪俘去不歸婦改適妣以堂姪孫名元珂為後又夭折家產 歸地擇遺孤

天則

仁公子妻覃氏覃李村女生一女二子女適陸元村陸姓

天用

義公子妻韋氏韋祖村女生二女一子長女適韋廖村韋姓次女適桥狆村黃姓

天恩

忠公子妻覃氏那界村女生二子三女長三女皆適韋陵村次女適韋廖村 公因幼孤母子相依為命奉養甚為恭順晚年世亂病篤

適賊至不能走避遂遇害人皆痛之

天龍

繹公子妻韋氏韋朗村女生四子 公號躍池性和厚恬淡耐貧苦自幼習讀長而兼畊不事舉業好古籍通大義言行朴直諳練世故往来酬應一出以誠鄉里推為長者訓子姪以法晚年值洪匪之變危行言孫不激不隨不爭名不逐利得免於患閭族皆奉為典型馬壽六十有一歲 塚葬陸元村北長嶺山腰穴南向堂姪豐華誌墓妣壽七十有七歲棺葬陸元村南墰真小坡東向有碑堂姪豐華作誌

天報

言公長子妻黃氏黃喜村女生一子二女長女適龔村龔寶璋 次女適墻安村蔣姓

天英

言公次子妻陸氏陸元村女生二子一女女適龔村龔姓

天縱 信公長子妻韋氏韋陵村女生一子二女長女適龔村 次女適陸元

天心 信公次子早逝

天壽 道公子妻楊氏韋楊村女生一子一女女適龔村龔姓

天佳 韋朗村人綜公次女壻入贅早逝遺一女適墰狆村韋景星

天秀 陸元村人綜公次女後壻入贅生一子綜公女中年物故再娶歐氏歐村女生二子○以女而贅二壻事甚可醜本無庸載然彼既有子孫襄吾祀事則又不能不並登諸譜而別白之使後人共知其來歷云

九世

地平 栽公長子妻楊氏祖時村女生二子一女女適韋陵村韋姓 公號春圃生性和易言行謹飭自幼習讀既成童隨叔祖南泉公之興

安縣任所習舉業凡五載文詩有可觀見者咸目為成器應童子試凡十餘考皆不利中年為貧故以訓蒙為生每課仍自理舊業不怠後得奇疾行年四十有五賫志而歿塚葬陸元村南壘轆嶺天穴西向

地中

裁公次子妻覃氏橋蔡村女生二子一女女適陸元村梁賓山　公號受堂性英爽卓越有幹才自幼以貧失學務農商起家習勤儉耐艱苦財產稱少有生平疏財尚義樂善好施自恨不知書期望子弟誠切延師課子姪不吝費族中有義舉皆樂尚首不惜力行五十有四即世塚葬陸元村南墰繖之東岡玉枕穴南向堂姊夫謝孝達誌墓妣後公四年尋逝塚葬平茅村西將軍點兵穴西向墓倚峭石三尊　堂弟豐華作誌

地廣

裁公三子妻陸氏陸元村女生二子一女女適黃肖村黃姓　公力農起家能自成立行年五十有六即世棺葬枯志垂乳岑嶺石穴西向

地厚

崧公四子妻歐氏歐村女生一女未字而殤　公幼失怙恃次兄受堂撫字長成生平業商年卅餘際洪匪之変隨夥侍往宣化行賈久而不回詢訪亦杳無踪跡歐氏亦中年棄世所遺田產經同堂妥議剖分為三以受堂之次子承繼得其一平廣二公之子共得其一女得其一住宅則許承祀者其時女未亡也今其女既殤所分得之田議留為植堂公祭資不得分散亦不許承祀者獨取承祀者擬立香嶽招魂以葬而以歐氏母女附焉

地尚

培公嫡子幼殤

地輝

培公庶子妻張氏石鼓村女生　子　女培公老而益貧至輝幾於無業以力自贍拮据萬端

地升

寶公長子妻韋氏照明村女公歿改適　公字登也生性英敏端重四歲失怙七歲隨祖南泉公之興安任所習讀十歲五經成誦學詩

文有理路蔣湘源太史目以神童南泉公亦目許為偉器十一歲歸
娶順應童試以未習截搭題法見棄復之任所十三歲夭於任所
南泉公尋以告養歸里順搬柩回厝初權厝排老坡頂今改厝陸車
溪東嶺回龍逆水穴北向長子不可以不祀以豐華長子紹祖為公後

六品
五品銜 豐華 享壽八十四歲

原名地靈寶公遺腹子妻黃氏覃李村廩生諱馨磬香公第三
女生男三女三次男幼殤長女樵姑許字黃村黃安全次女漁姑許字
百淥村楊雲淞三女鎮姑未字皆幼殤豐字光斗號劍城一號拙甫
別呼明山散人世名宗師鈕松泉先生所改錫也生性似剛果而多粗莽
似英敏而膠固守清貧習勤苦十三歲學詩文成篇廿一歲入泮廿
六歲食廩深厭時墨苦學名家而才力薄弱疊應鄉試不克
售卅歲以後當團總擊匪敗績奉母避難凡七年四十歲匪平
回里重習故業四十七歲由優廩生應同治丁卯科補行辛酉科
選拔中式戊辰朝考取二等第四名覆試以額隘屈列三等第
三名因前乙丑丙寅襄辦軍務保舉奏准以知縣儘先選用註應

鄉試及今凡十有一科尚未得一第而花甲將週矣長子先逝長孫光逝內子亦先逝生平困悴具載年譜然亦無一善狀可告後人也著有今是山房吟草今是山房瑣記內子黃氏自九歲歸性慈惠知大義奉姑頗順持內政亦井井有條共嘗辛苦昏時命自安豐亂後再作家資其不少也得年五十有六即世槯葬四塘宮柳之原西向光緒五年冬初豐華自識

世華

原名地觀安公長子妻覃氏東覃村女屢生男不育一女適覃仙村覃繩武亦早夭納妾陸氏陸黃枝女生男三女三長女適龔村龔星照次女適黃村黃安貴三女亦適黃村黃安廣 公字翰臣號峻峯生性朴茂和易近人讀書甚刻苦孤貧自奮十四歲詩文成篇郡縣試數列前矛而道考欠利年廿六始入泮叠應鄉試不第年卅以後際洪匪之變主持團務拒擊土匪周旋於强隣豪右之間一以和平

堅忍歷濟艱險通權達變夕中機宜園衆皆倚以爲固者凡十有餘載屢以軍功保舉而沮於外運未獲貴叙論者咸惜焉

盛華

原名地謙安公次子妻陸氏陸洞村女早逝繼娶歐氏歐村女生一子名紹東一名元疇盛生性朴謹有膂力自幼以孤貧失學業農不憚勞苦其友愛素爲宗族所稱行年卅八歲棄世歐氏相繼逝紹東尋亦殀折以姪爲後夫妻三塚合厝橋雷村後嶺頂大塘内小坡東向有碑誌

德華

公生於道光庚寅年六月初四日申時終於宣統庚戌年十一月十六日辰時

原名地豫安公季子妻覃氏橋蔡村女處士春光公女生男一女一女字韋祖村韋文弼而殤覃公乏嗣以館甥待德侍奉岳母而覃氏以承繼無人意不欲歸德自回宗納妾歐氏陸彝墟女生男三女二長女適陸城村陸元清次女適楊生村楊乃韻德字文甫幼習讀頗通理長遭世亂棄儒而商以帶練擊賊著有勞績 恩賞六品頂戴 公壽八十一歲棺葬於蘭韋村對面嶺土名盧祿東向有碑誌

覃妣壽七十三歲棺葬橋蔡村墳會嶺東向有碑誌

歐妣壽

代華

原名地亨定公子妻黃氏坡桀村道安公女早逝再娶黃氏夏凌黃村處士彥博公女生男一女二男早逝長女適章祖村章　次女適坆阮村

代號小齋性頗英發習讀亦不甚鈍惟生值世亂重以貧苦力耕奉母學業不專行年卅始博得一芹又以舌耕為活計學問求步進境

地鑑

鳳公長子早逝

地安

鳳公次子妻楊氏昶時村女生一子名元璇安早逝璇母殤楊氏改適

地迴

鳳公三子妻陸氏朔台村女生子　女

地建

恩公長子早逝

地銓

龍公次子妻韋氏江那村女生男一女一適橋蔡村覃月清男名元瑾韋氏早世再娶蘇氏串錢村女瑾〻又幼殤蘇不育又納妾梁氏蔣荷村女而蘇又短折梁氏生男 女

地鏻

龍公三子妻梁氏板荷村女生女二男一梁氏早世再娶危氏曾甘村女不育男名元璵幼殤長女適陆元村陆次女適江那村韋

地錦

龍公四子妻楊氏楊生村女生男二長男幼殤

地光

位公長子妻陸氏陆城村女生男一女一適擂闩村蔣莊

地亮

位公次子妻氏韋凌村女生男 女

地興

福公長子

地隆 福公次子妻　氏、庶乾、培女生男　女

地耕 英公長子妻蔣氏　塘安村女生男　女三耕未成童而失怙特其弟地才且幼稚世業不足自給力貧作家夫妻和順以勤儉為念克自成立

地才 英公次子妻黃氏黃萬村女生男一女二地近早世無後同族議以奉報、禮俟其有子即以承繼地近俾其不為絕世之鬼云才之男一名元琥早世耕亦之嗣其弟地才抑五耕公之次女七妹招婿龔姓入贅即板龔村人乳名特縣

地貞 繼、公子妻蔣氏墰窰村女早世再娶楊氏韋楊村生男一女二男不育招婿入贅以墰社村人乳名崇德

地春 本庄姓秀公長子妻黃氏板荷村女生男

地言 本陸姓秀公次子

地遠 恩公次子妻楊氏祀時村丁

源淇 本姓蔣、墰窑村人玉珍公女婿入贅傳子黃安絕世業併歸地澄

福公之子承管

地基 氏公子妻陸氏陸元村女生一子名元塭早世絕遺業併地澂之子

地轉 佑公次子早世絕遺業併歸地澤之子

地近 報公子妻氏江那村女生一子同治戊辰天行瘟疫旬日間偕父母妻子

相繼逝

地普 壽公子妻韋氏阮村女生一子女普早逝韋氏不能守隨俗招後夫〇

頂公苗裔相傳是至只有三子丁而又絕一明知招後夫之舉甚非所

宜而然出於此者亦以其屋地不荒而已嘗韋氏招夫之日同族原議

定以普女招婿承祀而不許其後夫入丁故其後夫雖居吾村亦同

寄寓其和意善女子歷崇又姪祈故其氏家其後夫去十六懸之而
以普所遺田宅併歸天福之子云

地潤

物公長子妻蔣氏壋安村女生二女一子子幼殤潤亦壯年夭折潤弟
地澤更夫妻相繼早世幼遺幼子一蔣氏守節撫二女一姪孤苦無
助抑以長女招贅為耕種計同堂無異議是以不得已之所為也然
其婿在吾家仍使存其本姓本名日後昌熾不欲同宗者須令其另
立一宗不可與吾宗混雜世系方清次女許字龔吳村未嫁而夭

地澤

物公次子妻黃氏黃村女生一子夫妻皆早世

地方

賜公子早世無後妻改適

地萃

庭公子妻梁氏蔣荷村女早世再娶詹氏詹本村女生男 女 萃自
幼失怙恃而性勤儉耐勞苦既長以傭為業兼而學賈娶妻立家

地傑

地秀

地溋

積貲置產粗可自給

則公長子妻陸氏法渕村女早世再娶陸氏朔台村女生男一女一

則公次子妻蔣氏擂安村女生三子秀早世蔣氏青年守志力貧

極孤勤儉持家備歷艱苦

賦公子妻龔氏龔村女早世再娶韋氏韋祖村女溋中年物故遺腹舉一男賦公老病不能耕韋氏不能守亦不能嫁招後夫馬姓填门此事同族皆持正論而賦公決意苟且從俗故亦聽之然終不許其入丁同奉宗祀俟溋子長後馬姓去留由伊作主雖馬姓在吾村日後子孫蕃衍亦必令其馬自為馬焉此事較之招婿承祀非理尤甚不可不嚴為區別也後起者宜共守此約方不得罪於

宗祖切切　光緒五年冬初豐華特筆

地還

袁公子妻　氏　還生於壇丶社村為壇社村人不得回宗

地正

用公子妻黃氏黃蔓村女早世再娶龔氏龔村女生男二

地統

禹公子妻梁氏板荷村女生男二女一統亦貧無業而安分守法自食其力備歷苦辛

地祥

禹公次子妻韋氏韋廖村女生一女岳之嗣自幼以祥入贅妻早世再娶韋澄村女亦早世又娶韋朗村女

地開

禹公季子妻陸氏陸元村女生男　女　開少失怙恃及長始自娶妻作家白手起業時運頗順

地鈵

龍公長子妻陸氏陸洞村女生男三女二次男名元珂過繼地人幼殤三男名元板亦幼殤長女亦殤次女許字伏楊村庠士楊作新之姪鈵性謹厚篤於友愛稍識字而用於貧丶安命守法耐艱辛言行有法族中亦推為長者

八品銜

地臣

本陸姓秀公三子○按天禹公一支原属義子共承宗祀先人既渠取
為子孫斯亦無庸區別矣若天用公支本系龔姓入贅理宜釐清
惟自有義公以上世系失傳難於識別故有義公以下亦不標其本姓然
究不如仍註明之為得也況天秀公及今可紀耶今天秀之子皆著本
姓嗣後宜遵此例世世注清庶幾可杜異姓亂宗之漸云光緒五年
冬初豐華特筆

十世

元瑞

平公長子妻楊氏楊志村女生女三長女適那楞村次女適韋祖村三女適
公早歲習讀壯值世亂有膂力以擊賊功　恩賞六品頂戴年四十八
歲歿乏嗣

元瑛

平公次子妻韋氏渌喇村女不育中年即世瑛有痼疾不再娶

元珩

廣公子妻黄氏黄村女生男　女　前娶韋氏壇社村早世

元瓊
廣公次子早世妻歐氏歐村女改適

元璞
中公長子元聘黄氏黄村處士渭淵公女幼殤繼娶蔣氏埠窖女
女早世再娶黄氏夏黄村貢生君鎮姪女生男五女一女許字然明村方
士章戴華之子璞字琢之幼習讀未成童而受堂公棄諸孤不得
兼務農商甫冠即奉母命援例入監

元琯
中公次子以爲地厚嗣妻韋氏韋祖村登仕郎見天公女生男 女 長
女適晒湶村監生楊雲漢之子琯字官玉幼習讀甫成童母氏棄養
兄弟析居歸農

紹祖
一名元琸字述之豐公長子妻韋氏那楞村庠士文英公女生子一名復初
祖兒性頗英敏少有幹才幼習讀亦不鈍適值世亂未成童隨豐
奉母挈眷入縣城避寇復值寇侵縣城豐登城禦侮城破不克歸
寓祖兒夢覺求祖母及若母若妹皆驚散不相見幸賊不敢入縣

署戕官乃越屋入縣衙哀官求救縣主著署中人偕出尋訪皆之得相引入署請官給食兒復偵賊之懈棄隙脫手劊雇單犯為繼祖母及若母妹出城歸邑馬村卅次之難豐眷屬得生全皆兒力也迨豐奉母遁居鎮陵貿易營生兒於習讀之餘亦能以手足之勤相助凡七載及亂稍定還鄉而兒亦既冠矣謂世業不可廢始復專讀嗜吟詠詩文雖有可采而以貧病交侵之故所業未精土逆肅清始力疾赴道考一次不得志行年廿八歲棄世永訣時囑其妻以文具及詩卷殉兒少年經變頗多世情諳練言行無甚過失豐自以為克家有子矣而乃至於是且遺孤復初兒性聰慧十歲通四經知孝謹誦蓼莪詩輒淚沾臆得十有一歲又繼短折門祚之衰其不能再振耶兒之墓塚厝於覃許村墻留嶺西向有碑誌韋氏守志頗孝謹豐次男紹宗童年失恃資其撫育性勤儉知大義主持門户亦有條理云光緒五年冬初豐華含悲漫識

自述之公以上■堂伯祖劍城公修由述之公以下■堂裔姪孫復鑫重續修